民国国学文库
MIN GUO GUO XUE WEN KU

汉魏六朝文

HAN WEI LIU CHAO WEN

臧励和　选注
司马朝军　校订

长江出版传媒 | 崇文书局

图书在版编目(CIP)数据

汉魏六朝文/臧励和选注;司马朝军校订. 一武汉:崇文书局,
2014.8(2023.1 重印)
(民国国学文库)
ISBN 978-7-5403-3449-9

Ⅰ. ①汉… Ⅱ. ①臧… ②司… Ⅲ. ①古典散文一散文集一中国一汉代～魏晋南北朝时代 Ⅳ. ①I263

中国版本图书馆 CIP 数据核字(2014)第 136809 号

民国国学文库 汉魏六朝文
MINGUO GUOXUE WENKU HANWEI LIUCHAO WEN
出版发行:崇文书局
地　　址:武汉市雄楚大街 268 号 C 座 11 层
印　　刷:湖北画中画印刷有限公司
开　　本:880mm×1230mm 1/32
印　　张:9.75
版　　次:2014 年 8 月第 1 版
印　　次:2023 年 1 月第 2 次印刷
定　　价:49.80 元

总　　序

冯天瑜

作为汉字古典词，“国学”本谓周朝设于王城及诸侯国都的贵族学校，以与地方性、基层性的“乡校”“私学”相对应。隋唐以降实行科举制，朝廷设“国子监”，又称“国子学”，简称“国学”，有朝廷主持的国家学术之意。

时至近代，随着西学东渐的展开，与来自西洋的“西学”相比配，在汉字文化圈又有特指本国固有学术文化的“国学”一名出现。如江户幕府时期（1601—1867）的日本人，自18世纪起，把流行的学问归为三类：汉学（从中国传入）、兰学（从欧美传入，19世纪扩称洋学）、国学（从《古事记》《日本书纪》发展而来的日本固有学术）。19世纪末、20世纪初，中国留日学生与入日政治流亡者，以及活动于上海等地的学人，采借日本已经沿用百余年的“国学”一名，用指中国固有的学术文化。1902年梁启超（1873—1929）撰文，以“国学”与“外学”对应，强调二者的互动共济，梁氏曰：“今日欲使外学之真精神普及于祖国，则当转输之任者，必邃于国学，然后能收其效。”（《论中国学术思想变迁之大势》）1905年国粹派在上海创办《国粹学报》，公示“发明国学，保存国粹”宗旨。这里的“国学”意为“国粹之学”。该刊发表章太炎（1869—1936）、刘师培（1884—1920）、陈去病（1874—1933）等人的经学、史学、诸子学、文字训诂方面文章，以资激励汉人的民族精神与文化自信。从此，中国人开始在“中国固有学术文化”意义上使用“国学”一词，为“国故之学”的简称。所谓“国故”，指中国传统的学术文化之故实，此前清人多有用例，如魏源（1794—1857）认为，学者不应迷恋词章，学问要从“讨朝章、讨国故始”（《圣武记》卷一一），这“讨国故”的学问，也就是后来所谓之国学。

经清末民初诸学者（章太炎、梁启超、罗振玉、王国维、刘师培、黄侃、陈寅恪等）阐发和研究，国学所涉领域大定为：小学、经学、史学、诸子、文学，约与现代人文学的文、史、哲相当而又加以综汇，突现了中国固有学术整体性特征，可与现代学校的分科教学相得益彰、彼此促进，故自20世纪初叶以来，“国学”在中国于起伏跌宕间运行百年，多以偏师出现，而时下又恰逢勃兴之际。

中国学术素有“文、史、哲不分家”的传统，中国学术的优势与缺陷皆与此传统相关。百年来的中国学校教育仿效近代西方学术体制，高度分科化，利弊互见。其利是促进分科之学的发展，其弊是强为分割知识。为克服破碎大道之弊，有人主张打通文、史、哲壁垒，于是便有综汇中国人文学的“国学”之创设，并编纂教材，进于学校教育、家庭教育、社会教育，其先导性教材结集，为20世纪20年代至30年代原商务印书馆由王云五策划并担任主编的《万有文库》之子系《学生国学文库》。所收均为四部重要著作。略举大凡：经部如诗、礼、春秋，史部如史、汉、五代，子部如庄、孟、荀、韩，并皆刊入；文辞则上溯汉、魏，下迄近代，诗歌则陶、谢、李、杜，均有单本，词则多采五代、两宋。丛书凡60册，已然囊括了“国学”之精粹。其鲜明之特色是选注者掺入了对原著的体味，经史诸书选辑各篇，以表见其书、其作家之思想精神、文学技术、历史脉络者为准。其无关宏旨者，概从删削、剔抉。选注者中不乏叶圣陶、茅盾、邹韬奋、傅东华这样的学界翘楚。他们对传统国学了然于胸，于选注自然是举重若轻，驾轻就熟。这样一份业经选注者消化、反刍的国学精神食粮自然更便于国学入门者吸收。

这样一套曾在20世纪初在传播传统文化、普及国学知识方面起到重要作用的丛书即便今天来看也是历久弥新。崇文书局因应时势，邀约深谙国学之行家里手于原辑适当删减、合并、校勘，以30册300余万言，易名《民国国学文库》呈献当今学子。诸书均分段落，作标点，繁难字加注音，以便省览。诸书原均有注释，古籍异释纷如，原已采其较长者，现做适当取舍、增删。诸书较为繁难、多音多义之字，均注现代汉语拼音，以便讽诵。诸书卷首，均有选注者序，述作者生平、本书概要、参考书举要等，凡所以示读者研究门径者，不厌其详，现一仍其旧。

这样一套入门的国学读物，读者苟能熟读而较之，冥默而求之，国学之精要自然神会。

是为序。

校订说明

丛书原名《学生国学文库》，为20世纪二三十年代商务印书馆王云五主编《万有文库》之子系，为突显其时代印记现易名为《民国国学文库》，奉献给广大国学爱好者。

原丛书共60种，考虑到难易程度、四部平衡、篇幅等因素，在广泛征求专家意见基础上，现删减为34种30册，基本保留了原书的篇章结构。因应时势有极少量的删节。

原文部分，均选用通用、权威版本全文校核，参以校订者己见做了必要的校核和改订。为阅读的通顺、便利，未一一标注版本出处。

注释根据原文的结构分别采用段后注、文后注，以便读者省览。原注作了适当增删，基本上保持原文字风格，之乎者也等虚词适当剔除，增删力求通畅、易懂，避免枝蔓。典实、注引做了力所能及的查证，但因才学有限疏漏可能在所难免。

原书为繁体竖排，现转简体横排。简化按通行规则，但考虑到作为国学读物，普及小学知识亦在情理之中，故而保留了少量通假字、繁体字、异体字，一般都出注说明，或许亦可增加读者的阅读兴趣和扩大知识面。

生僻、多音字作相应注音，原反切、同音、魏妥玛注音，均统一改现代汉语拼音。

国学读物校订，工作浩繁，往往顾此失彼，多有不当处，还望读者指正。

丛书校订工作由余欣然统筹。

绪　言

汉魏六朝，文学递变之时代也。前乎此者为周秦，骈文络乎散文之间，韵文络乎不韵文之间，盖流露于不觉，非有意为之也。汉时，贾晁董刘诸家，其文章面目，犹未离古；武帝时，司马相如创为辞赋，竞尚宏丽，其后扬雄班固，从而效之，而文格一变，骈文与散文，韵文与不韵文，始截然分离；东汉之末，建安七子，崇尚文辞，遂成风俗。浸假而尚排偶，谐声韵，散文歇寂，骈文代兴；永明天监之际，太和天保之间，洛阳江左，文雅尤甚。江左宫商发越，贵于清绮，河朔词义贞刚，重乎气质。大同以后，争驰新巧，徐庾之风大行，声病之律弥甚，风云月露，累牍连篇，香草美人，空言寄意，以儒素为古拙，以辞赋为君子，“其声轻以浮，其节数以急，其词淫以哀”，虽不免为退之所讥，然随时代而升降，风会所趋，亦不期然而然也。古之时，文以载道，行有余力，则以学文，盖以行为文之本，文为道之表见者耳；孟荀以道鸣，杨墨管晏老庄申韩诸家以术鸣，然其术之所长者，未尝不包于道之中。两汉以后，醇儒虽少，而文景之时，诸家奏议，指陈时政，大旨主乎经世，即相如之辞赋，虽多虚辞滥说，而意存讽谏，非诞妄贡谀者比；魏晋而降，竞以辞胜夸过其理，与文以载道之旨远矣；然采不滞骨，炼不伤神，峭奇淡宕，清丽芊绵，各极其胜，文人之文，要亦未可厚非。本编所选，上起两汉，下迄六朝，凡有功世道之作，妃黄俪白之篇，有美必收，各体具备，在今之时代，此等文字，于社会潮流，固似可摈，而探稽古籍，取法乎上，亦未能偏废，学者各就其意读之可也。选注既竟，因书数言于简端。

武进臧励龢识

1927 年 12 月

凡　例

本编上起汉初，下终陈末，甄录之文，不拘骈散，以其人之先后为次，诸家之同异，时代之升降，均可于此觇之。

近代选文诸家，如姚鼐之分为十三类，曾国藩之分为三门十一类，以类相从，固便于研究。然如马援《诫兄子严敦书》，郑玄《戒子书》，曾氏录入诏令，后人颇以为病；且有无类可归者，亦复难于排比；本书既以时代为次，故不复分类。

史汉及诸史之纪传序赞，可读者多，以另有专辑，本编概不甄录。贾谊《陈政事疏》、司马相如《谕巴蜀檄》、杨恽《报孙会宗书》、诸葛亮《出师表》等，以均于本传中登录全文，本编避免重复，亦不录入。至李陵《答苏武书》、诸葛亮《后出师表》，虽传诵已久，然语气不类，后人诋为伪作，并从删削。

辞赋宏丽，首推汉京，司马相如之《子虚》《上林》，扬雄之《甘泉》《长杨》，班固之《两都》，允称杰作；本编限于篇幅，只选《子虚》《上林》二赋以见例，其他诸作，形式性质，大抵相类，概不录入。

各体文字，至汉以后而大备，本编虽不分类，然如论说、奏议、诏令、书牍、箴铭、碑传、序记、哀祭等类，亦无不各举数篇，藉示准的。

本编各文，皆精心选辑，其关于论事者，如贾谊《过秦论》、江统《徙戎论》之类是；其关于讽谏者，如贾山《至言》、司马相如《子虚》《上林》诸赋是；其关于寓言者，如东方朔《答客难》、扬雄《解嘲》、陶潜《桃花源记》之类是；其关于世道人心者，如刘峻《广绝交论》、范宁《罪王何论》之类是；其关于文学者，如许慎《说文序》、郭璞《尔雅序》、陆机《文赋》、锺嵘《诗品序》之类是；其关于道德者，如崔瑗《座右铭》、蔡邕《女诫》之类是；游戏之文，亦酌收一二，以备一格。

各家文字，有以博大称者，有以宏丽称者，有以奇峭称者，有以澹宕高洁及风华清艳称者，本编所选，择其思深旨远、骨劲气完、情韵兼至者为主，其腴而近俗、纤而伤雅者，概不搀人。

本编所选，俱从善本中选出，讹夺异同，皆详慎考正，衍文俚字，悉从删削。

本编注释，皆参酌各家，择善而从；旧注讹误及未备者，悉为订正增补；其有搜采所不及者，谨守阙疑之义。海内博雅，不吝见告，尤所欣幸！

目　录

汉文

后汉文

魏文

晋文

宋文

齐梁文

陈及北朝文

汉　书

汉文帝赐南粤王赵佗书①

皇帝②谨问南粤王：甚苦心劳意。朕高皇帝侧室之子③，弃外，奉北藩于代④，道里辽远，壅蔽朴愚，未尝致书。高皇帝弃群臣，孝惠皇帝即世⑤，高后⑥自临事，不幸有疾，日进不衰，以故悖⑦暴乎治。诸吕⑧为变故乱法，不能独制，乃取它姓子为孝惠皇帝嗣⑨。赖宗庙⑩之灵，功臣⑪之力，诛之已毕；朕以王侯吏不释⑫之故，不得不立，今即位。

乃者闻王遗将军隆虑侯⑬书，求亲昆弟⑭，请罢长沙两将军⑮，朕以王书罢将军博阳侯⑯，亲昆弟在真定⑰者，已遣人存问⑱，修治先人冢⑲。前日闻王发兵于边，为寇灾不止，当其时，长沙苦之，南郡⑳尤甚，虽王之国，庸独利乎！必多杀士卒，伤良将吏，寡人之妻，孤人之子，独人父母，得一亡十，朕不忍为也。

朕欲定地犬牙相入者㉑，以问吏，吏曰："高皇帝所以介㉒长沙土也。"朕不能㉓擅变焉。吏曰："得王之地，不足以为大；得王之财，不足以为富。"服领以南㉔，王自治之！虽然，王之号为帝，两帝并立，亡㉕一乘之使以通其道，是争也；争而不让，仁者不为也，愿与王分弃前患，终今以来㉖，通使如故！

故使贾㉗驰谕，告王朕意，王亦受之，毋为寇灾矣！上褚㉘五十衣，中褚三十衣，下褚二十衣遗㉙王。愿王听乐娱忧㉚，存问邻国㉛！

---

①汉文帝：高祖中子，名恒，初封代王，周勃平诸吕，迎立之，在位二十三年，以敦朴为天下先，为三代后贤主。南粤：《史记》作“南越”。越，即粤，今广东、广西地。赵佗：秦真定人，为南海龙川令，南海尉任嚣死，赵佗行南海尉事，秦灭，自立为南粤武王。汉高帝十一年，遣陆贾立赵佗为南粤王；高后时自尊为南粤武帝，发兵攻长沙边邑。文帝立，复使陆贾往，以此书让之。赵佗覆谢，撤销帝号。建元四年卒。　②古有三皇、五帝，秦始皇灭六国，自以为德兼三皇，功高五帝，因自称曰皇帝。　③朕：古者贵贱皆自称曰朕，秦始定为皇帝之自称。高皇帝，秦末沛人，姓刘，名邦，始为泗上亭长，起兵为沛公，项羽立为汉王，后破项羽，即帝位，匹夫崛起而有天下者自此始，在位十二年。侧室：古谓非正嫡出子曰“侧室”。文帝为薄姬所生，故自谓侧室之子。　④古有代君，在常山北，为赵襄子所灭，高帝初，立兄宜信侯喜为代王，十一年冬，破陈豨，定代地，立子恒为代王，故云弃外，奉北藩于代。　⑤孝惠皇帝：名盈，高帝子，吕后所生，在位七年。即世：犹“去世”。⑥高后：高帝后，姓吕，名雉，惠帝崩，后临朝称制凡八年。⑦悖（bèi）：违背，乖谬。　⑧诸吕：指吕产、吕禄辈。高后

既临朝，封吕氏四人为王。后崩，周勃、陈平等族诛诸吕。⑨它：古“佗”字，与“他”通；它姓子，指少帝。初高后命惠帝后取他人子养之。　⑩宗，谓祖宗，庙号以祖有功而宗有德，故统称之曰宗庙。周制，天子七庙，诸侯五，大夫三，士一。⑪功臣：指周勃、陈平等。　⑫不释：辞让帝位，不见置。⑬隆虑侯：周灶，即高后所遣击赵佗者。　⑭求亲昆弟：求遣兄弟之在真定故乡者。　⑮长沙：汉王国，封吴芮，在今湖南。两将军：即遣击赵佗者。　⑯博阳侯：周聚。　⑰真定：汉真定国，又为恒山郡，后改常山郡，今河北正定。　⑱存问：遣使往候。　⑲文帝在真定为赵佗亲冢置守官，以时奉祀。⑳南郡：秦置，今湖北省江汉一带之地。　㉑犬牙相入：地界交错如同狗牙。言将划清两国地界，意在征讨。　㉒介：隔开。㉓能，一作“得”。　㉔服领以南：言征服五岭以南。㉕亡：与“无”通。　㉖终今：以现在为限。以来：犹以后。㉗贾：陆贾。　㉘褚：以棉装衣。　㉙遗（wèi）：赠送。㉚听乐娱忧：谓听乐以消其忧。　㉛邻国：谓东越及瓯骆等。

南粤王赵佗上汉文帝书①

蛮夷大长老夫臣佗，昧死再拜上书皇帝陛下②：老夫故粤吏也。高皇帝幸赐臣佗玺③，以为南粤王，使为外臣④，时内⑤贡职。孝惠皇帝即位，义不忍绝，所以赐老夫者甚厚⑥。高后自临用事，近细士⑦，信谗臣，别异蛮夷，出令曰：“毋予蛮夷外粤⑧金铁田器马牛羊！即予，予牡⑨，毋与牝[10]！”老夫处辟[11]，马牛羊齿[12]已长，自以祭祀不修，有死罪，使内史藩中尉高御史平凡三辈上书谢过，皆不反。

又风闻[13]老夫父母坟墓已坏削，兄弟宗族已诛论[14]；吏相与议曰：“今内不得振[15]于汉，外亡以自高异。”故更号为帝。自帝其国，非敢有害于天下也。高皇后闻之，大怒，削去南粤之籍，使使[16]不通；老夫窃疑长沙王谗臣[17]，故敢发兵以伐其边。

且南方卑湿，蛮夷中西有西瓯[18]，其众半羸[19]，南面称王；东有闽粤[20]，其众数千人，亦称王；西北有长沙，其半蛮夷，亦称王；老夫故敢妄窃帝号，聊以自娱。

老夫身定百邑之地，东西南北数千万里，带甲百万有余，然北面而臣事汉，何也？不敢背先人之故。老夫处粤四十九年，于今抱孙焉。然夙兴夜寐，寝不安席，食不敢味，目不视靡曼[21]之色，耳不听钟鼓之音者，以不得事汉也。

今陛下幸哀怜，复故号[22]，通使汉如故，老夫死，骨不腐，改号不敢为帝矣！谨北面因使者献白璧一双，翠鸟千，犀角十，紫贝[23]五百，桂蠹[24]一器，生翠[25]四十双，孔雀二双，昧死再拜以闻皇帝陛下。

---

①赵佗得文帝赐书，顿首谢，愿奉明诏，长为藩臣，奉贡职，下令国中，去帝制，因为此书以报文帝。 ②昧死：犹言冒昧而犯死罪。古时臣子上书帝王常用此语，表示敬畏之意。陛下：古代臣民对皇帝的尊称。陛，帝王宫殿的台阶。《独断》：

“天子必有近臣执兵立陛侧，以备不虞，人臣与天子言，不敢指斥，故呼在陛下者而告之，因卑达尊之义也。” ③玺：印章，秦以后专指皇帝之印。 ④外臣：古时此国之臣，对他国之君自称之辞，下大夫自名于他国君曰外臣某，此言外臣者，犹言外国之臣也。 ⑤内：与“纳”同。 ⑥甚厚，一本作“厚甚”。 ⑦细士：犹言“小人”，与“贤臣”相对。 ⑧予：与“与”同。外粤：言非中国，故云。 ⑨牡：雄性。 ⑩牝：雌性。与牡不与牝，即不能生育，死即绝，虽予犹不予也。 ⑪辟：同“僻”；处辟，言处于僻地。 ⑫齿：年也。齿已长，谓年老。马牛羊： 自称之谦辞。 ⑬风闻：经传闻而得知。 ⑭诛论：谓定死罪。 ⑮振：起也。 ⑯使使：上“使”字，役也，令也；下“使”字，指受命而聘问之人。 ⑰高后时，有司请禁粤关市铁器，赵佗曰：“此必长沙王计，欲倚中国击灭南海并王之。”因发兵攻长沙边。 ⑱西瓯：古百越一支，分布今广西及广东部分地区。 ⑲羸（léi）：疲弱也。《史记》作其西瓯骆裸国，则羸者，“蠃”之讹。 ⑳闽粤：亦作“闽越”，今福建，本周时七闽地，后为粤人所居，故曰闽粤，汉时有闽粤王。 ㉑靡曼：好色，指美妙的声色。 ㉒故号：指高帝所封之南粤王号。 ㉓紫贝：一名文贝，海中软体动物，壳质白如玉，有紫斑，大者至尺余，亦称砑螺。 ㉔桂蠹：桂树中蝎虫。此虫食桂，故味辛，渍之以蜜食之。 ㉕生翠：翡翠出海南邕贺二州，亦有腊而卖之者，故此云生翠。

贾山至言[①]

臣闻为人臣者，尽忠竭愚，以直谏主，不避死亡之诛者，臣山是也。臣不敢以久远谕，愿借秦以为谕，唯陛下少加意焉！夫布衣韦带之士[②]，修身于内，成名于外，而使后世不绝息；至秦则不然，贵为天子，富有天下，赋敛重数[③]，百姓任罢[④]，赭衣[⑤]半道，群盗满山，使天下之人戴目而视，倾耳而听，一夫大谑[⑥]，天下向[⑦]应者，陈胜[⑧]是也。秦非徒如此也，起咸阳[⑨]而西至雍[⑩]，离宫[⑪]三百，钟鼓帷帐，不移而具；又为阿房之殿[⑫]，殿高数十仞[⑬]，东西五里，南北千步，从车罗绮，四马骛驰[⑭]，旌旗不桡[⑮]，为宫室之丽至于此，使其后世曾不得聚庐而托处焉。为驰道[⑯]于天下，东穷燕齐[⑰]，南极吴楚[⑱]，江湖之上，濒海之观毕至，道广五十步，三丈而树[⑲]，厚筑其外，隐以金椎[⑳]，树以青松，为驰道之丽至于此，使其后世曾不得邪径而托足焉。死葬乎骊山[㉑]，吏徒数十万人，旷日十年，下彻三泉[㉒]，合采金石，冶[㉓]铜锢其内，漆涂其外，被以珠玉，饰以翡翠[㉔]，中成观游，上成山林，为葬薶[㉕]之侈至于此，使其后世曾不得蓬颗[㉖]蔽冢而托葬焉。秦以熊罴之力，虎狼之心，蚕食[㉗]诸侯，并吞海内，而不笃礼义，故天殃已加矣。臣昧死以闻，愿陛下少留意而详择其中！

臣闻忠臣之事君也，言切直则不用而身危，不切直则不可以明道；故切直之言，明主所欲急闻，忠臣之所以蒙死而竭知也。地之硗者㉘，虽有善种，不能生焉；江皋㉙河濒，虽有恶种，无不猥㉚大。昔者夏商之季世，虽关龙逢箕子比干之贤㉛，身死亡而道不用；文王㉜之时，豪俊之士，皆得竭其智，刍荛㉝采薪之人，皆得尽其力。此周之所以兴也。故地之美者善养禾，君之仁者善养士。雷霆之所击，无不摧折者，万钧㉞之所压，无不糜灭者；今人主之威，非特雷霆也，势重非特万钧也，开道而求谏，和颜色而受之，用其言而显其身，士犹恐惧而不敢自尽，又乃况于纵欲恣行暴虐，恶闻其过乎！震之以威，压之以重，则虽有尧舜㉟之智，孟贲㊱之勇，岂有不摧折者哉！如此则人主不得闻其过失矣，弗闻则社稷危矣。古者圣王之制，史在前，书过失，工诵箴谏，瞽诵诗谏。公卿比谏㊲，士传言谏过㊳，庶人谤于道，商旅议于市，然后君得闻其过失也；闻其过失而改之，见义而从之，所以永有天下也。天子之尊，四海之内，其义莫不为臣，然而养三老于太学，亲执酱而馈㊴，执爵而酳㊵，祝饐在前，祝鲠在后㊶，公卿奉杖，大夫进履，举贤以自辅弼，求修正㊷之士使直谏。故以天子之尊，尊养三老㊸，视孝也；立辅弼之臣者，恐骄也；置直谏之士者，恐不得闻其过也；学问至于刍荛者，求善无餍也；商人庶人诽谤己而改之，从善而不听也。

昔者秦政㊹力并万国，富有天下，破六国以为郡县㊺，筑长城㊻以为关塞，秦地之固，大小之势，轻重之权，其与一家之富，一夫之强，胡可胜计也；然而兵破于陈涉[47]，地夺于刘氏者，何也？秦王贪狼暴虐，残贼天下，穷困万民，以适其欲也。昔者周盖千八百国，以九州之民，养千八百国之君，用民之力，不过岁三日，什一而籍[48]，君有余财，民有余力，而颂声作，秦皇帝以千八百国之民自养。力罢[49]不能胜其役，财尽不能胜其求，一君之身耳，所以自养者，驰骋弋猎之娱，天下弗能供也；劳罢者不得休息，饥寒者不得衣食，亡罪而死刑者无所告诉，人与之为怨，家与之为仇，故天下坏也；秦皇帝身在之时，天下已坏矣，而弗自知也。秦皇帝东巡狩[50]，至会稽琅琊[51]，刻石著其功，自以为过尧舜统[52]。县石铸钟虡[53]，筛土筑阿房之宫，自以为万世有天下也。古者圣王作谥，三四十世耳，虽尧舜禹汤文武，絫[54]世广德，以为子孙基业，无过二三十世者也；秦皇帝曰：“死而以谥法[55]，是父子名号，有时相袭也，以一至万，则世世不相复也。”故死而号曰始皇帝，其次曰二世皇帝者，欲以一至万也[56]。秦皇帝计其功德，度[57]其后嗣，世世无穷；然身死才数月耳，天下四面而攻之，宗庙灭绝矣。秦皇帝居灭绝之中而不自知者，何也？天下莫敢告也；其所以莫敢告者，何也？亡[58]养老之义，亡辅弼之臣，亡进谏之士，纵恣行诛，退诽谤之人，杀直谏之士，是以道谀媮[59]合苟容，比其德则贤于尧舜，课其功则贤于汤武，天下已溃而莫之告也。《诗》曰：“匪言不能，胡此畏忌，听言则对，谮言则退。”此之谓也。

又曰："济济多士，文王以宁[60]。"天下未尝亡士也，然而文王独言以宁者，何也？文王好仁则仁兴，得士而敬之则士用，用之有礼义。故不致其爱敬，则不能尽其心；不能尽其心，则不能尽其力；不能尽其力，则不能成其功。故古之贤君于其臣也，尊其爵禄而亲之，疾则临视之无数，死则往吊哭之，临其小敛大敛，已棺涂[61]而后为之服，锡缞麻绖而三临其丧[62]，未敛不饮酒食肉，未葬不举乐。当宗庙之祭而死，为之废乐；故古之君人者，于其臣也，可谓尽礼矣。服法服[63]，端容貌，正颜色，然后见之。故臣下莫敢不竭力尽死以报其上，功德立于后世而令闻不忘也。

今陛下念思祖考，术追[64]厥功，图所以昭光宏业休德，使天下举贤良方正之士，天下皆訢訢[65]焉，曰："将兴尧舜之道三王之功矣。"天下之士，莫不精白[66]以承休德。今方正之士，皆在朝廷矣，又选其贤者，使为常侍诸吏，与之驰驱[67]射猎，一日再三出，臣恐朝廷之解弛[68]，百官之堕[69]于事也；诸侯闻之，又必怠于政矣。陛下即位，亲自勉以厚天下，损食膳，不听乐，减外徭卫卒，止岁贡，省厩马以赋县传，去诸苑以赋农夫，出帛十万余匹以赈贫民，礼高年，九十者一子不事，八十者二算不事[70]，赐天下男子爵，大臣皆至公卿[71]发御府金赐大臣宗族，亡不被泽者，赦罪人。怜其亡发赐之巾，怜其衣赭书其背[72]，父子兄弟相见也，而赐之衣[73]，平狱缓刑，天下莫不说[74]喜；是以元年膏雨降，五谷登，此天之所以相陛下也。刑轻于它时而犯法者寡，衣食多于前年而盗贼少，此天下之所以顺陛下也。臣闻山东[75]吏布诏令，民虽老羸癃疾[76]，扶杖而往听之，愿少须臾毋死[77]，思见德化之成也；今功业方就，名闻方昭，四方乡[78]食，今[79]从豪俊之臣，方正之士，直与之日日猎射，击兔伐狐，以伤大业，绝天下之望，臣窃悼之！《诗》曰："靡不有初，鲜克有终。"[80]臣不胜大愿，愿少衰射猎，以夏岁二月，定明堂[81]，造大学，修先王之道！风行俗成，万世之基定，然后唯陛下所幸耳。古者大臣不媟[82]，故君子不常见其齐严之色[83]，肃敬之容，大臣不得与宴游，方正修洁之士，不得从射猎，使皆务其方[84]以高其节，则群臣莫敢不正身修行尽心以称大礼；如此，则陛下之道尊敬，功业施于四海，垂于万世子孙矣；诚不如此，则行日坏而荣日灭矣。夫士修之于家，而坏之于天子之廷，臣窃愍之！陛下与众臣宴游，与大臣方正朝廷论议，夫游不失乐[85]，朝不失礼，议不失计，轨[86]事之大者也。

---

①贾山：汉颍川人，涉猎书记，不能为醇儒，尝给事颍阴侯灌婴为骑。孝文时，言治乱之道，借秦为喻，名曰《至言》。至言，即直言之谓。　②韦带：无饰的皮带，指代贫贱之人。③数（shuò）：屡次，经常。　④任：役事也。罢（pí）：言疲于役使。　⑤赭衣：赤色之衣，古囚徒服之，因谓罪人为赭衣。　⑥謼：与"呼"同。　⑦向：与"响"通。　⑧陈胜：秦阳城人，字涉，二世元年，与吴广起兵，自立为楚王，自此群雄并起，遂以亡秦，后为其御庄贾所杀。　⑨咸阳：秦孝

公所都，今陕西咸阳。 ⑩雍：汉时县，属右扶风。 ⑪离宫：行宫，古帝王出巡，筑之以为驻跸之所。 ⑫阿房：言殿之四阿皆为房。 ⑬古制八尺曰“仞”。 ⑭骛驰：犹奔驰。 ⑮桡：一或作“挠”，屈也。 ⑯驰道：古代供君王行驶车马的道路。 ⑰燕、齐：二国名。 ⑱吴、楚：二国名。 ⑲三丈而树：三丈为中央之地，惟皇帝得行，两旁树之以为界。 ⑳隐：筑也，谓以铁椎筑之。一说，隐即“稳”字，以金椎筑之，使坚稳。 ㉑骊山：在陕西临潼东南，亦曰丽戎之山，秦始皇葬此。 ㉒三泉：三重之泉，言其深也。 ㉓冶：一本作“治”。 ㉔翡翠：鸟名，雄曰翡，雌曰翠；一说，鸟各别类，非雌雄异名。 ㉕薶：即“埋”字。 ㉖蓬颗：颗谓土块，言块上生蓬者耳。 ㉗蚕食：言侵蚀他国之土地，如蚕之食叶也。 ㉘硗(qiáo)：土地瘠薄。 ㉙江皋：江边淤地。 ㉚猥：粗壮。 ㉛关龙逢：夏桀臣，谏桀，被杀。箕子比干：商纣之诸父。 ㉜文王：周武王之父，名昌，商纣时为西伯，施行仁政，有天下三分之二。 ㉝刍荛：执贱役之人。刍，刈草。荛，草薪，言草之供燃烧者。 ㉞万钧：极言其重。一钧三十斤。 ㉟尧舜：唐虞二代之帝，尧禅舜，舜禅禹，为上古圣主。 ㊱孟贲：齐人，秦武王好力士，贲往归之，能生拔牛角。 ㊲比谏：当为“正谏”之误。 ㊳此句不应独有“过”字，盖涉下文而衍。《汉纪》无“过”字。 ㊴馈：进食之谓。 ㊵酳(yìn)：食毕用酒漱口。 ㊶餲：古“噎”字，谓吃不下。以老人易噎鲠，故为备祝以祝之。 ㊷修正：谓修身正行者。 ㊸古天子设三老五更，养之于太学，三老为三人，五更为五人。　㊹秦政：即秦始皇，政其名也。　㊺六国：指战国时韩、赵、魏、齐、楚、燕。郡县：秦始皇并六国，废封建，分天下为三十六郡，为郡县之始。㊻长城：秦始皇使蒙恬所筑，起临洮，迄辽东，在今长城之北，蒙古境内。今之长城，乃明之九边，非秦之长城。　㊼陈涉：即陈胜。　㊽什一：谓十分之中取其一。籍：借也，谓借人力。　㊾罢：读曰“疲”。　㊿巡狩：天子巡行诸国，古者天子五年一巡狩。　(51)会稽瑯琊：二山名。会稽在浙江绍兴东南十三里，瑯琊在山东诸城东南，秦始皇皆刻石颂功德于此。(52)统：继也。自以过尧舜可至万世也；一说，统，治也，言治理天下过于尧舜也。　(53)县：称也。石：百二十斤。称铜铁之斤石，以铸钟虡，虡（jù）：悬挂钟磬的木架两旁的立柱。(54)絫：古“累”字。　(55)谥法：死而以行为谥也，周时始有此制。　(56)秦始皇以为谥法乃子议父、臣议君也，因废之，自称始皇帝，其后则称二世皇帝，三世皇帝，传之无穷。(57)度（duò）：量也。　(58)亡：读如“无”。　(59)媮：与“偷”同。　(60)济济：众多貌。　(61)已棺：谓已大敛。涂：谓涂殡。　(62)锡缞：十五升布，无事其缕者也，布八十缕为升。麻绖：丧服所用麻也，在首在腰皆曰绖。三临其丧：言三次临其丧。　(63)法服：法制所定之服。　(64)术：与“述”同；一说古“述”字为“遹”。述追：犹言遹追来孝。遹，同“聿”，语助辞。　(65)䜣䜣：读如欣欣，欣喜貌。　(66)精白：厉精而为洁白。　(67)驰驱：策马疾驰。　(68)解：读为“懈”。弛：放。解弛：懈怠松弛。　(69)堕：通“惰”，懈也。　(70)一子不事：蠲其赋役。二算不事：免其二口之算赋。　⑪大臣：既官之为大臣矣，而言公卿者，言赐爵也，非三公九卿之谓也。⑫衣：读去声，谓服之。书其背：古者于罪人，以版牍书其罪状与姓名着于背上，公示于众。　⑬而赐之衣：言罪人已赦归，与父子兄弟相见，上怜其无发则赐之巾，怜其曾衣赭书背，则赐之衣。　⑭说：读如“悦”。　⑮战国时称六国为山东，以其在崤函之东，故名；一说太行山以东为山东。　⑯癃：衰弱多病。　⑰须臾毋死：犹从容延年之意。　⑱乡：读如“向”。　⑲今：当训为“即”，《通鉴》引“今”作“而”。⑳“靡不有初”二句，语见《诗经·大雅·荡》。　㉑明堂：明政教之堂。古祀上帝，祭先祖，朝诸侯，养老尊贤，皆于此行之。　㉒媟：与“亵”通，狎也。　㉓见：读“现”，显示。齐严：即齐庄，汉避明帝讳改。　㉔方：道。　㉕游不失乐：言与乐同节。　㉖轨：法度。

贾谊过秦论[1]

秦孝公据殽函之固[2]，拥雍州[3]之地，君臣固守，以窥周室，有席卷[4]天下、包举宇内、囊括四海之意[5]，并吞八荒[6]之心。当是时也，商君佐之[7]，内立法度，务耕织，修守战之具，外连衡[8]而斗诸侯。于是秦人拱手而取西河之外[9]。

孝公既没，惠王武王[10]，蒙故业，因遗策，南取汉中[11]，西举巴蜀[12]，东割膏腴之地，北收要害之郡；诸侯恐惧，会盟[13]而谋弱秦，不爱珍器重宝肥饶[14]之地，以致天下之士，合从⑮缔交，相与为一。当此之时，齐有孟尝⑯，赵有平原⑰，楚有春申⑱，魏有信陵⑲，此四君者，皆明智而忠信，宽厚而爱人，尊贤而重士，约从离横⑳，兼韩、魏、燕、楚、齐、赵、宋、卫、中山㉑之众；于是六国之士，有宁越、徐尚、苏秦、杜赫之属为之谋㉒，齐明、周最、陈轸、召滑、楼缓、翟景、苏厉、乐毅之徒通其意㉓，吴起、孙膑、带佗、兒良、王廖、田忌、廉颇、赵奢之伦制其兵㉔；尝以十倍之地，百万之众，叩关㉕而攻秦，秦人开关而延敌，九国㉖之师，遁逃而不敢进，秦无亡矢遗镞㉗之费，而天下诸侯已困矣。于是从散约解，争割地而赂㉘秦。秦有余力而制其弊，追亡逐北㉙，伏尸百万，流血漂橹㉚，因利乘便，宰割天下，分裂河山，强国请伏，弱国入朝。延及孝文王、庄襄王㉛，享国之日浅，国家无事。

及至始皇㉜，奋六世㉝之余烈，振长策而御宇内，吞二周㉞而亡诸侯，履至尊而制六合㉟，执敲扑㊱以鞭笞天下，威振四海；南取百越㊲之地；以为桂林、象郡㊳；百越之君，俯首系颈，委命下吏；乃使蒙恬北筑长城而守藩篱㊴，却匈奴七百余里㊵，胡人不敢南下而牧马，士不敢弯弓而报怨。于是废先王之道，燔百家之言，以愚黔首㊶，隳㊷名城，杀豪俊，收天下之兵㊸，聚之咸阳㊹，销锋镝，铸以为金人十二㊺，以弱天下之民；然后践华为城㊻，因河为池，据亿丈之城，临不测之溪以为固，良将劲弩，守要害之处，信臣精卒，陈利兵而谁何㊼。天下已定，始皇之心，自以为关中㊽

之固，金城[49]千里，子孙帝王万世之业。

始皇既没，余威震于殊俗，然而陈涉瓮牖绳枢之子[50]，氓隶之人，而迁徙之徒也[51]，材能不及中庸，非有仲尼墨翟之贤[52]，陶朱猗顿之富[53]，蹑足行[54]伍之间，而倔起什伯之中[55]，率罢散之卒，将数百之众，转而攻秦，斩木为兵，揭竿为旗[56]，天下云集而响应，赢粮而景从[57]，山东豪俊，遂并起而亡秦族矣。

且夫天下非小弱也；雍州之地，殽函之固，自若也；陈涉之位，非尊于齐、楚、燕、赵、韩、魏、宋、卫、中山之君也，锄櫌棘矜[58]，非铦于钩戟长铩也[59]；适戍[60]之众，非抗于九国之师也，深谋远虑，行军用兵之道，非及曩[61]时之士也；然而成败异变，功业相反。试使山东之国，与陈涉度长絜大[62]，比权量力，则不可同年而语矣；然秦以区区之地，致万乘[63]之权，招八州而朝同列[64]，百有余年矣，然后以六合为家，殽函为宫，一夫作难而七庙[65]隳，身死人手，为天下笑者，何也？仁义不施，而攻守之势异也！

---

①贾谊（前200—前168）：汉洛阳人，文帝召为博士，超迁至中大夫。贾谊请定正朔，易服色，制法度，兴礼乐，为大臣所忌，出为长沙王太傅，迁梁王太傅而卒，年三十三。世称贾太傅，又称贾长沙。以其年少秀才，又称贾生。《过秦论》，论秦之过，共三篇，上篇言始皇之过，中篇言二世之过，下篇言子婴之过。兹录其上篇。　②秦孝公：穆公十六世孙，名渠梁。孝

公教耕战，致富强，为统一天下奠定了基础。殽函：殽山、函谷的合称。殽山，在河南洛宁县北，函谷关，在今河南灵宝市，为秦时重险。　③雍州：古九州之一，其地域大约包括今陕西大部、甘肃全部及青海部分地区。　④席卷：言取天下如卷席一般。⑤囊括：谓囊而括之。括，结囊。四海：古谓中国四境皆环海，故称中国曰海内。　⑥八荒：四方及四隅谓之八方。此言八方荒远之地。　⑦商君：战国时卫人，名鞅，相秦孝公定变法令，孝公封之于商，故曰商君；孝公卒，被杀。　⑧连衡：即连横，连六国以事奉秦国。　⑨西河：黄河以西之地。⑩惠王：惠文王，孝公之子，名驷。武王：惠文王之子，名荡。按“惠王武王”四字，一作惠文、武、昭。昭，即昭襄王。⑪汉中：今陕西秦岭以南南郑等地。　⑫巴蜀：秦汉设巴蜀二郡，今四川、重庆。　⑬会盟：古者诸侯聚会结盟。　⑭饶：一作“美”。　⑮合从：联合六国以敌秦。　⑯孟尝：即田文，齐之公族，为齐相，称孟尝君。　⑰平原：即赵胜，相赵，封于平原（今山东武城县），称平原君。　⑱春申：即黄歇，楚相，封春申君。　⑲信陵：即魏公子无忌，信陵君乃其封号。四公子皆好客，而信陵君在四公子中为最贤。　⑳约从离横：言六国缔约合纵，以离散秦之连横策略。　㉑中山：国名。今河北定州地，为魏所灭。　㉒宁越：赵人；徐尚：宋人；苏秦：洛阳人；杜赫：周人。　㉓齐明：东周臣；周最：东周成君之子；陈轸：夏人，仕秦亦仕楚；召滑：楚人；楼缓：魏相；翟景：即魏翟强；苏厉：苏秦之弟，齐臣；乐毅：魏人，仕燕昭王。　㉔吴起：卫人，事魏文侯，文侯以为将；孙膑：齐人，孙武之后；带佗：楚将；兒良、王廖：《吕氏春秋·审问览·不二》篇："王廖贵先，兒良贵后，皆天下豪士也。"注："王廖谋兵事贵先，兒良作兵谋贵后。"田忌：齐将，伐魏，三战三胜；廉颇：赵将；赵奢：赵之田部吏。　㉕"叩关"之"叩"字，《汉书》作"仰"，《史记》作"叩"。叩：击也，对下开关字，作"叩"为当。　㉖九国：即韩、魏、燕、楚、齐、赵、宋、卫、中山。　㉗镞（zū）：箭头。　㉘赂，一作"奉"。　㉙北从二人相背：有背向意，故谓败走曰北。㉚漂橹：言血可漂橹，犹《尚书·武成》言血流漂杵。漂，浮也。橹，大盾。　㉛孝文王：昭襄王子，名柱，在位一年；庄襄王：孝文王子，名楚，在位三年。　㉜始皇：即秦始皇，灭六国，统一天下，居帝位十一年。　㉝六世：孝公、惠文、武、昭襄、孝文、庄襄。　㉞二周：指西周、东周。周考王以王城故地封其弟揭，是为河南公，后称西周，至考王末年，河南惠公封其少子班于巩以奉王，号为东周，后俱为秦所灭。　㉟六合：天地四方，谓之六合。　㊱敲扑，一作"捶拊"。捶，杖。拊，刀柄。　㊲百越：亦作"百粤"，其种落不一，故称以百。㊳桂林、象郡：皆郡名。桂林，今广西北部，象郡，今广东西南部广西南部及越南。　㊴蒙恬：秦将。长城：见贾山《至言》注。　㊵匈奴：北狄之强大者。蒙恬以兵击之，取其河南地。　㊶黔首：犹言"黎民"，以其首黑，秦因称之为黔首。㊷隳，一作"堕"。　㊸兵：谓兵器。　㊹咸阳：见贾山《至言》注。　㊺金人十二：始皇二十六年，销兵器铸而象之。人长五丈，足履六尺，见于临洮。　㊻华：即华山，五岳之一，在今陕西华阴南。 ㊼何：同“呵”；谁何：呵问之。㊽关中：自函谷关以西，秦岭以北，总称“关中”。因其地居函谷关、峣关、武关、萧关、散关中也。 ㊾金城：言其坚固。㊿陈涉：见贾山《至言》陈胜注。瓮牖绳枢：言以败瓮之口为牖，以绳扃户为枢。枢，户枢。 (51)陈涉为戍卒长，遣戍所。(52)墨翟：即墨子。 (53)陶朱：即范蠡。猗顿：春秋鲁人。问术于朱公，适河东，畜牛羊于猗氏之南，以兴富猗氏，故曰猗顿。(54)行：读“杭”。 (55)一本无“而”字，“倔”作“俯”，“什伯”作“阡陌”。 (56)揭：高举。竿：竹之干。言举事仓卒，无旌旗以为号召，故揭竿以为标志。 (57)赢：担负。景：与“影”同。 (58)锄：田事所用之器。耰（yōu）：似锄之田器，而非锄。棘：木名。矜：白梃之类。 (59)铦（xián）：利也，与“铦”同。一本即作“铦”。钩戟长铩：言有钩之戟与长矛。铩（shā）：古代一种长矛。 (60)适：与“谪”同，罚罪。戍：远守之卒。 (61)曩，一作“乡”。 (62)度：见贾山《至言》注。絜（yì）：比也。 (63)万乘：古者天子得有车万乘，故仅以为天子之称。 (64)招：举也。八州：秦居雍州，其外尚有兖、冀、青、徐、豫、梁、扬、荆八州。 (65)七庙：见《汉文帝赐南粤王赵佗书》“宗庙”注。

贾谊论积贮疏[①]

筦子[②]曰：“仓廪实而知礼节。”民不足而可治者，自古及今，未之尝闻。古之人曰：“一夫不耕，或受之饥；一女不织，或受之寒。”生之有时，而用之亡度，则物力必屈；古之治天下，至纤至悉也③，故其畜积足恃。今背本而趋末④，食者甚众，是天下之大残也，淫侈之俗，日日以长，是天下之大贼也；残贼公行，莫之或止，大命将泛⑤，莫之振救，生之者甚少，而靡之者甚多，天下财产，何得不蹶⑥！汉之为汉，几四十年矣，公私之积，犹可哀痛，失时不雨，民且狼顾⑦，岁恶不入，请卖爵子⑧，既闻耳⑨矣，安有为天下阽⑩危者若是而上不惊者！

世之有饥穰⑪，天之行也，禹汤被之矣⑫。即不幸而有方二三千里之旱，国胡以相恤？卒然⑬边境有急，数千百万之众，国胡以馈之？兵旱相乘，天下大屈，有勇力者，聚徒而衡⑭击；罢夫羸老，易子而咬其骨；政治未毕通也。远方之能疑⑮者，并举而争起矣，乃骇而图之，岂将有及乎！

夫积贮者，天下之大命也，苟粟多而财有余，何为而不成！以攻则取，以守则固，以战则胜，怀敌附远，何招而不至！今驱民而归之农，皆著于本，使天下各食其力，末技游食之民，转而缘南晦⑯，则畜积足而人乐其所矣。可以为富安天下，而直为此廪廪也⑰！窃为陛下惜之！

---

①汉文帝即位，躬修节俭，思安百姓，时民近战国，皆背本趋末，谊因上此疏，帝感谊言，开籍田，躬耕以安百姓。②筦：与“管”同；筦子：管仲，字夷吾，春秋时相齐桓公，霸诸侯，称仲父，谥敬，亦称管敬仲。 ③纤：细。悉：尽其

事。 ④背本而趋末：言弃农业而趋工商。 ⑤泛：覆。⑥蹶：喻失败或挫折。 ⑦狼性怯，喜环顾，言民见天不雨，即心恐惧。 ⑧卖爵子：卖爵又卖子也。 ⑨闻耳：闻于天子之耳。 ⑩阽（diàn）：临近危险。 ⑪饥：荒年。穰：丰年。 ⑫禹汤被之矣：谓禹曾遭水而汤曾遭旱。 ⑬卒（cù）然：急遽貌。 ⑭衡：横。 ⑮疑：读曰“拟”，僭。⑯晦：“亩”本字。 ⑰廪廪：即凛凛，危也。

贾谊吊屈原赋①

恭②承嘉惠兮，俟罪长沙③，侧闻屈原兮，自沉汨罗④。造托湘⑤流兮，敬吊先生；遭世罔极兮⑥，乃陨厥身。呜呼哀哉！逢时不祥，鸾凤伏窜兮，鸱枭翱翔。阘茸⑦尊显兮，谗谀得志；贤圣逆曳兮，方正倒植。世谓伯夷为溷兮⑧，谓盗跖廉⑨；莫邪为顿兮⑩，铅刀为铦⑪。于嗟默默⑫，生之无故兮；斡弃周鼎，宝康瓠兮⑬。腾驾罢牛，骖蹇驴兮；骥垂两耳，服盐车兮⑭。章甫荐屦⑮，渐不可久兮；嗟苦先生，独离⑯此咎兮。

讯⑰曰：已矣，国其莫我知兮，独壹郁⑱其谁语？凤漂漂其高逝⑲兮，固自引而远去。袭九渊⑳之神龙兮，沕㉑深潜以自珍；偭蟂獭以隐处兮，夫岂从虾与蛭螾㉒？所贵圣人之神德兮，远浊世而自藏；使骐骥可得系而羁兮，岂云异夫犬羊。般纷纷㉓其离此尤兮，亦夫子之辜也㉔，瞝九州而相君兮㉕。何必怀此都也。凤凰翔于千仞之上兮，览德辉而下之，见细德之险微兮㉖，遥曾击而去之。彼寻常之污渎兮，岂能容吞舟之鱼，横江湖之鳣鲸兮㉗，固将制于蝼蚁。

---

①贾谊为长沙王太傅，闻长沙卑湿，自以寿不得长，又以谪去，意不自得，及渡湘水，为赋以吊屈原。屈原：战国楚人，名平，别号灵均，仕楚为三闾大夫。靳尚辈谮而疏之，乃作《离骚》，冀王感悟。襄王时，复用谗，谪屈原于江南，屈原于五月五日自沉汨罗江以死。贾谊哀屈原遭谗邪之咎，亦因自伤为郑通等所谗。　②恭：敬也。　③长沙：见汉文帝《赐南粤王赵佗书》注。　④汨罗：二水名，合流曰汨罗江，在今湖南汨罗市。　⑤湘：水名，发源广西兴安县之阳海山，北流入洞庭湖。⑥罔极：言无中正。《诗·小雅·青蝇》："谗人罔极。"⑦阘（tà）茸：卑贱。　⑧伯夷：殷时孤竹君之子，与其弟叔齐皆让国逃去。周武王克殷，耻食周粟，夷齐皆饿死于首阳山。溷（hùn）：混乱。　⑨盗跖：春秋时，柳下惠之弟，日杀不辜，食人之肉。跖，黄帝时大盗之名。以柳下惠弟为天下大盗，故谓之盗跖。一本作"跖跻"，亦兼二人而言也。　⑩莫邪：古女子名，阖庐使干将铸剑，铁汁不下，莫邪窜入炉中，铁汁出，遂成二剑，雄曰干将，雌曰莫邪。　⑪铅刀：谓以铅为刀，言其钝。铦（xiān）：利也。　⑫于：读如吁；一本即作"吁"。默默：不得意。　⑬康瓠：谓大瓠。　⑭夫骥服盐车上大山，中坂迁延，负辕不能上，伯乐下车哭之。　⑮章甫：殷冠名，即缁布冠。荐屦：言反在屦下。屦，一作"履"。　⑯离：与

“罹”同，遭也。 ⑰讯：一作“谇”，告也，即乱辞，乐之卒章曰乱。 ⑱壹郁：拂郁。壹，一作“堙”。 ⑲逝：往。⑳《庄子·列御寇》：“千金之珠，必在九重之渊骊龙颔下。”㉑汐（mì）：潜藏。 ㉒蛭：即蚂蟥。螾：与“蚓”同。㉓般：久也，纷：乱也。或曰般桓不去。纷纷：构谗意。 ㉔辜，一作“故”。 ㉕瞝（chī）：视也。 ㉖微，一作“徵”。㉗鳣：大鲤鱼。

晁错论贵粟疏[①]

圣王在上而民不冻饥者，非能耕而食之[②]，织而衣之也[③]，为开其资财之道也；故尧、禹有九年之水，汤有七年之旱，而国无捐瘠者[④]，以畜积多而备先具也。今海内为一，土地人民之众，不避[⑤]汤、禹，加以亡天灾数年之水旱，而畜积未及者，何也？地有遗利，民有余力，生谷之土未尽垦，山泽之利未尽出也，游食之民未尽归农也。民贫则奸邪生，贫生于不足，不足生于不农，不农则不地著[⑥]，不地著则离乡轻家，民如鸟兽，虽有高城深池，严法重刑，犹不能禁也。夫寒之于衣，不待轻暖，饥之于食，不待甘旨，饥寒至身，不顾廉耻；人情一日不再食则饥，终岁不制衣则寒；夫腹饥不得食，肤寒不得衣，虽慈母不能保其子，君安能以有其民哉！明主知其然也，故务民于农桑，薄赋敛，广畜积，以实仓廪，备水旱，故民可得而有也。

民者，在上所以牧之。趋利如水走下，四方亡择也。夫珠玉金银，饥不可食，寒不可衣，然而众贵之者，以上用之故也；其为物轻微易臧，在于把握，可以周⑦海内而亡饥寒之患，此令臣轻背其主而民易去其乡，盗贼有所劝，亡逃者得轻资也。粟米布帛生于地，长于时，聚于力，非可一日成也；数石之重，中人⑧弗胜，不为奸邪所利，一日弗得而饥寒至，是故明君贵五谷而贱金玉。

今农夫五口之家，其服役者不下二人，其能耕者不过百亩，百亩之收，不过百石，春耕夏耘，秋获冬臧，伐薪樵，治官府，给徭役，春不得避风尘，夏不得避暑热，秋不得避阴雨，冬不得避寒冻，四时之间，亡日休息，又私自送往迎来吊死问疾，养孤长幼在其中；勤苦如此，尚复被水旱之灾，急政暴虐，赋敛不时，朝令而暮改。当具有者半贾而卖⑨，亡者取倍称⑩之息，于是有卖田宅、鬻子孙以偿责⑪者矣。而商贾⑫大者积贮倍息，小者坐列贩卖，操其奇赢⑬。日游都市，乘上之急，所卖必倍。故其男不耕耘，女不蚕织，衣必文采，食必粱肉，无农夫之苦，有仟佰之得，因其富厚，交通王侯，力过吏势，以利相倾，千里游敖，冠盖相望，乘坚策肥⑭，履丝曳缟，此商人所以兼并农人，农人所以流亡者也。今法律贱商人，商人已富贵矣，尊农夫，农夫已贫贱矣；故俗之所贵，主之所贱也，吏之所卑，法之所尊也，上下相反，好恶乖迕⑮，而欲国富法立，不可得也。

方今之务，莫若使民务农而已矣。欲民务农，在于贵粟，贵粟之道，在于使民以粟为赏罚。今募天下入粟县官⑯，得以拜爵，得以除罪，如此，富人有爵，农民有钱，粟有所渫⑰。夫能入粟以受爵，皆有余者也。取于有余以供上用，则贫民之赋可损，所谓损有余补不足，令出而民利者也。顺于民心，所补者三：一曰主用足；二曰民赋少；三曰劝农功。今令民有车骑马一匹者，复卒三人⑱，车骑者，天下武备也，故为复卒。神农⑲之教曰："有石城十仞，汤池⑳百步，带甲百万，而亡粟，弗能守也。"以是观之，粟者，王者大用，政之本务。令民入粟受爵，至五大夫㉑以上，乃复一人耳；此其与骑马之功，相去远矣。爵者，上之所擅，出于口而亡穷；粟者，民之所种，生于地而不乏，夫得高爵与免罪，人之所甚欲也，使天下人入粟于边，以受爵免罪，不过三岁，塞下之粟必多矣。

---

①晁错：汉颍川人，文帝时为太子家令，景帝时，请削诸侯封地以尊京师，吴楚七国遂反，帝用爰盎策，绐错载行东市杀之。按错传言守边备塞、劝民力本二事，此盖与守边备塞书同时所上，《汉书》已入《食货志》，故本传不载，盖为班固所分析尔。疏既上，文帝从其言，令民入粟边，六百石爵上造，稍增至四千石为上大夫，万二千石为大庶长，各以多少级数有差。

②食：以食食人。　③衣：以衣衣人。　④瘠：瘦病。言无相弃捐而瘦病。　⑤不避：不让。　⑥地著：即土著，安居而不徙之谓。　⑦周：周遍而游行。　⑧中人：处强弱之

中。 ⑨具，一作“其”。半贾：本直千钱者，止得五百。 ⑩倍称：取一偿二。 ⑪责：读如“债”。 ⑫行卖曰“商”，坐贩曰“贾”。 ⑬奇赢：谓有余财而畜聚奇异之物；一说奇为残余物，则奇赢者，谓余物与赢利。 ⑭乘坚策肥：谓乘好车，策肥马。 ⑮乖迕：乖违。 ⑯县官：称朝廷。 ⑰渫（xiè）：散发。宋祁曰：“‘有所渫’下脱‘矣’字。” ⑱复卒：当为卒者免其三人，不为卒者复其钱。 ⑲神农：又称炎帝，始教民为耒耜，兴农业。 ⑳汤池：以沸汤为池，不可辄近，喻严固。 ㉑五大夫：汉第九等爵。

邹阳谏吴王书[1]

臣闻秦倚曲台[2]之宫，悬衡天下[3]。画地而人不犯[4]，兵加胡越，至其晚节末路，张耳陈胜连从兵之据[5]，以叩函谷[6]，咸阳[7]遂危；何则？列郡不相亲，万室不相救也。今胡数涉北河[8]之外，上覆飞鸟，下不见伏兔[9]，斗城不休，救兵不至[10]，死者相随，辇车相属[11]，转粟流输，千里不绝；何则？强赵责于河间[12]，六齐望于惠后[13]，城阳顾于卢博[14]，三淮南之心思坟墓[15]，大王不忧，臣恐救兵之不专[16]，胡马遂进窥于邯郸[17]，越水长沙，还舟青阳[18]，虽使梁并淮阳[19]之兵，下淮东，越广陵[20]，以遏越人之粮。汉亦折西河[21]而下，北守漳水[22]，以辅大国，胡亦益进，越亦益深，此臣之所为大王患也。

臣闻蛟龙骧首奋翼[23]，则浮云出流，雾雨咸集；圣王底节㉔修德，则游谈之士，归义思名，今臣尽知毕议，易精极虑，则无国而不可奸㉕？饰固陋之心，则何王之门，不可曳长裾乎？然臣所以历数王之朝，背淮千里而自致者，非恶臣国而乐吴民，窃高下风之行，尤说大王之义，故愿大王无忽，察听其至㉖。

臣闻鸷鸟㉗累百，不如一鹗㉘，夫全赵㉙之时，武力鼎士㉚，袨服丛台之下者㉛，一旦成市，不能止幽王之湛患㉜，淮南连山东之侠，死士盈朝，不能还厉王之西也㉝；然则㉞计议不得，虽诸贲㉟不能安其位亦明矣。故愿大王审画而已！

始孝文皇帝据关入立，寒心销志㊱，不明求衣㊲，自立天子之后，使东牟朱虚东褒仪父之后㊳，深割婴儿王之㊴，壤子王梁代㊵，益以淮阳㊶，卒仆济北㊷，囚弟于雍㊸者，岂非象新垣㊹等哉；今天子新据先帝之遗业，左规山东，右制关中，变权易势，大臣难知，大王弗察，臣恐周鼎复起于汉，新垣过计于朝，则我吴遗嗣，不可期于世矣。高皇帝烧栈道㊺，灌章邯㊻，兵不留行㊼，收弊人之倦，东驰函谷，西楚㊽大破；水攻则章邯以亡其城，陆击则荆王㊾以失其地，此皆国家之不几㊿者也。愿大王熟察之。

---

①邹阳：齐人。吴王，名濞，高祖兄仲之子，封吴。王以子贤入见，与皇太子饮博，相争不恭，为皇太子所杀，因有邪谋，阳时事王，奏书谏，为其事尚隐，恶指斥言，乃先引秦为喻，因道胡越齐赵之难，以致其意，不纳，卒以反诛。 ②曲台：秦

宫名。汉未央东有曲台殿，盖缘秦宫而名者。　③衡：犹称之权也。言其悬法度于其上。　④此句一本无“人”字。⑤张耳：初为赵相，与陈余友善，为刎颈交，后奔汉，与韩信共破赵军，杀陈余，汉封为赵王。据：引也，言相引以为援。⑥函谷：见贾谊《过秦论》殽函注。　⑦咸阳：见贾山《至言》注。　⑧北河：戎地之河上。　⑨“上覆飞鸟”二句，言胡来人马之盛，扬尘上覆飞鸟，下不见伏兔。一曰，覆，尽也。⑩至，一作“止”。　⑪属：连也。　⑫强赵责于河间：赵幽王为吕后所幽死，文帝立其长子遂为赵王，立遂弟辟强为河间王，至子哀王无嗣，国除，遂欲复得河间。　⑬六齐望于惠后：文帝闵济北逆乱自灭，尽封悼惠王诸子为列侯。齐文王薨，无子，分齐为六，封将闾为齐王，惠为济北王，贤为淄川王，雄渠为胶东王，邛为胶西王，辟光为济南王，故曰六齐。望：怨望。惠后：惠帝、吕后。言惠帝时吕后割齐地封吕合及刘泽，故六子追怨之。一说，惠后即惠帝。后，帝也。　⑭城阳顾于卢博：谓城阳王喜顾念济北王兴居诛死事而怨天子。卢博：济北地。卢县，济北王都，故城在今山东济南长清区西三十里；博县，济北属县，故城在今山东泰安东南。　⑮三淮南之心思坟墓：谓淮南厉王之子，念其父见迁杀，思墓欲报怨。三淮南：指淮南王、衡山王、济北王。　⑯不专：言诸国各有私怨欲申，若吴反，天子来讨，诸国不肯专为吴以兵相救。　⑰邯郸：战国赵都，秦置郡，汉置县，即今河北邯郸。言既引胡入境，转恐其袭赵。　⑱越水长沙，还舟青阳：言南越与长沙，或观望不进，不足恃也。　⑲梁孝王初王于淮阳，及徙梁后，仍兼有淮阳。　⑳广陵：汉县名，今江苏扬州江都区地。　㉑西河：见贾谊《过秦论》注。　㉒漳水：上游有清漳、浊漳二源，皆出山西境，下流至河北大名县南入卫河。　㉓蛟，一作“交”。“交”“蛟”古今字。骧：一作“襄”，举起，昂起。㉔底：通“砥”，磨炼。　㉕“而”字一本无。奸：求也，与“干”同。　㉖至：极也，谓极言之。　㉗鸷鸟：鸷击之鸟，鹰鹯之属。　㉘鹗：大鸟之鸷者。俗称鱼鹰，古谓之雎鸠。　㉙全赵：谓赵未分之时。　㉚鼎士：谓力能举鼎之大力士。　㉛袨服：犹言黑衣，古戎服尚黑。丛台：战国时赵王之台，数台相连，故名，在今河北邯郸城内。　㉜幽王：谓赵幽王友。湛患：言赵幽王为吕后幽死。湛，读曰“沈”。㉝厉王之西：谓淮南厉王长废迁严道而死于雍也。　㉞然则：一作“然而”，古时“而”与“则”同义。　㉟诸贲：专诸与孟贲，皆古勇士。贲，读如“奔”。　㊱寒心：如履冰。销志：戒逸乐。　㊲不明求衣：未明而起。　㊳谓文帝遣朱虚侯章东喻齐王，嘉其首举兵欲诛诸吕，犹春秋褒邾仪父。一说，使东牟朱虚东，言其东使就王封也。仪，亦作“义”，义父，似谓齐悼惠王。　㊴深割婴儿王之：谓褒其后，故封其子皆为王。封时有幼者，故举言婴儿。　㊵壤：孃嚷，字之假借，孃嚷，肥大。王梁代：《汉书·文三王传》“代王武徙王淮阳，复徙王梁，太原王参徙王代”是也。　㊶益以淮阳：谓割淮阳北边列城以益梁。　㊷卒仆济北：谓济北王兴居反见诛。仆：僵仆。　㊸囚弟于雍：谓淮南王长有罪见徙死于雍。　㊹新垣：即新垣平。一本有“平”字。文帝时，新垣平以望气见，因说帝立渭阳五庙，欲出周鼎，当有玉英见，诈觉，夷三族。㊺栈道：险绝之处，傍山架木，以通道路，故以为名，在陕西褒城县北，接凤县界，张良说汉王烧绝栈道即此。㊻灌章邯：章邯为雍王，高祖以水灌其城。灌，一作“水”。章邯本秦将，降项羽，立为雍王，高祖还定三秦，邯败走自杀。㊼兵不留行：谓攻之易，故不稽留。㊽项羽自立为西楚霸王，都彭城，地为今江苏徐州铜山区。㊾荆王：即楚王，谓项羽。㊿不几：不可希冀意。

枚乘谏吴王书①

臣闻得全者全昌，失全者全亡②。舜无立锥之地③，以有天下，禹无十户之聚④，以王诸侯，汤武之土，不过百里，上不绝三光之明⑤，下不伤百姓之心者，有王术⑥也；故父子之道，天性也，忠臣不避重诛以直谏，则事无遗策，功流万世，臣乘愿披心腹而效愚忠，惟大王少加意念恻怛之心于臣乘言⑦！

夫以一缕之任，系千钧之重，上悬之无极之高，下垂之不测之渊，虽甚愚之人，犹知哀其将绝也。马方骇，鼓而惊之，系⑧方绝，又重镇之，系绝于天，不可复结，坠入深渊，难以复出，其出不出，间不容发。能听忠臣之言，百举必脱，必若所欲为，危于累卵，难于上天，变所欲为，易于反掌，安于泰山，今欲极天命之上寿，弊⑨无穷之极乐，究⑩万乘之势，不出反掌之易，居泰山之安，而欲乘累卵之危，走上天之难，此愚臣之所大惑也！

人性有畏其影而恶其迹者，却背而走，迹愈多，影愈疾，不知[11]就阴而止，影灭迹绝；欲人勿闻，莫若勿言；欲人勿知，莫若勿为；欲汤之沧[12]，一人炊之，百人扬之，无益也，不如绝薪止火[13]而已；不绝之于彼，而救之于此，譬犹抱薪而救火[14]也。养由基[15]，楚之善射者也，去杨叶百步，百发百中；杨叶之大，加百中焉，可谓善射矣，然其所止，乃百步之内耳，比于臣乘，未知操弓持矢也[16]。福生有基，祸生有胎；纳[17]其基，绝其胎，祸何自来？

太山之溜[18]穿石，单极之绠断干[19]，水非石之钻，索非木之锯，渐靡[20]使之然也。夫铢铢[21]而称之，至石[22]必差，寸寸而度之，至丈必过，石称丈量，径[23]而寡失。夫十围之木，始生而蘖[24]，足可搔而绝，手可擢而拔[25]，据其未生，先其未形。磨砻砥砺，不见其损，有时而尽，种树畜养，不见其益，有时而大，积德累行，不知其善，有时而用，弃义背理，不知其恶，有时而亡，臣愿大王孰计而身行之！此百世不易之道也。

---

①枚乘：汉淮阴人，字叔，为吴王濞郎中。王有异谋，上书谏，不纳，去之梁，孝王尊为上客。至景帝时，濞卒以反诛，武帝时，征枚，枚道卒。　②“得全者全昌”二句，上全字谓保全之道，下全字谓完全。一本作“得全者昌，失全者亡”。

③锥末至微，今乃并立锥之地而无之，极言其贫弱。　④聚：聚邑。　⑤三光：日月星也。言上感天象，故无错谬。　⑥王术：谓王天下之术。　⑦恻怛：心有不忍之意。　⑧系：缚也。　⑨弊：尽也。　⑩究：竟也，极也。　⑪“不知”之“知”，当为“如”字之误，与下文“两莫若一不如”同例。⑫沧（chuàng）：寒也。　⑬《吕氏春秋·尽数》：“夫汤止沸，沸愈不止，去火则止矣。”即绝薪止火之意。　⑭抱薪而救火：谓欲除害而更益之。《文选》注：“不治其本而救其末，无异凿渠而止水，抱薪而救火也。”　⑮养由基：楚人，战国时，苏厉谓周君，楚有养由基者，善射，去柳叶者百步而射之，百发百中。　⑯比于臣乘未知操弓持矢也，乘自言知者远，非若彼止见百步之中。　⑰纳：犹受。　⑱溜：屋水流，引申为山水自上下流。　⑲西方人名屋梁谓极。单：一也，单极，一梁。统：即“绠”，绳，以汲井水。干：交木井上以为栏者。⑳靡：音“磨”。　㉑铢：古衡名，十黍为累，十累为铢。㉒石：百二十斤。　㉓径：直。　㉔蘖：芽之旁出者。㉕擢（zhuó）：拔也。

东方朔答客难①

客难东方朔曰：“苏秦、张仪②，一当万乘之主，而都③卿相之位，泽及后世，今子大夫修先王之术，慕圣人之义，讽诵《诗》《书》百家之言，不可胜记，著于竹帛④，唇腐齿落，服膺⑤而不可释，好学乐道之效，明白甚矣⑥；自以智能[7]海内无双，则可谓博闻辩智矣；然悉力尽忠以事圣帝，旷日持久，积数十年，官不过侍郎[8]，位不过执戟[9]，意者尚有遗行邪！同胞之徒，无所容居[10]，其故何也？”

东方先生喟然长息，仰而应之曰：“是故非子之所能备，彼一时也，此一时也，岂可同哉！夫苏秦、张仪之时，周室大坏，诸侯不朝，力政[11]争权，相禽以兵，并为十二国[12]，未有雌雄，得士者强，失士者亡，故说得行焉[13]，身处尊位，珍宝充内，外有廪仓[14]，泽及后世，子孙长享；今则不然，圣帝流德[15]，天下震慑[16]，诸侯宾服[17]，连四海之外以为带[18]，安于覆盂[19]，天下平均，合为一家，动发举事，犹运之掌，贤与不肖，何以异哉！遵天之道，顺地之理，物无不得其所，故绥之则安，动之则苦，尊之则为将，卑之则为虏，抗之则在青云之上，抑之则在深泉之下，用之则为虎，不用则为鼠，虽欲尽节效情，安知前后[20]！夫[21]天地之大，士民之众，竭精驰[22]说，并进辐凑者，不可胜数，悉力慕之，困于衣食，或失门户[23]，使苏秦张仪与仆[24]并生于今之世，曾不得掌故[25]，安敢望侍郎乎[26]！传曰：‘天下无害，虽有圣人，无所施才，上下和同，虽有贤者，无所立功。’[27]故曰：时异事异。

“虽然，安可以不务修身乎哉！《诗》曰：‘鼓钟于宫，声闻于外。’[28]‘鹤鸣九皋，声闻于天。’[29]苟能修身，何患不荣，太公体行仁义[30]，七十有二乃[31]设用于文武，得信[32]厥说，封于齐，七百岁而不绝，此士所以日夜孳孳[33]，修学[34]敏行而不敢怠也；譬若鹡鸰，飞且鸣矣[35]。传曰：‘天不为人之恶寒而辍其冬，地不为人之恶险而辍其广，君子不为小人之匈匈而易其行，天有常度，地有常形，君子有常行，君子道其常，小人计其功。’[36]

“《诗》云：‘礼义之不愆，何恤人之言。’[37]‘水至清则无鱼，人至察则无徒，冕而前旒，所以蔽明。黈纩充耳，所以塞聪。’[38]明有所不见，聪有所不闻，举大德，赦小过，无求备于一人之义也[39]。‘枉而直之，使自得之，优而柔之，使自求之，揆而度之，使自索之。’[40]盖圣人之教化如此，欲其自得之，自得之，则敏且广矣。今世之处士，时虽不用，块然[41]无徒，廓然[42]独居，上观许由[43]，下察接舆[44]，计同范蠡[45]，忠合子胥[46]，天下和平，与义相扶，寡偶少徒，固其宜也，子何疑于予哉！

“若夫燕之用乐毅[47]，秦之任李斯[48]，郦食其之下齐[49]，说行如流，曲从如环，所欲必得，功若邱山，海内定，国家安，是遇其时者也，子又何怪之邪！语曰：以管窥天。以蠡测海，以莛撞钟[50]，岂能通其条贯，考其文理，发其音声哉[51]！由是观之，譬犹鼱鼩[52]之袭狗，孤豚之咋虎[53]，至则靡[54]耳，何功之有！今以下愚而非处士，虽欲勿困，固不得已，此适足以明其不知权变，而终惑于大道也。”

---

①东方朔：平原厌次(今山东陵县)人，字曼倩，善诙谐，事武帝为郎，时以讽谏救帝之过，长于文辞。以位卑，著论设客难

己，以自慰谕。 ②张仪：战国魏人，相秦惠王，以连衡之策说六国，使背从约而事秦。 ③都：居。 ④竹帛：古用以记载文字，上古用竹木，至秦，以帛代之。 ⑤服膺：犹言存之胸中。 ⑥“好学”二句一本无。 ⑦智能，一作“为”。 ⑧侍郎：官名，汉郎官初上台称尚书郎中，满岁称尚书郎，三岁称侍郎，五岁迁大县，或补二千石。 ⑨执戟：古诗郎之职，凡郎官皆主更值执戟宿卫诸殿门以侍卫之，故通谓之侍郎。 ⑩“同胞”二句一本无。 ⑪力政：犹力征。政读如“征”。 ⑫春秋、战国之间，有十二国，鲁、卫、齐、宋、楚、郑、燕、赵、韩、魏、秦、中山是也。 ⑬故说得行焉，一作“故谈说行焉”；一作“故说听行通”。 ⑭廪仓，一作“仓廪”。米藏曰廪，谷藏曰仓。一本无“珍宝充内，外有廪仓”二句。 ⑮圣帝流德，一作“圣帝在上”。“流德”一作“德流”。 ⑯天下震慑，一作“泽流天下”。震慑：恐惧。 ⑰一本“诸侯宾服”下有“威震四夷”四字。 ⑱连四海之外以为带，言如带之相连。 ⑲安于覆盂：言不可动摇。 ⑳安知前后：言不知今昔之异。 ㉑夫，一作“方今以”。 ㉒驰，一作“谈”。 ㉓或失门户：言被诛而丧其门户。 ㉔仆：自谦之辞。 ㉕掌故：汉百石吏，主故事者。 ㉖侍郎，一作“常侍郎”，一作“常侍侍郎”。 ㉗一本无此四句。 ㉘“鼓钟于宫”二句，言有于中必形于外。 ㉙“鹤鸣九皋”二句，见《诗·小雅·鹤鸣》。皋：泽也。言处卑而声高。 ㉚太公：本姓姜，名尚，其先封于吕，故亦曰吕尚，文王得之曰吾太公望子久矣，故曰太公望，佐武王克殷有功，封于齐。体，一作

“躬”。 ㉛乃，一作“延”。 ㉜信：读“伸”，义同。㉝孳孳：勤勉。 ㉞一本无“修学”二字。 ㉟辟：读“譬”。鹡鸰：小青雀，飞则鸣，行则摇，甚勤苦。 ㊱“天不”六句，见《荀子·天论》。匈匈：喧哗声。道：由也。㊲“礼义”二句，见《左传》昭公四年，逸诗也。愆：过也。恤：忧也。 ㊳“水至清”六句，见《大戴礼》，孔子之辞。黈（tǒu）：黄色。纩：绵。以黄绵为球，用组悬之于冕，垂两耳旁，以示不外听。 ㊴语见《论语》。 ㊵“枉而直之”六句，见《大戴礼》。 ㊶块然：独立貌。 ㊷廓然：空也。 ㊸许由：字武仲，尧时隐士，尧让以天下，不受而逃之。 ㊹接舆：春秋楚之隐者，姓陆，名通。《论语·微子》有“楚狂接舆”。 ㊺范蠡：见贾谊《过秦论》“陶朱”注。㊻子胥：春秋楚人，姓伍，名员，子胥其字也，父奢兄尚，皆为楚平王所杀，子胥奔吴，伐楚入郢，后吴败越，越王勾践请和，夫差许之，子胥谏，不听，太宰嚭谗之，夫差赐子胥死，盛以鸱夷革，浮之江。 ㊼乐毅：见贾谊《过秦论》注。 ㊽李斯：秦始皇之相，本楚上蔡人，仕于秦，始皇信任之。 ㊾郦食其：汉陈留高阳人，谒沛公说下陈留，号为广武君，又说齐下七十余城。 ㊿以管窥天，以蠡测海，以莛撞钟：言所见之小。蠡：瓠瓢也。莛（tíng）：草茎。 51《说苑》：“建天下之鸣钟，撞之以莛，岂能发其音声哉。” 52鼱鼩（jīng qú）：小鼠。 53豚：猪子。咋：啮。 54靡：碎灭。

司马相如子虚赋[①]

楚使子虚[②]使于齐。齐王悉发车骑，与使者出畋[③]。畋罢，子虚过奼乌有先生[④]，亡是公存焉[⑤]。坐定，乌有先生问曰：今日畋乐乎？子虚曰：乐。获多乎？曰：少。然则何乐？对曰：仆乐齐王之欲夸[⑥]仆以车骑之众，而仆对云梦[⑦]之事也。曰：可得闻乎？子虚曰：可。王车驾千乘，选徒万骑，畋于海滨，列卒满泽，罝[⑧]网弥山，掩兔辚鹿[⑨]，射麋脚麟[⑩]，骛于盐浦[⑪]，割鲜染轮[⑫]，射中获多，矜而自功，顾谓仆曰：楚亦有平原广泽游猎之地，饶乐若此者乎？楚王之猎，孰与寡人乎？仆下车对曰：臣，楚国之鄙人也。幸得宿卫，十有余年，时从出游，游于后园，览于有无，然犹未能遍睹也，又焉足以言其外泽乎。齐王曰：虽然，略以子之所闻见而言之。仆对曰：唯唯[⑬]！

臣闻楚有七泽，尝见其一，未睹其余也；臣之所见。盖特其小小者耳，名曰云梦。云梦者，方九百里，其中有山焉。其山则盘纡茀郁[⑭]，隆崇嵂崒[⑮]，岑崟[⑯]参差，日月蔽亏[⑰]，交错纠纷，上干青云，罢池陂陀[⑱]，下属江河。其土则丹青赭垩[⑲]，雌黄白坿[⑳]，锡碧金银[㉑]，众色炫耀，照烂龙鳞[㉒]。其石则赤玉玫瑰[㉓]，琳瑉昆吾[㉔]，瑊玏玄厉[㉕]，碝石碔砆[㉖]。

其东则有蕙圃[㉗]，蘅兰芷若[㉘]，穹穷[㉙]菖浦，江蓠蘪芜[㉚]，诸柘巴苴[㉛]。其南则有平原广泽，登降陁靡[㉜]，案衍坛曼[㉝]，缘以大江，限以巫山[34]。其高燥则生葴菥苞荔[35]，薛莎青薠[36]；其埤湿则生藏莨蒹葭[37]，东蘠雕胡[38]，莲藕觚卢[39]，奄闾轩于[40]。众物居之，不可胜图[41]。

其西则有涌泉清池，激水推移，外发芙蓉菱华[42]，内隐巨石白沙；其中则有神龟蛟鼍[43]，瑇瑁[44]鳖鼋。其北则有阴林[45]，其树楩柟豫章[46]，桂椒木兰[47]，檗离朱杨[48]，楂梨梬栗[49]，橘柚芬芳。其上则有鹓雏孔鸾[50]，腾远射干[51]；其下则有白虎玄豹，蟃蜒貙犴[52]，于是乎乃使专诸[53]之伦，手格此兽。

楚王乃驾驯驳[54]之驷，乘雕玉之舆，靡鱼须之桡旃[55]，曳明月[56]之珠旗，建干将之雄戟[57]，左乌号之雕弓[58]，右夏服之劲箭[59]，阳子[60]骖乘，孅阿[61]为御，案节未舒[62]，即陵狡兽，蹴蛩蛩[63]，辚距虚[64]，轶野马，穗騊駼[65]，乘遗风[66]，射游骐[67]，倏眒倩浰[68]，雷动猋[69]至，星流霆[70]击，弓不虚发，中必决眦[71]，洞胸达掖[72]，绝乎心系[73]，获若雨兽[74]，掩草蔽地。于是楚王乃弭节[75]徘徊，翱翔容与[76]，览乎阴林，观壮士之暴怒，与猛兽之恐惧，徼郄受诎[77]，殚睹众物之变态。

于是郑女曼姬[78]，被阿緆[79]，揄[80]纻缟，杂纤罗，垂雾縠[81]，襞积褰绉[82]，纡徐委曲，郁桡溪谷[83]，衯衯裶裶[84]，扬袘戌削[85]，蜚襳垂髾[86]，扶舆猗靡[87]，翕呷萃蔡[88]，下靡兰蕙，上拂羽盖[89]，错翡翠之威蕤[90]，缪绕玉绥[91]，眇眇忽忽，若神仙之仿佛[92]。于是乃相与獠[93]于蕙圃，媻姗勃窣[94]，上乎金堤[95]，掩翡翠，射鵕鸃[96]，微矰出[97]，孅缴[98]施，弋白鹄，连驾鹅[99]，双鸧[100]下，玄鹤加，怠而后发，游于清池。浮文鹢[101]，扬旌栧[102]，张翠帷，建羽盖，罔瑇瑁，钩紫贝[103]，摐金鼓[104]，吹鸣籁。榜人[105]歌，声流喝[106]。水虫骇，波鸿沸，涌泉起，奔扬[107]会，礧石[108]相击，硠硠磕磕[109]，若雷霆之声，闻乎数百里之外。

将息獠者，击灵鼓[110]，起烽燧[111]，车案行[112]，骑就队，纚乎淫淫[113]，般乎裔裔[114]，于是楚王乃登云阳之台[115]，怕[116]乎无为，憺[117]乎自持，勺药[118]之和，具而后御之，不若大王终日驰骋，曾不下舆，脟割轮焠[119]，自以为娱；臣窃观之，齐殆不如。于是齐王无以应仆也。

乌有先生曰：是何言之过也！足下不远千里，来贶[120]齐国，王悉发境内之士，备车骑之众，与使者出畋，乃欲戮力致获，以娱左右，何名为夸哉！问楚地之有无者，愿闻大国之风烈，先生之余论也，今足下不称楚王之德厚，而盛推云梦以为高，奢言淫乐而显侈靡，窃为足下不取也！必若所言，固非楚国之美也，无而言之，是害足下之信也，彰君恶，伤私义，二者无一可，而先生行之，必且轻于齐而累于楚矣。且齐东陼[121]巨海，南有琅邪[122]，观乎成山[123]，射乎之罘[124]，浮渤澥[125]，游孟诸[126]，邪与肃慎为邻[127]，右以汤谷[128]为界，秋田乎青丘[129]，彷徨[130]乎海外，吞若云梦者八九，于其[131]胸中，曾不蒂芥。若乃俶傥瑰玮[132]，异方殊类，珍怪鸟兽，万端鳞崪[133]，充牣[134]其中，不可胜记，禹不能名，卨[135]不能计；然在诸侯之位，不敢言游戏之乐，苑囿之大；先生又见客[136]，是以王辞不复，何为无以应哉！[137]

---

①司马相如：汉成都人，事武帝为郎，长于辞赋，所作丰赡富丽，六朝之人多仿之。《子虚赋》者，相如虚借子虚、乌有先生、亡是公三人为辞，以推天子诸侯之苑，其卒章归之于节俭，因以讽谏。 ②子虚：虚言也，假以称说楚之美。 ③畋：田猎。 ④奼（chà）：夸诳。乌有先生，乌有此事也，假以难诘楚事。 ⑤亡是公：无是人也。存，一作“在”。 ⑥夸：华言无实。 ⑦云梦：即古云梦泽。在今湖北江汉平原。本二泽，云在江北，梦在江南，方八九百里，后悉为邑居聚落。 ⑧罝（jū）：捕兔的网。 ⑨辚：谓车辗压。 ⑩脚：偏引其足。麟：牡鹿。 ⑪骛：乱驰。盐浦：海水之涯，多出盐也。 ⑫染轮：切生肉染车轮盐而食之。 ⑬唯唯：恭应之辞。 ⑭茀（fú）郁：盘曲貌。 ⑮隆崇嵂崒：山高峻貌。隆崇：竦起。嵂崒，一作“律崒”。 ⑯岑（yín）崟：高峻貌。 ⑰蔽：全隐。亏：半缺。言高山壅蔽，日月亏缺半见。 ⑱罢池：言极其所至靡迤下尽也。陂陀：读如坡陁，犹言靡迤耳。“陀”与“池”同。 ⑲丹：朱砂。青：空青。赭：赤土。垩：白土。 ⑳雌黄：药名，出武都山谷。白坿：以白灰饰之。 ㉑碧：玉之青白色者。 ㉒言彩色相耀，如龙鳞之间杂。 ㉓玫瑰：石之美者。 ㉔琳：玉也。瑉：石之次玉者。昆吾：本山名，出善金，因以名金。 ㉕瑊玏（jiān lè）：似玉的美石。玄厉：黑色磨刀石。 ㉖碝石：石之次玉者。

碝（ruǎn），一本作“碝”。碔砆：赤地白采，葱茏白黑不分。一作“武夫”。 ㉗蕙圃：蕙草之圃。 ㉘蘅兰：二草名。蘅：杜蘅，其状若葵，其臭如蘪芜。兰：通称兰草。芷：白芷。若：杜若，亦为香草，杜衡之大者。 ㉙穹穷：一作“芎䓖”，香草，茎高一二尺，叶似芹，秋间细花五瓣，色黄白，其根可供药用。 ㉚江蓠：香草。蓠，一作“离”。蘪芜：草名，一名蕲芷，茎高尺许，叶为羽状复叶，夏开小花五瓣，色白有清香。 ㉛诸柘：一名甘蔗。柘，一作“蔗”。一说诸柘为二物，诸乃山芋。巴苴：一曰巴蕉。巴，一作“猼”；苴，一作“且”。 ㉜陁靡：斜貌。 ㉝案衍：地势低洼貌。坛曼：平坦宽广貌。 ㉞巫山：即巫峡，山有十二峰，峰下有神女庙。 ㉟葴（zhēn）：马蓝草。菥（sī）：草名，似燕麦。苞：鹿蹄草，其物可为草鞋，亦可作席。荔：马荔草，即马蔺草，蠡实的别名，多年生草本植物，叶可造纸，根可作刷。㊱薛：艾蒿。莎：莎草，块茎称香附子，叶可为笠及蓑衣。青薠：似莎而大。一作“青蘋”。一本无“薛莎青薠”四字。㊲埤（bì）：低湿之地。藏莨：狼尾草。蒹葭：尚未抽穗的芦苇。 ㊳东蘠：沙蓬，实如葵子，十月熟。蘠：一作“蔷”。雕胡：菰米。 ㊴觚卢：葫芦。 ㊵庵闾：草名，状如艾蒿。庵：一作“奄”。轩于：莸草，生水中。 ㊶不可胜图：谓不可尽举而图写之也。 ㊷芙蓉：莲花。蔆，一作“陵”。㊸蛟：龙属无角曰蛟。鼍：俗称猪婆龙，生于江湖，其皮可冒鼓。 ㊹瑇瑁：一作“毒冒”，今作“玳瑁”，龟属，甲有文，生南海中。 ㊺阴林：言其树多而大，常如阴也。 ㊻其树：

一说，当为“巨树”，属上阴林断句。楩：大木。柟：即今所谓楠木。豫章：大木，似楸。 ㊼木兰：木名，亦名杜兰，又名林兰，又谓之木莲，或谓生零陵山谷间。 ㊽檗（bō）：皮可染者。离：山梨。朱杨：赤茎柳。 ㊾楂（zhā）：似梨而甘。梬（yǐng）：梬枣，似柹而小。 ㊿鹓雏：传说中与鸾凤同类的鸟。孔：孔雀。鸾：鸾鸟。一本此句上有“赤猿玃猱”四字。 ⑤①腾远射干：二鸟名。一说，兽名。 ⑤②蟃蜒：兽名，似狸。《尔雅》注：“文山民呼貙虎之大者为貙犴。”盖一物也。犴，本作“犴”。此句下一本有“兕象野犀穷奇獌㺧”八字。 ⑤③专诸：春秋时吴之刺客，公子光享王僚，专诸置匕首鱼腹中刺之，王僚立死，专诸亦为王左右所杀。 ⑤④驯：扰，狡：如马，白身黑尾，一角锯牙，食虎豹。一说，驯狡：止是狡马耳，虎尝见而伏，故出猎驾之，非真狡也。狡，一作“驳”。“狡”“驳”通假。 ⑤⑤鱼须：大鱼之须，出东海，见《尚书·大传》。桡旃：即曲旃；桡（nào）：弯曲。 ⑤⑥明月：珠名。 ⑤⑦干将：剑戟之通称。雄戟：戟中有小刺者。 ⑤⑧乌号：柘桑，其材坚劲，乌栖其上，将飞，枝劲复起，摽呼其上，伐取其材为弓，因名乌号。 ⑤⑨夏服：盛箭器，夏后氏之良弓名烦弱，其矢亦良，即烦弱箭服，故曰夏服。 ⑥⓪阳子：仙人阳陵子。 ⑥①孅（qiān）阿：月神，本山名，有女子处其岩，月历数度跃入月中，因为月神。 ⑥②案节：犹弭节。未舒：言未尽。 ⑥③蹴：蹑也。一本作“轶”。蛩蛩：北海白兽，似马。 ⑥④距虚：似骡而小。一说，即蛩蛩，变文避复。 ⑥⑤轊（wèi）：车轴头。騊駼：北狄良马。一曰野马，盖野马、騊駼为一物，与蛩蛩、距虚之一物二名，相对为文。 ⑥遗风：秦始皇马名。 ⑥⑦《尔雅·释兽》："巂如马一角，不角者曰骐。" ⑥⑧倏目倩浰：皆疾貌。 ⑥⑨猋（biāo）：狂飙。 ⑦⑩霆，一作"电"。 ⑦①眦：即"眥"字，目眶。 ⑦②掖：与"腋"同，臂下。 ⑦③绝乎心系：中心绝系。 ⑦④获若雨兽：言获杀之多，如天雨兽。 ⑦⑤弭节：示安徐。 ⑦⑥翱翔容与：言自得。 ⑦⑦徼（yāo）：遮也。
（jù）：倦极。诎：力尽。 ⑦⑧郑女曼姬：郑女多美，故郑女为当时美女恒称。曼：美也。姬：妇人通称。 ⑦⑨阿：细缯。緆（xī）：细布。一作"锡"。 ⑧⑩揄：曳。 ⑧①雾縠：今之轻纱，薄如雾。 ⑧②襞积：状衣之摺叠。褰绉：缩蹙之。 ⑧③郁桡溪谷：言委屈如溪谷。 ⑧④衯衯（fēn）裶裶（fēi）：皆衣长貌。 ⑧⑤衪：裳下缘。戌削：裁制貌，状行时裳缘之整齐。 ⑧⑥蜚，古"飞"字。襳：束衣之长带。髾（shāo）：燕尾，皆衣上假饰。 ⑧⑦扶舆猗靡：衣裳称美之貌。 ⑧⑧翕呷萃蔡：衣之声，衣声有似翕呷，故取为状。萃，读如翠。 ⑧⑨下靡兰蕙，上拂羽盖：垂襳飞髾，飘扬上下，故或磨兰蕙，或拂羽盖。靡，一作"磨"。 ⑨⑩威蕤：旗名。威：一作"葳"，亦作"萎"。 ⑨①绥：登车所执。玉绥：车之绥以玉饰之。 ⑨②眇眇忽忽，若神仙之仿佛：言其容饰奇艳，殊非人世所见。一作"缥乎忽忽，若神仙之仿佛"。一本无"仙"字。 ⑨③獠：打猎。 ⑨④媻姗勃窣：匍匐而行。 ⑨⑤上乎金堤，一本无"乎"字；一本"乎"作"下"。 ⑨⑥鵔鸃（jùn yí）：赤雉，似山鸡而小。 ⑨⑦矰：短矢。 ⑨⑧孅缴：一作"纤缴"。缴，生丝。 ⑨⑨鴐鹅：野鹅。 ⑩⑩鸧（cāng）：鸧鸹。

⑩鹢：水鸟。画其像于船首，故曰“文鹢”。 ⑩栧（yì）：船舷。一作“枻”。树旌于上，故曰“旌栧”。 ⑩钩，一作“钓”。 ⑩摐（chuāng）：敲击。金鼓：钲，其形似鼓，故名。 ⑩榜人：船长。 ⑩喝：櫂歌。 ⑩扬，一作“物”。⑩礌石：古代作战时从高处推下石头，以击敌。 ⑩硠硠礚礚：石声。硠硠，一作“琅琅”。 ⑪灵鼓：六面鼓。 ⑪烽燧：古代边防报警的信号，白天放烟叫烽，夜间举火叫燧。 ⑪案：依也。行：列也。 ⑪缅（xǐ），群行貌。淫淫：行进貌。⑪般：以次相连而行。裔裔：行貌。形容队伍络绎不绝以次渐进。 ⑪云阳之台：云梦中高唐之台，言其高出云之阳。⑪怕：无为。一作“泊”。 ⑪憺：与“澹”同。 ⑪勺药，五味之和，盖古时五味之和，总谓之勺药。 ⑪脟：与“脔”同。焠（cuì）：烧灼。言脔割其肉，揾车轮盐而食之。⑫贶：加惠，惠赐。 ⑫陼：小洲。言齐东临大海为渚。一本作“有”。 ⑫琊邪：山名，也作芝罘，在今山东烟台市北。⑫成山：在今山东荣成市东北海滨，其角突出海中，称成山角。⑫之罘：山名，在今山东烟台福山区东北。 ⑫渤澥：今渤海。⑫孟诸：宋之大泽，在今河南商丘市东北，故属齐。 ⑫邪：读为“斜”。肃慎：古国名，今吉林及俄属东海滨省之地。⑫汤谷：日所出，以为东界。一说，言为东界，则“右”当为“左”字之误。 ⑫青丘：盖今蓬莱诸岛在海中者。 ⑬徬徨，一作“仿偟”。 ⑬于其，一作“其于”。 ⑬俶傥：卓异，不羁。瑰玮：珍奇。 ⑬崪：与“萃”同，集也。⑬充牣：满也。牣，一作“仞”。 ⑬卨：与“契”同。

⑬⑥见客：见，犹至也，言至此为客，若今人称见顾见至。
⑬⑦此段乌有折子虚。

司马相如上林赋[1]

亡是公听然[2]而笑曰：楚则失矣，而齐亦未为得也。夫使诸侯纳贡者，非为财币，所以述职也[3]，封疆画界者，非为守御，所以禁淫也，今齐列为东藩，而外私肃慎[4]，捐国逾限[5]，越海而田[6]，其于义固未可也。且二君之论，不务明君臣之义，正诸侯之礼，徒事争于游戏之乐，苑囿之大，欲以奢侈相胜，荒淫相越，此不可以扬名发誉，而适足以贬君自损也。

且夫齐、楚之事，又乌足道乎，君未睹夫巨丽也！独不闻天子之上林乎？左苍梧[7]，右西极[8]，丹水[9]更其南，紫渊[10]径其北，终始灞、浐[11]，出入泾、渭[12]、酆、镐，潦、潏[13]，纡余委蛇[14]，经营乎[15]其内。荡荡乎八川[16]分流，相背而异态。东西南北，驰骛往来，出乎椒丘[17]之阙，行乎洲淤[18]之浦，经乎桂林[19]之中，过乎泱漭之壄[20]。汩乎混流[21]，顺阿[22]而下，赴隘狭[23]之口，触穹石[24]，激堆埼[25]，沸乎暴怒，汹涌彭湃[26]，滭弗宓汩[27]，偪侧泌瀄[28]，横流逆折，转腾潎洌[29]，滂濞沆溉[30]，穹隆云桡[31]，宛潬胶盭[32]，逾波趋浥[33]，涖涖下濑[34]，批岩冲拥，奔扬滞沛[35]，临坻[36]注壑，瀺灂霣坠[37]，沉沉隐隐[38]，砰磅訇磕[39]，潏潏淈淈[40]，湁潗[41]鼎沸，驰波跳沫，汩急[42]漂疾，悠远长怀，寂漻无声，肆乎永归，然后灏溔潢漾[43]，安翔徐回，翯乎滈滈[44]，东注太湖[45]，衍溢陂池。

于是乎蛟龙赤螭[46]，䱭䲛渐离[47]，鰅鳙鰬魠[48]，禺禺魼鳎[49]，揵鳍掉尾，振鳞奋翼，潜处乎深岩。鱼鳖讙声，万物众夥，明月珠子[50]，的皪江靡[51]，蜀石黄碝[52]，水玉磊砢[53]，磷磷烂烂，采色澔汗，藂积乎其中。鸿鹔鹄鸨[54]，駕鹅属玉[55]，交精旋目[56]，烦鹜庸渠[57]，箴疵䴔卢[58]，群浮乎其上。汎[59]淫泛滥，随风澹淡，与波摇荡，奄薄水渚，唼喋[60]菁藻，咀嚼菱藕。

于是乎崇山矗矗[61]，巃嵸崔巍[62]，深林巨木，崭岩参差[63]，九嵕巀嶭[64]，南山[65]峨峨，岩陁甗锜[66]，摧崣崛崎[67]，振溪通谷，蹇产[68]沟渎，谽呀豁閜[69]，阜陵别坞[70]，崴磈崴廆[71]，丘虚崛礨[72]，隐辚郁礨[73]，登降施靡[74]，陂池貏豸[75]，沇溶淫鬻[76]，散涣夷陆[77]，亭皋千里[78]，靡不被筑。

掩以绿蕙，被以江蓠[79]，糅以蘪芜[80]，杂以留夷[81]，布结缕[82]，攒戾莎[83]，揭车衡兰[84]，槁本射干[85]，茈姜蘘荷[86]，葴持若荪[87]，鲜支黄砾[88]，蒋苎青薠[89]，布濩[90]闳泽，延曼太原[91]，离靡[92]广衍，应风披靡，吐芳扬烈，郁郁菲菲．众香发越，肸蠁[93]布写，晻薆咇茀[94]。

于是乎周览泛观，缜纷轧芴[95]，芒芒恍忽，视之无端，察之无涯[96]，日出东沼，入乎西陂[97]。其南则隆冬生长，涌水跃波；其兽则㺎旄貘犛[98]，沈牛麈麋[99]，赤首圜题[100]，穷奇[101]象犀。其北则盛夏含冻裂地，涉冰揭[102]河；其兽则麒麟角端[103]，騊駼橐驼[104]，蛩蛩驒騱[105]，駃騠驴騾[106]。

于是乎离宫别馆，弥山跨谷，高廊四注[107]，重坐曲阁[108]，华榱璧珰[109]，辇道纚属[110]，步櫩[111]周流，长途中宿，夷嵕[112]筑堂，累台增成[113]，岩窔洞房[114]，頫杳眇而无见，仰攀橑[115]而扪天，奔星[116]更于闺闼，宛虹拖于楯轩[117]，青龙蚴蟉于东厢[118]，象舆婉僤于西清[119]，灵圄[120]燕于闲馆，偓佺[121]之伦，暴于南荣[122]，醴泉涌于清室，通川过于中庭，盘石振崖[123]，嵚岩[124]倚倾，嵯峨嶕嶫[125]，刻削峥嵘[126]，玫瑰[127]碧琳，珊瑚[128]丛生，瑉玉旁唐[129]，玢豳文鳞[130]，赤瑕驳荦[131]，杂臿其间，晁采琬琰[132]，和氏出焉[133]。

于是乎卢桔[134]夏熟，黄甘橙楱[135]，枇杷橪[136]柿，亭柰厚朴[137]，梬枣[138]杨梅，樱桃蒲陶，隐夫薁棣[139]，荅遝离支[140]，罗乎后宫，列乎北园，貤迤[141]丘陵，下平原，扬翠叶，扤[142]紫茎，发红华，垂[143]朱荣，煌煌扈扈[144]，照曜巨野，沙棠栎槠[145]，华枫枰栌[146]，留落胥邪[147]，仁频并闾[148]，欃檀[149]木兰，豫章女贞[150]，长千仞，大连抱，夸条直畅，实叶葰楙[151]，攒立丛倚，连卷欐佹[152]，崔错癹骫[153]，坑衡閜砢[154]，垂条扶疏[155]，落英幡纚[156]，纷溶萷蔘[157]，猗狔[158]从风，藰莅芔歙[159]，盖象金石之声，管籥之音，偨池茈虒[160]，旋还[161]乎后宫，杂袭累辑[162]，被山缘谷，循坂下隰，视之无端，究之无穷。

于是乎玄猨素雌[163]，蜼玃飞蠝[164]，蛭蜩蠼猱[165]，獑胡豰蛫[166]，栖息乎其间，长啸哀鸣，翩幡互经，夭蟜枝格，偃蹇杪颠[167]，逾绝梁[168]，腾殊榛[169]，捷垂条[170]，掉希间[171]，牢落陆离⑫，烂漫远迁⑬，若此者数百千处，娱游往来。宫宿馆舍，庖厨不徙，后宫不移，百官备具。

于是乎背秋涉冬，天子校猎⑭，乘镂象⑮，六玉虬⑯，拖蜺旌⑰，靡云旗⑱，前皮轩⑲。后道游⑱，孙叔奉辔，卫公参乘⑱，扈从⑱横行，出乎四校⑱之中，鼓严簿⑱，纵猎⑱者。河江为陆⑱，泰山为橹⑱，车骑雷起，殷天动地，先后陆离⑱，离散别追，淫淫裔裔，缘陵流泽，云布雨施。

生貔豹⑱，搏豺狼，手熊罴⑲，足野羊⑲，蒙鹖苏⑲，绔白虎⑲，被班文⑲，跨野马，凌三嵏⑲之危，下碛历之坻⑲，径峻赴险，越壑厉⑲水；椎蜚廉⑲，弄獬豸⑲，格虾蛤⑳，鋋猛氏⑳，罥騕褭⑳，射封豕⑳，箭不苟害，解脰⑳陷脑，弓不虚发，应声而倒。

于是乘舆弭节徘徊，翱翔往来，睨部曲之进退，览将帅之变态，然后侵淫促节⑳，倏夐⑳远去。流离轻禽⑳，蹴履狡兽，轊⑳白鹿，捷⑳狡兔，轶赤电，遗光耀㉑，追怪物，出宇宙，弯蕃弱㉑，满白羽，射游枭㉑，栎蜚遽㉑，择肉而后发，先中而命处，弦矢分，艺殪仆㉑。然后扬节而上浮，凌惊风，历骇猋㉑，乘虚无，与神俱，躏㉑玄鹤，乱昆鸡㉑，遒孔鸾，促鵕鸃㉑，拂翳鸟㉑，捎凤皇，捷鹓雏㉒，掩焦明㉒，道尽途殚，回车而还，消摇乎襄羊㉒，降集乎北纮㉒，率乎直指㉒，晻乎反乡㉒。

蹷石阙㉒，历封峦，过鳷鹊，望露寒，下棠梨㉒，息宜春㉒，西驰宣曲㉒，濯鹢牛首㉓，登龙台㉓，掩细柳㉓，观士大夫之勤略，均猎者之所得获[233]，徒[234]车之所辚轹，步骑之所蹂若[235]，人臣之所蹈藉，与其穷极倦𠜎[236]。惊惮詟伏[237]，不被创刃而死者，他他藉藉[238]，填坑满谷，掩平弥泽[239]。

于是乎游戏懈[240]怠，置酒乎颢天之台[241]，张乐乎胶葛之寓[242]，撞千石之虡，立万石之虡[243]，建翠华之旗[244]，树灵鼍之鼓[245]。奏陶唐氏之舞[246]，听葛天氏之歌[247]，千人唱，万人和，山陵为之震动，川谷为之荡波，巴、渝、宋、蔡[248]，淮南干遮[249]，文成颠歌[250]，族居递奏，金鼓迭起，铿铯闛鞈[251]，洞心骇耳；荆、吴、郑、卫之声[252]，韶、頀、武、象之乐[253]，阴淫案衍[254]之音，鄢郢缤纷[255]，激楚结风[256]，俳优侏儒[257]，狄鞮[258]之倡，所以娱耳目乐心意者，丽靡烂漫于前，靡曼美色，若夫青琴、宓妃之徒[259]，绝殊离俗[260]，妖冶娴都[261]，靓妆刻饰[262]，便嬛绰约[263]，柔桡嫚嫚[264]，妩媚孅弱，曳独茧之褕绁[265]，眇阎易以恤削[266]，便姗嫳屑[267]，与俗殊服，芬芳沤郁[268]，酷烈淑郁，皓齿粲烂，宜笑的皪，长眉连娟[269]，微睇绵藐[270]，色授魂与[271]，心愉于侧[272]。

于是酒中乐酣，天子芒然[273]而思，似若有亡。曰：嗟乎！此大奢侈，朕以览听余闲，无事弃日[274]，顺天道以杀伐[275]，时休息于此，恐后叶[276]靡丽，遂往而不返，非所以为继嗣创业垂统也。于是乎乃解酒罢猎而命有司曰：地可垦辟，悉为农郊，以赡萌隶，隤墙填堑，使山泽之人得至焉，实陂池而勿禁[277]，虚宫馆而勿仞[278]，发仓廪以救贫穷，补不足，恤鳏寡，存孤独，出德号，省刑罚，改制度，易服色，革正朔[279]，与天下为更始。

于是历吉日以斋戒[280]，袭朝服，乘法驾，建华旗，鸣玉鸾，游于《六艺》[281]之囿，驰[282]骛乎仁义之涂，览观《春秋》[283]之林，射《貍首》[284]，兼《驺虞》[285]，弋玄鹤，舞干戚[286]，载云罕[287]，掩群雅[288]，悲《伐檀》[289]，乐乐胥[290]，修容乎礼园，翱翔乎书圃，述易道，放怪兽，登明堂[291]，坐清庙[292]，次群臣，奏得失，四海之内靡不受获[293]，于斯之时，天下大悦，乡风而听，随流而化，芔然兴道而迁义[294]，刑错而不用，德隆于三王[295]，而功羡于五帝[296]，若此，故猎乃可喜也。若夫终日驰骋，劳神苦形，罢车马之用，抚士卒之精，费府库之财，而无德厚之恩，务在独乐，不顾众庶，忘国家之政，贪雉兔之获，则仁者不繇也。从此观之，齐楚之事，岂不哀哉！地方不过千里，而囿居九百，是草本不得垦辟而人无所食也。夫以诸侯之细，而乐万乘之所侈，仆恐百姓被其尤也。

于是二子愀然改容，超若自失，逡巡避席，曰：鄙人固陋，不知忌讳，乃今日见教，谨受命矣！

---

①上林：古宫苑名，故址在今陕西西安市西及周至、户县界，秦旧苑，汉初荒废，汉武帝重新扩建，南北长三百里，离宫七十所。　②听（yǐn）然：笑貌。　③述职：诸侯向天子陈述职守。　④肃慎：见前《子虚赋》。　⑤捐：弃。逾，一作“隃”。　⑥谓田于青丘。　⑦苍梧：汉郡名，今广西苍

梧县治。在长安东南，故言左。 ⑧《尔雅·释地》："西至于邠国。"是为西极，在长安西，故言右。 ⑨丹水：源出陕西丹凤西北冢岭山，东南流入河南，注于均水，或谓指《山海经》丹穴山所出之丹水言，以在长安极南之境故也。 ⑩紫渊：在今山西吕梁离石北。 ⑪灞、浐：二水名，灞水源出陕西蓝田县南山谷中，经长安入渭。浐水与灞水同源而异流，经蓝田、长安合于灞。 ⑫泾、渭：二水名，泾水源出甘肃泾源县西南大关山，东流入陕西邠县至高陵与渭水合，渭水源出甘肃渭源县西鸟鼠山，东流经西陇天水入陕西凤翔至长安北，与洛水会，又东至华阴合洛水入河，泾水清，渭水浊，世言泾清渭浊。 ⑬酆、镐、潦、潏，四水名，酆水源出陕西户县南山酆谷，东北流经西安北至咸阳入渭。镐水源出鄠县南山谷中，北流经西安西南注昆明池，又西达咸阳入于渭。潦水即涝水，源出户县南山涝谷经西安入渭。潏（jué）源出户县南山石鳖谷，今名流水，自南山黄子坡西北流经昆明池入渭。 ⑭委蛇：委曲。 ⑮一本无"乎"字。 ⑯潘岳《关中记》以灞、浐、泾、渭、酆、镐、潦、潏为关中八川。 ⑰椒丘：尖削的高丘。一说生有椒木的丘陵。 ⑱洲淤：水中小块陆地。 ⑲桂林：桂树之林。 ⑳泱漭：广大。壄：同"野"。 ㉑汩（gǔ）：疾貌。混流：言流之盛。混，一作"浑"。 ㉒阿：大陵。 ㉓隘狭：两岸狭窄。 ㉔穹石：大石也。 ㉕埼（qí）：曲岸。堆埼：沙壅而成曲岸。 ㉖汹涌：谓水向上翻腾。彭，一作"澎"。彭澎：波涛激荡貌。 ㉗滭，一作"滜"；滭弗，谓水沸涌貌。宓（mì），一作"溛"；宓汩：水疾流貌。

㉘偪侧：一作“湢测”，迫近，相迫。泌㳌：水波相激貌。㉙澈洌（piē liè）：水疾流貌。㉚滂濞：滂澎，浪相击声。滂，一作“澎”。沆溉：水流动缓慢。溉，一作“瀣”。㉛穹隆云桡：言水势起伏，乍穹然而上隆，旋如云而低曲。穹隆：充溢腾涌貌。云桡：屈曲貌。㉜宛潬（shàn）：水流萦曲貌。盭：古“戾”字；胶盭：回环曲折。㉝逾波：后波推前波。浥：湿。趋浥：犹《易》言“流湿就下”之意。㉞涖涖：一作“莅莅”，水流声。濑：湍急的水。㉟批岩冲拥，奔扬滞沛：言水触岩冲壅，奔而忽扬，滞而仍沛。㊱坻（chí）：水中高地。㊲瀺灂（chán zhuó）：小水声。霣：即“陨”字。坠，一作“队”。㊳沉沉，一作“湛湛”，深貌。隐隐：盛貌。沉沉隐隐：言水声雷鸣。㊴砰磅訇磕：水流鼓怒之声。㊵潏潏（juē）：水涌出貌。淈淈（gǔ）：水上涌貌。㊶湁潗：水沸涌貌。㊷汩急：急流貌。㊸灏溔：即浩溔，水势广大貌。潢漾：浩荡无际貌。㊹翯（hè）乎滈滈（hào）：水白光貌。㊺太湖：一作“大湖”，此处指关中巨泽。
㊻有角曰蛟，无角曰螭，皆龙类而非龙。㊼䱍鳕（gèn mèng）：一名黄鱼，今呼为鲟鳇。渐离：鱼名。㊽鰅鳙鰬魠：皆鱼名。鰅：似河豚，皮有斑纹。鳙：似鲢而黑。鰬：似鲤而大。魠：即今河豚。㊾禺禺鱋鳎：皆鱼名。禺禺：皮有毛，黄地黑纹。鱋：比目鱼。鳎:版鱼，亦为比目鱼的一种。
㊿明月珠子：二物名。明月：即海月，大如镜，白色正圆；珠子：谓蚌。51的皪：鲜明貌。江靡：江边。52蜀石：石次玉者。黄碝：碝石黄色。53水玉：水精。磊砢：魁礨貌。

㊿鸿鹔鹄鸨：皆鸟名。鸿：大鸟，一作“鸿”。鹔：鹔鷞，绿身，其形似雁。鹄：黄鹄。鸨：似雁而无后指。 ㊿驾鹅：见《子虚赋》注。属玉：一作“鸀鳿”，状如鸭而大，长项赤目，一名鹙鹜。 ㊿交精：一作“鵁鶄”，似凫而脚高，有毛冠。旋目，一作“䴈目”。《禽经》：“旋目其名䴈，方目其名鴋。” ㊿烦鹜：鸭属。庸渠：一作“鳙鸈”，形似鹜，灰色而鸡足。 ㊿箴疵：一作“鱵鷀”，似鱼虎而苍黑色。鸡卢：一作“鸡鸬”。《一切经音义》载：“鸡鶄，一名鸡鸬。”即今鸬鹚，盖一物，旧说作二物，误。 ㊿汎：浮。 ㊿唼喋（shà zhá）：聚食貌。 ㊿矗矗：高耸貌。 ㊿巃嵸崔巍：皆高峻貌。 ㊿崭岩：尖锐貌。 ㊿九嵕：山名，在陕西礼泉县东北。巀嶭:山名，在陕西三原县西；一说高峻貌。 ㊿南山：即终南山。 ㊿陁：一作“阤”，崖际。甗锜（yǎn yǐ）：隆屈窊折貌。 ㊿摧崣：山高貌，犹崔巍。崛崎：陡峭，峭拔。 ㊿蹇产：形容高而盘曲。 ㊿谽呀：大貌。谽，一作“谺”。豁闭：空虚。 ㊿坞：水中山。 ㊿崴磈嵔廆：皆高峻貌。廆，一作“瘣”。 ㊿丘虚崛礨：皆堆垄不平貌。虚，一作“墟”。崛礨，一作“崫崑”。 ㊿隐辚郁礨：堆垄不平貌。 ㊿登降施靡：犹言高下连延。施，同“阤”。 ㊿陂池：读如坡陀。貏豸（bǐ zhì）：渐平貌。 ㊿沇溶淫鬻：水流溪谷间。 ㊿散涣夷陆：言散布于平地。 ㊿亭：训平。皋：水旁地；亭皋千里：犹言平皋千里。 ㊿江蓠：见《子虚赋》注。蓠，一作“离”。 ㊿蘪芜：见《子虚赋》注。 ㊿留夷：香草。 ㊿布，一作“尃”，尃即古“布”

字。结缕：似白茅，蔓生如缕相结。　⑧㉝攒：聚。戾：同“莀”，草名，可以染留黄。留黄，绿也，此言莎草浓绿，以戾状其色，故曰“戾莎”。　⑧④揭车：香草。衡兰：见《子虚赋》注。⑧⑤槁本：香草。　⑧⑥茈姜：子姜。蘘荷：叶似初生甘蔗，根似姜芽。　⑧⑦葴持：寒浆，今酸浆草，江东呼曰苦葴。持，一作“橙”。若：杜若。荪：香草。　⑧⑧鲜支：即燕支，花如蒲公英。黄砾：砾，当为“莀”，可以染流黄。莀，假借作“砾”。⑧⑨蒋苎：二草名。蒋，菰蒲草；苎，苎麻，可以为绳。　⑨⓪布濩：普遍。　⑨①太原：犹言广原。　⑨②离靡：谓相连不绝；离，一作“丽”，古通用。　⑨③肸蠁：谓香气四达而入人心。⑨④晻薆：香气。咇茀：大香，与“馝馞”通。　⑨⑤缜纷：繁盛众多貌。轧芴：细致缜密。　⑨⑥涯，一作“崖”。　⑨⑦西陂：池名，西安有西陂池、东陂池。　⑨⑧㺎旄貘犛：皆兽名。㺎：一作“庸”，又作“犝”，似牛，领有肉堆。旄：旄牛，状如水牛。貘：体小于驴，皮厚似犀，毛短颈粗，鼻突出，长于下唇，屈伸自由，性柔易驯。犛：黑色旄牛。　⑨⑨沈牛：曰潜牛，角似水牛。麈：似鹿，尾大而一角。麋：似鹿而大，冬至则解甲，目上有眉，因以为名。　⑩⓪题：额。一说“题”盖“蹄”之误。　⑩①穷奇：兽名，状如牛而蝟毛，其声如嗥狗，食人。　⑩②揭：摄衣涉水。　⑩③麒：仁兽，麋身牛尾一角。鳞，牝麒。角端似猪，角在鼻上，中作弓端，一作“觿”。⑩④騊駼：见《子虚赋》注。橐驼：骆驼，言其可负囊橐而驼物。⑩⑤蛩蛩：见《子虚赋》注。驒騱：野马；一曰青骊白鳞，文如鼍鱼。　⑩⑥駃騠：马父骡子，骏马，生七日而超其母。骡：驴父马母。　⑩注：属。四注：言四周相属而下垂。　⑩重坐：犹重廊。曲：阁，阁之屈曲相连者。　⑩璧珰：以玉饰瓦之当。　⑩辇道：阁道可以乘辇而行者。辇道缅属：言阁道回环如织丝之相连属。　⑪步榈：言其下可行步，即今之走廊。⑫夷：平。嵏：山名。言平此山以筑堂。　⑬增成：增重，一重为一成。　⑭岩窔洞房：皆言其幽深。窔，一作“突”。⑮橑：椽。　⑯奔星：流星。　⑰宛虹：屈曲之虹。拖：谓申加于上。楯：阑槛也。轩：楯下板也。　⑱龙，一作“虯”。蚴蟉：龙行貌。　⑲僤，一作“蝉”。婉僤：行动貌，与“蜿蜒”同。西清：西厢清静之处。　⑳灵圄：众仙号。圄，一作“圉”，古通用。　㉑偓佺：仙人，食松子而眼方。　㉒暴：同“曝”，谓偃卧日中。南荣：屋南檐。　㉓盘，一作“磐”，又作“槃”，通用字。振：整，以石整顿池水之涯。一作“裖”。　㉔嵚岩：深险貌。　㉕嵯峨：高大貌。嶕嶫：一作“礁礏”，山貌，状石势之高。　㉖刻削峥嵘，皆言石状。　㉗玫瑰：见《子虚赋》注。　㉘珊瑚：生水底石边，大者可高三尺余，枝格交错无叶。　㉙旁唐：犹言磅礴。㉚玢：读如“分”。玢豳：一作“璸编”，文理貌。文鳞：言其文斑然鳞次。鳞，一作“磷”。　㉛赤瑕：赤色的玉。驳荦：文采斑驳。　㉜晁采：玉名。琬琰：泛指美玉。　㉝和氏：楚卞和所得之璧，亦美玉。　㉞卢桔：金桔的别称。　㉟黄甘：橘属而味精。楱：亦橘之类。　㊱楟：酸枣。　㊲亭：山梨。柰：柰李。厚朴：药名。　㊳楟枣：见《子虚赋》注。㊴隐夫：皆木名，隐即“檃”之省文，栝木。夫即“枎”之省文。

薁：即郁李，一作“郁棣”。棣，今之山樱桃。 ⑭⓪荅遝（guǒ）：果似李。离支：即荔枝。 ⑭①貤：一作“貤”，犹延。 ⑭②扤（wù）：动。 ⑭③垂，一作“秀”。 ⑭④扈扈：美貌。煌煌扈扈，言其光采之盛。 ⑭⑤沙棠：状如棠，黄华赤实，其味似李，无核。栎：木名，其实为芧栗，亦称橡实。槠：皮树如栗，冬月不凋，子小如橡。 ⑭⑥华枫枰栌，一作“华氾檘栌”。华：当作“桦”，木名，似山桃，皮可盖屋。枰：平仲木。栌：黄栌木。 ⑭⑦留：榴。落：一名“檴”，可为杯器，其叶如榆，其皮坚韧。胥邪：即椰子树。 ⑭⑧仁频：槟榔。并闾：栟榈。 ⑭⑨欃檀：檀木别名。 ⑮⓪豫章：见《子虚赋》注。女贞：一名冬青，冬夏常青不凋。 ⑮①葰楙：谓大而茂。楙，古“茂”字。 ⑮②连卷：屈曲。欐佹：交戾之意，树之枝柯相附而又相戾。 ⑮③崔错：众盛貌；亦作“璀璨”，“璨”“错”一声之转。癹骫：蟠戾。 ⑮④坑衡：劲直貌。坑，一作“阬”。问砢：皆上声，相扶持。 ⑮⑤扶疏：四布。⑮⑥幡纚：飞扬貌。 ⑮⑦纷溶前蔘：一作“纷容萧蔘”，枝竦擢。⑮⑧猗狔：一作“旖旎”，犹婀娜。 ⑮⑨莿莅：谓风之戛木，其声凄清。㟪：古卉字；㟪歙，犹呼吸。 ⑯⓪偨池：参差。偨，一作“柴”。茈虒：不齐。 ⑯①还，一作“环”。 ⑯②杂袭：相因；袭。累辑：重积。 ⑯③玄猨素雌：言猿之雄者玄黑而雌者白素。 ⑯④蜼（wèi）：一种仰鼻向上的长尾猴。玃：母猴。蝠：一名“鼯鼠”，鼠形，飞走且乳之鸟。 ⑯⑤蛭：虮。蜩：蝉。蠼猱：一作“玃蝚”，猕猴。 ⑯⑥獑胡：似猿而足短，一腾一百五十步，如迅鸟之飞，头上有发，腰以后黑。獑，一作

“蟖”。觳：白狐子，似鼬而大，腰以后黄。蛫：状如龟，白身赤首。　⑯⑦夭蟜：频申。夭蟜枝格，偃蹇杪颠，皆猿在树共戏姿态。　⑯⑧绝梁：断桥。　⑯⑨殊榛：异枅。　⑰⓪捷：读如接。捷垂条：捷持悬垂之条。　⑰①掉：一作“踔”，跳。掉希间，谓以身投掷于空中。　⑰②牢落：犹辽落。陆离：参差。⑰③烂漫远迁：奔走崩腾状。漫，一作“熳”，又作“曼”。⑰④校猎：以木相贯穿，总为栏校，遮止禽兽而猎取之。　⑰⑤镂象：象路，以象牙流镂其车辂。　⑰⑥六玉虬：谓驾六马，以玉饰其镳勒，有似玉虬。虬，龙属。　⑰⑦蜺旌：析羽毛，染以五采，缀以缕为旌，有似虹蜺之气。　⑰⑧云旗：画鱼熊虎于旒为旗，似云气。　⑰⑨皮轩：汉前驱车，以虎皮为轩，取《礼记·曲礼》“前有士师则载虎皮”之义。　⑱⓪道游：天子出，道车五乘，游车九乘，见《周礼》。　⑱①孙叔奉辔卫公参乘，此两人皆指古之善御者，非真有此也。孙叔，即《楚辞》所谓“遇孙阳而得代”者是。卫公：即《国语》所谓“卫庄公为右”是也。　⑱②扈从：从驾而供使令。一说扈，缓也，从驾而缓行。　⑱③四校：当即屯骑步兵射声虎贲四校尉，皆天子行猎必当随从者。　⑱④鼓严簿：言鼓于严簿之中，天子仪卫森严，故曰严簿。簿，卤簿。　⑱⑤猎，一作“獠”。　⑱⑥阹（qū）：因山谷作栏圈禽兽。　⑱⑦橹：望楼。　⑱⑧陆离：分散。⑱⑨生：谓生取之。貔：一名“执夷”，一名“白狐”，猛兽。⑲⓪手：手击杀之。罴：如熊，黄白色。　⑲①足：谓蹴蹈而获之。野羊：一名羱羊，似吴羊而大角，角椭，出西方，见《尔雅·释兽》注。　⑲②苏：尾也。蒙鹖苏：言蒙鹖尾为帽。　⑲③绔：

古“裤”字。绔白虎，穿白虎纹裤。 ⑲被班文，披貙豹之皮；班，通“斑”，一作“豳”。 ⑲三嵕：三聚之山，在山西闻喜县。 ⑲碛历：不平。坻：谓山阪，秦谓陵阪曰“阺”，字或作“坻”。 ⑲厉：以衣涉水。 ⑲蜚廉：龙雀，鸟身鹿头。 ⑲獬豸：似鹿而一角。人君刑罚得中，则生于朝廷，主触不直者。一作“解廌”。 ⑳蝦蛤：兽名。蝦，一作“瑕”。 ㉑鋋：铁把短矛。猛氏：兽名，状似熊而小，毛浅有光泽，生蜀中。 ㉒羂：系取。騕褭：神马，金喙赤身，日行万八千里，君有德则至。 ㉓封豕：大猪。 ㉔脰（dòu）：颈项。 ㉕侵淫：渐进。一作“浸潭”，又作“浸淫”。促节：由徐而疾。 ㉖倏夐：言倏忽远去。 ㉗流离：指用网捕捉禽鸟，使之无所逃遁。轻禽：轻疾之禽。 ㉘轊：与“轊”同，轴。 ㉙捷：捷取之。 ㉚轶赤电，遗光耀：言行疾可以轶过赤电而遗其光耀反在后。 ㉛蕃弱：夏后氏之良弓名。蕃，一作“繁”，古字通。 ㉜枭：枭羊，似人长唇，被发而食人。 ㉝栎：击。蜚遽：神兽。遽，一作“虡”。 ㉞所射准的为“艺”。壹发矢为“殪”。 ㉟骇猋：狂飙。猋，一作“焱”。 ㊱躏：一作“蔺”，践踏。 ㊲乱：谓乱其行伍。昆鸡：似鹤，黄白色。 ㊳鵕䴊：见《子虚赋》注。 ㊴《山海经》：“北海之内有蛇山者，有五采之鸟，飞蔽一乡，名曰翳鸟。”翳，一作“鹥”。 ㊵鹓雏：见《子虚赋》注。 ㊶焦明：似凤，西方之鸟。明，一作“朋”。 ㊷襄羊：犹彷徉。 ㊸九州之外，乃有八殥。八殥之外，而有八纮。北方之纮曰委羽。见《淮南子·地形训》。 ㊹率乎直指：率然远去意。 ㊺晻乎反乡：掩然疾归貌。 ㊻蹷：同

“蹴”，蹋。石阙与下封峦、鳷鹊、露寒，四观名，武帝建元中作，在云阳甘泉宫外，今陕西泾阳县西北百二十里。阙，一作“关”。 ㉗棠梨：宫名，在今陕西泾阳县。 ㉘宜春：苑名，近曲江池，在今陕西西安市南。 ㉙宣曲：宫名，在昆明池西，今陕西西安市西南。 ㉚濯：即“櫂”字。鹢：鹢首之舟。牛首：池名，在上林苑西，今陕西西安市西北。 ㉛龙台：观名，在丰水西北，近渭。 ㉜细柳：观名，在昆明池南，今陕西西安市西南。 ㉝均，一作“钧”；猎，一作“獠”。 ㉞徒：步也。一本“徒”上有“观”字。 ㉟步，一作“乘”；一本无。蹂若：谓践踏。 ㊱穷极倦𠞰（jù）：疲惫。𠞰，一作“谻”，参看《子虚赋》注。 ㊲惊惮詟伏：惊怖不动貌。 ㊳他他藉藉：言交横。他他，一作“它它”；藉藉，一作“籍籍”。 ㊴平：大野曰平，即平原。 ㊵懈：即“懈”字。 ㊶颢天之台：台高上干皓天。㊷胶葛之寓：一作“轇輵之宇”，犹今言寥阔；寓，籀文“宇”字。 ㊸虡：兽名，悬钟磬之木，植者名虡，刻猛兽其上。 ㊹翠华之旗：以翠羽为旗上葆。 ㊺灵鼍之鼓：以鼍皮为鼓。 ㊻陶唐：尧有天下之号。舞：尧乐咸池。一说，陶唐为“阴康”之误。《古今人表》有葛天氏阴康氏，阴康氏之始，阴多滞伏湛积，其序民气郁闷，故作舞以宣导之。 ㊼葛天氏：三皇时君号。其乐三人持牛尾投足以歌八阕。 ㊽巴、渝：其人刚勇好舞，高祖用之克平三秦，美其功力，后使乐府习之，因名巴渝舞。宋音宴女溺志。 ㊾淮南：地名。干遮：曲名。干，一作“于”。㊿文成：汉县，在今卢龙县境，县人善歌。颠：即滇，音同，汉县，在今四川，其民能作西南夷歌。 ㉛铿铯：金声。铯，一作“锵”。阛鞈：鼓音。 ㉜荆、吴、郑、卫之声：皆淫声。㉝韶：舜乐；頀：汤乐；武：武王乐；象：周公乐，皆古乐。㉞阴淫案衍：谓其过而无节。 ㉟鄢郢：皆楚地。缤纷：交杂。谓楚歌楚舞交杂并进。 ㊱激楚：歌曲。结风：曲名。㊲俳优：杂戏。 ㊳狄鞮：西戎乐名。 ㊴青琴：古神女。宓妃：伏羲氏女，溺死洛水，遂为洛水之神。 ㊵绝殊离俗：举世无双。 ㊶妖冶娴都：谓姣好而闲雅。妖，一作“姣”；娴，一作“闲”。 ㊷靓妆：粉白黛黑；妆，一作“庄”，刻饰，以胶刷鬓，使就理如刻画然。 ㊸便嬛：轻丽。绰约：婉约。绰，一作“繛”。 ㊹柔桡嫚嫚：皆骨体软弱长艳貌。㊺独茧：一茧丝。褕：襜褕。绁：袖。 ㊻阎易：犹跳易，出《史篇》。恤削：犹言刻画作之。 ㊼便姗嫳屑：言其行步安详。一作“蹁跹徽循”。 ㊽芬芒沤郁：香气郁积，则其发愈烈，故以沤郁为言。 ㊾连娟：曲细貌。 ㊿绵藐：好视。㉗色授魂与：谓彼色来授，魂往与接。 ㉗愉：乐。 ㉗芒然：犹惘然。 ㉗无事弃日：言闲居无事，是虚弃此日。㉗古者杀伐之事，必于秋时行之，故云顺天道。 ㉗后叶，一作“后世”。 ㉗盖鱼鳖满陂池而不禁人取。 ㉗仞：满。言不聚人众其中。 ㉗革正朔：改以十二月为正，平旦为朔，从夏历。 ㉘洗心曰“斋”；防患曰“戒”。 ㉘《六艺》：谓《六经》。 ㉘一本无“驰”。 ㉘《春秋》：鲁《史记》之名，孔子所修，所以观成败，明善恶。 ㉘《狸首》：逸诗篇名，诸侯以为射节。 ㉘《驺虞》：《诗·召南》之卒章，天子以为射节。 ㉘⑥干：盾，戚：斧；或谓疑当作“干羽”，此处当用韵，不似四句乃韵者。 ㉘⑦罕，同“罕”。云罕：捕鸟用的长柄小网，出猎则载之于车。 ㉘⑧《诗·小雅》之材七十四人，《大雅》之材三十一人，故曰群雅，盖网罗贤俊之意。 ㉘⑨《伐檀》：《诗·魏风》篇名，其诗刺贤者不遇明主。 ㉙⓪《诗·小雅·桑扈》：“万邦之屏，君子乐胥。”胥，有才智之人。 ㉙①明堂：见贾山《至言》注。 ㉙②清庙：太庙。 ㉙③言天下之人，皆受恩惠，岂直如田猎得兽而已。 ㉙④芔（huì）：芔然，犹勃然。迁：徙。 ㉙⑤三王：夏禹、商汤、周文武。一作“三皇”。 ㉙⑥羡：饶。五帝：谓黄帝、颛顼、帝喾、尧、舜；其说各书不同，此从《大戴礼记》及《史记》。

司马迁报任安书①

太史公牛马走司马迁再拜言：少卿足下②，曩者辱赐书，教以顺于接物，推贤进士为务，意气勤勤恳恳③，若望仆不相师，而用流俗人之言④，仆非敢如此也。仆虽罢驽，亦尝侧闻长者之遗风矣。顾自以为身残处秽。动而见尤。欲益反损，是以独郁悒而与谁语⑤。谚曰：“谁为为之，孰令听之。”⑥盖钟子期死，伯牙终身不复鼓琴⑦，何则？士为知己者用，女为悦己者容⑧，若仆大质⑨已亏缺矣，虽才怀随和⑩，行若由夷⑪，终不可以为荣，适足以见笑而自点⑫耳。书辞宜答，会东从上⑬来，又迫贱事，相见日浅，卒卒无须臾之间⑭，得竭志意；今少卿抱不测之罪，涉旬月，迫季冬，仆又薄从上雍⑮，恐卒然不可为讳⑯，是仆终已不得舒愤懑以晓左右，则长逝者魂魄私恨无穷，请略陈固陋！阙然久不报，幸勿为过！

仆闻之：修身者，智之符也⑰；爱施者，仁之端也；取与者，义之表也⑱；耻辱者，勇之决也；立名者，行之极也：士有此五者，然后可以托于世，而⑲列于君子之林矣。故祸莫憯⑳于欲利，悲莫痛于伤心，行莫丑于辱先，诟莫大于宫刑㉑，刑余之人，无所比数，非一世也，所从来远矣。昔卫灵公与雍渠同载，孔子适陈㉒，商鞅因景监见，赵良寒心㉓。同子参乘，袁丝变色㉔，自古而耻之；夫以中材之人，事有㉕关于宦竖，莫不伤气，而况于慷慨之士乎㉖！如今朝廷虽乏人，奈何令刀锯之余，荐天下豪俊哉！仆赖先人绪业，得待罪辇毂下㉗，二十余年矣；所以自惟，上之不能纳忠效信，有奇策材力之誉，自结明主，次之又不能拾遗补阙，招贤进能。显岩穴之士，外之又不能备行伍，攻城野战㉘，有斩将搴旗之功，下之不能积日累劳㉙，取尊官厚禄，以为交游光宠，四者无一遂，苟合取容，无所短长之效，可见于此矣。向者仆亦尝厕下大夫㉚之列，陪奉㉛外廷末议，不以此时引纲维，尽思虑，今以亏形为扫除之隶，在阘茸㉜之中，乃欲仰首伸眉，论列是非，不亦轻朝廷羞当世之士耶！嗟乎嗟乎？如仆尚何言哉！尚何言哉！

且事本末未易明也，仆少负不羁之行㉝，长无乡曲之誉，主上幸以先人之故，使得奏薄伎，出入周卫[34]之中，仆以为戴盆何以望天[35]，故绝宾客之知，亡[36]室家之业，日夜思竭其不肖之才力，务一心营职，以求亲媚于主上；而事乃有大谬不然者夫。仆与李陵[37]。俱居门下[38]，素非能[39]相善也，趋舍异路，未尝衔杯酒，接殷勤之余[40]欢；然仆观其为人，自守[41]奇士，事亲孝，与士信，临财廉，取与义，分别有让，恭俭下人，常思奋不顾身，以徇国家之急，其素所蓄积也，仆以为有国士之风。夫人臣出万死不顾一生之计，赴公家之难，斯以奇矣，今举事一不当，而全躯保妻子之臣，随而媒蘖其短[42]，仆诚私心痛之！

且李陵提步卒不满五千，深践戎马之地，足历王庭[43]，垂饵虎口，横挑强胡，仰[44]亿万之师，与单于[45]连战十有余日，所杀过当[46]；虏救死扶伤不给，旃裘[47]之君长咸震怖。乃悉征其左右贤王[48]，举引弓之人[49]，一国共攻而围之；转斗千里，矢尽道穷，救兵不至，士卒死伤如积[50]，然陵一呼劳[51]，军士无不起，躬自流涕，沫血饮泣[52]，更张空拳[53]，冒白刃，北向争死敌者。陵未没时，使有来报，汉公卿王侯皆奉觞上寿，后数日，陵败书闻，主上为之食不甘味，听朝不怡，大臣忧惧，不知所出；仆窃不自料其卑贱，见主上惨怆怛悼[54]。诚欲效其款款之愚[55]，以为李陵素与士大夫绝甘分少，能得人死力，虽古之名将，不能过也[56]，身虽陷败，彼观其意，且欲得其当而报于汉[57]，事已无可奈何，其所摧败[58]，功亦足以暴[59]于天下矣；仆怀欲陈之而未有路，适会召问，即以此指[60]推言陵之功，欲以广主上之意，塞睚眦之辞[61]；未能尽明，明主不晓[62]，以为仆沮贰师[63]，而为李陵游说，遂下于理[64]；拳拳之忠[65]，终不能自列，因为诬上，卒从吏议；家贫，货赂不足以自赎，交游莫救，左右亲近，不为一言，身非木石，独与法吏为伍，深幽囹圄之中[66]，谁可告愬者；此真[67]少卿所亲见，仆行事岂不然乎？李陵既生降，颓其家声，而仆又佴之蚕室[68]，重为天下观笑，悲夫悲夫，事未易一二为俗人言也！

仆之先，非有剖符丹书[69]之功，文史星历[70]，近乎卜祝之间，固主上所戏弄，倡优所畜[71]，流俗之所轻也，假令仆伏法受诛，若九牛亡一毛，与蝼蚁何以异；而又不与能死节者[72]，特以为智穷罪极，不能自免，卒就死耳，何也？素所自树立使然也。人固有一死，或[73]重于泰山，或轻于鸿毛，用之所趣异也。太上[74]不辱先，其次不辱身，其次不辱理色[75]，其次不辱辞令，其次诎体受辱，其次易服受辱，其次关木索，被箠楚受辱，其次剔毛发，婴[76]金铁受辱，其次毁肌肤，断[77]肢体受辱，最下腐刑极矣，传曰："刑不上大夫。"[78]此言士节不可不勉励也。猛虎在深山，百兽震恐，及在槛阱之中，摇尾而求食，积威约之渐也，故有画地为牢，势不可入，削木为吏，议不可对[79]，定计于鲜也[80]；今交手足，受木索，暴肌肤，受榜箠，幽于圜墙[81]之中，当此之时，见狱吏则头抢地[82]，视徒隶则正惕息[83]，何者？积威约之势也；及以至是[84]。言不辱者，所谓强颜耳，曷足贵乎！

且西伯，伯也，拘于羑里[85]；李斯，相也，具于五刑[86]；淮阴，王也，受械于陈[87]；彭越、张敖，南面称孤，系狱抵罪[88]；绛侯诛诸吕，权倾五伯，囚于请室[89]；魏其，大将也，衣赭衣，关三木[90]；季布为朱家钳奴[91]；灌夫受辱于居室[92]；此人皆身至王侯将相，声闻邻国，及罪至罔加[93]，不能引决自裁[94]，在尘埃之中，古今一体，安在其不辱也！由此言之，勇怯势也；强弱形也，审矣，何足怪乎！夫人不能早自裁绳墨之外，以稍陵迟[95]至于鞭箠之间，乃欲引节，斯不亦远乎！古人所以重施刑于大夫者，殆为此也。夫人情莫不贪生恶死，念父母[96]，顾妻子，至激于义理者不然，乃有所不得已也，今仆不幸，早失父母[97]，无兄弟之亲，独身孤立，少卿视仆于妻子何如哉？且勇者不必死节，怯夫慕义，何处不勉焉[98]，仆虽怯懦欲苟活，亦颇识去就之分矣，何至自沉溺缧绁[99]之辱哉！且夫臧获[100]婢妾，由能引决，况仆之不得已乎！所以隐忍苟活，幽于[101]粪土之中而不辞者，恨私心有所不尽，鄙陋没世[102]，而文采不表于后世也[103]。

古者富贵而名摩灭，不可胜记，唯倜傥[104]非常之人称焉。盖文王拘而演《周易》[105]；仲尼厄而作《春秋》[106]；屈原放逐，乃赋《离骚》[107]；左丘失明，厥有《国语》[108]；孙子膑脚，兵法修列[109]；不韦迁蜀，世传《吕览》[110]；韩非囚秦，《说难》《孤愤》[111]；《诗》三百篇，大抵圣贤发愤之所为作[112]也；此人皆意有所郁结，不得通其道，故述往事，思来者[113]。乃如左丘无目，孙子断足，终不可用，退而[114]论书策以舒其愤，思垂空文以自见[115]；仆窃不逊，近自托于无能之辞，网罗天下放失旧闻，略考其事[116]，综其终始[117]，稽其成败兴坏之纪[118]，上计轩辕[119]，下至于兹[120]，为十表[121]，本纪十二[122]，书八章[123]，世家三十[124]，列传七十[125]，凡百三十篇[126]，亦欲以究天人之际，通古今之变，成一家之言；草创未就，会遭此祸，惜其不成，已就极刑而无愠色；仆诚以著此书，藏诸名山，传之其人，通邑大都，则仆偿前辱之责，虽万被戮，岂有悔哉！然此可为智者道，难为俗人言也。

且负下未易居[127]，下流多谤议，仆以口语，遇此祸，重为乡党所笑，以污辱先人，亦何面目复上父母之丘墓乎，虽累百世，垢弥甚耳；是以肠一日而九回，居则忽忽若有所亡，出则不知其所往[128]，每念斯耻，汗未尝不发背沾衣也，身直为闺阁之臣，宁得自引于深藏[129]岩穴邪？故且从俗浮沉，与时俯仰，以通其狂惑[130]。今少卿乃教以推贤进士，无乃与仆私心刺谬[131]乎！今虽欲自雕琢，曼辞以自饰[132]，无益于俗，不信，适足取辱耳[133]，要之死日然后是非乃定。书不能悉意[134]，略陈固陋，谨再拜。

---

①司马迁：汉人，字子长，生于龙门(今陕西韩城)，父谈为太史公，迁继父业。李陵降匈奴，武帝怒甚，迁极言其忠，遂遭腐刑。乃䌷金匮石室之书，上起黄帝，下止孔子获麟，作《史记》百三十篇。任安，汉荥阳人，字少卿，尝为大将军卫青舍人，后为益州刺史，以太子事下狱。时迁为中书令，尊宠任职，

安予迁书，责以推贤进士之义，迁报以此书。　②太史公：指司马谈，谈为太史令，迁尊其父，故称曰太史公。一说太史令掌天文及国史。其职尊贵，与三公等，故谈及迁皆称太史公。又《通典》谓，秦有太史令，至汉武始置太史公，则太史公又为官名。走：仆也。牛马走，犹言掌牛马之仆。自谦之辞。足下：书信中称人之敬词，战国时多以称人主，后为普遍之称。　③恳恳：至诚。　④望：怨望。不相师，而用流俗人之言：谓视少卿之言如流俗人之言而不相师用。　⑤郁悒：忧闷。与，一作"无"。　⑥谁为：犹"为谁"。言已假欲为善，当为谁为之乎，复欲谁听之乎。　⑦钟子期、伯牙：皆楚人。伯牙鼓琴，志在泰山，子期曰："巍巍乎若泰山！"既而志在流水，子期曰："汤汤乎志在流水！"及子期死，伯牙破琴绝弦，终身不复鼓，以无复知音者。　⑧二句系战国时豫让语，见《国策·赵策》。一本无两"者"字。　⑨大质：身体。　⑩随和：随侯珠、和氏璧。　⑪由夷：许由、伯夷。　⑫点：辱也。⑬上：指汉武帝。　⑭卒卒：读如猝猝，匆遽。间，隙。⑮薄：读如"迫"，义亦同。雍：地名，汉时祭天作畤于此，在今陕西凤翔县南。一本雍字上有两"上" 字。　⑯卒然不可为讳：谓骁死。　⑰符，一作"府"，府：所聚之处。　⑱表，一作"符"。符，信。　⑲一本无"而"字。　⑳憯：同"惨"，痛。　㉑宫刑：古五刑之一，阉割男子生殖器，破坏妇女生殖机能的刑罚。　㉒卫灵公，名元。孔子居卫，灵公与夫人南子同车出，宦者雍渠参乘，使孔子为次乘，孔子耻之，去卫过曹，见《孔子家语》。此言适陈，未详。　㉓商鞅入秦，其始因嬖人景监以见，赵良以其所入不正而为之危。 ㉔同子：指宦官赵谈，与迁父同名，故讳曰同子。袁丝：袁盎。汉文帝尝令赵谈参乘，袁盎伏车前力谏。 ㉕一本无“有”字。㉖一本无“况于”二字。 ㉗天子之车曰辇，故谓京师曰辇毂下。 ㉘野战，一作“战野”。 ㉙积日累劳，一作“累日积劳”。 ㉚下大夫：周官太史位下大夫，汉太史令千石，故比下大夫。 ㉛一本无“奉”字。 ㉜阘茸：猥贱。 ㉝负：言无此事。不羁：言不可羁系。 ㉞周卫：言宿卫周密。㉟戴盆何以望天：言宜专心职务，以自悉见。 ㊱亡，一作“忘”。 ㊲李陵：汉成纪人，字少卿，武帝时拜骑都尉，将步骑五千，与匈奴战，力竭而降。 ㊳李陵少为侍中。侍中得入宫门，故谓之门下，太史令盖亦入宫门者，故曰俱居门下。㊴一本无“能”字。 ㊵一本无“余”字。 ㊶一本无“自守”。 ㊷媒蘖：谓构成其罪。 ㊸王庭：单于所居之处。㊹匈奴乘高而攻，故曰“仰”。 ㊺单于：匈奴称其君长曰“单于”，广大之义。 ㊻陵战士少，而杀敌数多，故云“过当”。㊼旃裘：匈奴所服，因称其酋。 ㊽左贤王及右贤王，皆匈奴贵职。 ㊾言尽发其国之能引弓者。 ㊿积：聚。 (51)劳：慰劳。 (52)沬：洗面。言流血满面如盥洗。 (53)拳，一本作“卷”。 (54)惨怆怛悼：忧痛之意。怆：一作“凄”。(55)款款：忠实貌。 (56)一本作“虽古名将不过也”。 (57)言欲在匈奴乘机立功，以抵其败罪。 (58)谓摧破匈奴之兵。(59)暴：读如“曝”，表显。 (60)指：意。 (61)睚眦：张目忤视。言素不满于陵之毁言。 (62)不晓，一作“不深晓”。

⑥③沮：毁坏。贰师：李广利。贰师征匈奴，今陵为助，及陵与单于相值，而贰师无功，武帝疑迁欲沮贰师。 ⑥④理：治狱之官，景帝更廷尉名大理，武帝复为廷尉，此称理者，从旧名。⑥⑤拳拳：忠谨貌。 ⑥⑥囹圄：周时狱名。 ⑥⑦真，一作“正”。 ⑥⑧佴：次；佴之，一作“茸以”。蚕室：养蚕之室，宜温而且密，腐刑患风，须入密室乃得全，因以为称。⑥⑨剖：乃分半以与之，所以封功臣。符：符节。丹书：古代帝王赐给功臣世袭的享有免罪等特权的证件。 ⑦⓪文史星历：太史所掌之事。 ⑦①所畜，一作“畜之”。 ⑦②与：许。言不能以死节许之。 ⑦③或，一本作“有”。 ⑦④太上：最上之辞。 ⑦⑤理色：颜色。 ⑦⑥婴：用枷锁等刑具扣上、锁住。⑦⑦断：读如“短”。 ⑦⑧语见《礼记·曲礼》。 ⑦⑨画牢木吏，尚不可入对，况真者乎。一本两“可”字皆无。 ⑧⓪鲜：明。言未辱即自杀为鲜明。 ⑧①圜墙：狱城。 ⑧②抢地：触地，言匍匐乞哀。 ⑧③惕：戒惧。息：喘息。 ⑧④及以至是，一作“及已至此”。 ⑧⑤西伯：周文王。羑里：殷狱名。殷纣拘文王于羑里。 ⑧⑥李斯：秦始皇相。始皇崩，赵高谮之二世，谓其谋反，受五刑而死。 ⑧⑦淮阴：韩信。信为楚王，人有告信反，高祖用陈平谋，伪游云梦，信谒帝于陈，高祖执之，降为淮阴侯。 ⑧⑧彭越：汉初封梁王，人有告其谋反，夷三族。张敖：张耳子，嗣为赵王，人告其谋反，捕系之。南面，一作“南乡”。抵罪，一作“具罪”。 ⑧⑨绛侯：周勃，平吕氏之乱，迎立孝文，后有告勃谋反者，遂被囚。请室：监狱。⑨⓪魏其：魏其侯窦婴，为丞相田蚡所陷，论弃市。赭衣：红衣，囚

服。一本无“下衣”字。三木：枷在颈，杻械在手足。 ⑨季布为楚将，数窘汉王，楚灭，高祖购求布千金，布乃髡钳至鲁朱家卖之。朱家：鲁人，大侠。 ⑨灌夫：汉颍阴人，字仲儒，怒骂丞相田蚡，坐不敬，被系而死。 ⑨罔：同“网”，罪网也。⑨引决自裁：谓自杀。 ⑨句一作“已稍陵夷”，言已如丘陵之逶迤稍卑下也。 ⑨父母，一作“亲戚”。 ⑨父母，一作“二亲”。 ⑨言勇者暗于分理，未必能死名节，怯夫能慕义，随处可自勉。 ⑨缧绁：系人之索。 ⑩臧获：奴婢。⑩一本“幽”作“函”，无“于”字。 ⑩一本无“陋”字。⑩一本无“世”字。 ⑩倜傥：卓异。 ⑩文王被囚于羑里，演伏羲之八卦为六十四卦。 ⑩孔子周游列国，不为世用，乃退而作《春秋》。 ⑩屈原：见贾谊《吊屈原赋》注。《离骚》，屈原被放后所作。 ⑩左丘：姓也，名明。一说，左姓，丘明名。鲁之太史，孔子作《春秋》，明述孔子之志而作传，又以传所未及，集为《国语》，后人因其失明，称为盲左。⑩孙子：名膑，与庞涓同学兵法，涓忌其才，绐断其足。⑩不韦：姓吕，濮阳人，为秦相，封文信侯，始皇立，迁之于蜀。《吕览》，一名《吕氏春秋》，不韦门下士所集作。 ⑪韩非：战国时韩之诸公子，使于秦，为李斯所谗，仰药死。非著书名《韩非子》，《说难》《孤愤》，皆书中篇名。说，读如“税”。 ⑪一本无“作”字。 ⑪言令将来之人见己志。⑪一本无“而”字。 ⑪见，读如“现”。 ⑪略考其事：一作“考之行事”。 ⑪此句一本无。 ⑪稽：计；纪，一作“理”。 ⑪轩辕：黄帝，《史记》始自《五帝本纪》，其首篇即黄帝。 ⑫⓪兹：此时。 ⑫①十表：《三代世表》《十二诸侯年表》《六国年表》《秦楚之际月表》《汉诸侯年表》《高祖功臣年表》《惠景间功臣年表》《建元以来侯者年表》《王子侯者年表》《汉兴以来将相名臣年表》。 ⑫②本纪十二者，《五帝本纪》《夏本纪》《殷本纪》《周本纪》《秦本纪》《始皇本纪》《项羽本纪》《高祖本纪》《吕后本纪》《孝景帝本纪》《今上本纪》。 ⑫③书八章者，《礼》《乐》《律》《历》《天官》《封禅》《河渠》《平准》。 ⑫④世家三十者，自《吴太伯》至《五宗三王》。 ⑫⑤列传七十者，自《伯夷》至《货殖》及《自叙》。 ⑫⑥一本此句上无“上计轩辕至列传七十”二十六字。 ⑫⑦负下未易居：言负累之下未易居。负，一作“贫”。 ⑫⑧其所往：一作“所如往”。 ⑫⑨“深藏”下一本有“于”字。 ⑬⓪知善不行者谓之“狂”，知恶不改者谓之“惑”。 ⑬①刺谬：违戾。 ⑬②曼：美。自饰，一作“自解”。 ⑬③适足取辱耳：一作“只取辱耳”。 ⑬④悉意，一作“尽意”。

路温舒尚德缓刑书[1]

臣闻齐有无知之祸，而桓公以兴[2]；晋有骊姬之难，而文公用伯[3]；近世赵王不终，诸吕作乱，而孝文为太宗[4]；由是观之，祸乱之作，将以开圣人也。故桓文扶微兴坏，尊文武之业，泽加百姓，功润诸侯，虽不及三王，天下归仁焉；文帝永思至德，以承天心，崇仁义，省刑罚，通关梁，一远近⑤，敬贤如大宾，爱民如赤子，内恕情之所安而施之于海内，是以囹圄⑥空虚，天下太平；夫继变化之后，必有异旧之恩，此圣贤所以昭天命也。往者昭帝⑦即世而无嗣，大臣忧戚，焦心合谋，皆以昌邑⑧尊亲，援而立之，然天不授命，淫乱其心，遂以自亡，深察祸变之故，乃皇天之所以开至圣也；故大将军⑨受命武帝，股肱汉国，披肝胆，决大计，黜亡义，立有德，辅天而行，然后宗庙以安，天下咸宁。臣闻《春秋》正即位，大一统⑩而慎始也，陛下初登至尊，与天合符，宜改前世之失，正始受(命)之统，涤烦文，除民疾，存亡继绝，以应天意！

臣闻秦有十失⑪，其一尚存，治狱之吏是也。秦之时，羞文学，好武勇，贱仁义之士，贵治狱之吏；正言者谓之诽谤，遏过者谓之妖言。故盛服先生⑫不用于世，忠良切言皆郁于胸，誉谀之声，日满于耳，虚美熏心，实祸蔽塞，此乃秦之所以亡天下也。

方今天下赖陛下恩厚，亡金革之危，饥寒之患，父子夫妻，戮力安家；然太平未洽者，狱乱之也。夫狱者，天下之大命也，死者不可复生，断者不可复属。《书》曰："与其杀不辜，宁失不经⑬。"今治狱吏则不然，上下相驱，以刻为明，深者获公名，平者多后患。故治狱之吏，皆欲人死，非憎人也，自安之道，在人之死。是以死人之血，流离于市，被刑之徒，比肩而立，大辟⑭之计，岁以万数，此仁圣之所以伤也；太平之未洽，凡以此也。

夫人情安则乐生，痛则思死。棰楚之下，何求而不得？故囚人不胜痛，则饰辞以视之⑮。吏治者利其然，则指道以明之，上奏畏却⑯，则锻练而周内之⑰，盖奏当⑱之成，虽咎繇⑲听之，犹以为死有余辜，何则，成练者众，文致⑳之罪明也；是以狱吏专为深刻残贼而亡极，媮为一切㉑，不顾国患，此世之大贼也。故俗语曰："画地为狱议不入，刻木为吏期不对。"㉒此皆疾吏之风，悲痛之辞也。故天下之患，莫深于狱，败法乱正，离亲塞道，莫甚乎治狱之吏，此所谓一尚存者也。臣闻乌鸢之卵不毁，而后凤凰集；诽谤之罪不诛，而后良言进，故古人有言："山薮藏疾，川泽纳污，瑾瑜匿恶，国君含诟。"㉓惟陛下除诽谤以招切言，开天下之口，广箴谏之路，扫亡秦之失，尊文武之德，省法制，宽刑罚，以废治狱；则太平之风，可兴于世，永履和乐，与天亡极㉔。天下幸甚！

---

①路温舒：汉巨鹿东里人，字长君，元凤中，廷尉解光以治诏狱，请温舒署奏曹掾守廷尉史。昭帝崩，昌邑王贺废，宣帝初即位，温舒上此书，言宜尚德缓刑，帝善其言，迁广阳私府长。　②春秋时齐襄公无道，公子小白奔莒，子纠奔鲁，后公孙无知弑襄公，小白自莒先入得立，是为桓公。　③春秋时，晋献公伐骊戎，得骊姬，爱幸之，生子奚齐，姬欲立为己子，谮太子申生及公子重耳、夷吾，申生自杀，重耳、夷吾出奔，奚齐立，里克弑之，立夷吾，是为惠公，惠公卒，子怀公

立，重耳入自秦，杀怀公而自立，是为文公。　④赵王：高祖宠姬戚夫人所生，名如意，惠帝立，吕后酖杀之，惠帝崩，吕后称制，诸吕谋危刘氏，大臣迎立代王恒，是为文帝。景帝时，丞相申屠嘉奏以孝文皇帝为太宗之庙。　⑤一远近：言远近一体。　⑥囹圄：见司马迁《报任安书》注。　⑦昭帝：武帝少子，名弗陵，在位十三年。　⑧昌邑：谓昌邑王贺，昭帝崩，霍光迎立之，淫乱，光废之。　⑨大将军：指霍光。武帝病笃，光受遗诏辅政。　⑩《公羊传》隐公元年："何言乎王正月？大一统也。"谓王者受命，制正月以统天下，故云大一统。⑪十失：谓废封建、筑长城、铸金人、造阿房、焚书、坑儒、营骊山之冢、求不死之药、使太子监军及用治狱之吏。　⑫盛服先生：谓儒者，儒者褒衣大冠，故称。　⑬语见《古文尚书·大禹谟》。经：常。谓与其杀无罪之人，宁失不常之过。　⑭大辟：谓死刑。　⑮视：与"示"同。　⑯却：退却。言畏为上所却退。　⑰锻练：本谓冶金；酷吏故入人罪，亦曰锻炼。练，"炼"之借字。周内：谓曲折周至，务纳之法中。　⑱当：谓处其罪。　⑲咎繇：即皋陶，舜臣，善听狱讼，官士师。⑳文致：谓深文而致其罪。　㉑媮：苟且。一切：权时也。㉒参阅司马迁《报任安书》注。期：必也。　㉓语见《左传》宣公十五年。薮：大泽。疾：毒害之物。瑾瑜：美玉。恶：玉之瑕。诟：耻病。　㉔与天亡极：与天同长久，无穷极。

刘向战国策序[①]

周室自文武始兴，崇道德，隆礼义，设辟雍泮宫庠序之教[②]，陈礼乐弦歌移风之化，叙人伦，正夫妇，天下莫不晓然论孝悌之义，惇[③]笃之行，故仁义之道，满乎天下，卒致之刑措四十余年[④]，远方慕义，莫不宾服，雅颂歌咏，以思其德；下及康昭[⑤]之后，虽有衰德，其纲纪尚明；及春秋时，已四五百载矣，然其余业遗烈[⑥]，流而未灭，五伯之起[⑦]，尊事周室，五伯之后，时君虽无德，人臣辅其君者，若郑之子产[⑧]，晋之叔向[⑨]，齐之晏婴[⑩]，挟君辅政，以并立于中国，犹以义相支持，歌说以[⑪]相感，聘觐以相交，期会以相一，盟誓以相救，天子之命，犹有所行，会享之国，犹有所耻，小国得有所依，百姓得有所息，故孔子曰："能以礼让为国乎，何有。"[⑫]周之流化，岂不大哉！

及春秋之后，众贤辅国者既没，而礼义衰矣；孔子虽论《诗》《书》，定《礼》《乐》，王道粲然分明，以匹夫无势，化之者七十二人而已[⑬]，皆天下之俊也，时君莫尚之[⑭]，是以王道遂用不兴；故曰非威不立，非势不行。

仲尼既没之后，田氏取齐[⑮]，六卿分晋[⑯]，道德大废，上下失序；至秦孝公[⑰]，捐礼让而贵战争，弃仁义而用诈谲，苟以取强而已矣。夫篡盗之人，列为侯王，诈谲之国，兴立为强，是以转相放效，后生师之，遂相吞灭，并大兼小，暴师经岁，流血满野，父子不相亲，兄弟不相安，夫妇离散，莫保其命，湣然[18]道德绝矣。晚世益甚，万乘之国七[19]，千乘之国五[20]，敌侔争权，盖为战国，贪饕无耻，竞进无厌，国异政教，各自制断，上无天子，下无方伯，力功争强，胜者为右，兵革不休，诈伪并起。当此之时，虽有道德，不得施谋，有设之强，负阻而恃固，连与交质，重约结誓，以守其国[21]；故孟子孙卿儒术之士，弃捐于世[22]，而游说权谋之徒，见贵于俗；是以苏秦、张仪、公孙衍、陈轸、代厉之属[23]，主纵横短长之说，左右倾侧，苏秦为纵，张仪为横，横则秦帝，纵则楚王，所在国重，所去国轻。

然当此之时，秦国最雄诸侯，方苏秦结纵之时，六国为一，以傧[24]背秦，秦人恐惧，不敢窥兵于关中[25]，天下不交兵者二十有九年；然秦国势便形利，权谋之士，咸先驰之，苏秦始欲横秦弗用，故东合纵，及苏秦死后，张仪连横，诸侯听之，西向事秦。是故始皇因四塞之国[26]，据崤函之阻[27]，跨陇蜀之饶[28]，听众人之策，乘六世之烈[29]，以蚕食六国，兼诸侯，并有天下。杖于谋诈之弊，终无信笃之诚，无道德之教，仁义之化，以缀天下之心，任刑罚以为治，信小术以为道，遂燔烧《诗》《书》，坑杀儒士，上小尧舜，下邈[30]三王；二世愈甚，惠不下施，情不上达，君臣相疑，骨肉相疏，化道浅薄，纲纪坏败，民不见义而悬于不宁，抚天下十四岁，天下大溃；诈伪之弊也，其比王德，岂不远哉！孔子曰：“道之以政，齐之以刑，民免而无耻，道之以德，齐之以礼，有耻且格。”㉛夫使天下有所耻，故化可致也，苟以诈伪偷活取容，自上为之，何以率下！秦之败也，不亦宜乎！

战国之时，君德浅薄，为之谋策者，不得不因势而为资，据时而为画，故其谋扶急持倾，为一切之权。虽不可以临国教，化兵革，救急之势也；皆高才秀士，度时君之所能行，出奇策异智，转危为安，运亡为存，亦可喜，皆可观！

---

①刘向：汉宗室，字子政，初为谏大夫，宣帝招选名儒材俊，向与焉，数上封事，以阴阳休咎论时政得失，语甚切直，元帝时，为中垒校尉，为外戚王氏及在位大臣所持，官终不迁。著有《洪范五行传》《列女传》《新序》《说苑》等书。《战国策》，本先秦诸人所记战国时事，刘向裒合为一编，名曰《战国策》，又名《长短书》。太史公作《史记》，即多采其文。
②辟雍：西周天子所设大学，校址圆形，四面以水环绕。《白虎通》："辟者，象璧圆，法天，雍之以水，象教化流行。"泮宫：诸侯之学。庠序：古学校名，殷日“序”，周曰“庠”。
③惇：厚也。 ④刑措：民不犯法，刑废不用。成康之世，天下安宁，刑措不用者四十余年。 ⑤康昭：周康王、昭王。康王，名钊，成王子，在位二十六年。昭王，名瑕，康王子，在位五十一年。 ⑥烈：功。 ⑦五伯：春秋时霸诸侯之五人。伯，与“霸”通。 ⑧子产：春秋郑大夫，姓国，名侨，子产其字，自郑简公时当国，历定公、献公、声公凡四十余年，介于晋楚两大国间，而不被兵。 ⑨叔向：春秋晋大夫，姓羊舌，

名肸，叔向其字。博议多闻，能以礼让为国，仲尼称为遗直。⑩晏婴：春秋齐大夫，字平仲，相齐景公，尽忠补过，名显诸侯。 ⑪说：同“悦”。 ⑫语见《论语·里仁》篇。言能以礼让治国，治国何难。 ⑬孔子弟子三千人，身通六艺者七十二人。 ⑭尚：尊尚。 ⑮周安王时，田和始列为诸侯，其子午遂并齐，是为桓公。 ⑯六卿：皆晋大夫，范氏、智氏、中行氏、赵氏、魏氏、韩氏也，晋末君权皆入六氏之手；后六氏又相吞并，成韩、魏、赵三国而晋亡。 ⑰秦孝公：见贾谊《过秦论》注。 ⑱湣：与“闵”通；湣然：伤念。⑲秦、楚、齐、赵、韩、魏、燕。 ⑳宋、卫、中山、东周、西周。 ㉑言惟有强国之设备，始得负阻……以守其国。㉒孟子：名轲，字子舆，战国邹人，受学于子思之弟子，尊王贱霸，世莫之用，后世称为亚圣。孙卿：即荀况，战国赵人，亦称荀卿，汉人或称曰孙卿，当时大儒，然仅为楚兰陵令而死。㉓苏秦：见贾谊《过秦论》注。张仪：见东方朔《答客难》注。公孙衍：魏人，号犀首，以善说仕秦魏二国。陈轸：见贾谊《过秦论》注。代厉：苏代、苏厉，皆苏秦弟，以能说名。㉔傧：与“摈”通，排斥。 ㉕关中：见贾谊《过秦论》注。 ㉖四塞：四境有天然之要塞。 ㉗崤函：见贾谊《过秦论》注。 ㉘陇：今甘肃地。蜀：今四川地，皆甚肥沃，秦并有之。 ㉙六世：见贾谊《过秦论》注。 ㉚邈：同“藐”，轻视。 ㉛语见《论语·为政》。

王褒圣主得贤臣颂[①]

夫荷旃被毳者[②]，难与道纯绵之丽密[③]，羹藜含糗者[④]，不足与论太牢之滋味[⑤]，今臣僻在西蜀，生于穷巷之中，长于蓬茨之下[⑥]，无有游观广览之知，顾有至愚极陋之累，不足以塞[⑦]厚望，应明旨；虽然，敢不略陈愚心而杼情素[⑧]。记曰：恭惟《春秋》法五始之要[⑨]，在乎审己正统而已。

夫贤者，国家之器用也，所任贤，则趋舍省而功施普，器用利，则用力少而就效众。故工人之用钝器也，劳筋苦骨，终日矻矻[⑩]；及至巧冶铸干将[⑪]之朴，清水淬[⑫]其锋，越砥敛其锷[⑬]，水断蛟龙，陆剸[⑭]犀革，忽若篲氾画涂[⑮]；如此则使离娄督绳，公输削墨[⑯]，虽崇台五层延袤百丈而不溷者[⑰]，工用相得也。庸人之御驽马，亦伤吻弊筴[⑱]而不进于行，胸喘肤汗，人极马倦，及至驾啮膝[⑲]，骖乘旦[⑳]，王良执靶[㉑]，韩哀附舆[㉒]，纵骋驰骛，忽如影靡[㉓]，过都越国，蹶如历块[㉔]，追奔电，逐遗风[㉕]，周流八极[㉖]，万里一息，何其辽哉[㉗]！人马相得也。故服絺绤之凉者，不苦盛暑之郁燠，袭狐貉[㉘]之暖者，不忧至寒之凄沧，何则，有其具者易其备。贤人君子，亦圣王之所以易海内也，是以呕喻[㉙]受之，开宽裕之路，以延天下英俊也。

夫竭智附贤者，必建仁策；索人求士者，必树伯[㉚]迹。昔周公躬吐握之劳[㉛]，故有圄空之隆[㉜]；齐桓设庭燎之礼[㉝]，故有匡合[34]之功。由此观之，君人者勤于求贤，而逸于得人[35]。人臣亦然，昔贤者之未遭遇也，图事揆策[36]，则君不用其谋，陈见悃诚[37]，则上不然其信，进仕不得施效，斥逐又非其愆，是故伊尹勤于鼎俎[38]，太公困于鼓刀[39]，百里自鬻[40]，宁戚饭牛[41]，离[42]此患也；及其遇明君遭圣主也，运筹合上意，谏诤则见听，进退得关[43]其忠，任职得行其术，去卑辱奥渫[44]而升本朝，离蔬释跻[45]而享膏粱，剖符锡壤而光祖考，传之子孙以资说士[46]。故世必有圣智之君，而后有贤明之臣，虎啸而谷风冽[47]，龙兴而致云气[48]，蟋蟀俟秋吟，蜉蝣[49]，出以阴，《易》曰："飞龙在天，利见大人。"[50]《诗》曰："思皇多士，生此王国。"[51]故世平主圣，俊乂[52]将自至，若尧舜禹汤文武之君，获稷契皋陶伊尹吕望之臣，明明[53]在朝，穆穆[54]列布，聚精会神，相得益章。虽伯牙操簏钟[55]，蓬门子弯乌号[56]，犹未足以喻真意也！

故圣主必待贤臣而弘功业，俊士亦俟明主以显其德，上下俱欲，欢然交欣，千载一会，论说无疑，翼乎如鸿毛遇顺风，沛乎若巨鱼纵大壑，其得意如此，则胡禁不止，曷令不行，化溢四表，横被无穷，遐夷贡献，万祥毕溱[57]。是以圣王不遍窥望而视已明，不殚[58]倾耳而听已聪，恩从祥风翱，德与和气游，太平之责塞，优游之望得，遵游自然之势，恬淡无为之场，何必偃仰诎信若彭祖[59]，呴嘘呼吸如乔松[60]，眇然绝俗离世哉！《诗》曰："济济多士，文王以宁。"[61]盖信乎其以宁也。

①王褒：汉蜀人，字子渊，有俊材，益州刺史王襄奏之，征入都，宣帝诏为圣主得贤臣颂其意，褒因对此。 ②荷：负也。旃：同“毡”。被：披也。毳：鸟羽。荷旃被毳：指贫寒之士。 ③纯绵：不杂之绵。 ④羹藜含糗：指穷饿之人。藜：履黏也，黏以黍米，若今浆粉。糗：熬米麦成干粮。 ⑤太牢：古代祭祀，牛、羊、豕三牲具备曰太牢。 ⑥蓬茨之下：蓬茅所盖屋之下。 ⑦塞：当。 ⑧杼：同“抒”，引而泄之。情素：犹本心。 ⑨恭：一作“共”，音义同。《春秋》称元年春王正月，公即位。元者，气之始；春者，四时之始；王者，受命之始；正月者，政教之始；公即位者，一国之始，是为五始。 ⑩矻矻（kū）：勤学不懈貌。 ⑪干将：见贾谊《吊屈原赋》莫邪注。 ⑫焠：锻铸刀剑时，将烧红的锻件浸入水中急速冷却，以增加硬度。 ⑬越：砥石出南昌，故曰越也。锷：一作“咢”，剑刃。 ⑭剸（tuán）：截断。 ⑮篲，一作“彗”。彗者，扫；氾者，污也；涂者，泥也。谓如以帚埽（sào）秽，以刀画泥。 ⑯离娄：黄帝时明目者。督：察视。绳与墨，皆为直之具，公输：姓，名般，亦称鲁般，鲁之巧人，或以为鲁昭公之子云。 ⑰溷：乱。 ⑱筴：与“策”同，马鞭子。 ⑲啮膝：良马名。 ⑳乘旦：良马名。一说，乘旦当为“乘且”之误，“且”与“驵”同。乘驵，骏马。 ㉑王良：古之善御者，即邮无恤，战国赵人。靶：辔。 ㉒韩哀，《吕氏春秋·审分览·勿难》：“寒哀作御。”“寒”“韩”古字通，盖即一人。 ㉓影靡：言如影之摇闪靡靡然。 ㉔蹶如历块：如经

历一土块，言其超越之疾。　㉕言风之遗于后者，焉能追及。㉖八极：八方极远之地。　㉗辽：谓所行远。　㉘狐貂，一作“貂狐”。　㉙呕喻：和悦貌。　㉚伯：同“霸”。㉛周公一饭三吐食，一沐三握发以宾贤士。握，一作“捉”。㉜圄空：言刑措不用，囹圄空虚也。圄，一作“圉”。　㉝古者国有大事，夜则以薪燃火以照众，谓之庭燎。齐桓公设庭燎求士而士不至，东野人有以九九见者，桓公不纳，其人曰：“九九小术，而君不纳之，况大于九九者乎！”桓公礼之，期月，四方之士并至。　㉞匡合：谓桓公一匡天下，九合诸侯。　㉟言得人则逸。　㊱揆：度。　㊲悃：至。　㊳伊尹：汤之贤相，汤三聘始就。一说谓其负鼎佩刀以干汤。　㊴太公：周吕尚也。或言其微时屠牛朝歌。　㊵百里：百里奚，为秦穆公贤臣。自鬻：说见《孟子·万章》。　㊶宁戚：齐桓公贤臣。桓公夜出，宁戚于车下饭牛，击牛角而歌，桓公召与语，说之，以为大夫。㊷离：遭，与“罹”同。　㊸关：通也。　㊹奥：幽也。渫：污浊。言不彰显。　㊺蔬：蔬食。跻：入声，本木屐，此言以绳为之者。　㊻言谈说之士传以为资。　㊼谷风冽：一本作“冽风”，无“谷”字。　㊽一本无“气”字。　㊾蜉蝣：虫名，朝生而夕死。蝣，一作“蝤”。　㊿《易·乾卦》爻辞。　51见《诗·大雅·文王》篇。思：语辞。皇：美。言美哉此众多贤士，生此周王之国。　52俊乂：贤良。　53明明：察。　54穆穆：美。　55篪，一作“递”，假借字。篪钟：琴名。　56蓬，一作“逢”。蓬门子：即逢蒙，学射于羿而尽其术者。乌号：见司马相如《子虚赋》注。　57溱：与

"臻"同。　⑱殚：尽极；一作"单"，义同。　⑲偃仰：犹俯仰。诎信：同"屈伸"。彭祖：上古陆终氏第三子篯铿，尧臣，封于彭城，历虞夏至商七百岁。　⑳乔松：谓王乔、赤松子，皆仙人。　㉑二句见贾山《至言》注。

王褒童约

蜀郡王子渊以事到湔①，止寡妇杨惠舍。惠有夫时奴，名便了，子渊倩奴行酤酒②，便了拽大杖上夫冢巅曰："大夫买便了时，但要守家，不要为他人男子酤酒！"子渊大怒曰："奴宁欲卖耶？"③惠曰："奴大忤人④，人无欲者。"子渊即决买券云云⑤。奴复曰："欲使皆上券⑥，不上券，便了不能为也！"子渊曰："诺！"

券文曰：

神爵⑦三年正月十五日，资中⑧男子王子渊从成都安志里女子杨惠买亡夫时户下髯奴便了，决贾⑨万五千，奴当从百役使，不得有二言。晨起早扫，食了⑩洗涤。居当穿臼缚帚，裁盂凿斗⑪。浚渠缚落⑫，锄园斫陌⑬。杜埤地⑭，刻大枷⑮，屈竹作杷⑯，削治鹿卢⑰。出入不得骑马载车，踑坐大呶⑱。下床振⑲头，捶⑳钩刈刍，结苇腊纻㉑。汲水酪㉒，佐酣醭㉓。织履作粗㉔，黏㉕雀张鸟，结网捕鱼，缴㉖雁弹凫。登山射鹿，入水捕龟。后园纵养雁鹜百余。驱逐鸱鸟，持梢牧猪。种姜养芋，长育豚驹。粪除堂庑㉗，喂食㉘马牛。鼓四起坐，夜半益刍。二月春分，被堤杜疆[29]，落桑皮棕[30]。种瓜作瓠[31]，别茄披葱[32]。焚槎发芋[33]，垄集破封[34]。日中早衁[35]，鸡鸣起舂。调治马户，兼落[36]三重。

舍中有客，提壶行酤，汲水作铺[37]。涤杯整桉[38]，园中拔蒜。断苏[39]切脯，筑肉臛芋[40]。脍鱼炰鳖[41]，烹茶尽具。已而盖藏。关门塞窦，喂猪纵犬，勿与邻里争斗。奴当饭豆[42]饮水，不得嗜酒；欲饮美酒，唯得染唇渍口[43]，不得倾盂覆斗。不得辰出夜入，交关[44]伴偶。

舍后有树，当裁竹船。上至江州[45]下到湔，主为府掾[46]求用钱。推访垩[47]，贩棕索。绵亭[48]买席，往来都落。当为妇女求脂泽。贩于小市，归都担枲[49]。转出旁蹉[50]，牵犬贩鹅。武都买茶[51]，杨氏担荷[52]。往来市聚，慎获奸偷。入市不得夷蹲[53]旁卧，恶言丑骂。多作刀矛，持入益州[54]，货易羊牛。奴自教精慧，不得痴愚。

持斧入山，断椠[55]裯辕。若有余残，当作俎豆几木屐及彘盘[56]。焚薪作炭，礨石薄岸[57]。治舍盖屋，削书代牍。日暮欲归，当送干薪两三束。四月当披[58]，九月当获。十月收豆，抡麦窖芋[59]。南安拾栗采橘[60]，持车载辏[61]。多取蒲苎，益作绳索。雨堕无所为，当编蒋织薄[62]。种植桃李梨柿柘桑。三丈一树，八树为行。果类相从，纵横相当。果熟收敛，不得吮尝。犬吠当起，惊告邻里。枨门柱户[63]，上楼击鼓[64]。荷盾曳矛，还落三周[65]。勤心疾作，不得遨游。

奴老力索[66]，种莞织席[67]。事讫休息，当舂一石。夜半无事，浣衣当白。若有私钱，主给宾客[68]。奴不得有奸私，事事当关白。奴不听教，当笞一百。

读券文适讫，词穷诈索。仡仡[69]叩头，两手自搏。目泪下落，鼻涕长一尺。审如王大夫所言，不如早归黄土陌，丘蚓钻额。早知当尔，为王大夫酤酒，真不敢作恶！

---

①蜀郡：秦置，即古蜀国，治今之成都。子渊：褒字。湔：地名，汉湔氐道，在今四川松潘西北。　②倩：雇代。酤酒：买酒。　③言欲卖此奴否。　④大忤人：甚忤人。　⑤云云：如何如何，但口约而未笔书。　⑥言皆书之券中。　⑦神爵：汉宣帝年号。　⑧资中：今四川资中县。　⑨贾：与“价”同。　⑩食了：吃过了。　⑪穿、裁、凿：皆制造之意，各因其器而异词。　⑫落：篱落。　⑬陌：田间道。　⑭杜：塞。埤：下湿。杜埤地：谓修治下湿之地。　⑮枷：打谷具，俗称连枷。　⑯杷：收麦器；一曰平田器。　⑰鹿卢：与“辘轳”通，汲水之器。　⑱踑坐：犹箕踞，谓曲两脚，其形如箕。呶：喧哗。　⑲振：整。　⑳捶：与“锤”通，锻也。　㉑腊：刃。纻：纻属，可以为布。腊纻：谓以刀治纻。㉒酪：乳浆。　㉓酣醵：读如雏模，羹浆之属。　㉔粗：粗制之衣。　㉕黏：以胶著之，使不得脱。　㉖缴：以绳系矢而射。　㉗堂庑：堂下周屋。　㉘食：读如“饲”。　㉙被堤：塞漏。杜疆：修篱。　㉚落桑：剪桑。皮棕：剥棕皮。㉛瓠：瓢。剖之可为瓢，故曰作“瓠”。　㉜别、披：皆分之意。　㉝槎：伐木余，斜曰槎。发芋：蜀土收芋，皆窖藏之，

至春乃发。 ㉞垄集破封：治田事。 ㉟畜：未详；或谓读复音，然一本作“蕡”，与复音不合。 ㊱马户：水门，蜀每以落置水流养鱼，欲食乃取之。落：与“络”通。 ㊲餔：申时(下午三点到五点)食。 ㊳梡：即碗。 ㊴苏：紫苏，性行气和血，故名。 ㊵筑：捣。臛：羹。 ㊶脍：细切。炰：裹物而烧。 ㊷饭豆：以豆为饭。 ㊸渍：稍浸润。 ㊹交关：关通。 ㊺江州：汉县，故城在今重庆嘉陵江北岸。 ㊻府掾：府属官。 ㊼访：未详。垩：白土。 ㊽绵亭：盖地名，不详其处。 ㊾都：与“涂”通。枲：牡麻。 ㊿蹉：市名。 51武都：汉县，在今甘肃西和县西，出茶。 52杨氏：池名，出荷。 53夷蹲：展足屈下似坐。 54益州：汉郡名，治滇池，今云南昆明市所在地。 55輮：车辋。辋：车轮之外周。 56彘盘：猪槽。 57壘石薄岸：竹笼盛石以薄岸；壘：当作“累”。 58披：分，如分秧之类。 59抡：种。窖芋：见前“发芋”注。 60南安：汉县，在今四川夹江西北，出橘。 61持车载辏：载车以往求利之意，犹赶集之类。 62蒋：菰蒲。薄：帘。 63枨：门两旁长木。枨门柱户：即紧关门户之意。 64汉时官不禁报怨，民家皆高楼置鼓其上，有急即上楼击鼓，以告邑里，令救取。 65还：环。落：篱落。 66索：尽。 67莞：草名，又名水葱，茎可织席。 68言主人以供应宾客之用。 69仡仡：不安貌。

扬雄反离骚[1]

有周氏之蝉嫣兮[2]，或鼻祖于汾隅[3]，灵宗初谍伯侨兮[4]，流于末之扬侯[5]。淑周楚之丰烈兮[6]，超既离虖皇波[7]，因江潭而淮记兮[8]，钦吊楚之湘累[9]。惟天轨之不辟兮[10]，何纯洁而离纷[11]，纷累以其淟涊兮[12]，暗累以其缤纷[13]。汉十世之阳朔兮[14]，招摇纪于周正[15]，正皇天之清则兮[16]，度后土之方贞[17]。图[18]累承彼洪族兮，又览累之昌辞[19]，带钩矩而佩衡兮[20]，履欃枪以为綦[21]。素初贮厥丽服兮[22]，何文肆而质䵂[23]，资娵娃之珍髢兮[24]，鬻九戎而索赖[25]。

凤皇翔于蓬陼兮[26]，岂驾鹅之能捷[27]，骋骅骝以曲艰兮[28]，驴骡连蹇而齐足[29]。枳棘之榛榛兮[30]，蝯貁拟而不敢下[31]，灵修既信椒兰之唼佞兮[32]，吾累忽焉而不蚤睹。衿芰茄之绿衣兮[33]，被夫容[34]之朱裳，芳酷烈而莫闻兮，固不如襞而幽之离房[35]。闺中容竞淖约兮[36]，相态以丽佳[37]，知众嫭[38]之嫉妒兮，何必扬累之蛾眉[39]。懿神龙之渊潜兮，竢庆云而将举，亡春风之被离兮，孰焉知龙之所处。愍吾累之众芬兮，扬烨烨之芳苓[40]，遭季夏之凝霜兮，庆夭顇而丧荣[41]。横江湘以南淮兮，云走乎彼苍吾[42]，驰江潭之泛溢兮，将折衷乎重华[43]。舒中情之烦或兮[44]，恐重华之不累与[45]，陵阳侯之素波兮[46]，岂吾累之独见许[47]。

精琼靡与秋菊兮[48]，将以延夫天年，临汨罗[49]而自陨兮，恐日薄于西山[50]。解扶桑之总辔兮[51]，纵令之遂奔驰[52]，鸾皇腾而不属兮，岂独飞廉与云师[53]。卷薜芷与若蕙兮，临湘渊而投之，棍[54]申椒与菌桂兮，赴江湖而沤之[55]。费椒稰以要神兮，又勤索彼琼茅，违灵氛而不从兮，反湛身于江皋[56]。累既𠘧夫傅说兮[57]，奚不信而遂行[58]，徒恐鹈䴂之将鸣兮，顾先百草为不芳[59]。初累弃彼虙妃兮，更思瑶台之逸女[60]，抨雄鸩以作媒兮[61]，何百离而曾不壹耦。乘云蜺之旖旎兮[62]，望昆仑以樛流[63]，览四荒而顾怀兮，奚必云女彼高丘[64]。既亡鸾车之幽蔼兮[65]，焉驾八龙之委蛇[66]，临江濒而掩涕兮，何有《九招》与《九歌》[67]。

夫圣哲之不遭兮，固时命之所有，虽增欷以于邑兮[68]，吾恐灵修之不累改[69]。昔仲尼之去鲁兮，斐斐[70]迟迟而周迈，终回复于旧都兮，何必湘渊与涛濑[71]。溷渔父之餔歠兮，洁沐浴之振衣[72]，弃由聃之所珍兮，蹠彭咸之所遗[73]。

---

①扬雄：汉成都人，字子云，少好学，口吃不能剧谈，好深湛之思，长于词赋，多仿司马相如，成帝时召对，奏《甘泉》《长杨》《河东》《羽猎》四赋，除为郎，给事黄门，与王莽、刘歆并。及莽篡位，转为大夫，寻卒。著有《太玄》《法言》《方言》等书。扬雄怪屈原文过相如，至不容，作《离骚》自投江而死，悲其文，以为君子得时则大行，不得时则龙蛇。遇不遇，命也，何必湛身哉，乃作书往往摭《离骚》而反之，自岷山投诸江流以吊原，名曰《反离骚》。 ②蝉嫣：连。言与周氏

亲连。 ③鼻祖：始祖，扬雄自言系出周氏而食采于扬。汾隅：扬邑。 ④以出自有周，为神灵后裔，故曰灵宗。谍：谱。伯侨：周之支庶。言从伯侨以来，可得而叙。 ⑤扬侯：扬氏有号为扬侯者。 ⑥淑：善。言去汾隅从巫山得周楚之美烈。 ⑦超：速。离：历。皇：大。言其先祖所居，经河及江，经历大波。 ⑧潭：水边。淮：往也，以其去水中，故从水。记：谓吊文。淮记：言乘水而往，投书以吊。 ⑨钦：敬。诸不以罪死曰累。屈原赴湘死，故曰湘累。 ⑩天轨：犹天路。辟：读如“阐”，义同。 ⑪纯洁：纯粹贞洁。离：遭。纷：难。此二句言天路不开，使纯洁之人遭此难。 ⑫洪涊：秽浊。 ⑬暗：身晦而不光。缤纷：谓谗慝交加。 ⑭十世：自高祖至成帝。阳朔：成帝年号，于八年改称。 ⑮招摇：斗杓星，主天时。周正：十一月。 ⑯清则：清正法则。十一月为岁首，天之正。 ⑰方贞：贞正，十一月坤体成，故方贞。⑱图：按其本系之图书。 ⑲昌辞：美辞。 ⑳钩：规。矩：方。衡：平。 ㉑欃（chán）枪：妖星。綦：履下饰。言原谁佩带方平之行，而陷恶人迹以致放逐。 ㉒贮：积。 ㉓文肆：言其文辞放肆。韰（xiè）：狭。 ㉔娵娃：古美女间娵吴娃。髢：发。珍髢：珍好之发。 ㉕索赖：无所利。 ㉖陼：与“渚”通；蓬陼：蓬莱之陼，在海中。 ㉗驾鹅：见司马相如《子虚赋》注。捷：及。 ㉘骅骝：骏马名。曲艰：屈曲艰阻。 ㉙蹇：驽劣之意。言骅骝骋曲艰中，则与驴骡同劣而齐之。 ㉚枳棘：枳木高而多刺。榛榛：梗秽貌。 ㉛蝯：善攀援。狖：似猴，仰鼻而长尾。拟：疑。 ㉜灵修：楚王。椒兰：谓令尹子椒及子兰。唼佞：谮言。　㉝衿：带。芰：菱。茄，《尔雅·释草》：“荷，其茎茄。”　㉞夫容：即芙蓉。㉟襞（bì）：衣褶。离房：别房。　㊱淖约：善容止。　㊲相态以丽佳：言竞为佳丽之态以相倾。　㊳嫭：美貌。　㊴《离骚》：“众女嫉余之蛾眉。”言原既知众女嫉妒，何必扬己之蛾眉。　㊵烨烨：光盛貌。苓：香草名。　㊶庆：读与“羌”同，辞也。顇：古“悴”字。　㊷苍吾：山名，在湖南宁远县，舜崩于此。　㊸重华：舜号。原将启质圣人，陈己情要。㊹烦或：同“烦惑”。　㊺舜能避父害以全身，资于事父以事君，恐不许原之所为。　㊻陵：乘。阳侯：古诸侯，以罪投江，神为大波。　㊼言原遇同阳侯，岂独见许。　㊽精：细。琼靡：犹言玉屑。琼靡、秋菊：皆《离骚》中语。　㊾汨罗：见贾谊《吊屈原赋》注。　㊿言屈原既养秋菊等欲以延年，何又以为日暮而沉汨罗，其言行殊相反。　51扶桑：古代神话中海外的大树，据说太阳从这里出来。总：结。　52《离骚》：“总余辔于扶桑。”言何又解君辔使遂奔驰而自沉乎。53飞廉：风伯。云师：奉隆。言既纵之，虽鸾皇迅飞，亦无所及，岂独飞廉云师。　54棍：当作“掍”，大束。《方言》：“掍，同也，宋卫之间语。”　55沤：渍。　56灵氛：古之善占者。《离骚》有椒稰琼茅要神，欲从灵氛吉占等语，此言既不从其占，何必费稰而勤琼茅。　57𠔏：古“攀”字。说：读如“悦”；傅说：殷高宗贤相。　58行：去。　59鹎鴂：即杜鹃，一名子规，常以立夏鸣，鸣则平芳皆歇。此反《离骚》语，言终以自沉，何惜芳草而忧杜鹃。　60虙妃：见司马相如

《上林赋》宓妃注。此亦《骚》语，言其执心不定。 ⑹抨：使。雄鸩：《离骚》作“雄鸠”。此亦《离骚》语。 ⑹旖旎：云貌。旎，一作“柅”。 ⑹昆仑：山名。樛流：犹周流。《离骚》有阆风緤马语，阆风在昆仑山上，此故云。 ⑹《离骚》：“哀高丘之无女。”女：仕。高丘：谓楚。言何必仕于楚。⑹幽蔼：犹晻蔼。 ⑹委蛇：从容自得貌。既无鸾车，则不得云驾八龙。 ⑹招：续如韶；《九招》：古逸诗名，帝喾之世，咸墨为颂，以歌《九招》。《九歌》，原所作。 ⑹增：重。郗：叹声。于邑：短气。 ⑹言原虽自叹于邑，而楚王终不改寤。 ⑺斐斐：往来貌。 ⑺涛濑：谓大波与急流。⑺溷：以为溷浊。馎歠：读如逋辍，谓饮食。二句见《楚辞·渔父》。 ⑺由聃：许由、老聃，二人守道，不污于俗，皆能保己全身。蹠：蹈。彭咸：殷介士，不得志而投江死。言原不能慕由、聃高踪，而蹈彭咸遗迹。

扬雄解嘲[1]

客嘲扬子曰：“吾闻上世之士，人纲人纪[2]，不生则已，生必上尊人君，下荣父母，析[3]人之珪，儋[4]人之爵，怀人之符，分人之禄，纡青拖紫[5]，朱丹其毂[6]，今吾子幸得遭明盛之世，处不讳之朝，与群贤同行[7]，历金门[8]，上玉堂[9]有日矣，曾不能画一奇，出一策，上说人主，下谈公卿，目如耀星，舌如电光，一从一横[10]，论者莫当，顾默而作《太玄》五千文[11]，枝叶扶疏[12]，独说数十余万言，深者入黄泉，高者出苍天，大者含元气，细者入无间⑬，然而位不过侍郎⑭，擢才给事黄门⑮，意者玄得无尚白乎！何为官之拓落也。”⑯

扬子笑而应之曰：“客徒朱丹吾毂，不知一跌将赤吾之族也⑰。往者周网解结，群鹿争逸，离为十二⑱，合为六七⑲，四分五剖，并为战国，士无常君，国无定臣，得士者富，失士者贫，矫翼厉翮，恣意所存；故士或自盛以橐⑳，或凿坏以遁㉑，是故邹衍以颉颃而取世资㉒，孟轲虽连蹇㉓，犹为万乘师。今大汉左东海㉔，右渠搜㉕，前番禺㉖，后陶涂㉗，东南一尉㉘，西北一候㉙，徽以纠墨㉚，制以锧铁㉛，散以礼乐，风以诗书，旷以岁月，结以倚庐㉜，天下之士，雷动云合，鱼鳞杂袭，咸营于八区㉝，家家自以为稷契㉞，人人自以为皋陶㉟，戴縰㊱垂缨而谈者，皆拟于阿衡㊲，五尺童子，羞比晏婴与夷吾㊳，当途者升青云，失路者委沟渠，旦握权则为卿相，夕失势则为匹夫，譬若江湖之崖，渤澥之岛，乘雁㊴集不为之多，双凫飞不为之少；昔三仁去而殷墟㊵，二老归而周炽㊶，子胥死而吴亡㊷，种、蠡存而越霸㊸，五羖入而秦喜㊹，乐毅出而燕惧㊺，范雎以折摺而危穰侯㊻，蔡泽以噤吟而笑唐举㊼；故当其有事也，非萧、曹、子房、平、勃、樊、霍则不能安㊽，当其无事也，章句之徒，相与坐而守之，亦无所患；故世乱则圣哲驰骛而不足，世治则庸夫高枕而有余。夫上世之士，或解缚而相㊾，或释褐而傅㊿，或倚夷门而笑(51)，或横江潭而渔(52)，或七十说而不遇(53)，或立谈而封侯[54]，或枉千乘于陋巷[55]，或拥彗而先驱[56]；是以士颇得信[57]其舌而奋其笔，窒隙蹈瑕而无所诎也[58]。

“当今县令不请士，郡守不迎师，群卿不揖客，将相不俯眉，言奇者见疑，行殊者得辟[59]，是以欲谈者卷舌而固声，欲步者拟足而投迹；向使上世之士处乎今世，策非甲科[60]，行非孝廉，举非方正，独可抗疏时道是非，高得待诏，下触闻罢[61]，又安得青紫。且吾闻之，炎炎[62]者灭，隆隆[63]者绝，观雷观火，为盈为实，天收其声，地藏其热[64]，高明之家，鬼瞰其室[65]，攫挐[66]者亡，默默者存，位极者宗危，自守者身全。是故知玄知默，守道之极，爰清爰静，游神之庭，惟寂惟漠，守德之宅，世异事变，人道不殊，彼我易时，未知何如[67]。今子乃以鸱枭而笑凤皇，执蝘蜓[68]而嘲龟龙，不亦病乎！子之笑我玄之尚白，吾亦笑子病甚，不遇俞跗与扁鹊也[69]，悲夫！”

客曰：“然则靡玄无所成名乎？范蔡以下，何必玄哉！”扬子曰：“范睢，魏之亡命也，折胁摺髂[70]，免于徽索，翕[71]肩蹈背，扶服入橐[72]，激卬[73]万乘之主，介泾阳抵穰侯而代之[74]，当也；蔡泽，山东之匹夫也，锁颐折頞[75]，涕唾流沫，西揖强秦之相，搤其咽而亢其气，拊其背而夺其位[76]，时也；天下已定，金革已平，都于洛阳[77]，娄敬委辂脱挽[78]，掉三寸之舌，建不拔之策，举中国徙之长安[79]，适也；五帝垂典，三王传礼，百世不易，叔孙通起于枹鼓之间，解甲投戈，遂作君臣之仪[80]，得也；《吕刑》[81]靡敝，秦法酷烈，圣汉权制，而萧何造律[82]，宜也；故有造萧何之律于唐虞之世，则悖矣[83]，有作叔孙通仪于夏殷之时，则惑矣，有建娄敬之策于成周之世，则乖矣，有谈范蔡之说于金张许史之间[84]，则狂矣；夫萧规曹随[85]，留侯画策[86]，陈平出奇[87]，功若泰山，响若氐隤[88]，虽其人之赡智哉[89]，亦会其时之可为也。故为可为于可为之时则从，为不可为于不可为之时则凶。若夫蔺生收功于章台[90]，四皓采荣于南山[91]，公孙创业于金马[92]，骠骑发迹于祁连[93]，司马长卿窃资于卓氏[94]，东方朔割炙于细君[95]，仆诚不能与此数子并，故默然独守吾《太玄》。”

---

①汉哀帝时，外戚丁傅、嬖臣董贤用事，依附者皆得显官，时雄方草《太玄》，有以自守，恬不为意，人或嘲其作不成，名为玄而色犹白，雄解之，号曰解嘲。　②人纲人纪：为众人之纲纪。　③析：分。　④儋：负荷。　⑤纡青拖紫：谓印绶之色。汉制，公侯紫绶，九卿青绶。　⑥朱丹其毂：汉制，吏二千石朱两幡。　⑦同行：谓同行列。　⑧金门：金马门，汉未央宫前有铜马，故曰金马门。　⑨玉堂：殿，未央宫有殿阁三十二，椒房、玉堂皆在其中。　⑩从、横：本于苏秦、张仪之约从连横，意犹辩才。　⑪扬雄以为经莫大于《易》，拟之作太玄。　⑫扶疏：四布。　⑬细者入无间：言至微。　⑭侍郎：见东方朔《答客难》注。　⑮黄门：官署之称，宫门黄色，给事于黄门之内，故以名官。言升擢仅至黄门官。　⑯尚：犹。拓落：蹭蹬不耦。言虽言玄，得无未造玄

之极，其色犹白乎，盖嘲其学犹未至，故不显达。　⑰跌：失足。见诛杀者必流血，故云赤族；一说尽杀无遗。　⑱十二：言春秋十二国，见东方朔《答客难》注。　⑲六七：齐、燕、楚、韩、赵、魏之六，及秦七也。　⑳自盛以橐，或谓范雎入之秦，藏于橐中，按《范雎传》无橐盛事，疑指伍子胥橐载而出昭关言。　㉑坏：屋后墙。鲁君欲相颜阖，使人以币先焉，阖凿坏以遁。　㉒邹衍：齐人，著书所言多天事，齐人号为谈天衍，仕于齐，位至卿。颉颃：奇怪之辞。　㉓孟轲：即孟子，见刘向《战国策序》注。连蹇：难，言值世之屯难。　㉔东海：会稽东海，在东，故曰左。　㉕渠搜：西戎国，在西，故曰右。　㉖番禺：地名，在今广东省。　㉗陶涂：渔阳之北界；一说为北方国名。　㉘东南一尉：会稽东部都尉。　㉙西北一候：中部都尉治敦煌步广候官，张掖属国有候官城。　㉚徽：束。纠墨：绳。　㉛锧：一作“质”，锧。铁：莝刀。锧铁，谓斩腰之刑。　㉜倚庐：倚墙至地而为之，无楣柱，汉律以不为亲行三年服，不得选举，结为倚庐，以结其心；一说，倚庐，或即田庐。　㉝八区：八方。　㉞稷契：皆舜臣，稷名弃，为周始祖，契为商始祖。　㉟皋陶：见路温舒《尚德缓刑书》注。　㊱缡：与“缅”同，韬发之缯。　㊲阿衡：商官名，伊尹为之。　㊳晏婴：见刘向《战国策序》注。夷吾：即管仲。　㊴乘雁：四雁。　㊵三仁：指微子、箕子、比干。墟：亡国为丘墟。　㊶二老：谓伯夷、太公，周德日昌，二人皆归周。　㊷子胥：见东方朔《答客难》注。　㊸种、蠡：文种、范蠡，越王勾践返国，奉国政属大夫种，而使范蠡行成为质于吴，后越卒以破吴。 ㊹羖（gǔ）：黑色羊。百里奚自虞亡秦，走宛，秦穆公以五羖羊皮赎之，授之国政，故号为五羖大夫。 ㊺乐毅：见贾谊《过秦论》注。 ㊻范雎：魏人，以远交近攻之策说秦昭襄王，得为相，封应侯。以，一作“虽”。摺：古“拉”字；折摺，折胁拉齿，雎未达之时，魏中大夫须贾谮之于相魏齐，齐笞击之，折胁摺齿．雎佯死，得出， 因入秦。穰侯，秦宣太后弟魏冉也，贵重，范雎说昭王而言之，冉乃免相。 ㊼蔡泽：燕人，为秦相。噤吟：颔颐之貌。唐举：善相，蔡泽从请之，举笑曰：“吾闻圣人不相，殆先生乎！” ㊽萧：萧何。曹：曹参。子房：张良字。平：陈平。勃：周勃。樊：樊哙。霍：霍光。 ㊾解缚而相：管仲也，仲本傅公子纠奔鲁，齐桓公伐鲁，鲁杀子纠，囚仲致齐，齐释其缚，举以为相。 ㊿释褐而傅：墨子谓为傅说，一以为宁戚，然无所考，盖宁越之讹。 51侯嬴年七十，为魏夷门之抱关者，公子无忌客之，秦伐赵，赵求救于魏，魏畏秦，救不力，无忌愤甚，嬴为画策，盗兵符，往夺魏之救兵，急救赵，赵因得存。 52横江潭而渔：指屈原事。 53七十说而不遇：谓孔子，孔子历聘七十二君，见《庄子·天运》。 54立谈而封侯：谓虞卿也，虞卿说赵孝成王，再见而为赵上卿。 55枉千乘于陋巷：谓齐桓公见小臣稷事，桓公一日三至不得见。 56彗：帚。邹衍至燕，昭王郊迎，拥篲为之先驱。 57信：读如“伸”。 58窒：塞。诎：与“屈”同。 59辟：罪。 60汉制，岁课甲科为郎中，乙科为太子舍人。 61下触闻罢：有所触犯者，报闻而罢之也。 62炎炎：火光。 63隆隆：雷声。 64人之观火闻雷，谓为盈实，终以天收雷声地藏火热而为虚无，言极盛者亦灭亡。
⑥⑤瞰：视。言鬼神害盈而福谦。⑥⑥攫挐：妄有搏执牵引。⑥⑦言或能胜之。⑥⑧蝘蜓：即蜥蜴。⑥⑨俞跗：黄帝时良医；俞，一作“臾”。扁鹊：古之良医，姓秦，名越人，《史记》有传。⑦⓪髂：骨。⑦①翕：敛。⑦②扶服：即匍匐。范雎初入秦，道遇穰侯，藏于王稽车中而过，故云。⑦③卬：读曰“仰”。⑦④泾阳：泾阳君，秦昭王弟，贵用事，雎问而疏之，故曰介。抵：侧击。⑦⑤锁颐：曲颐。一作“颔颐”，又作“颌颐”。锁，正字；颔，借字；颌，讹字。頞：鼻茎。⑦⑥蔡泽入秦，说范雎以功成身退，祸福之机，适值雎有间于王，遂荐以自代。⑦⑦洛阳：汉县，故城在今河南洛阳市东。⑦⑧娄敬：齐人，高祖欲定都洛阳，敬以布衣谒见，说帝都关中，后赐姓刘，封关内侯。辂：小车用人力推挽者。輓：一木横遮车前，一人挽之，三人推之。委辂脱輓，谓娄敬弃车脱輓而说高祖。⑦⑨中国：谓京师。长安：今陕西西安市。⑧⓪叔孙通：薛人。天下已定，群臣在殿上争功无礼，通说高祖征鲁诸生共起朝仪。⑧①《吕刑》：《书》篇名，周穆王时吕侯所作，备详刑法。⑧②萧何：沛人，佐高祖定天下，功第一，汉律令皆何所制定。⑧③悂：错谬。一作“谆”。⑧④金张许史：昭宣时贵戚大臣，金日磾、张安世、许广汉、史恭、史高。⑧⑤萧规曹随：萧何始作规模，曹参因之无改。⑧⑥张良封于留，故称留侯，高祖得天下，良策为多。⑧⑦陈平：阳武人也，事高祖，展出奇策。⑧⑧巴蜀人名山岸旁堆欲堕落者曰氐。氐崩，声闻数百里。隤，同“颓”，落。⑧⑨虽，一作

“唯”。唯亦读虽。赡智：谓多智。 ⑩蔺生：即蔺相如。一作“蔺先生”。秦欲以地易赵璧，赵令相如赍璧入秦，秦不与赵地，相如乃诡取其璧，使人间以归赵。章台：在渭南，相如献璧于此。 ⑪四皓：东园公、绮里季、夏黄公、甪里先生，避秦乱，隐于商山。荣：声名；一说草木之英，采取以充食。 ⑫公孙：公孙弘，武帝初，对策金马门，名第一，拜博士，旋为丞相，封侯。 ⑬骠骑：霍去病，去病为骠骑将军。祁连：山名，在今甘肃张掖市西南，去病击匈奴至此，捕首虏甚多，因显贵。 ⑭司马相如以琴心挑成都富人卓王孙寡女文君，文君夜奔相如，王孙不得已，分予文君童百人，钱百万。⑮武帝于伏日赐从官肉，东方朔拔剑割肉去，帝使起自责，朔乃自赞曰：“割之不多，又何廉也！归遗细君，又何仁也！”

贾让治河议[①]

治河有上中下策。

古者立国居民，疆理[②]土地，必遗川泽之分[③]，度水势所不及[④]，大川亡防，小水得入，陂障卑下，以为污泽，使秋水多得有所休息，左右游波，宽缓而不迫。夫土之有川，犹人之有口也，治土而防其川，犹止儿啼而塞其口，岂不遽止，然其死可立而待也，故曰，善为川者[⑤]，决之使道[⑥]，善为民者，宣之使言。

盖堤防之作，近起战国，雍[⑦]防百川，各以自利。齐与赵魏以河为竟[⑧]。赵魏濒山[⑨]，齐地卑下，作堤去河二十五里；河水东抵齐堤，则西泛赵魏，赵魏亦为堤去河二十五里；虽非其正，水尚有所游荡；时至而去，则填淤肥美，民耕田之；或久无害，稍筑室宅，遂成聚落；大水时至漂没，则更起堤防以自救，稍去其城郭，排水泽而居之，湛溺自其宜也[10]。

今堤防陿者[11]，去水数百步，远者数里，近黎阳[12]南故大金堤，从河西西北行，至西山南头，乃折东与东山相属[13]，民居金堤东为庐舍，往十余岁，更起堤从东山南头直南与故大堤会；又内黄[14]界中有泽方数十里，环之有堤，往十余岁，太守以赋民[15]，民今起庐舍其中，此臣亲所见者也。东郡白马故大堤[16]，亦复数重，民皆居其间，从黎阳北尽魏界，故大堤去河远者数十里，内亦数重，此皆前世所排也。河从河内[17]北至黎阳为石堤，激使东抵东郡平刚[18]；又为石堤使西北抵黎阳观下[19]；又为石堤使东北抵东郡津北；又为石堤使西北抵魏郡昭阳[20]；又为石堤激使东北；百余里间，河再西三东，迫阨如此，不得安息。

今行上策，徙冀州[21]之民当水冲者，决黎阳遮害亭[22]，放河使北入海，河西薄大山，东薄金堤，势不能远泛滥，期月自定。难者将曰："若如此，败坏城郭田庐冢墓以万数，百姓怨憾，昔大禹治水，山陵当路者毁之，故凿龙门[23]，辟伊阙[24]，析底柱[25]，破碣石[26]，堕断天地之性，此乃人功所造，何足言也。"今濒河十郡[27]，治堤岁费且万万，及其大决，所残亡数，如出数年治河之费，以业所徙之民，遵古圣之法，定山川之位，使神人各处其所而不相奸[28]。且以大汉方制万里，岂其与水争咫尺之地哉！此功一立，河定民安，千载亡患，故谓之上策。

若乃多穿漕渠于冀州地[29]，使民得以溉田，分杀水怒，虽非圣人法，然亦救败术也。难者将曰："河水高于平地，岁增堤防，犹尚决溢，不可以开渠。"臣窃按视遮害亭西十八里至淇水口[30]，乃有金堤，高一丈；自是东地稍下，堤稍高，至遮害亭，高四五丈；往五六岁，河水大盛，增丈七尺，坏黎阳南郭门入至堤下，水未逾堤二尺所，从堤上北望，河高出民屋，百姓皆走上山，水留十三日，堤溃二所，吏民塞之，臣循堤上行，视水势南七十余里至淇口，水适至堤半，计出地上五尺所；今可从淇口以东为石堤，多张水门。初元中[31]，遮害亭下河去堤足数十步，至今四十余岁，适至堤足，由是言之，其地坚矣；恐议者疑河大川，难禁制，荥阳[32]漕渠足以卜之，其水门但用木与土耳，今据坚地作石堤，势必完安。冀州渠首，尽当印此水门；治渠非穿地也，但为东方一堤，北行三百余里，入漳水[33]中，其西因山足高地诸渠，皆往往股[34]引取之，旱则开东方下水门溉冀州，水则开西方高门分河流。通渠有三利，不通有三害：民常罢于救水，半失作业，水行地上，凑润上彻，民则病湿气，木皆立枯，卤不生谷，决溢有败，为鱼鳖食，此三害也；若有渠溉，则盐卤下隰填淤加肥，故种禾麦，更为粳稻，高田五倍，下田十倍，转漕舟船之便，此三利也。

今濒河堤吏卒郡数千人，伐买薪石之费，岁数千万，足以通渠，成水门；又民利其灌溉，相率治渠，虽劳不罢，民田适治，河堤亦成；此诚富国安民，兴利除害，支数百岁，故谓之中策。

若乃缮完故堤，增卑倍薄，劳费亡已，娄㉟逢其害，此最下策也。

---

①贾让，哀帝时人，时求能浚川疏河者，让因奏此议。 ②疆理：理定疆界之义。 ③遗：留。言川泽水所留聚之处，皆留而置之，不以为居邑。 ④言计水势所不及之地。居而田之。 ⑤为：犹治。 ⑥道：读曰“导”，引之使通。 ⑦雍：读曰“壅”。 ⑧竟：读曰“境”。齐竟西北，赵竟东南，魏则三面跨河，南连鸿沟。 ⑨濒山：犹言以山为边界。 ⑩湛溺：沉溺。 ⑪陿：同“狭”。 ⑫黎阳：地名，后汉县，故城在今河南浚县东南。 ⑬属：连及。 ⑭内黄：县名，今河南内黄县。 ⑮赋民：以堤中地给与民。 ⑯东郡：汉郡名。白马：汉县，故城在今河南滑县东。 ⑰河内：汉郡，今河南及河之北皆是。 ⑱平刚：疑当为“刚平”。 ⑲观：汉县，卫地。 ⑳魏郡：汉郡，治邺县(今河北临漳县)。昭阳：地名，今河南浚县东北有昭阳亭。 ㉑冀州：汉十三州之一，今河北、山西及河南黄河以北，辽宁辽河以西地。 ㉒遮害亭：旧为黄河所经，在今河南浚县西南。 ㉓龙门：山名，在山西河津、陕西韩城间。 ㉔辟：开也。伊阙：山名，在河南洛阳

南，禹疏之以通水，两山相对，望之如阙，伊水历其间，故名。㉕底柱：山名，在河南陕县东北黄河中，有三门，禹所凿。㉖碣石：山名，所在地说者不一，不详其处。㉗濒河十郡：指河南、河内、东郡、陈留、魏郡、平原、千乘、信都、清河、渤海。㉘奸：犯也。㉙漕渠：此指蒗荡渠，在今河南郑州西北古荥镇。多穿漕渠于冀州，乃欲于今卫河流处开渠如蒗荡，在今淇水口东。㉚淇水口：在今河南浚县西南，曹操于水口下大枋木成堰，过淇水入白沟，故号其处为枋头。㉛初元：元帝年号。㉜荥阳：见邹阳《谏吴王书》注。㉝漳水：见邹阳《谏吴王书》注。㉞股：支别。㉟娄：同“屡”。

后汉文

班固封燕然山铭[①]

惟永元[②]元年秋七月：有汉元舅曰车骑将军窦宪[③]，寅亮[④]圣皇，登翼[⑤]王室，纳于大麓[⑥]，惟清缉熙[⑦]。乃与执金吾耿秉[⑧]，述职巡御，治兵于朔方[⑨]，鹰扬之校[⑩]，螭虎之士，爰该六师，暨南单于、东胡、乌桓、西戎、氐、羌侯王君长之群[⑪]，骁骑十万，元戎轻武[⑫]，长毂[⑬]四分，雷辎蔽路[⑭]，万有三千余乘，勒以八阵[⑮]，莅以威神，玄甲耀目，朱旗绛天。

遂凌高阙[⑯]，下鸡鹿[⑰]，经碛卤[⑱]，绝大漠[⑲]，斩温禺[⑳]以衅鼓，血尸逐以染锷[㉑]；然后四校横徂，星流彗埽，萧条万里，野无遗寇。于是域灭区殚，反旆而旋，考传验图，穷览其山川，遂逾涿邪[㉒]，跨安侯[㉓]，乘燕然，蹑冒顿[㉔]之区落，焚老上[㉕]之龙庭，将上以摅高文之宿愤[㉖]，光祖宗之玄灵；下以安固后嗣，恢拓境宇，振大汉之天声，兹可谓一劳而久逸，暂费而永宁也。乃遂封山刊石，昭铭盛德。

其辞曰：

铄[㉗]王师兮征荒裔，剿凶虐兮截[㉘]海外。敻[㉙]其邈兮亘地界；封神丘兮建隆嵑㉚，熙帝载㉛兮振万世。

---

①班固：后汉安陵人，字孟坚，明帝时为郎，典校秘书，续成父彪所著《汉书》。和帝初，窦宪征匈奴，以固为中护军行中郎将事。燕然山：即今蒙古国杭爱山，窦宪追北单于至此，刻石勒功，纪汉威德，令固作此铭。 ②永元：后汉和帝年号。 ③窦宪：字伯度，平陵人，和帝母窦太后之兄，和帝即位，年仅十岁，窦太后临朝，以宪为侍中，击匈奴，大破之，还为大将军，族党满朝，帝长，与中常侍郑众定议诛宪，逼令自杀。 ④寅亮：敬恭翊辅。 ⑤登翼：谓登用辅翊。 ⑥纳于大麓：《书·舜典》语，谓尧使舜入山林相视原隰。 ⑦清：清明。缉：续。熙：明。 ⑧执金吾：官名。吾者，御也，执金革以御非常。耿秉：字伯初，茂陵人，与窦宪征北单于，封美阳侯。 ⑨朔方：汉郡，今内蒙古鄂尔多斯地。 ⑩鹰扬：言威武奋扬如鹰。校：将校。 ⑪南单于：时匈奴分为南北，南单于屯屠河立，上言愿发诸部胡会虏北，窦太后从之。东胡：种族名，在匈奴东，故名，今称通古斯族。乌桓：部落名，东胡别种，汉初为匈奴所灭，退保乌桓山，因以为号。氐、羌，皆西戎种族名。 ⑫元戎：兵车。轻：轻车，古战车。武：亦战车之一。 ⑬长毂：兵车。 ⑭雷辎：犹雷车。《淮南子》："电以为鞭策，雷以为车轮。" ⑮八阵：方阵、圆阵、牝阵、牡阵、冲阵、轮阵、浮沮阵、雁行阵也。 ⑯高阙：塞名，在阴山西，内蒙古鄂尔多斯右翼黄河外，腾格里湖之东北。⑰鸡鹿：塞名，在内蒙古鄂尔多斯右翼黄河西北岸。 ⑱碛卤：谓沙石及咸地。

⑲大漠：内蒙古大沙漠，即古瀚海。 ⑳温禺：匈奴大臣，有左右日逐王，左右温禺鞮王，皆单于子弟次第当为单于者。 ㉑尸逐：匈奴异姓大臣，有左右骨都侯，左右尸逐骨都侯。锷：刀刃。 ㉒涿邪：山名，在蒙古国西部。 ㉓安侯：河名，在蒙古国。 ㉔冒顿：头曼单于之太子，杀头曼自立。 ㉕冒顿死，子稽粥立，号曰老上单于。 ㉖摅：舒也。高文：高祖、文帝也。高祖既灭秦楚，有天下，而匈奴为害北边，屡出师讨伐，未能奏功，文帝立，匈奴寇犯如故，终无如何也，故文云。 ㉗铄：美。 ㉘截：整齐。 ㉙敻（xiòng）：遥远。 ㉚嵑：与“碣”同，立石。 ㉛《古文尚书·舜典》：“有能奋庸熙帝之载。”熙，广也。载，事也。

崔瑗座右铭[①]

无道人之短，无说己之长。施人慎勿念，受施慎勿忘。世誉不足慕，唯仁为纪纲[②]。隐心而后动[③]，谤议庸何伤。无使名过实，守愚圣所臧。在涅贵不缁[④]，暧暧[⑤]内含光。柔弱生之徒，老氏诫刚强[⑥]。行行[⑦]鄙夫志，悠悠故难量。慎言节饮食，知足胜不祥。行之苟有恒，久久自芬芳。

---

①崔瑗：后汉安平人，字子玉，举茂才，迁汲令，有善政，安帝初，朝臣交荐，迁济北相，疾卒。 ②纪纲：法制。 ③隐：度。言内反于心不惭，然后动。 ④《论语·阳货》：“涅而不缁”。涅可以染皂，染之于涅而不黑，言不变其守。

⑤暧暧：昏昧貌。 ⑥柔弱生之徒，语见《老子》。 ⑦行行：刚强貌。

蔡邕郭有道碑[①]

先生讳泰，字林宗，太原界休人也[②]。其先出自有周王季之穆[③]，有虢叔者[④]，实有懿德，文王咨焉[⑤]，建国命氏，或谓之郭[⑥]，即其后也。先生诞应天衷，聪睿明哲，孝友温恭，仁笃慈惠，夫其器量弘深，姿度广大，浩浩焉，汪汪焉[⑦]，奥乎不可测已。若乃砥节厉行，直道正辞，贞固足以干事[⑧]，隐括[⑨]足以矫时。遂考览《六经》[⑩]，探综图纬[⑪]，周流华夏，游集帝学，收文武之将坠，拯微言之未绝[⑫]。

于时缨緌[⑬]之徒，绅佩之士，望形表而景[⑭]附，聆嘉声而响和者，犹百川之归巨海，鳞介之宗龟龙也。尔乃潜隐衡门[⑮]，收朋勤诲[⑯]，童蒙赖焉，用祛其蔽[⑰]。

州郡闻德，虚己备礼，莫之能致，群公休[⑱]之，遂辟司徒掾[⑲]，又举有道[⑳]，皆以疾辞。将蹈鸿崖之遐迹[㉑]，绍巢许之绝轨[㉒]，翔区外以舒翼，超天衢以高峙，禀命不融，享年四十有二，以建宁[㉓]二年正月乙亥卒。凡我四方同好之人，永怀哀悼，靡所置念，乃相与惟先生之德，以谋不朽之事，佥以为先民既没，而德音犹存者，亦赖之于见述也，今其如何而阙斯礼！于是树碑表墓，昭铭景行[㉔]，俾芳烈奋于百世，令问显于无穷。

其辞曰：

於㉕休先生，明德通玄㉖，纯懿淑灵，受之自天，崇壮幽浚，如山如渊。《礼》《乐》是悦，《诗》《书》是敦，匪惟摭华㉗，乃寻厥根。宫墙重仞，允得其门㉘。懿乎其纯，确乎其操，洋洋搢绅㉙，言观其高，栖迟泌丘㉚，善诱能教，赫赫三事㉛，几行其招。委辞召贡㉜，保此清妙，降年不永，民斯悲悼，爰勒兹铭，摛其光耀，嗟尔来世，是则是效！

---

①蔡邕：后汉陈留人，字伯喈，官至侍中，董卓辟之，迁尚书，卓被诛，被收，死狱中。郭有道，即郭泰， 以举有道，故云郭有道。邕为碑铭甚多，惟此碑谓泰当之无惭。 ②太原：秦郡，地在今山西。界休：汉县，故城在今山西介休县东南。 ③王季：太王少子，文王之父。庙序，一世为昭，二世为穆。 ④虢叔：文王弟，封公，国号虢，故称。 ⑤咨：谋。《国语》："文王即位而咨于二虢。"二虢，虢仲、虢叔也。 ⑥郭：古文"虢"字。 ⑦汪汪：深广貌。 ⑧贞固足以干事，《易·乾卦》语。 ⑨揉曲者曰"隐"，正方者曰"括"。 ⑩《六经》：《易》《诗》《书》《礼》《乐》《春秋》。 ⑪图纬：占验术数之书，图为河图，纬则《六经》及《孝经》皆有之，谓之《七纬》，依托经义言符箓瑞应者。 ⑫微言：微妙之言。 ⑬绥：缨饰。 ⑭景：同"影"。 ⑮衡门：横木为门，言卑陋，见《诗·陈风》。 ⑯收朋勤诲：谓泰闭门教授。 ⑰祛：去也。 ⑱休：美。 ⑲辟：征召。司徒：三公之位。司徒掾，

为司徒之佐。 ⑳有道：举名。 ㉑鸿崖：仙人名，或谓即黄帝之臣伶伦。 ㉒巢：巢父，尧时隐士，山居不营世利，以树为巢，寝其上，故名。尧曾让以天下，不受。许：许由，与巢父同时，亦高士，隐于箕山。 ㉓建宁：汉灵帝年号。 ㉔景行：高明之德行。 ㉕於：读如“乌”，叹辞。 ㉖通玄：知玄妙之理。 ㉗摭：拾取。扬子《法言》：“摭我华而不食我实。” ㉘八尺曰“仞”。子贡称孔子，譬之宫墙，其高数仞，不得其门而入，不见宗庙之美，百官之富。 ㉙搢绅：措笏垂绅，谓仕者。 ㉚栖迟：游息。泌：泉水。泌丘：谓水上之丘。 ㉛三事：三公。 ㉜委辞召贡：言有召贡者委弃而辞之。

蔡邕女诫①

礼，女始行服纁②，纁，绛也，绛，正色也，红紫不以为亵服③，缃绿不以为上服④，缯⑤贵厚而色尚深，为其坚纫也⑥；而今之务在奢丽，志好美饰，帛必薄细，采必轻浅，或一朝之晏，再三易衣，从庆移坐，不因故服⑦。

夫心犹首面也，是以甚致饰焉⑧，面一旦不修饰，则尘垢秽之，心一朝不思善，则邪恶入之，人咸知饰其面而莫修其心，惑矣！夫面之不饰，愚者谓之丑，心之不修，贤者谓之恶，愚者谓之丑犹可，贤者谓之恶，将何容焉！故览照拭面，则思其心之洁也；傅⑨脂，则思其心之和也；加粉，则思其心之鲜也；泽发，则思其心之顺也；用栉⑩，则思其心之理也；立髻⑪，则思其心之正也；摄鬓⑫，则思其心之整也。

---

①诫：警敕之辞。女诫，所以警敕女子。 ②纁（xūn）：浅绛。女始行服纁，言女子始嫁时必服纁。 ③语见《论语·乡党》。红紫：间色不正。亵服：私居服。 ④缃：浅黄色，绿：青黄色，皆间色。上服：上身之服。 ⑤缯：帛。 ⑥纫：义通“韧”，柔而固。 ⑦言凡遇祝贺之事，虽偶移其坐位，必更易新衣。 ⑧致饰：谓修养德性，启发知识。 ⑨傅：同“附”。 ⑩栉：梳篦之总名。 ⑪立髻：绾髻。 ⑫摄鬓：整理鬓发。

许慎说文序[1]

叙曰：古者庖牺氏[2]之王天下也，仰则观象于天，俯则观法于地，视鸟兽之文，与地之宜，近取诸身，远取诸物，于是始作《易》八卦[3]，以垂宪象，及神农氏结绳为治而统其事[4]，庶业其繁，饰伪萌生[5]。黄帝之史仓颉[6]，见鸟兽蹄迒[7]之迹，知分理[8]之可相别异也，初造书契，百工以乂[9]，万品以察，盖取诸《夬》[10]。《夬》扬于王庭。言文者宣教明化于王者朝廷[11]，君子所以施禄及下，居德则忌也[12]。仓颉之初作书，盖依类象形，故谓之文[13]，其后形声相益，即谓之字[14]，文者，物象之本，字者，言孳乳而浸多也[15]；箸于竹帛谓之书，书者如也[16]；以迄五帝三王之世，改易殊体[17]，封于泰山者七十有二代，靡有同焉[18]。《周礼》八岁入小学，保氏教国子[19]，先以六书：一曰指事，指事者，视而可识，察而可见意，二二是也[20]；二曰象形，象形者，画成其物，随体诘诎[21]，日月是也；三曰形声，形声者，以事为名，取譬相成，江河是也[22]；四曰会意，会意者，比类合谊，以见指㧑，武信是也[23]；五曰转注，转注者，建类一首，同意相受，考老是也[24]；六曰假借，假借者，本无其字，依声托事，令长是也[25]。及宣王大史籀著大篆十五篇[26]，与古文或异[27]；及孔子书《六经》，左丘明述春秋传，皆以古文，厥意可得而说。

其后诸侯力政[28]，不统于王，恶《礼》《乐》之害已，而皆去其典籍[29]，分为七国，田畴异畮[30]，车涂异轨[31]，律令异法[32]，衣冠异制[33]，言语异声[34]，文字异形[35]；秦始皇帝初兼天下，丞相李斯乃奏同之，罢其不与秦文合者[36]，斯作《仓颉篇》[37]，中车府令赵高作《爰历篇》[38]，大史令胡毋敬作《博学篇》[39]，皆取史籀大篆，或颇省改[40]，所谓小篆者也[41]。是时秦烧灭经书，涤除旧典，大发吏卒，兴戍役，官狱职务繁，初有隶书，以趣约易[42]，而古文由此绝矣[43]。

自尔[44]秦书有八体：一曰大篆[45]，二曰小篆，三曰刻符[46]，四曰虫书[47]，五曰摹印[48]，六曰署书[49]，七曰殳书[50]，八曰隶书。汉兴，有草书[51]。尉律[52]，学童十七已上，始试[53]，讽籀书九千字[54]，乃得为史[55]，又以八体试之[56]，郡移太史并课[57]，最者以为尚书史[58]，书或不正，辄举劾之[59]；今虽有尉律不课[60]，小学不修[61]，莫达其说久矣[62]。孝宣皇帝时[63]，召通

《仓颉》读者[64]，张敞从受之[65]。凉州刺史杜业[66]，沛人爰礼[67]，讲学大夫秦近[68]，亦能言之。孝平皇帝时[69]，征礼等百余人，令说文字未央廷中，以礼为小学元士[70]。黄门侍郎扬雄采以作《训纂篇》[71]。凡《仓颉》已下十四篇，凡五千三百四十字[72]，群书所载，略存之矣。

及亡新居摄[73]，使大司空甄丰[74]等校文书之部，自以为应制作[75]，颇改定古文。时有六书[76]：一曰古文，孔子壁中书也[77]；二曰奇字，即古文而异者也[78]；三曰篆书，即小篆，秦始皇帝使下杜人程邈所作也[79]；四曰左书[80]，即秦隶书；五曰缪篆[81]，所以摹印也；六曰鸟虫书，所以书幡信也[82]。

壁中书者，鲁恭王坏孔子宅而得《礼记》《尚书》《春秋》《论语》《孝经》[83]；又北平侯张苍献《春秋左氏传》[84]；郡国亦往往于山川得鼎彝，其铭即前代之古文，皆自相似[85]，虽叵复见远流，其详可得略说也[86]。而世人大共非訾[87]，以为好奇者也，故诡更正文[88]，乡壁虚造不可知之书[89]，变乱常行[90]，以耀于世。诸生竞逐说字，解经谊[91]，称秦之隶书为仓颉时书，云父子相传，何得改易[92]，乃猥曰马头人为长[93]，人持十为斗[94]，虫者屈中也[95]，廷尉说律，至以字断法，苛人受钱，苛之字，止句也[96]；若此者甚众，皆不合孔氏古文，谬于史籀。俗儒鄙夫，玩其所习，蔽所希闻，不见通学，未尝睹字例之条[97]，怪书蓺[98]而善野言，以其所知为秘妙，究洞圣人之微旨[99]；又见《仓颉》篇中"幼子承诏"[100]，因曰古帝之所作也，其辞有神仙之术焉[101]；其迷误不谕，岂不悖哉[102]!

《书》曰：“予欲观古人之象。”[103]言必遵修旧文，而不穿凿[104]。孔子曰：“吾犹及史之阙文，今亡矣夫。”[105]盖非其不知而不问[106]。人用己私，是非无正，巧说衺辞[107]，使天下学者疑。盖文字者，经艺之本，王政之始，前人所以垂后，后人所以识古，故曰：“本立而道生，知天下之至赜而不可乱也。”[108]今叙篆文[109]，合以古籀[110]，博采通人[111]，至于小大，信而有证，稽譔其说[112]。将以理群类[113]，解谬误，晓学者，达神旨，分别部居，不相杂厕也；万物咸睹，靡不兼载，厥谊不昭，爰明以喻；其称《易孟氏》《书孔氏》《诗毛氏》《礼周官》《春秋左氏》《论语》《孝经》，皆古文也[114]；其于所不知，盖阙如也。

---

①许慎：后汉汝南人，字叔重，博通经籍，官至太尉南阁祭酒。《说文解字》十四篇，慎所著，以小篆分五百四十部，推究六书之义。　②庖牺氏：即伏羲，古帝名，有圣德象日月之明，故称太昊，教民佃、渔、畜养牺牲以充庖厨。　③八卦：指乾、坤、震、艮、离、坎、兑、巽。　④神农氏：见晁错《论贵粟疏》注。古无文字，结绳以记之，事大大结其绳，事小小结其绳。言自庖牺以前及牺农皆结绳为治而统其事。　⑤其：同“綦”，犹极也。萌生：谓“多”也。言神农以前，专恃结绳，然事繁伪滋，渐不可支。　⑥黄帝：古帝名，姓公孙，以兵力诛蚩尤，为汉族战胜异族之始。仓颉：黄帝史官，始造文字。

⑦远（háng）：兽迹。 ⑧分理：犹文理。 ⑨百工：百官。乂：治。 ⑩《夬》：《易》卦名。 ⑪《夬》扬于王庭：《夬卦》彖辞。文：即谓文字。此引《易》彖辞而释之。 ⑫施禄及下：谓能文者加之以禄。居德则忌，言律己则贵德不贵文。 ⑬文：错画也，交错其画而物象在是。 ⑭其后：仓颉以后也。形声相益：谓形声、会意二者也。有形必有声，声形相附为形声，形形相附为会意。仓颉只有指事、象形，其后文与文相合而为形声，为会意，谓之“字”。 ⑮孳乳：犹言孳生繁息。浸：渐。 ⑯如：谓如其事物之状。 ⑰五帝三王之间，文字之体，更改非一，传于世者，概谓之仓颉古文，实则不皆仓颉所作。 ⑱封泰山之七十二家，惟知无怀氏、伏羲氏、神农、炎帝、黄帝、颛顼、帝喾、尧、舜、禹、汤、周之成王十二家，余无考。黄帝以前未成字，故括之曰七十二代靡有同焉。 ⑲保氏：《周礼》官名，地官之属。国子：公卿大夫之子弟，师氏教之，保氏养之，世子亦齿焉。 ⑳意：与“识”为韵。二二，“上下”之古文，有在一之上者，有在一之下者，视之而可识为上下，察之而见上下之意。 ㉑诘诎：犹言屈曲。 ㉒形声：半为形，半为声也。名：字也，古曰名，今曰字。譬：谕也，以事为名，谓半义也，取譬相成，谓半声也。江河皆从水，以水取形，工可其声也。 ㉓会意：合二体之意，盖一体不足以见义，必合二体以成字也。谊：义也。指撝：同“指麾”，谓所指向也。比合人言之谊，可以见信之意，比合戈止之谊，可以见武之意，是会意也，望文生义，就义可知意也。 ㉔转注：言指事、象形、形声、会意四种文字，字虽异而义同，

可展转互训也。建类一首，谓分立其义之类而一其首。同意相受，谓不论数字，意旨略同，义可互受也。考老二字，考可训老，老亦可训考也。　㉕假借：因古文不备而生也。令长之为官名，非古所有，乃由发号久远之义——令之本义为发号，长之本义为久远——引申展转而成，是假借也。　㉖籀：人名，为周宣王太史，姓不详。大篆：上别于古文，下别于小篆而为言。㉗或异：不必尽异也。　㉘力政：与“力征”同，专力于征战。　㉙语见《孟子》。　㉚晦：古“亩”字。田畴异晦，如周制六尺为步，步百为晦，秦孝公以二百四十步为晦。㉛车之彻广曰轨，　因以轨名途之广，七国时车不依彻广八尺之定制，或广或狭，途不依诸侯经途七轨环途五轨野途三轨之制，各以意为之，故曰车途异轨。　㉜律令异法：如商鞅为左庶长，定变法之令是。　㉝衣冠异制：如赵武灵王之效胡服，齐王之侧注冠等是。　㉞言语异声：谓各用其方俗语言，至是而音韵歧异。　㉟文字异形：谓各用其私意省改文字，至是而体制混乱。　㊱以秦文同天下之文。　㊲《仓颉》为书一篇，上七章，为李斯所作。　㊳中车府令：主乘舆路车之官。赵高：秦宦者，二世立，害李斯，代为丞相，又弑二世，立子婴，为子婴所诛。《爰历》为书一篇，共六章，赵高所作。　㊴大史令：掌天时星历。毋：读如无；胡毋：姓，敬名也。《博学》为书一篇，共七章。　㊵史籀大篆：古文亦在其中。或：不尽之词。省：减其繁重，改：改其怪奇。　㊶名史籀所作曰大篆，故名李斯等作为小篆以别之，亦谓之秦篆，汉时所言之“篆书”，皆小篆也。　㊷官狱多事，而小篆难成，自程邈为简易之书，而书又多一种，以其施于徒隶，故曰隶书，专为官司刑狱之用，余尚用小篆。 ㊸秦时小篆隶书并行，而古文大篆遂不行，故曰古文由此绝。 ㊹尔：犹此。 ㊺大篆：古文亦在其中，字虽不行，其体固在，刻符虫书等未尝不用之。 ㊻刻符：用于符信者，竹而中分之，形半分。 ㊼虫书：为虫鸟形，所以书幡信者，王莽六体书谓之鸟虫书。 ㊽摹印：摹，规也，谓规度印之大小字之多少而刻之，王莽六体书谓之缪篆。㊾署书：用于封检题额者。 ㊿殳（shū）书：殳及各兵器题识用之，随其势而书。 51汉之草书，不知作者姓名，其书又为隶书之省，文字之变，至此已极，故许慎蒙八体而附着于此，言其不可为典要。 52尉律：谓汉廷尉所守律令。 53始试：始应考试。 54讽：背诵，谓背诵尉律之文。籀书：抽绎其义为辞。籀书九千字，谓能取尉律之义，推阐发挥而缮写至九千字。二者皆考试之事，所以试其记诵文理。 55得为史：得为郡县史，史掌起文书草之事。 56试其字迹。 57县移之郡，郡移太史。太史：太史令。并课：合而试之。 58最：善也。尚书史：尚书令史，秩二百石，主书。 59劾：用法以纠有罪。 60言不试以讽籀尉律九千字。 61谓不以八体试之。谓字学为小学者，八岁入小学所教。 62谓莫解六书之说，盖汉自武帝时，重经学之士，废弃以前之考试制，而小学衰落。63孝宣皇帝：名询，武帝曾孙，在位二十五年。 64通《仓颉》读者：能读《仓颉》一书而不误的人。此通《仓颉》读者为齐人，姓名不详。 65张敞：字子高，平阳人，好古文字，尝为京兆尹，市无偷盗。 66凉州：汉置，今甘肃省。杜业，当为杜邺，字子夏，繁阳人，母张敞女。　⑥⑦沛：秦县，故城在今江苏沛县东。爰礼：未详，其人通小学史篇文字。　⑥⑧讲学大夫：王莽置官。秦近：或云即桓谭。　⑥⑨孝平皇帝：名衎，哀帝子，在位五年。　⑦⓪小学元士：通小学者之官名。⑦①平帝时征天下通小学者以百数，各令记字于未央庭中，扬雄取其有用者，以作《训纂》。　⑦②自《仓颉》至于《训纂》，其篇之都数为十四，字之都数为五千三百四十。　⑦③王莽篡汉，国号新。莽初立孺子婴，而自居摄，三年，始自称帝。　⑦④甄丰：平帝初为少傅，以附王莽显。　⑦⑤制作：制礼作乐，莽曾奏起明堂辟雍等。　⑦⑥莽之六书：与周保氏六书异，但损秦八体书之二耳。　⑦⑦孔子壁中书，详下。秦以后，古文绝，惟孔子壁中书为古文，故莽六书首之。　⑦⑧谓分古文为二，如儿为人之古文奇字等是。　⑦⑨下杜：城名，在今陕西西安市南故杜县西。程邈为衙狱吏，得罪被系，增减大篆体，去其繁复，始皇见而善之，出为御史，名其书曰隶书。此句应在下文“即秦隶书”句之下。　⑧⓪左：即同“佐”。左书，谓其法便捷，可以佐篆之不逮。　⑧①缪，读绸缪之缪。　⑧②书幡，谓书旗帜，所以传命。书信，谓书符节。按秦尚有刻符、署书、殳书三体，莽以其不离乎摹印书旛，故举二以括之，而析古文为古文及奇字二种，以包大篆，盖其意在复古，不欲袭秦制。　⑧③鲁恭王：汉景帝五子，名馀，立为淮阳王，徙王鲁，卒谥恭。恭王好治宫室，坏孔子宅，欲以为宫，于其坏壁中得《礼记》等书，皆古文写本。《礼》：《礼古经》，今《仪礼》为其中一部分，余亡。《记》：《礼》之记，上当再有一“礼”字，转写而夺之，盖

《礼》与《礼记》为二种，《礼记》乃七十子后学者所记，如《明堂阴阳记》《孔子三朝记》《王史氏记》《乐记》等皆是。《尚书》：《尚书》古文经。《春秋》：《春秋经》；或谓此二字衍文。《论语》：古文《论语》，有二十一篇，与现行本异。《孝经》：古文《孝经》，凡一篇二十二章，与今行本异。
⑭张苍：汉初阳武人，以功封北平侯，通律历，明习图画计籍，先为秦柱下御史，秦禁挟书，苍遂藏《左氏》，至汉弛禁，苍乃以献，汉时献书者，苍为最先，此亦壁中诸经之类。　⑮郡国所得秦以上鼎彝，其铭即前代之古文。皆自相似：谓其字与前代古文彼此多相类。　⑯叵：不可。言虽不可再见古昔源流之详，而其详亦得略说之，以就恭王所得，北平所献，郡国所得鼎彝，古文略具。　⑰訾（zǐ）：说人坏话。　⑱诡：当作"恑"。恑更，变更。　⑲谓向孔氏之壁造不可知之书：指为古文。　⑳正文与常行，当时人谓秦隶书。　㉑说字：谓说隶书之字。谊：与"义"通。　㉒秦称隶书即仓颉书，言此乃积古以来，父传之子者，安能改易，而谓其非古文，别造不可知之书为古文。　㉓谓"马"字上半部加"人"，即为长字，会意。　㉔汉隶斗作斗，所谓人持十。　㉕虫：古文"虺"字，本象形字，所谓随体诘诎者，隶字只令笔画有横直可书，本非从中而屈其下。　㉖苛人受钱：汉之令乙也，谓有治人之责者而受人钱。苛，从草，可声，假借为"诃"字，并非从止句，而隶书之尤俗者，乃讹为"岢"，说律者曰："此字从止句，句续同钩，谓止之而钩取其钱。"其说无稽之甚。　㉗字例之条：即谓周六书。　㉘蓺：今"艺"字。　㉙究：穷。洞：

同“迥”；迥，达。旨：意。　⑩幼子承诏：《仓颉》篇中之一句。　⑩汉俗儒既谓隶书为仓颉时书，因谓李斯等所作《仓颉篇》为黄帝所作，以黄帝与仓颉同时，其云幼子承诏者，谓黄帝乘龙上天，少子嗣位为帝。　⑩自“世人大共非訾”至此，皆言尉律不课小学不修之害，士子专以通一艺进身，而不读律，则不知今，所习皆隶书，而隶书之俗体又日以滋蔓，则不知古，以滋蔓之隶书俗体说经，焉得不为经害，故许不得不有《说文解字》之作。　⑩语见《古文尚书·皋陶谟》。古人之象，即仓颉古文，如舜取日月星辰山龙花虫等为旗章作服之饰，即皆依古人之象为之。　⑩言必遵修旧文而不敢穿凿，今乃妄行非古，自执谬见，岂不悖甚。　⑩语见《论语·卫灵公》。言犹及见史官，遇有可疑处，宁阙以有待，不肯妄造。　⑩言其所不知者则非之，而又不问。古制，书必同文，不知则阙，而问诸故老。　⑩衺：与“邪”通。　⑩上句见《论语·学而》，下句为《易·系辞》传文。　⑩篆文：小文。　⑩古籀：古文与籀文。　⑪《说文解字》每字下常缀某某说字样，此即所谓博采通人。　⑫稽譔：稽考诠释。　⑬理：条理，谓以文字之说说其条理。群类：如天地鬼神人事，靡不毕载。　⑭称：扬，举。孟氏：孟喜，喜所治《易》，人多宗之。孔氏有古文《尚书》，治《书》者宗之。汉毛公所治《诗》，学《诗》者宗之。《周官》：《周官经》，亦谓之《周礼》。《说文解字》多举上列诸经以为证，以为明谕厥谊之助。皆古文者，所说之义音形，皆仓颉古文史籀大篆之义音形。

徐淑答夫秦嘉书(一)[①]

知屈珪璋[②]，应奉藏使[③]，策名王府[④]，观国之光[⑤]，虽失高素皓然之业，亦是仲尼执鞭之操也[⑥]。

自初承问，心愿东还，迫疾未宜，抱叹而已！日月已尽，行有伴侣，想严装已办[⑦]，发迈在近[⑧]，谁谓宋远，企予望之[⑨]，室迩人遐，我劳如何！深谷逶迤，而君是涉，高山岩岩，而君是越，斯亦难矣！长路悠悠，而君是践，冰霜惨烈，而君是履，身非形影，何得动而辄俱，体非比目[⑩]，何得同而不离。于是咏萱草[⑪]之喻，以消两家之思，割今者之恨，以待将来之欢。

今适乐土优游京邑[⑫]，观王都之壮丽，察天下之珍妙，得无目玩[⑬]意移，往而不能出耶！

---

①徐淑：后汉秦嘉妻。秦嘉：陇西人。嘉被命为上郡掾，淑以疾还家，不能面别，嘉以书迎之曰："不能养志，当给郡使，随俗顺时，僶（mǐn）俯当去，知所苦故尔，未有瘳损，想念悒悒，劳心无已。当涉远路，趋走风尘，非志所慕，惨惨少乐。又计往还，将弥时节，念发同怨，意有迟迟，欲暂相见，有所属托，想必自力。"淑得书，以疾未愈，不能往，报以此书。 ②珪璋：言嘉才能之美。 ③藏使：库藏之使，嘉为上郡掾，输赋于国库，故以称之。 ④策名：言仕宦为臣，名书于所臣

之策。 ⑤《易·观卦》语。 ⑥《论语》："富而可求也，虽执鞭之士，吾亦为之。"孔子语。 ⑦严装：行装齐整。 ⑧迈：远行。言即将出发远行。 ⑨二句为《诗·卫风·河广》语。 ⑩比目：比目鱼。 ⑪萱草：可以忘忧，亦名忘忧草。 ⑫优游：闲暇自得貌。上郡，地在今陕西，陕西为西汉都，故称京邑。 ⑬玩：习。

徐淑答夫秦嘉书(二)①

既惠令音，兼赐诸物，厚顾殷勤，出于非望。

镜有文彩之丽，钗有殊异之观，芳香既珍，素琴益好，惠异物于鄙陋，割所珍以相赐，非丰恩之厚，孰有若斯！览镜执钗，情想仿佛②，操琴咏诗，思心成结。

敕③以芳香馥身，喻以明镜鉴形，此言过矣，未获我心也。昔诗人有飞蓬④之感，班婕妤有谁荣之叹⑤，素琴之作，当须君归，明镜之鉴，当待君还，未奉光仪⑥，则宝钗不列也，未侍帷帐，则芳香不发也。

---

①嘉得淑前书，报之曰："车还空返，甚失所望，兼叙远别，恨恨之情，顾有怅然。间得此镜，既明且好，形观文彩，世所希有，意甚爱之，故以相与；并宝钗一双；好香四种；素琴一张，常所自弹也。明镜可以鉴形，宝钗可以耀首，芳香可以馥身，素琴可以娱耳。"淑得书，又以此答。 ②仿佛：如见其人。 ③敕：诫。 ④飞蓬：言发乱如蓬，见《诗·卫风·

伯兮》，诗意夫正行役，无心修饰。 ⑤婕妤：汉宫中女官名。班婕妤，汉成帝时，被选入宫，以其官婕妤，故称。婕妤贤才通辩，帝甚宠之，后得赵飞燕，婕妤宠衰，退处东宫，作赋自伤，赋中有“君不御兮谁为荣”之语。 ⑥光仪：光华之容仪。

孔融论盛孝章书①

岁月不居，时节如流，五十之年，忽焉已至。公为始满，融又过二，海内知识，零落殆尽，惟有会稽②盛孝章尚存。其人困于孙氏，妻孥湮没，单孑独立，孤危愁苦③，若使忧能伤人，此子不得永年矣。

《春秋传》曰：“诸侯有相灭亡者，桓公不能救，则桓公耻之。”④今孝章实丈夫之雄也，天下谈士，依以扬声，而身不免于幽絷，命不期于旦夕⑤，吾祖不当复论损益之友⑥，而朱穆所以绝交也⑦。公诚能驰一介⑧之使，加咫尺之书，则孝章可致，友道可弘矣。

今之少年，喜谤前辈，或能讥评孝章。孝章要为有天下大名，九牧之人⑨，所共称叹。燕君市骏马之骨，非欲以骋道里，乃当以招绝足也⑩，惟公匡复汉室，宗社将绝，又能正之。正之之术，实须得贤。珠玉无胫而自至者，以人好之也⑪，况贤者之有足乎！昭王筑台以尊郭隗⑫，隗虽小才，而逢大遇，竟能发明主之至心，故乐毅⑬自魏往，剧辛自赵往⑭，邹衍自齐往⑮。向使郭隗倒悬而王不解，临难而王不拯，则士亦将高翔远引，莫有北首燕路者矣。凡所称引，自公所知，而复有云者，欲公崇笃斯义。因表不悉。

---

①孔融：字文举，孔子之后，汉献帝时为北海相，历官至将作大匠，迁少府，时天下方乱，融志在靖难，然才疏意广，迄无成功，后为曹操所忌，被害。盛孝章：会稽人，名宪，器量雅伟，为时名士，孙策深忌之，融与友善，忧其不免，因与曹操是书，征为都尉，诏命未至，果已为孙权所害。　②会稽：秦郡，今江苏东部浙江西部皆其地。　③时宪方避难许昭家。　④《春秋公羊传》："僖公元年邢亡，孰亡之，盖狄灭之也，曷为不言狄灭之，为桓公讳，曷为为桓公讳，上无天子，下无方伯，天下诸侯有相灭亡者，桓公不能救，则桓公耻之。"引此谓拯救孝章，为操所义不容辞者。　⑤言不能以旦或以夕为期，随时可死。　⑥吾祖：即指孔子。《论语·季氏》孔子曾有"益者三友损者三友"之语。　⑦朱穆：后汉南阳宛人，字公叔，感世浇薄，莫尚敦笃，著《绝交论》以矫之。　⑧一介：犹一个。"介""个"古通用。　⑨九牧：谓九州，九州皆有牧伯，故云。　⑩燕君：谓燕昭王。昭王欲招贤，郭隗谓王曰："臣闻古之人君有市千里马者，三年而不得，于是遣使者赍千金往，未至而马已死，使者乃以五百金买其骨归，期年而千里马至者三，王欲招贤，请从隗始。"　⑪盖胥谓晋平公曰："珠出于海，玉出于山，无足而至者，好之也，士有足而不至者，君不好也。"　⑫昭王：即燕昭王。王闻郭隗言，因改筑

官而师事之，于是乐毅、邹衍、剧辛皆往燕。 ⑬乐毅：见贾谊《过秦论》注。 ⑭剧辛在燕，任国政，下齐之计，其功居多。 ⑮邹衍：齐人，昭王师事之。

孔融荐祢衡表[①]

臣闻洪水横流[②]，帝思俾乂[③]；旁求四方，以招贤俊；昔世宗[④]继统，将弘祖业，畴咨熙载[⑤]，群士响臻[⑥]；陛下睿圣，纂承基绪，遭遇厄运，劳谦[⑦]日昃，维岳降神[⑧]，异人并出。窃见处士平原[⑨]祢衡，年二十四，字正平，淑质贞亮，英才卓跞[⑩]，初涉艺文，升堂睹奥[⑪]，目所一见，辄诵于口，耳所暂闻，不忘于心，性与道合，思若有神，弘羊潜计[⑫]，安世默识[⑬]，以衡准之，诚不足怪。忠果正直，志怀霜雪，见善若惊，嫉恶若仇，任座抗行[⑭]，史鱼厉节[⑮]，殆无以过也！

鸷鸟累百，不如一鹗[⑯]，使衡立朝，必有可观，飞辩骋辞，溢气坌涌[⑰]，解疑释结，临敌有余；昔贾谊求试属国，诡系单于[⑱]，终军欲以长缨牵致劲越[⑲]，弱冠慷慨[⑳]，前代美之；近日路粹严象，亦用异才，擢拜台郎[㉑]；衡宜与为比。

如得龙跃天衢，振翼云汉[㉒]，扬声紫微[㉓]，垂光虹蜺[㉔]，足以昭近署之多士，增四门之穆穆[㉕]，钧天广乐[㉖]，必有奇丽之观，帝室皇居，必畜非常之宝；若衡等辈，不可多得。激楚《阳阿》[㉗]，至妙之容，掌技者之所贪[㉘]，飞兔騕褭[㉙]，绝足奔放，良乐[30]之所急，臣等区区，敢不以闻。陛下笃慎取士，必须效试，乞令衡以褐衣[31]召见，无可观采，臣等受面欺之罪！

---

①祢衡：少有才辨，气尚刚直，献帝时，孔融上疏荐之，曹操怒其狂傲，遣至刘表处，表复不能容，使见黄祖，被杀，参阅本文。　②洪水横流：谓帝尧时。　③《书·尧典》："汤汤共水方割，有能俾乂。"俾：使。乂：治。　④世宗：汉武帝庙号。　⑤畴：谁。咨：嗟。熙：广。载：事。畴咨熙载，犹曰嗟乎谁能广帝之事。　⑥响臻：如响应而至。　⑦《易·谦卦》："劳谦君子，有终吉。"　⑧《诗·大雅·崧高》："惟岳降神，生甫及申。"岳：四岳，四方大山，东泰山、西华山、南衡山、北恒山。　⑨平原：汉郡名，地在今山东。　⑩卓跞：绝异。　⑪《论语·先进》："由也升堂矣，未入于室也。"室西南隅为"奥"。　⑫弘羊：汉桑弘羊，以心计，年十三，拜侍中。　⑬安世：张安世，字少儒，汉武帝时为郎，帝行幸河东，亡书三箧，诏问莫能知，惟安世识之，后得书，以相校，无所遗失，擢拜尚书令。　⑭任座：战国时人，魏文侯问诸大夫："寡人何如主也？"座曰："君不肖君也，克中山不以封君之弟，而以封君之子，是以知不肖君也。"抗行：犹抗颜。⑮史鱼：春秋时卫大夫，名鳝，以灵公不用蘧伯玉而任弥子瑕，死以尸谏，孔子称其直。厉：高。　⑯二语见邹阳《谏吴王书》注。　⑰坌（bèn）涌：聚而腾上。　⑱贾谊奏曰："何不试臣以属国之官，以主匈奴，行臣之计，必系单于之颈而制其

命。”属国：汉官名，掌蛮夷降者。诡系单于：自责必系单于。⑲终军：字子云，汉武帝时，遣入南越，说令入朝，军自请愿受长缨羁南越王而致之阙下。 ⑳贾谊终军皆年少者，故曰弱冠。㉑路粹严象：皆后汉末人，粹字文蔚，象字文则，皆有才略，俱拜尚书郎。 ㉒云汉：银河。 ㉓紫微：天帝之座。 ㉔蜺：与“霓”同。虹双出色鲜盛者为雄，雄曰虹，暗者为雌，雌曰蜺。 ㉕四门穆穆：《古文尚书·舜典》语。四门，四方之门，穆穆，美貌。 ㉖钧：平。为四方主，故曰钧天。晋赵简子曰：“我之帝所，甚乐，与百神游夫钧天，广乐九奏万舞，其声动心。” ㉗激楚：清声。古之名倡名阳阿，善和，因以名其歌。 ㉘言为主技乐之人所贪爱。 ㉙飞兔騕袅，古之俊马，见司马相如《上林赋》注。 ㉚良乐：王良、伯乐，皆古善相马者。 ㉛褐衣：毛布所制衣，贱者所服。

陈琳为袁绍檄豫州①

左将军领豫州刺史郡国相守②：盖闻明主图危以制变，忠臣虑难以立权，是以有非常之人，然后有非常之事，有非常之事，然后立非常之功；夫非常者，故非常人所拟也。曩者强秦弱主，赵高执柄，专制朝权，威福由己，时人迫胁，莫敢正言，终有望夷之败③，祖宗焚灭，污辱至今，永为世鉴。及臻吕后季年，产禄专政④，内兼二军⑤，外统梁赵⑥，擅断万机，决事省禁，下陵上替，海内寒心，于是绛侯朱虚兴兵奋怒，诛夷逆暴，尊立太宗⑦，故能王道兴隆，光明显融，此则大臣立权之明表也[8]。

司空曹操祖父中常侍腾[9]，与左悺徐璜[10]，并作妖孽，饕餮[11]放横，伤化虐民。父嵩[12]乞匄携养，因赃假位，舆金辇璧，输货权门[13]，窃盗鼎司[14]，倾覆重器[15]。操赘阉遗丑，本无懿德，犷狡锋协[16]，好乱乐祸。幕府董统鹰扬，埽除凶逆[17]，续遇董卓，侵官暴国[18]，于是提剑挥鼓，发命东夏，收罗英雄，弃瑕取用[19]，故遂与操同咨合谋，授以裨师[20]，谓其鹰犬之才，爪牙可任。至乃愚佻短略，轻进易退，伤夷折衄，数丧师徒[21]，幕府辄复分兵命锐，修完补辑，表行东郡，领兖州刺史，被以虎文[22]，奖蹙[23]威柄，冀获秦师一克之报[24]。而操遂承资跋扈[25]，肆行凶忒[26]，割剥元元[27]，残贤害善，故九江太守边让[28]，英才俊伟，天下知名，直言正色，论不阿谄，身首被枭[29]悬之诛，妻孥受灰灭之咎。自是士林愤痛，民怨弥重，一夫奋臂，举州同声，故躬破于徐方[30]，地夺于吕布[31]，彷徨东裔，蹈据无所。幕府惟强干弱枝之义[32]，且不登叛人之党[33]，故复援旌擐甲[34]，席卷起征，金鼓响振，布众奔沮[35]，拯其死亡之患，复其方伯之位。则幕府无德于兖土之民，而有大造于操也[36]。

后会鸾驾返旆，群虏寇攻[37]，时冀州方有北鄙之警，匪遑离局[38]，故使从事中郎徐勋就发遣操，使缮修郊庙，翊卫幼主；操便放志，专行胁迁，当御省禁[39]，卑侮王室，败法乱纪，坐领三台[40]，专制朝政，爵赏由心，刑戮在口，所爱光五宗[41]，所恶灭三族[42]，群谈者受显诛，腹议者蒙隐戮，百僚钳口，道路以目，尚书记朝会，公卿充员品而已。故太尉杨彪[43]，典历二司[44]，享国极位，操因缘眦睚，被以非罪，榜楚参并，五毒备至[45]，触情任忒，不顾宪网[46]。又议郎赵彦，忠谏直言，义有可纳，是以圣朝含听，改容加饰，操欲迷夺时明，杜绝言路，擅收立杀，不俟报闻[47]。又梁孝王，先帝母昆[48]，坟陵尊显，桑梓松柏，犹宜肃恭，而操帅将吏士，亲临发掘，破棺裸尸，掠取金宝[49]，至令圣朝流涕[50]，士民伤怀。操又特置发丘中郎将，摸金校尉[51]，所过隳突[52]，无骸不露。身处三公之位，而行桀虏之态，污国虐民，毒施人鬼。加其细政苛惨，科防互设，罾缴充蹊，坑阱塞路[53]，举手挂网罗，动足触机陷。是以兖豫有无聊之民[54]，帝都有吁嗟之怨[55]。历观载籍，无道之臣，贪残酷烈，于操为甚。

幕府方诘外奸[56]，未及整训，加绪含容，冀可弥缝，而操豺狼野心，潜包祸谋，乃欲摧挠栋梁，孤弱汉室，除灭忠正，专为枭雄[57]。往者伐鼓北征公孙瓒[58]，强寇桀逆，拒围一年，操因其未破，阴交书命，外助王师，内相掩袭，故引兵造河，方舟北济[59]；会其行人发露，瓒亦枭夷，故使锋芒挫缩，厥图不果[60]。尔乃大军过荡西山[61]，屠各左校[62]，皆束手奉质，争为前登，犬羊残丑，消沦山谷，于是操师震慑，晨夜逋遁，屯据敖仓[63]，阻河为固，欲以螗蜋之斧，御隆车之隧[64]；幕府奉汉威灵，折冲[65]宇宙，长戟百万，胡骑千群，奋中黄育获之士[66]，骋良弓劲弩之势，并州越太行[67]，青州涉济漯[68]，大军泛黄河而角其前[69]，荆州下宛叶而掎其后[70]，雷霆虎步，并集虏庭，若举炎火以焫[71]飞蓬，覆沧海以沃熛炭[72]，有何不灭者哉！

又操军吏士，其可战者，皆自出幽冀，或故营部曲，咸怨旷思归，流涕北顾；其余兖豫之民，及吕布张扬[73]之遗众，覆亡迫胁，权时苟从，各被创夷，人为仇敌；若回旆方徂，登高冈而击鼓吹，扬素挥[74]以启降路，必土崩瓦解，不俟血刃。

方今汉室陵迟，纲维弛绝，圣朝无一介之辅，股肱无折冲之势，方畿之内，简练之臣，皆垂头拓翼，莫所凭恃，虽有忠义之佐，胁于暴虐之臣，焉能展其节。又操持部曲精兵七百，围守宫阙，外托宿卫，内实拘执，惧其篡逆之萌，因斯而作。此乃忠臣肝脑涂地之秋，烈士立功之会，可不勖哉！

操又矫命称制，遣使发兵，恐边远州郡，过听而给与，强寇弱主，违众旅叛[75]，举以丧名，为天下笑，则明哲不取也。即日幽[76]并青冀四州并进，书到荆州，便勒见兵[77]，与建忠将军协同声势[78]，州郡各整戎马，罗落[79]境界，举师扬威，并匡社稷，则非常之功，于是乎著。其得操首者封五千户侯，赏钱五千万！部曲偏裨将校诸吏降者，勿有所问！广宣恩信，班扬符赏，布告天下，咸使知圣朝有拘逼之难。如律令[80]！

---

①陈琳：字孔璋，后汉广陵人，先为袁绍典文章，绍败，归曹操，操以为记室。豫州：指刘备，但当宣此檄时，备已奔绍，故此

二字应作“州郡”。　②刘备归陶谦，谦表为豫州刺史，后归曹操，操表为左将军，然左将军非郡国相，豫州刺史亦非郡守，殊不能强合为一，且檄文实非檄备也，故郡上应有一“告”字；一说此十二字为他人所窜入，原本无之云。　③望夷：秦宫名，在长安西北。二世斋于望夷宫，赵高遣人就弑之。　④产、禄：皆吕后兄子，后临朝，二人专政。　⑤二军：南军、北军也，为汉禁卫兵，南军在城内，北军在城外。　⑥吕后以产为梁王，禄为赵王。　⑦周勃封于绛，为绛侯。齐悼惠王子章，封朱虚侯。太宗：文帝庙号。勃与章共诛诸吕，立文帝，刘氏复兴。⑧明表：明白之表仪。　⑨中常侍：秦官，得出入禁中，后汉改以宦者为之。腾：字季兴，曹操祖父。　⑩左悺：河南人；徐璜：下邳人，皆后汉宦者。　⑪饕餮：本恶兽名，借为凶人之喻，贪财为饕，贪食为餮。　⑫嵩：字巨高，曹操父，姓夏侯氏，曹腾养子，莫审其生本末。　⑬曹嵩于灵帝时，货赂中官及输西园钱一亿万，因官至太尉。　⑭鼎司：谓公辅之职，古以鼎足喻三公，故称。　⑮重器：谓天下。　⑯锋协：犹锋侠，言其如锋之利。　⑰幕府：称袁绍，卫青征匈奴，大克获，武帝就其幕中拜为大将军，后因称大将军曰幕府，绍时为大将军。鹰扬：谓武士。何进为宦者所杀，绍勒兵入宫，尽捕诸阉人，无少长皆杀之。　⑱董卓：字仲颖，陇西人。何进召董卓以兵入诛宦官，董卓闻命就道，既至洛阳，何进已被杀，宦官亦为袁绍所诛，董卓乃专权自恣，废少帝，立献帝，山东豪杰并起，以诛董卓为名，董卓逼献帝徙都长安，尽烧洛阳宫室，王充密说其心腹将吕布诛之。　⑲董卓既专政，袁绍奔冀州，因拜为渤海太守，袁绍即以其地之兵攻董卓。 ⑳裨师：偏师。袁绍发兵，曹操亦同行。 ㉑衄（nǜ）：败。曹操为董卓将徐荣所败，兵多死伤。 ㉒虎文：虎纹之衣，虎贲将所服。 ㉓蹵：当作“就”，就，或作“噈”，又作“媨”，形近“蹴”，而“蹴”又“蹵”之异体，因传写致讹。《后汉书》即作“就”。就，成也。 ㉔秦穆公使孟明伐晋，屡败，穆公犹用之，后卒以其力败晋而称霸。 ㉕跋扈：犹强梁。曹操得兖州，兵众强盛，遂有反绍意。 ㉖忒：恶。 ㉗元：善也，民之类善，故称民曰元元。 ㉘边让：字文礼，陈留浚仪人，善属文，为九江太守，以世乱，去官归，言议颇侵操，操杀之，族其家。 ㉙悬首于木曰“枭”。 ㉚徐方：谓徐州。曹操伐陶谦徐州，粮少，引还。 ㉛吕布：字奉先，初事丁原，后事董卓，皆不终。曹操伐吕布，与战，不利。 ㉜语本《汉书·贾谊传》。 ㉝登：成也。叛人：即谓吕布。语本《左传》围宋彭成文。 ㉞擐（huàn）：贯。 ㉟袁绍征吕布，诸史不载。 ㊱造：成。 ㊲董卓既诛，其部将作乱，长安大扰，韩暹等以献帝还洛阳，中途颇遭寇犯，历尽艰辛。 ㊳绍领冀州牧，公孙瓒自燕攻之。离局：远其部曲。献帝东还，绍臣劝其奉迎，绍不听，为操所先，及见诏书每下，有于己不便者，始悔其失，檄文极意弥缝之。 ㊴献帝既还洛阳，曹操遂往卫，旋即迫迁于许。 ㊵三台：尚书中台，御史宪台，谒者外台。 ㊶五宗：上自高祖，下及孙。 ㊷三族：父母、兄弟、妻子；一说父族、母族、妻族。 ㊸杨彪：字文先，华阴人，博习旧闻。 ㊹杨彪尝代董卓为司空，又代黄琬为司徒，故曰典历二司。 ㊺袁术僭逆，曹操托杨彪与袁术婚姻，诬以欲图废置，奏收下狱，孔融力救，乃免。榜楚，榜掠，谓鞭笞。五毒，桁杨、荷校、桎梏、锒铛、拷掠。 ㊻宪网：犹法网。 ㊼报闻：奏报闻达于上。 ㊽梁孝王：名武，景帝之弟。 ㊾操破孝王棺，收其金宝。 ㊿献帝闻孝王墓被掘，为之哀泣。 ⑤1二者皆曹操所置官，观其名，即可知其所掌。 ⑤2隳突：毁坏之意。 ⑤3罾：鱼网。缴：读如“灼”，以绳系矢而射。二句喻其法律之苛。 ⑤4无聊：民不聊生。 ⑤5帝都：即指洛阳。言都下人民皆怨恨。 ⑤6诘：谓问其罪。此指绍伐公孙瓒。 ⑤7枭雄：桀傲者之称。 ⑤8公孙瓒：字伯圭，董卓专政时，封蓟侯。公孙瓒与袁绍相恶，袁绍因攻之。 ⑤9方舟：二舟并行。 ⑥0曹操引兵渡河，托言助袁绍，实图袭之，会公孙瓒破灭，袁绍亦觉之，曹操乃退军敖仓。 ⑥1黑山贼于毒等为乱，袁绍以军入朝歌鹿肠山，讨破斩之。 ⑥2屠各：胡族。左校：贼官名，为郭大贤等。 ⑥3敖仓：今河南荥泽县西北有敖山，秦时山上有城，中置仓，故名其地为敖仓。 ⑥4俗言。螳臂当车，见《韩诗外传》及《淮南子》。 ⑥5折冲：拒敌。 ⑥6中黄：中黄伯。育：夏育。获：乌获，皆古勇士。 ⑥7并州：谓袁绍甥高干，袁绍以高干为并州刺史，故称。太行：山名，连亘今河南、河北、山西境。 ⑥8青州：谓袁绍长子谭，袁绍以袁谭为青州刺史，故称。济漯，二水名，皆在山东境。 ⑥9角：谓如捕兽之捉其角。 ⑦0荆州：谓刘表，刘表为荆州刺史，故称。时与袁绍相结。宛：秦县，今河南南阳市。叶：汉县，今河南叶县。掎：如捕兽之戾其足。 ⑦1爇(ruò)：点燃。 ⑦2沃：灌也。熛：火飞。　⑦③张扬：字稚叔，云中人，董卓以为建义将军河内太守，其将杨丑杀之，以众降操。　⑦④挥：与“徽”通，旛。　⑦⑤旅：或谓助也。　⑦⑥幽：谓袁绍中子袁熙，熙为幽州刺史，故称。　⑦⑦见兵：现有之兵。　⑦⑧张绣以军功迁建忠将军，方与表合。　⑦⑨罗落：聚集之意。　⑧⓪文书下缀“如律令”三字，言当动依律令而勿失。

王粲登楼赋[1]

登兹楼以四望兮，聊暇[2]日以销忧。览斯宇之所处兮，实显敞而寡仇[3]。挟清漳之通浦兮[4]，倚曲沮之长洲[5]。背坟衍之广陆兮[6]，临皋隰[7]之沃流。北弥陶牧[8]，西接昭丘[9]。华实蔽野，黍稷盈畴。虽信美而非吾土兮，曾何足以少留！

遭纷浊而迁逝兮[10]，漫逾纪[11]以迄今。情眷眷而怀归兮，孰忧思之可任[12]！凭轩槛以遥望兮，向北风而开襟[13]。平原远而极目兮，蔽荆山之高岑[14]。路逶迤而修迥兮[15]，川既漾而济深[16]。悲旧乡之壅隔兮，涕横坠而弗禁！昔尼父之在陈兮，有归与之叹音[17]。钟仪幽而楚奏兮[18]，庄舄显而越吟[19]。人情同于怀土兮，岂穷达而异心。

惟日月之逾迈兮[20]，俟河清其未极[21]。冀王道之一平兮，假高衢[22]而骋力。惧匏瓜之徒悬兮[23]，畏井渫之莫食[24]。步栖迟以徙倚兮[25]，白日忽其将匿。风萧瑟而并兴兮，天惨惨而无色。兽狂顾以来群兮，鸟相鸣而举翼。原野阒其无人兮，征夫行而未息。心凄怆以感发兮，意忉怛而憯恻㉖。循阶除㉗而下降兮，气交愤㉘于胸臆。夜参半㉙而不寐兮，怅盘桓以反侧㉚。

---

①王粲：山阳人，字仲宣，献帝西迁，粲从至长安，以西京扰乱，乃至荆州依刘表，博闻多识，问无不知，后仕魏为侍中，旋卒。《登楼赋》，王粲登当阳县城楼，以世不承平，而刘表又不足与有为，旅居荆州，心怀故国，因作此志感。 ②暇：读如“假”。 ③仇：匹。 ④漳：水名，出湖北当阳市西北，流入当阳会于沮。大水有小江别通曰浦。 ⑤沮：水名，出湖北保康县西南与漳水会，又东南经江陵入江。 ⑥水涯曰“坟”，下平曰“衍”。 ⑦皋：泽之坎。下湿曰隰。 ⑧江陵西有陶朱公墓。郊外曰“牧”。 ⑨昭丘：楚昭王墓，在当阳市东南。 ⑩纷浊：喻世乱。 ⑪十二年曰一纪。 ⑫任：当。 ⑬因吹北风，愈增乡思。 ⑭荆山：在今湖北南漳县西北。山小而高曰“岑”。 ⑮逶迤：弯路延续不绝。迥：远。 ⑯漾：长，“羕”之讹字。济：渡。 ⑰尼父：指孔子，孔子字仲尼，鲁哀公谥之曰尼父，因其字以为之谥。父，同“甫”，丈夫之美称。孔子周游列国，其在陈也，曾有“归与归与”之叹，见《论语·公冶长》。 ⑱钟仪：春秋楚人，被囚于晋，晋侯见而脱之，与之琴，操南音，见《左传》成公九年。⑲越人庄舄仕楚至执珪，有顷而病，楚王以其虽为越人，而在楚显贵，当不思越，使人往听其声，则犹越声也。见《史记·陈轸

传》。　⑳日月逾迈：光阴往逝之意。　㉑逸诗有“俟河之清，人寿几何”之语，见《左传》襄公八年。极：至。　㉒高衢：大道。　㉓匏瓜：瓠。《论语·阳货》：“吾岂匏瓜也哉，焉能系而不食。”孔子冀仕之语。　㉔《易·井卦》：“井渫不食。”渫：治去污秽之名，井被渫治，则清洁可食，而不见食，犹人已修正其身而不见用。　㉕栖迟：谓游息。徙倚：低徊。　㉖忉怛：悲痛。憯：读如“惨”；憯恻：惨伤。㉗除：楼阶；又门屏之间曰“除”。　㉘交：“狡”之借字，戾。愤：懑。　㉙夜参半：犹夜分，即夜半。　㉚盘桓：不进貌。

魏　文

魏文帝典论论文[1]

文人相轻，自古而然，傅毅[2]之于班固，伯仲之间耳，而固小之，与弟超[3]书曰："武仲以能属文[4]，为兰台令史[5]，下笔不能自休。"夫人善于自见，而文非一体，鲜能备善，是以各以所长，相轻所短[6]；里语曰："家有弊帚，享之千金[7]。"斯不自见之患也。

今之文人，鲁国[8]孔融文举，广陵[9]陈琳孔璋，山阳[10]王粲仲宣，北海徐幹伟长[11]，陈留阮瑀元瑜[12]，汝南应玚德琏[13]，东平刘桢公榦[14]，斯七子者，于学无所遗，于辞无所假，咸以自骋骥騄于千里，仰齐足而并驰，以此相服，亦良难矣！盖君子审己以度人，故能免于斯累，而作《论文》。

王粲长于辞赋，徐幹时有齐气[15]，然粲之匹也；如粲之《初征登楼槐赋征思》，幹之《玄猿漏卮圆扇橘赋》，虽张蔡[16]不过也；然于他文，未能称是。琳、瑀之章表书纪，今之隽也。应玚和而不壮。刘桢壮而不密。孔融体气高妙，有过人者，然不能持论，理不胜词，以至乎杂以嘲戏；及其所善，扬、班[17]俦也。常人贵远贱近，向声背实，又患暗于自见，谓己为贤。

夫文本同而末异，盖奏议宜雅，书论宜理，铭诔尚实，诗赋欲丽，此四科不同，故能之者偏也；唯通才能备其体。文以气为主，气之清浊有体，不可力强而致；譬诸音乐，曲度虽均，节奏同检⑱，至于引气不齐，巧拙有素，虽在父兄，不能以移子弟。

盖文章经国之大业，不朽之盛事，年寿有时而尽，荣乐止乎其身，二者必至之常期，未若文章之无穷；是以古之作者，寄身于翰墨，见意于篇籍，不假良史之辞，不托飞驰之势，而声名自传于后。故西伯幽而演《易》⑲，周旦显而制礼⑳，不以隐约而弗务，不以康乐而加思，夫然则古人贱尺璧而重寸阴㉑，惧乎时之过已；而人多不强力，贫贱则慑于饥寒，富贵则流于逸乐，遂营目前之务，而遗千载之功，日月逝于上，体貌衰于下，忽然与万物迁化，斯志士之大痛也！融等已逝，唯幹著论，成一家言㉒。

---

①魏文帝：曹操长子，名丕，代汉为帝，在位六年，性好文学，博闻强记，以著述为务，有集行世。《典论》，文帝撰，凡五卷。《论文》，《典论》中之一篇。 ②傅毅：字武仲，茂陵人，后汉章帝时，为兰台令史，与班固等同典校书，早卒。 ③超：字仲升，有平西域之功。 ④属文：犹作文，谓连缀字句使相属。 ⑤兰台：藏秘书之宫观。兰台令史：掌兰台之书奏。 ⑥言人以能自见为善，而文不一体，常长于此体，而短

于他体，而我之所长，适为人之所短，因以轻之，人亦依此例以轻我，遂各忘其短，皆自许为独步。 ⑦光武诏让吴汉语。言视己之敝帚贵如千金而享用之，喻人不自知其短。 ⑧鲁国：汉国，在今山东。 ⑨广陵：后汉郡，今江苏扬州江都区即郡中地。 ⑩山阳：汉郡，地在今山东。 ⑪北海：汉郡，地在今山东。徐幹，字伟长，为司空军谋祭酒，五官将文学。⑫陈留：县名，今属河南。阮瑀：字元瑜，为曹操司空军谋祭酒，管记室，一时书檄，多出其手，有集行世。 ⑬汝南：汉郡，地在今河南。应玚：字德琏，曹操辟为丞相掾，后为五官将文学，有集行世。 ⑭东平：汉国，今山东东平县，即国中地。刘桢：字公干，有逸才，文章为文帝所重。 ⑮齐气：谓齐俗文体舒缓。 ⑯张蔡：指张衡、蔡邕。 ⑰扬班：扬雄、班固。 ⑱检：法度。 ⑲西伯：指周文王。纣囚文王于羑里，因推演《易》象作卦。 ⑳周旦：指周公旦，武王弟，相成王，制礼作乐，天下大治。 ㉑《淮南子·原道训》："圣人不贵尺之璧而重寸之阴。" ㉒徐幹著有《中论》，凡二十篇，辞义典雅，传于世。

魏文帝与朝歌令吴质书①

五月十八日，丕白。季重无恙！涂路虽局②，官守有限，愿言之怀，良不可任③。足下所治僻左，书问致简，益用增劳。每念昔日南皮④之游，诚不可忘。既妙思六经，逍遥百氏，弹棋间设⑤，终以六博⑥，高谈娱心，哀筝顺耳。

驰骋北场，旅食⑦南馆，浮甘瓜于清泉，沉朱李于寒水。白日既匿，继以朗月，同乘并载，以游后园。舆轮徐动，参从无声，清风夜起，悲笳微吟，乐往哀来，怆然伤怀，余顾而言，斯乐难常，足下之徒，咸以为然。今果分别，各在一方。元瑜长逝，化为异物，每一念至，何时可言！

方今蕤宾纪时⑧，景风⑨扇物，天气和暖，众果具繁。时驾而游，北遵河曲⑩，从者鸣笳以启路，文学⑪托乘于后车，节同时异，物是人非，我劳如何。今遣骑到邺⑫，故使枉道相过，行矣自爱！丕白。

---

①朝歌：县名。今河南淇县。吴质：魏济阴人，字季重，为朝歌令，大军西征，丕时为太子，南在孟津，与质此书。　②局：近。　③任：当。　④南皮：县名，今属河北。　⑤弹棋：游戏名，出魏宫，大体以巾拂棋子，今不传。　⑥六博：游戏名，法用六箸，以竹为之，长六分，今不传。　⑦旅食：众食。　⑧《礼记·月令》：“仲夏之月，律中蕤宾。”　⑨景风：南风，夏至则至。　⑩黄河自山西永济折而东，入芮城县，谓之河曲。　⑪汉时郡国皆置文学，即博士助教之任，魏晋因之。　⑫邺：汉县，在今河北临漳县境。

曹植王仲宣诔①

建安②二十二年正月二十四日戊申，魏故侍中关内侯王君卒。呜呼哀哉！皇穹神察③，喆人是恃④，如何灵祇，歼⑤我吉士。谁谓不痛，早世即冥⑥；谁谓不伤，华繁中零。存亡分流，夭遂⑦同期，朝闻夕殁，先民所思⑧，何用⑨诔德，表之素旗，何以赠终，哀以送之。遂作诔曰：

猗欤侍中，远祖弥芳，公高建业，佐武伐商⑩，爵同齐鲁，邦祀绝亡，流裔毕万，勋绩惟光，晋献赐封，于魏之疆⑪，天开之祚，末胄称王⑫。厥姓斯氏，条分叶散，世滋芳烈，扬声秦汉。会遭阳九⑬，炎光中矇⑭，世祖⑮拨乱，爰建时雍⑯，三台⑰树位，履道是钟，宠爵之加，匪惠惟恭。自君二祖⑱，为光为龙⑲，佥日休哉，宜翼汉邦，或统太尉，或掌司空，百揆⑳惟叙，五典㉑克从，天静人和，皇教遐通。伊君显考奕叶佐时㉒，入管机密，朝政以治，出临朔岱，庶绩咸熙㉓。

君以淑懿，继此洪基，既有令德，材技广宣，强记洽闻，幽赞微言，文若春华，思若涌泉，发言可咏，下笔成篇，何道不洽，何艺不闲，棋局逞巧㉔，博弈惟贤。皇家不造㉕，京室陨颠，宰臣专制㉖，帝用西迁㉗，君乃羁旅，离㉘此阻艰，翕然凤举，远窜荆蛮㉙，身穷志达，居鄙行鲜，振冠南岳，濯缨清川㉚，潜处蓬室，不干势权。

我公奋钺，耀威南楚㉛，荆人或违，陈戎讲武，君乃义发，算我师旅，高尚霸功，投身帝宇，斯言既发㉜，谋夫是与。是与伊何，飨我明德，投戈编都㉝，稽颡汉北㉞。我公实嘉，表扬京国，金龟紫绶㉟，以彰勋则。勋则伊何，劳谦靡已，忧世忘家，殊略卓峙，乃署祭酒[36]，与君行止[37]，算无遗策，画无失理，我王建国，百司俊乂[38]。君以显举，秉机省闼[39]，戴蝉珥貂[40]，朱衣皓带[41]。入侍帷幄，出拥华盖，荣曜当世，芳风晻蔼[42]。

嗟彼东夷[43]，凭江阻湖，骚扰边境，劳我师徒，光光戎路，霆骇风徂，君侍华毂，辉辉王涂[44]。思荣怀附，望彼来威[45]，如何不济，运极命衰，寝疾弥留[46]，吉往凶归！呜呼哀哉！翩翩孤嗣[47]，号恸崩摧，发轸北魏[48]，远迄南淮，经历山河，泣涕如颓，哀风兴感，行云徘徊，游鱼失浪，归鸟亡栖。

呜呼哀哉！吾与夫子，义贯丹青[49]，好和琴瑟，分过友生[50]，庶几遐年，携手同征，如何奄忽，弃我夙零[51]！感昔宴会，志各高厉，予戏夫子，金石难弊，人命靡常，吉凶异制，此欢之人，孰先陨越，何寤夫子，果乃先逝。又论死生，存亡数度，子犹怀疑，求之明据，傥独有灵，游魂泰素[52]，我将假翼，飘飖高举，超登景云，要子天路。

丧柩既臻[53]，得反魏京，灵輀[54]回轨，白骥悲鸣，虚廓无见，藏景蔽形，孰云仲宣，不闻其声，延首叹息，雨泣交颈。嗟乎夫子！永安幽冥，人谁不没，达士徇名[55]，生荣死哀[56]，亦孔之荣。呜呼哀哉！

---

①曹植：操第三子，字子建，工文章，封陈王，卒谥思，有集行世。王仲宣，即王粲。累列生时之德行而称之曰诔，后遂以

名哀死之文。　②建安：汉献帝年号。　③皇穹：指天。神察：烛照如神之意。　④喆：与“哲”同；喆人：即哲人。　⑤歼：杀害。　⑥谓早岁即死，王粲死年仅四十一。　⑦遂：遂其生。谓寿夭相去无几。　⑧《论语·里仁》：“朝闻道，夕死可矣。”　⑨何用：犹用何。　⑩公高：毕公高，为魏先祖。高佐武王伐纣，以功封于毕。　⑪毕万：春秋晋大夫。晋献：指晋献公。献公灭魏，以封万。　⑫万既受封，晋大夫卜偃曰：“万，盈数也，魏，大名也，以是始赏，天启之矣。”魏至文侯而盛，子孙遂称王，为战国七雄之一，其支庶以祖先称王，遂以王为氏。　⑬阳九之说有三：一为四千六百十七岁为一元，初入元百六岁中有九灾岁；二为太乙数，以四百五十六年为一阳九；三为道家说，谓三千三百年为小阳九，九千九百年为大阳九。　⑭炎光：汉以火德王，故称。不明为曚。中曚：谓遭王莽之乱。　⑮世祖：光武庙号。　⑯时雍：太平之象，言天下大和，见《书·尧典》。　⑰三台：星名，以称三公；后汉以太尉、司徒、司空为三公。　⑱二祖：王粲曾祖父王龚，祖父王畅。龚字伯宗，后汉顺帝时，为太尉。畅，字叔茂，灵帝时为司空。　⑲《诗·小雅·蓼萧》：“为龙为光。”龙：宠。　⑳百揆：唐虞时总持百政之官。叙：定。　㉑五典：指父义、母慈、兄友、弟恭、子孝。　㉒显考：古称高祖，此称王粲父王谦。王谦为大将军何进长史。奕叶：累世，代代。　㉓朔岱：朔方及泰岱。庶绩咸熙，《古文尚书·舜典》语，犹言众功皆兴。王粲父官阶无考。　㉔王粲观人围棋，局坏，王粲为复之，不误一道。　㉕造：成。　㉖谓董卓专政。 ㉗西迁：谓董卓胁迫献帝迁都长安。 ㉘离：与“罹”同。 ㉙王粲以西京扰乱，乃依刘表于荆州。楚旧号荆，故谓为荆蛮。 ㉚湖北襄阳西南，旧有徐庶宅，宅西北有方山，山北际河水，山下有王粲宅，故文云。 ㉛我公：指太祖曹操。建安十三年，曹操伐荆州。 ㉜曹操伐荆州，刘表已卒，子刘琮立，王粲劝刘琮降曹操。斯言，即劝刘琮降之言。 ㉝编都：汉县，汉有若县，属南郡，故城在今湖北宜城东南，盖即其地。 ㉞汉北：汉水之北。 ㉟汉列侯黄金龟纽，金印紫绶，粲归魏，以为丞相掾，赐爵关内侯。 ㊱祭酒：汉官名，功高者为之，王粲曾迁军谋祭酒。 ㊲时行则行，时止则止。 ㊳俊乂：贤才。 ㊴魏既为王建国，粲拜侍中，为魏门下省之长官。 ㊵侍中常侍，皆冠惠文冠，加貂附蝉。 ㊶皓带：白色带。 ㊷晻蔼：犹披拂。 ㊸东夷：谓吴国。 ㊹建安二十一年，曹操伐吴，王粲从。 ㊺言王粲思念宠荣，志在怀附异类，望彼吴畏威而来。 ㊻弥留：言病日甚，久留于身而不去。 ㊼王粲凡二子。 ㊽轸：车。此言其子奔丧。 ㊾丹青：二色名。言不渝。 ㊿友生：朋友。 51夙零：谓早死。 52泰素：质之始。见《列子·天瑞》。 53臻：至。 54輀：与“輀”同，丧车。 55徇：同“殉”。《庄子·盗跖》：“小人徇财，君子徇名。” 56《论语·子张》：“夫子其生也荣，其死也哀。”

晋　文

嵇康与山巨源绝交书[1]

康白：足下昔称吾于颍川，吾常谓之知言[2]，然经怪[3]此意，尚未熟悉于足下，何从便得之也，前年从河东还[4]，显宗阿都[5]说足下议以吾自代，事虽不行，知足下故不知之；足下傍通[6]，多可而少怪[7]，吾直性狭中，多所不堪，偶与足下相知耳。闲闻足下迁，惕然不喜，恐足下羞庖人之独割，引尸祝以自助[8]，手荐鸾刀[9]，漫[10]之膻腥，故具为足下陈其可否。

吾昔读书得并介之人[11]，或谓无之，今乃信其真有耳。性有所不堪，真不可强。今空语同知有达人无所不堪，外不殊俗，而内不失正，与一世同其波流而悔吝不生耳[12]。老子、庄周[13]，吾之师也，亲居贱职；柳下惠、东方朔，达人也，安乎卑位[14]，吾岂敢短之哉；又仲尼兼爱，不羞执鞭[15]；子文无欲卿相，而三登令尹[16]，是乃君子思济物之意也。所谓达能兼善而不渝[17]，穷则自得而无闷。以此观之，故尧舜之君世，许由[18]之岩栖，子房之佐汉[19]，接舆[20]之行歌，其揆[21]一也。仰瞻数君，可谓能遂其志者也。故君子百行，殊涂而同致，循性而动，各附所安，故有处朝廷而不出，入山林而不反之论[22]。且延陵高子臧之风[23]，长卿慕相如之节[24]，志气所托，不可夺也。吾每读尚子平、台孝威传[25]，慨然慕之，想其为人。

少加孤露[26]，母兄见骄[27]，不涉经学。性复疏懒，筋驽肉缓，头面常一月十五日不洗，不大闷痒，不能沐也。每常小便，而忍不起，令胞中略转[28]，乃起耳。又纵逸来久，情意傲散，简与礼相背，懒与慢相成，而为侪类见宽，不攻其过。又读《庄》《老》[29]，重增其放，故使荣进之心日颓，任实之情转笃。此犹禽鹿，少见驯育，则服从教制；长而见羁，则狂顾顿缨[30]，赴蹈汤火；虽饰以金镳[31]，飨以嘉肴，逾思长林而志在丰草也。阮嗣宗[32]口不论人过，吾每师之，而未能及，至性过人，与物无伤，唯饮酒过差耳，至为礼法之士所绳，疾之如仇，幸赖大将军保持之耳[33]；吾不如嗣宗之贤，而有慢弛之阙，又不识人情，暗于机宜，无万石之慎[34]，而有好尽之累[35]，久与事接，疵衅日兴，虽欲无患，其可得乎！

又人伦有礼，朝廷有法，自惟至熟，有必不堪者七，甚不可者二：卧喜晚起，而当关[36]呼之不置，一不堪也。抱琴行吟，弋钓草野，而吏卒守之，不得妄动，二不堪也。危坐一时，痺[37]不得摇，性复多虱，把搔无已[38]，而当裹以章服[39]，揖拜上官，三不堪也。素不便书，又不喜作书，而人间多事，堆案盈几，不相酬答，则犯教伤义，欲自勉强，则不能久，四不堪也。不喜吊丧，而人道以此为重，已为未见恕者所怨，至欲见中伤者[40]；虽瞿然[41]自责，然性不可化，欲降心顺俗，则诡故[42]不情，亦终不能获无咎无誉。如此，五不堪也。不喜俗人，而当与之共事，或宾客盈坐，鸣声聒[43]耳，嚣尘臭处，千变百伎，在人目前，六不堪也。心不耐烦，而官事鞅掌[44]，机务缠其心，世故繁其虑，七不堪也。又每非汤、武而薄周、孔，在人间不止此事[45]，会显[46]世教所不容，此甚不可一也。刚肠疾恶，轻肆直言，遇事便发，此甚不可二也。以促中小心之性[47]，统此九患，不有外难，当有内病，宁可久处人间邪？

又闻道士[48]遗言，饵术黄精[49]，令人久寿，意甚信之；游山泽，观鱼鸟，心甚乐之；一行作吏，此事便废，安能舍其所乐而从其所惧哉！夫人之相知，贵识其天性，因而济之。禹不逼伯成子高，全其节也[50]；仲尼不假盖于子夏，护其短也[51]；近诸葛孔明不逼元直[52]以入蜀，华子鱼不强幼安以卿相[53]，此可谓能相终始，真相知者也。足下见直木必不可以为轮，曲者不可以为桷，盖不欲以枉其天才，令得其所也。故四民有业，各以得志为乐，唯达者为能通之，此足下度内耳[54]。不可自见好章甫，强越人以文冕也[55]；己嗜臭腐，养鸳雏以死鼠也[56]。吾顷学养生之术，方外荣华，去滋味，游心于寂寞，以无为为贵。纵无九患，尚不顾足下所好者。又有心闷疾，顷转增笃，私意自试，不能堪其所不乐。自卜已审，若道尽途穷则已耳，足下无事冤之，令转于沟壑也。

吾新失母兄之欢，意常凄切。女年十三，男年八岁[57]，未及成人，况复多病。顾此悢悢[58]，如何可言！今但愿守陋巷，教养子孙，时与亲旧叙阔，陈说平生，浊酒一杯，弹琴一曲，志愿毕矣。足下若嬲之不置[59]，不过欲为官得人，以益时用耳。足下旧知吾潦倒粗疏[60]，不切事情，自惟亦皆不如今日之贤能也。若以俗人皆喜华荣，独能离之，以此为快；此最近之，可得言耳[61]。然使长才广度，无所不淹[62]，而能不营，乃可贵耳。若吾多病困，欲离事自全，以保余年，此真所乏耳[63]，岂可见黄门[64]而称贞哉！若趣欲共登王途，期于相致，时为欢益，一旦迫之，必发其狂疾。自非重怨不至于此也。野人有快炙背而美芹子者，欲献之至尊[65]，虽有区区之意，亦已疏矣。愿足下勿似之。其意如此，既以解足下，并以为别。嵇康白。

---

①嵇康：魏谯郡人，字叔夜，丰姿俊逸，导气养性，著《养生篇》，拜中散大夫，不就，常弹琴以自乐。景元中，为司马昭所害。山巨源，即山涛，巨源为其字，晋河内怀人，在魏为赵国相，迁尚书吏部郎，晋武帝受禅，为吏部尚书十余年，甄拔人物，皆一时之选，年七十九卒。巨源为吏部郎时，尝举嵇康以自代，嵇康因以此书绝之。　②颍川：山涛族父嵚，为颍川守，故称。涛尝称康情不愿仕，惬其素志，故曰知言。　③经怪：常怪。　④河东：郡名，今山西黄河以东地。　⑤显宗：姓公孙，名崇，显宗为其字，谯人，为尚书郎。阿都：姓吕，名仲

悌，阿都其小字，东平人。　⑥傍通：谓山涛傍通众艺。⑦多可而少怪，谓山涛多许可，少疑怪，甚宽容。　⑧尸祝：主读祝者。《庄子·逍遥游》：“庖人虽不治庖，尸祝不越樽俎而代之。”此言恐山涛举己自代。　⑨荐：执。鸾刀：刀环有铃者。　⑩漫：污。　⑪并：谓兼善天下。介：谓自得无闷。　⑫空语：犹虚说。同知：共知。悔吝：犹悔恨。言空言共知有通达之人于世事无所不堪，能同流合污而不生悔恨。⑬老子：姓李，名耳，字伯阳，谥曰聃，亦称老聃。庄周：战国蒙人，尝为漆园吏。　⑭柳下惠：春秋鲁人，姓展，名禽，居柳下，谥曰惠，故曰柳下惠，为圣人之和者，而为士师。东方朔居卑位，见前《答客难》。　⑮仲尼谓老聃曰：“兼爱无私，仁之情也。”见《庄子·天道》。《论语·述而》：“富而可求也，虽执鞭之士，吾亦为之。”　⑯子文：春秋楚大夫，姓斗，名谷於菟，三仕为令尹，无喜色，三已之，无愠色。令尹：楚上卿执政之官。　⑰渝：变。　⑱许由：尧时隐士，字武仲，尧让以天下，不受。　⑲子房：张良，佐汉高祖定天下。⑳接舆：见东方朔《答客难》注。　㉑揆：道。　㉒山林之士往而不能反，朝廷之士，入而不能出，二者各有所短，为班固《汉书》中赞语。　㉓延陵：地名，今江苏常州武进区，吴季札居之，故以称焉。子臧，曹公子欣时，曹人欲立为君，拒不受。季札贤，父兄皆欲立之，札以有国非其节，愿附于子臧以不失节，见《左传》襄公十四年。　㉔司马相如小时名犬子，既学，慕战国赵相蔺相如之为人，更名相如。　㉕尚子平：即后汉时之向子平，名长，隐居不仕，性尚中和，通《老》《易》。男女嫁娶毕，遂入山，不知所终。台孝威：亦后汉人，名佟，隐居武安山，凿穴为居，采药为业。 ㉖孤露：言父母俱无。 ㉗母兄见骄：谓同母兄见爱。 ㉘略，一作“咯”。 ㉙《庄》《老》：庄子、老子之书。 ㉚顿缨：谓绝去其系。 ㉛镳：马衔。 ㉜阮嗣宗：即阮籍，魏尉氏人，嗜酒放荡，官至步兵校尉。 ㉝大将军：谓曹操。何曾于曹操座斥阮籍败伤礼教，言于曹操，宜投四裔，曹操不听。 ㉞万石：指汉石奋，奋及其四子皆官二千石，故称万石君，为人谨慎。 ㉟好尽：谓言则尽情，不知避忌。 ㊱当关：守门人。 ㊲痺：湿病。 ㊳把（pá）：搔。 ㊴章服：居官之服。 ㊵言己为，未见有恕之者，才有所怨，乃至欲见中伤。 ㊶瞿然：心惊貌。 ㊷诡故：诈饰而非由衷之意。 ㊸聒：哗语。 ㊹鞅掌：烦劳。见《诗经·小雅·北山》。 ㊺不止此事：谓人间不止有汤、武放伐之事，尚有尤甚者。 ㊻会显：独显为。 ㊼促中：中怀狭隘。 ㊽道士：有道之士。 ㊾饵：服食。术：白术，根细类指。黄精：根如管状，俱可入药，久服轻身延年。 ㊿伯成子高：尧时为诸侯，禹有天下，子高辞诸侯而耕，禹往问焉，子高耕而不顾。 51子夏：姓卜，名商，卫人，孔子弟子。孔子将行，雨而无盖，门人曰：“商也有之。”孔子曰：“商之为人也，啬短于财，吾闻与人交，推其长者，违其短者，故能久也。”见《孔子家语》。 52元直：徐庶字。庶初事刘备，曹操执其母招之，庶遂辞备归操，孔明不止。 53华子鱼：指华歆。幼安：管宁字。歆仕魏为相国，诏举独行君子，歆举宁，宁拒而不受。 54此足下度内耳：犹言此自足下知之。 ㊺章甫：殷冠名。越人断发文身，无用乎冕。 ㊻鹓雏：凤类之鸟。鹓雏发南海而飞于北海，非梧桐不止，非竹实不食，非醴泉不饮，于是鸱得腐鼠，鹓雏过之，仰天而视之曰"吓"。见《庄子·秋水》。此言山涛以己位为腐鼠，而嵇康以鹓雏自况。 ㊼嵇康子名绍，字延祖，十岁而孤。 ㊽悢悢（liàng）：眷眷也，悲也。 ㊾嬲（niǎo）：戏相扰。 ㊿潦倒：蕴藉貌。 (61)言俗人皆喜华荣，而己独能离之，以此为快，此最近己之情，可独言之耳。 (62)淹：贯通。 (63)言此真性之所乏，非若长才广度之士而不营。 (64)黄门：天阉之称。因宦者皆阉人，故称天阉者亦曰黄门。 (65)典出《列子，杨朱》。

羊祜让开府表[1]

臣祜言：臣昨出[2]，伏闻恩诏，拔臣使同台司[3]，臣自出身[4]已来，适十数年，受任外内，每极显重之地[5]。常以智力不可强进，恩宠不可久谬，夙夜战栗，以荣为忧。臣闻古人之言：德未为众所服而受高爵，则使才臣不进；功未为众所归而荷厚禄，则使劳臣不劝[6]：今臣身托外戚[7]，事遭运会，诚在宠过，不患见遗。而猥超然降发中之诏[8]，加非次之荣。臣有何功可以堪之，何心可以安之，以身误陛下，辱高位，倾覆亦寻而至，愿复守先人弊庐，岂可得哉！违命诚忤天威，曲从即复若此。盖闻古人申于见知[9]，大臣之节，不可则止。臣虽小人，敢缘所蒙，念存斯义。

今天下自服化已来，方渐八年，虽侧席求贤，不遗幽贱，然臣等不能推有德，进有功，使圣听知胜臣者多，而未达者不少。假令有遗德于板筑之下⑩，有隐才于屠钓之间⑪，而令朝议用臣不以为非，臣处之不以为愧，所失岂不大哉⑫！

且臣窃忝虽久，未若今日兼文武⑬之极宠，等宰辅⑭之高位也。臣所见虽狭，据今光禄大夫李喜⑮，秉节高亮，正身在朝，光禄大夫鲁芝⑯，洁身寡欲，和而不同；光禄大夫李胤⑰，莅政弘简，在公正色，皆服事华发⑱，以礼终始。虽历内外之宠，不异寒贱之家，而犹未蒙此选，臣更越之，何以塞天下之望，少益日月⑲；是以誓心守节，无苟进之志。今道路未通，方隅多事⑳，乞留前恩，使臣得速还屯㉑，不尔留连㉒，必于外虞有阙㉓。臣不胜忧惧，谨触冒拜表，惟陛下察匹夫之志不可以夺！

---

①羊祜：南城人，字叔子，武帝受禅，颇见宠任，累官尚书右仆射，帝欲灭吴，以羊祜都督荆州诸军事，羊祜在军，轻裘缓带，身不被甲，务修德以怀吴人，后加车骑将军，开府如三司之仪，羊祜上表固让，不听，吴未亡，病卒。开府，谓开建府第，辟置僚属，汉制惟三公开府，魏晋时开府者多，别置开府仪同三司，谓威仪百物，使同三公。　②昨出：为沐浴而出。　③台司：指三公。　④出身：指入仕。　⑤羊祜当司马昭时，曾拜从事中郎，迁中领军，事兼内外。　⑥四句

语本《管子》。 ⑦羊祜同母姊配景帝，为弘训太后，故云。⑧猥：曲。发中：犹发心。 ⑨《晏子春秋·内篇杂上》载越石父谓晏子曰："臣闻之，士者屈于不知己，而申于知己。"语本此。 ⑩板筑：墙以两板相夹，以杵筑之，营建之役。《孟子·告子》："傅说举于板筑之间。" ⑪太公吕尚未达时，屠牛朝歌，钓于磻溪。 ⑫此言用而不以为非，是为累朝，处而不以为愧，是为殃身，其失甚大。 ⑬兼文武：谓为车骑而又开府。 ⑭等宰辅：谓仪同三司。 ⑮李喜：一作李憙，铜鞮人，字季和，少有高行，官至尚书仆射，特进光禄大夫，以年老逊位。 ⑯鲁芝：郿人，字世英，耽思文籍，武帝时为镇东将军，后征为光禄大夫。 ⑰李胤：襄平人，字宣伯，官至尚书仆射，转光禄大夫。 ⑱服事：服公家之事也。华发：白发。 ⑲日月：喻君。 ⑳方隅：谓全国之一部也。㉑还屯：请还荆州。泰始五年，以祜都督荆州诸军事。 ㉒不尔留连：谓不速还。 ㉓外虞：犹言外备。

李密陈情表[①]

臣密言：臣以险衅[②]，夙遭闵凶[③]。生孩六月，慈父见背[④]；行年四岁，舅夺母志[⑤]。祖母刘，愍臣孤弱，躬亲抚养。臣少多疾病，九岁不行，零丁孤苦，至于成立。既无叔伯，终鲜兄弟，门衰祚[⑥]薄，晚有儿息[⑦]。外无期功强近之亲[⑧]，内无应门五尺之童。茕茕[⑨]独立，形影相吊。而刘夙婴疾病[⑩]，常在床蓐[⑪]；臣侍汤药，未曾废离。

逮奉圣朝[12]，沐浴清化。前太守臣逵，察臣孝廉[13]，后刺史臣荣，举臣秀才[14]。臣以供养无主，辞不赴命。诏书特下，拜臣郎中[15]，寻蒙国恩，除臣洗马[16]。猥[17]以微贱，当侍东宫[18]，非臣陨首[19]所能上报。臣具以表闻，辞不就职。诏书切峻，责臣逋慢[20]；郡县逼迫，催臣上道；州司临门，急于星火。臣欲奉诏奔驰，则刘病日笃；欲苟徇私情，则告诉不许，臣之进退，实为狼狈！

伏惟圣朝以孝治天下，凡在故老，犹蒙矜育[21]，况臣孤苦，特为尤甚。且臣少仕伪朝[22]，历职郎署，本图宦达，不矜名节。今臣亡国贱俘，至微至陋，过蒙拔擢，宠命优渥[23]，岂敢盘桓[24]，有所希冀[25]。但以刘日薄西山[26]，气息奄奄[27]，人命危浅，朝不虑夕。臣无祖母，无以至今日；祖母无臣，无以终余年。母孙二人，更相为命，是以区区不能废远[28]。臣密今年四十有四，祖母刘今年九十有六，是臣尽节于陛下之日长，报刘之日短也。乌鸟私情[29]，愿乞终养。臣之辛苦，非独蜀之人士，及二州牧伯所见明知[30]，皇天后土，实所共鉴。愿陛下矜悯愚诚，听臣微志，庶刘侥幸，卒保余年，臣生当陨首，死当结草[31]。臣不胜犬马怖惧之情，谨拜表以闻。

---

①李密：武阳(今四川彭山)人，字令伯，仕蜀汉为郎，父亲早亡，母亲何氏改嫁，李密由祖母刘氏抚养成人，以孝闻。蜀亡，晋武帝征为太子洗马，李密上表陈情，武帝嘉之，赐奴婢二

人，使郡县供其祖母奉膳，刘氏卒，服终，徙尚书郎。宋李耆卿《文章精义》云：“乐毅《答燕王书》、孔明《出师表》不必言忠，而读之可想见其忠；李令伯《陈情表》不必言孝，而读之可想见其孝。” 明何乔新《忠义集序》亦云：“先正有言：‘读《出师表》而不流泪者，其人必不忠；读《陈情表》而不流泪者，其人必不孝。’” ②险衅：艰难祸患。 ③闵：忧患。 ④见背：谓父母或长辈去世。 ⑤舅夺母志：谓舅嫁其母，不得守志。 ⑥祚：福。 ⑦晚有儿息：言得子甚迟。 ⑧周年服曰“期”，九月服曰“大功”，五月服曰“小功”。强近：强为亲近。 ⑨茕茕：孤单无依。 ⑩婴：绊也，萦也。 ⑪蓐：同“褥”。 ⑫圣朝：指晋朝。 ⑬汉武帝始令郡国岁举孝廉各一人，历代因之，隋、唐废。 ⑭秀才：科目名，始于汉，唐与明经进士并为科，宋时凡应举者皆称之。 ⑮郎中：官名，为郎居中，故称。 ⑯除：拜官。洗马：太子属官。 ⑰猥：鄙贱。 ⑱东宫：太子所居宫，借指太子。 ⑲陨首：舍身图报。 ⑳逋慢：怠慢不敬。 ㉑矜育：怜悯抚育。 ㉒伪朝：指三国之蜀汉。 ㉓优渥：优厚。 ㉔盘桓：徘徊，逗留。 ㉕希冀：谓希望立名节。李密本蜀臣，恐以固辞蹈沽名之嫌，故反复辨之，以免获罪。 ㉖日薄西山：言刘老暮。 ㉗奄奄：气息微弱的样子。 ㉘废远：废奉养之事而远离。 ㉙乌鸟：孝鸟，反哺其母。 ㉚二州：指梁州、益州。牧伯：州长。 ㉛结草：春秋时，晋魏武子有嬖妾，无子，武子疾，命子颗曰：“必嫁是！”病亟，又曰：“必以为殉！”颗嫁之，后颗与秦师战于辅氏，见一老人结草亢秦将杜回，因获之而败秦师，夜梦老人自称嬖妾之父，特助颗获回以报云。事见《左传》宣公十五年。

陆机文赋①

余每观才士之所作②，窃有以得其用心③。夫放言遣辞，良多变矣，妍蚩好恶，可得而言④。每自属文，尤见其情。恒患意不称物，文不逮意。盖非知之难，能之难也。故作《文赋》，以述先士之盛藻⑤，因论作文之利害⑥所由，佗日殆可谓曲尽其妙⑦。至于操斧伐柯，虽取则不远⑧；若夫随手之变，良难以辞逮⑨。盖所能言者，具于此云。

伫中区以玄览⑩，颐情志于典坟⑪。遵四时以叹逝⑫，瞻万物而思纷⑬。悲落叶于劲秋，喜柔条于芳春。心懔懔以怀霜⑭，志眇眇而临云⑮。咏世德之骏烈⑯，诵先人之清芬⑰。游文章之林府，嘉丽藻之彬彬⑱。慨投篇而援笔，聊宣之乎斯文。

其始也，皆收视反听⑲，耽思傍讯⑳，精骛八极㉑，心游万仞。其致也㉒，情曈昽而弥鲜㉓，物昭晰而互进㉔。倾群言之沥液，漱六艺之芳润㉕。浮天渊以安流，濯下泉而潜浸㉖。于是沈辞怫悦㉗，若游鱼衔钩而出重渊之深；浮藻联翩㉘，若翰鸟缨缴而坠曾云之峻㉙。收百世之阙文，采千载之遗韵。谢朝华㉚于已披，启夕秀于未振㉛。观古今于须臾，抚四海于一瞬。

然后选义按部，考辞就班[32]。抱景者咸叩，怀响者毕弹[33]。或因枝以振叶，或沿波而讨源。或本隐以之显，或求易而得难。或虎变而兽扰[34]，或龙见而鸟澜[35]。或妥帖而易施，或岨峿[36]而不安。罄澄心以凝思，眇[37]众虑而为言。笼天地于形内，挫万物于笔端。始踯躅[38]于燥吻，终流离于濡翰[39]。理扶质以立干，文垂条而结繁。信情貌之不差，故每变而在颜。思涉乐其必笑，方言哀而已叹。或操觚[40]以率尔，或含毫而邈然[41]。伊兹事之可乐，固圣贤之所钦。课虚无以责有，叩寂寞而求音。函[42]绵邈于尺素，吐滂沛乎寸心。言恢之而弥广，思按之而逾深。播芳蕤[43]之馥馥，发青条之森森。粲风飞而猋竖[44]，郁云起乎翰林[45]。

体有万殊，物无一量，纷纭挥霍[46]，形难为状。辞程才以效伎，意司契而为匠[47]。在有无而僶俛[48]，当浅深而不让。虽离方而遁员，期穷形而尽相[49]。故夫夸目者尚奢，惬心[50]者贵当；言穷者无隘，论达者唯旷。诗缘情而绮靡[51]，赋体物而浏亮[52]；碑披文以相质[53]，诔缠绵而凄怆，铭博约[54]而温润，箴顿挫而清壮；颂优游以彬蔚[55]，论精微而朗畅；奏平彻以闲雅，说炜晔而谲诳。虽区分之在兹，亦禁邪而制放。要辞达而理举，故无取乎冗长。

其为物也多姿，其为体也屡迁。其会意也尚巧，其遣言也贵妍。暨音声之迭代，若五色之相宣[56]。虽逝止[57]之无常，固崎锜[58]而难便。苟达变而识次，犹开流以纳泉[59]。如失机而后会，恒操末以续颠[60]。谬玄黄之袟叙[61]，故淟涊而不鲜[62]。

或仰逼于先条。或俯侵于后章。或辞害而理比[63]，或言顺而义妨，离之则双美，合之则两伤。考殿最于锱铢，定去留于毫芒，苟铨衡[64]之所裁，固应绳其必当。或文繁理富，而意不指适，极无两致，尽不可益，立片言而居要，乃一篇之警策[65]，虽众辞之有条，必待兹而效绩，亮功多而累寡，故取足而不易。或藻思绮合，清丽千眠[66]；炳若缛绣，凄若繁弦。必所拟之不殊，乃暗合乎曩篇。虽杼轴于予怀[67]，怵佗人之我先。苟伤廉而愆义，亦虽爱而必捐。或苕发颖竖，离众绝致[68]。形不可逐，响难为系[69]。块孤立而特峙，非常音之所纬。心牢落[70]而无偶，意徘徊而不能揥[71]。石韫玉而山辉，水怀珠而川媚。彼榛楛之勿翦[72]，亦蒙荣于集翠。缀下里于白雪[73]，吾亦济夫所伟[74]。或托言于短韵[75]，对穷迹而孤兴。俯寂寞而无友，仰寥廓而莫承。譬偏弦之独张，含清唱而靡应。或寄辞于瘁音[76]，言徒靡而勿华[77]。混妍蚩而成体，累良质而为瑕。象下管之偏疾，故虽应而不和[78]。或遗理以存异，徒寻虚以逐微。言寡情而鲜爱，辞浮漂而不归[79]。犹弦么而徽急[80]，故虽和而不悲[81]。或奔放以谐合，务嘈囋[82]而妖冶。徒悦目而偶俗，固声高而曲下。寤防露与桑间[83]，又虽悲而不雅。或清虚以婉约，每除烦而去滥。阙大羹之遗味[84]，同朱弦之清氾[85]。虽一唱而三叹[86]，固既雅而不艳。

若夫丰约之裁，俯仰之形，因宜适变，曲有微情。或言拙而喻巧，或理朴而辞轻，或袭故而弥新，或沿浊而更清[87]，或览之而必察，或研之而后精。譬犹舞者赴节以投袂[88]，歌者应弦而遣声。是盖轮扁所不得言[89]，故亦非华说之所能精[90]。

普辞条与文律，良余膺之所服。练世情之常尤，识前修之所淑[91]。虽浚发于巧心，或受欰于拙目[92]。彼琼敷与玉藻[93]，若中原之有菽[94]。同橐籥之罔穷[95]，与天地乎并育。虽纷蔼于此世，嗟不盈于予掬。患挈瓶[96]之屡空，病昌言之难属[97]。故踸踔[98]于短垣，放庸音以足曲。恒遗恨以终篇，岂怀盈而自足。惧蒙尘于叩缶，顾取笑乎鸣玉[99]。

若夫应感之会，通塞之纪，来不可遏，去不可止，藏若景灭，行犹响起。方天机[100]之骏利，夫何纷而不理。思风发于胸臆，言泉流于唇齿。纷葳蕤以馺遝[101]，唯毫素之所拟。文徽徽以溢目，音泠泠而盈耳。

及其六情底滞[102]，志往神留，兀若枯木，豁若涸流，揽营魂以深赜[103]，顿精爽于自求[104]。理翳翳而愈伏[105]，思乙乙[106]其若抽。是以或竭情而多悔，或率意而寡尤，虽兹物之在我，非余力之所戮[107]，故时抚空怀而自惋，吾未识夫开塞之所由。

伊兹文之为用，固众理之所因。恢万里而无阂，通亿载而为津。俯贻则于来叶，仰观象乎古人。济文武[108]于将坠，宣风声于不泯。涂无远而不弥，理无微而弗纶[109]。配沾润于云雨，象变化乎鬼神。被金石[110]而德广，流管弦而日新。

---

①陆机：吴郡人，字士衡，祖逊，父抗，世仕吴。陆机少有

异才，文章冠世，年二十，吴亡，太康末，与弟陆云俱入洛，张华甚重之，后事成都王颖，为人所谮，遇害。陆机妙解文理，心识文体，故作《文赋》。　②作：谓作文。　③用心：言才士用心于文。　④可得而言：谓可得而言论。　⑤藻：水草之有文者，因以喻文。　⑥利害：犹好恶。　⑦佗：同“他”。言既作此《文赋》，异日观之，殆可谓曲尽文章之妙道。⑧《诗·豳风》：“伐柯伐柯，其则不远。”柯，斧柄。则：法则。伐柯必用柯，大小长短，近取法于柯，故云其则不远也。⑨文随手变改，难以辞逮，言作之不易。　⑩伫：久待。中区：区中。心居玄冥之处，览知万物，是谓玄览。　⑪颐情志：谓宁息情志也。典坟：古书名，坟三而典四。三坟，伏羲、神农、黄帝之书。五典，少昊、颛顼、高辛、唐尧、虞舜之书。⑫循四时而叹其逝往之事。　⑬视万物之盛衰而思虑纷纭。⑭懔懔：危惧貌。怀霜：志高洁。　⑮眇眇：高远貌。临云：意同怀霜。　⑯骏：大也。烈：美也。　⑰诵：诵述。先人：先世之人。清芬：清美芬芳之德。　⑱彬彬：文质相半貌。　⑲收视反听：谓不视不听。形容专心致志，心不旁骛。⑳耽思傍讯：言静思而求之。　㉑八极：八方极远之地。㉒致：至也。　㉓曈昽：日初出，将明未明之貌。　㉔昭晰：明白。　㉕六艺：《易》《诗》《书》《礼》《乐》《春秋》。　㉖“浮天渊”二句，言思虑无处不至，上至天溯于安流之中，下至下泉于潜浸之所。　㉗怫悦：难出貌。　㉘联翩：不绝之义。　㉙翰：高飞。缨：系也。缴：生丝缕。曾：与“层”同。　㉚华：喻文。已披：已用。　㉛秀：与“华”

同。　㉜班：次也。　㉝言皆叩击而用之。　㉞《易·革卦》："大人虎变，其文炳也。"扰：驯也。皆言文章之变化。㉟《庄子·在宥》："君子尸居而龙见。"鸟澜：谓鸟在波澜之中。亦皆言文之变化。　㊱岨峿：同"钽铻"，不安貌。㊲眇：通"妙"。　㊳踯躅：踟蹰。　㊴流离：犹陆离，参差众盛貌。翰：笔。　㊵觚：木简，古用以代纸。操觚：执简为文。　㊶邈然：不入貌。　㊷函：含。　㊸蕤：草木华垂貌。馥馥：香。　㊹猋：见司马相如《子虚赋》注。　㊺翰林：文翰之多若林也，犹词坛文苑之义。　㊻挥霍：疾貌。㊼司：司察。契：契信。能雕琢文书者，谓之史匠。言取舍由意与司契为匠相类。　㊽僶俛：同"黾勉"，勉强。　㊾言文无定体，而以有体为常。　㊿惬心：犹快心。　51绮靡：精妙之言。　52浏亮：清明之称。　53碑以叙德，故文质相半。　54博约：谓事博文约。　55彬蔚：言文采之盛。56宣：明也。　57逝止：犹去留。　58崎锜：不安貌。59言其易。　60言失次。　61袟：与"秩"通；袟叙：品节次第。言其类绣之玄黄谬叙。　62澳涊：垢浊。　63比：去声。　64铨衡：所以知轻重之具。　65警策：谓文之动目处，鞭辟入里。　66千眠：茂密貌。　67杼柚予怀：以织为喻，言文由己出。　68苕：苇草，抽条生花而无萼萼，今人取为帚。禾穗谓之"颖"。言文难尽美，或有句如苕颖异乎常句。69言比于影而形不可逐，譬之声而响难系。　70牢落：犹辽落。　71揥：去也；一说，盖"擖"之误。擖，取也，意并可通。言意徘徊而不能去或取。　72榛：木丛生，楛：滥恶，二者喻庸音。言若草木之丛杂滥恶未剪除。 ⑦③下里：指俗谣。白雪：乐曲名，指高曲。言以庸音偶佳句。 ⑦④伟：奇也。言吾知美恶不伦，然且以济所奇。 ⑦⑤短韵：小文。 ⑦⑥瘁音：恶辞。 ⑦⑦靡：美也。言虽美而不光华。 ⑦⑧下管：堂下吹管。音瘁而言徒靡，有类下管，其声偏疾，升歌与之间奏，虽相应而不和谐。 ⑦⑨不归：谓不归于实。 ⑧⓪么：小。鼓琴循弦谓之徽。 ⑧①悲雅俱有所以成，乐直雅而悲则不成。 ⑧②嘈囋：犹言嘈杂。 ⑧③防露、桑间：皆古悲曲。 ⑧④大：与"太"同；太羹，肉汁不调五味者也。遗：犹余。言文少质多，比之太羹，尚阙余味，质之甚也。 ⑧⑤朱弦：瑟之练朱弦，其声疏越。言方之古乐，同其清氾，亦形其质。 ⑧⑥一唱三叹：一人唱，三人从而赞叹之。 ⑧⑦沿：犹因述。 ⑧⑧投袂：犹振袂。 ⑧⑨轮扁：斫轮人名叫扁。扁闻齐桓公读书，以为圣人之糟粕，意谓物各有性效，学之无益。见《庄子·天道》。 ⑨⓪华说：浮华之说。 ⑨①前修：前代远贤。淑：善。 ⑨②欰：音义与"嗤"同。 ⑨③琼敷、玉藻：以喻文也。 ⑨④《诗经·小雅·小宛》："中原有菽，庶民采之。"中原：原中。菽：藿。言力采者得之。谓琼敷玉藻之文，惟勤学能致。 ⑨⑤橐籥：冶工用具，即鞴鞴。橐为外之椟，籥为内之管，中空虚，能育声气，《老子》言其虚而不屈，动而愈出。 ⑨⑥挈瓶：喻小智之人。 ⑨⑦昌言：正当之言。智小，故昌言难属。 ⑨⑧踸踔(chěn chuó)：同"趻踔"。跳跃。 ⑨⑨缶：瓦器，不鸣，更蒙以尘，故取笑乎玉之鸣声。 ⑩⓪天机：自然。 ⑩①葳蕤：盛貌。馺遝(sà tà)：多貌。 ⑩②六情：指喜、怒、哀、乐、好、恶。底：著也。滞：发也。 ⑩③营魂：魂魄之意。⑩④自求：自求于文。 ⑩⑤翳翳：犹隐隐。 ⑩⑥乙乙：难出貌。⑩⑦戮：并也。 ⑩⑧文武：谓文王、武王之道。⑩⑨纶：弥纶，缠裹。 ⑪⓪金石：钟鼎与碑碣。

张载剑阁铭①

岩岩梁山②，积石峨峨。远属荆衡③，近缀岷嶓④。南通邛僰⑤，北达褒斜⑥。狭过彭碣⑦，高逾嵩华⑧。惟蜀之门，作固作镇。是曰剑阁，壁立千仞。穷地之险，极路之峻。世浊则逆，道清斯顺。闭由往汉⑨，开自有晋⑩。秦得百二⑪，并吞诸侯。齐得十二⑫，田生⑬献筹。矧兹狭隘，土之外区。一人荷戟，万夫趑趄⑭。形胜之地，匪亲勿居。昔在武侯，中流而喜。山河之固，见屈吴起⑮。兴实在德，险亦难恃。洞庭孟门，二国不祀⑯。自古迄今，天命匪易。凭阻作昏，鲜不败绩。公孙⑰既灭，刘氏衔璧⑱。覆车之轨，无或重迹。勒铭山阿，敢告梁益！

---

①张载：安平(今河北安平)人，字孟阳，父收官蜀郡太守，太康初，至蜀省父，道经剑阁，著铭诫诫，益州刺史张敏表上其文，武帝遣使镌之于剑阁山，起家佐著作郎，累及中书侍郎而卒。剑阁，在四川剑阁县北，即大剑山，与小剑山相连，武侯相蜀，凿石架空，以通行道，故名曰剑阁。 ②岩岩：积石貌。

梁山：高梁之山，在四川梁山县东北，山尾东跨江，西首剑阁，东西数千里。　③荆衡：二山名，荆山在湖北南漳县西，衡山在湖南衡山县东北。　④岷嶓：二山名，岷山在四川松潘县北，嶓冢山在陕西宁羌县北。　⑤邛：蜀都西部。僰（bó）：我国古代西南地区少数民族名。四川荥经县西之大关山，即在邛崃山，亦曰邛僰。　⑥褒斜：陕西终南山之谷，南口曰褒，在陕西汉中市北；北口曰斜，在陕西眉县西南，长四百五十里。⑦彭：彭门山，在四川彭县西北。碣：碣石，海畔山。　⑧嵩华：指嵩山、华山。　⑨闭由刘备，故曰往汉。　⑩晋灭蜀而道通。　⑪秦得百二：谓秦形胜之国，二万人足当诸侯百万人，田肯谓高帝语。见《史记·高帝本纪》。　⑫齐得十二：亦田肯语，言齐地方二千里，持戟百万，县隔千里之外，齐得十二焉。　⑬田生：即田肯。　⑭趑趄：难行。　⑮武侯：指魏武侯，名击，文侯子。吴起，见贾谊《过秦论》注。武侯浮西河而下，中流而顾谓吴起曰："美哉山河之固，此魏国之宝也。"吴起对曰："在德不在险，若君不修德，舟中之人，尽为敌国。"武侯曰："善。"见《史记·吴起传》。　⑯洞庭：湖名，在今湖南境。孟门：山名，在山西太行山东。二国不祀，谓三苗左洞庭，右彭蠡，禹灭之，殷纣左孟门，右太行，武王灭之，亦吴起对魏武侯语。见《史记·吴起传》。二句或在"兴实在德"之上。　⑰公孙：谓公孙述。公孙述于西汉末在蜀自立为天子，光武帝遣吴汉灭之。　⑱刘氏：谓蜀后主被灭于晋。

刘伶酒德颂[①]

有大人先生，以天地为一朝，万期为须臾，日月为扃牖，八荒[②]为庭衢。行无辙迹，居无室庐，幕天席地，纵意所如。止则操卮执觚[③]，动则挈榼提壶[④]，唯酒是务，焉知其余。

有贵介[⑤]公子，缙绅处士[⑥]，闻吾风声，议其所以。乃奋袂攘襟，怒目切齿，陈说礼法，是非锋起。先生于是方捧罂承槽[⑦]，衔杯漱醪[⑧]。奋髯踑踞[⑨]，枕麹藉糟，无思无虑，其乐陶陶。

兀然而醉，豁尔而醒。静听不闻雷霆之声，熟视不睹泰山之形；不觉寒暑之切肌，利欲之感情。俯观万物扰扰[⑩]，焉如江汉之载浮萍；二豪[⑪]侍侧焉，如蜾蠃之与螟蛉[⑫]。

---

①刘伶：沛国(今安徽宿县)人，字伯伦，放性肆志，不妄交游，嗜酒。泰始初，为建威将军，以寿终。刘伶尝渴甚，求酒于其妻，妻捐酒毁器，涕泣谏之，刘伶曰："善，吾不能自禁，惟当祝鬼神自誓耳，便可具酒肉！"妻从之，刘伶跪祝曰："天生刘伶，以酒为名。一饮一斛，五斗解酲。妇儿之言，慎不可听！"仍引酒御肉，陶然复醉，因述酒德以自颂。　②八荒：见贾谊《过秦论》注。　③卮：饮酒圆器。觚：酒爵，容三升。④榼：酒器。　⑤介：大也。　⑥缙绅：见蔡邕《郭有道

碑》注。 ⑦罂(yīng)：瓶之大腹小口者。槽：齐俗名之如酒槽。 ⑧漱醪：谓以浊酒荡口。 ⑨踑：长踞。踞：蹲。 ⑩扰扰：纷乱貌。 ⑪二豪：即谓公子及处士。 ⑫蜾蠃：蜂之一种。古人谓蜾蠃养螟蛉以为子。言二豪随己而化，类蜾蠃之变螟蛉。

张华女史箴①

茫茫造化②，二仪③既分。散气流形，既陶既甄④。在帝庖牺，肇经天人。爰始夫妇，以及君臣。家道以正，王猷有伦⑤。妇德尚柔，含章贞吉⑥。婉嫕淑慎⑦，正位居室。施衿结褵⑧，虔恭中馈⑨。肃慎尔仪，式瞻清懿。樊姬感庄，不食鲜禽⑩。卫女矫桓，耳忘和音⑪。志厉义高，而二主易心。玄熊攀槛，冯媛趋进⑫。夫岂无畏，知死不恡⑬。班妾有辞，割欢同辇⑭。夫岂不怀，防微虑远。道罔隆而不杀，物无盛而不衰。日中则昃，月满则微，崇⑮犹尘积，替若骇机。人咸知饰其容，而莫知饰其性。性之不饰，或愆礼正。斧之藻之⑯，克念作圣⑰。出其言善，千里应之⑱。苟违斯义，则同衾以疑。

夫出言如微，而荣辱由兹。勿谓幽昧，灵监无象。勿谓玄漠，神听无响。无矜尔荣，天道恶盈。无恃尔贵，隆隆者坠。鉴于《小星》⑲，戒彼攸遂⑳。比心《螽斯》，则繁尔类㉑。欢不可以黩，宠不可以专。专实生慢，爱极则迁。致盈必损，理有固然。美者自美[22]，翩以取尤[23]。冶容求好[24]，君子所仇。结恩而绝，职此之由。故曰翼翼矜矜[25]，福所以兴。靖恭自思[26]，荣显所期。女史司箴[27]，敢告庶姬。

---

①张华：方城人，字茂先，学业优博，图纬方技之书，莫不详览，封广武侯，后为赵王伦所害，著有《博物志》。惠帝时，贾后之族方盛，华作《女史箴》以讽。　②造化：指天地。③二仪：指天地。　④陶、甄：犹陶钧，陶家名转者为钧，盖取周回调钧耳。二句言万物不外乎形气，皆受天地之陶甄。⑤伦：常。　⑥含章贞吉：内含章美之道，待命乃行，可以得正。　⑦婉嫕（yì）：顺从。　⑧施：放也。缨带曰“衿”。女嫁，母施衿结帨，曰：“勉之敬之，夙夜无违父母之诫。”带结而垂曰“褵”，女子既嫁之所著示系属于人。　⑨中馈：言妇人在家，主饮食之事。见《易·家人卦》。　⑩樊姬：楚庄王之夫人。庄王初即位，好狩猎，樊姬谏不止，不食禽兽之肉，三年而王改。见《列女传》。　⑪卫女：卫侯之女，齐桓公之夫人。桓公好淫乐，卫姬不听郑卫之声。见《列女传》。　⑫冯媛：指汉元帝冯婕妤。帝幸虎圈斗兽，熊佚出圈，攀槛欲上殿，婕妤直前当熊而立，帝嗟叹：倍加敬重。见《汉书·外戚传》。⑬悋：与“吝”同。　⑭班妾：即班婕妤。见徐淑《答夫秦嘉书》注。成帝游后庭，欲与婕妤同辇，婕妤辞。　⑮崇：聚。⑯《法言》：“吾未见斧藻其德，若斧藻其楶者。”楶（jié）：梁上短柱。　⑰《尚书·多方》：“惟狂克念作圣。”言存自克之念，即圣人也。　⑱二句孔子语。　⑲《诗经·召

南》："嘒彼小星，三五在东。"注言众妾进御，不敢当夕，见星而往，见星而还。 ⑳攸遂：擅成事也，言尽妇人之正义，无所必遂。 ㉑螽斯：虫名。《诗经·周南》："螽斯羽，诜诜兮，宜尔子孙，振振兮。"言后妃不妒忌，则子孙众多。 ㉒《列子·黄帝》："其美者自美，吾不知其美也。" ㉓翩：犹"偏"，古通。 ㉔冶容：妖冶之容。 ㉕翼翼矜矜：小心谨慎。 ㉖《诗经·小雅·小明》："靖共尔位。"靖：谋也。恭：敬也。 ㉗女史：女官。古后夫人必有之，彤管之法，女史不记其过，其罪杀。

潘岳哀永逝文[①]

启夕兮宵兴[②]，悲绝绪兮莫承[③]。俄龙辌兮门侧[④]，嗟俟时兮将升。嫂侄兮慞惶[⑤]，慈姑兮垂矜。闻鸣鸡兮戒朝[⑥]，咸惊号兮抚膺。逝日长兮生年浅，忧患众兮欢乐尠[⑦]。彼遥思兮离居，叹河广兮宋远[⑧]。今奈何兮一举，邈终天兮不反！

尽余哀兮祖[⑨]之晨，扬明燎兮援灵辅[⑩]。彻房帷兮席庭筵，举酹觞兮告永迁[⑪]。凄切兮增欷，俯仰兮挥泪。想孤魂兮眷旧宇，视倏忽兮若仿佛。徒仿佛兮在虑，靡耳目兮一遇。停驾兮淹留，徘徊兮故处。周求兮何获，引身兮当去。

云华辇兮初迈[⑫]，马回首兮旋旆。风泠泠兮入帏，云霏霏兮承盖。鸟俯翼兮忘林，鱼仰沫兮失濑[⑬]。怅怅兮迟迟，遵吉路兮凶归，思其人兮已灭，览余迹兮未夷[⑭]。昔同途兮今异世，忆旧欢兮增新悲。

谓原隰兮无畔，谓川流兮无岸。望山兮寥廓，临水兮浩汗。视天日兮苍茫，面邑里兮萧散。匪外物兮或改，固欢哀兮情换。

嗟潜隧兮既敞⑮，将送行兮长往。委兰房兮繁华，袭穷泉兮朽壤⑯。中慕叫兮擗摽⑰，之子降兮宅兆⑱。抚灵榇兮诀幽房，棺冥冥兮埏窈窕⑲。户阖兮灯灭，夜何时兮复晓！

归反哭兮殡宫⑳，声有止兮哀无终。是乎非乎何皇㉑，趣一遇兮目中。既遇目兮无兆，曾寤寐兮弗梦。既顾瞻兮家道，长寄心兮尔躬。重曰㉒：已矣，此盖新哀之情然耳。渠怀之其几何，庶无愧兮庄子㉓。

---

①潘岳：中牟人，字安仁，美姿仪，为文词藻绝丽，尤长于哀诔，官至散骑侍郎，散骑常侍隶门下省，故亦称潘黄门，后被诬族诛。哀永逝文，哀其妻之文。 ②启夕：将启殡之前夜。③绝绪：言人死如绪已绝。绪：丝端。 ④龙輴：丧车之轴画以龙。 ⑤慞惶：惧也。 ⑥《诗经·齐风》：“鸡既鸣矣，朝既盈矣。”言贤妃御于君所，至将旦，告君以鸡鸣而会朝之臣已盈。 ⑦尠：与“鲜”同。 ⑧《诗经·卫风》：“谁谓河广，一苇杭之。谁谓宋远，跂予望之。”宋襄公母归于卫，思而不能去，故作此诗。 ⑨祖：祭名，出行时祭道神。⑩燎：爇火。灵輴：载柩车。 ⑪酹：以酒沃地。 ⑫言华辇如云之远迈。华辇：谓画丧车也。 ⑬沫：浮沫，凝于水面者。 ⑭夷：灭也。 ⑮隧：墓道。敞：高显。 ⑯袭：

还也。 ⑰擗摽：抚心貌。 ⑱墓穴曰“宅”；茔域曰“兆”。 ⑲埏：墓隧。窈窕：深远貌。 ⑳反哭：自墓反哭于正寝。殡宫：停柩处。 ㉑皇之言往也。 ㉒重：重言以申明之。 ㉓庄子妻死，鼓盆而歌，言察其始本无生，非徒无生，本无形，非徒无形，本无气，既偃然寝于巨室，若随而哭之是不通乎命云。见《庄子·至乐》。

江统徙戎论①

夫夷蛮戎狄，地在要荒②，禹平九土而西戎即叙③，其性气贪婪④，凶悍不仁，四夷之中，戎狄为甚。弱则畏服，强则侵叛。当其强也，以汉高祖困于白登⑤，孝文军于霸上⑥。及其弱也，以元成之微，而单于入朝⑦，此其已然之效也。是以有道之君牧夷狄也，惟以待之有备，御之有常，虽稽颡执贽，而边城不弛固守，强暴为寇，而兵甲不加远征，期令境内获安，疆场不侵而已。

及至周室失统，诸侯专征，封疆不固，利害异心。戎狄乘间得入中国。或招诱安抚以为己用，自是四夷交侵，与中国错居⑧。及秦始皇并天下，兵威旁达，攘胡走越，当是时，中国无复四夷也⑨。

汉建武中⑩，马援领陇西太守⑪，讨叛羌，徙其余种于关中，居冯翊河东空地⑫，数岁之后，族类蕃息，既恃其肥强，且苦汉人侵之。永初之元⑬，群羌叛乱，覆没将守，屠破城邑。邓骘败北，侵及河内，十年之中夷夏俱敝，任尚马贤，仅乃克之⑭。自此之后余烬不尽小有际会，辄复侵叛，中世之寇，惟此为大。魏兴之初，与蜀分隔，疆场之戎，一彼一此。

武帝徙武都氐于秦川⑮，欲以弱寇强国，扞御蜀虏。此盖权宜之计，非万世之利也；今者当之，已受其敝矣。夫关中土沃物丰，帝王所居，未闻戎狄宜在此土也。非我族类，其心必异，而因其衰敝，迁之畿服⑯，士庶玩习，侮其轻弱，使其怨恨之气，毒于骨髓。至于蕃育众盛，则坐生其心。以贪悍之性，挟忿怨之情，候隙乘便，辄为横逆⑰。而居封域之内，无障塞之隔，掩不备之人，收散野之积，故能为祸滋蔓，暴害不测，此必然之势，已验之事也。当今之宜，宜及兵威方盛，众事未罢，徙冯翊、北地、新平、安定界内诸羌⑱，著先零、罕幵、析支之地⑲，徙扶风、始平、京兆之氐⑳，出还陇右，著阴平、武都之界㉑。廪其道路之粮，令足自致，各附本种，反其旧土，使属国抚夷，就安集之。戎晋不杂，并得其所；纵有猾夏之心㉒，风尘之警，则绝远中国，隔阂山河，虽有寇暴，所害不广矣。

难者曰："氐寇新平，关中饥疫，百姓愁苦，咸望宁息，而欲使疲悴之众，徙自猜之寇，恐势尽力屈，绪业不卒，前害未及弭，而后变复横出矣。"答曰："子以今者群氐为尚挟余资，悔恶反善，怀我德惠而来柔附乎？将势穷道尽，智力俱困，惧我兵诛以至于此乎？"曰："无有余力，势穷道尽故也。”“然则我能制其短长之命，而令其进退由己矣。夫乐其业者不易事，安其居者无迁志。方其自疑危惧，畏怖促遽，故可制以兵威，使之左右无违也。迨其死亡流散，离逷未鸠[23]，与关中之人，户皆为仇，故可遐迁远处，令其心不怀土也。夫圣贤之谋事也，为之于未有，治之于未乱，道不著而平，德不显而成。其次则能转祸为福，因败为功，值困必济，遇否能通。今子遭敝事之终，而不图更制之始，爱易辙之勤，而遵覆车之轨，何哉？”

且关中之人，百余万口，率其少多[24]，戎狄居半，处之与迁，必须口实[25]。若有穷乏糁粒不继者，故当倾关中之谷，以全其生生之计，必无挤于沟壑而不为侵掠之害也。我今迁之，传食而至[26]，附其种族？自使相赡，而秦地之人，得其半谷，此为济行者以廪粮，遗居者以积仓，宽关中之逼，去盗贼之原，除旦夕之损，建终年之益。若惮暂举之小劳，而忘永逸之弘策，惜日月之烦苦，而遗累世之寇敌，非所谓能创业垂统谋及子孙者也[27]。

并州之胡，本实匈奴[28]，桀恶之寇也，建安中，使右贤王去卑诱质呼厨泉[29]，听其部落散居六郡[30]。咸熙之际[31]，以一部太强，分为三率[32]。泰始之初[33]，又增为四，于是刘猛内叛，连结外虏[34]。近者郝散之变，发于谷远[35]。今五部之众，户至数万，人口之盛，过于西戎，其天性骁勇，弓马便利，倍于氐羌，若有不虞，风尘之虑，则并州之域，可为寒心。正始中[36]，毌丘俭讨句丽[37]，徙其余种于荥阳[38]，始徙之时，户落百数，子孙孳息，今以千计，数世之后，必至殷炽。今百姓失职，犹或亡叛，犬马肥充，则有噬啮，况于夷狄，能不为变，但顾其微弱，势力不逮耳。夫为邦者，忧不在寡，而在不安。以四海之广，士民之富，岂须夷虏在内，然后为足哉！此等皆可申谕发遣，还其本域，慰彼羁旅怀土之思，释我华夏纤介之忧。惠此中国，以绥四方，德施永世，于计为长也。

---

①江统：陈留人，字应元，袭爵亢父男，除山阴令，官至散骑常侍。惠帝时，关陇屡为氐寇所扰，统深维四夷乱华，宜杜其萌，著《徙戎论》上之，帝不能用，未十年而乱作，人服其先见。　②《尚书·禹贡》："五百里要服，五百里荒服。"要服去王畿千五百里至二千里之地，要束以文教者，荒服去王畿二千里至二千五百里之地，五服之最远者。　③九土：指九洲。西戎即叙，见《尚书·禹贡》。　④婪：贪也。　⑤白登：山名，在山西大同东。高祖征匈奴，匈奴围之于白登，七日乃解。　⑥霸上：亦作"灞上"，即白鹿原，在陕西西安市东，接蓝田县界。文帝后六年，匈奴入云中，以宗正刘礼为将军，次霸上。　⑦元成：汉元帝，成帝。元帝竟宁元年，匈奴呼韩邪单于入朝，自言愿婿汉氏以自亲，帝以宫女王嫱妻之，匈奴自是世称汉甥，不复寇边。　⑧错居：杂居。东周初，陇山以东及乎伊洛，有犬戎、骊戎、义渠、大荔、扬拒、泉皋、蛮氏、陆浑诸戎。　⑨始皇南取南越陆梁地，北伐匈奴，收河南之地。

⑩建武：后汉光武帝年号。　⑪马援：字文渊，茂陵人，征西羌南蛮，多立战功，卒于军。陇西：汉郡在陇山以西，故名，今甘肃东部地。援曾为陇西太守。　⑫羌：种族名，王莽末，入居塞内金城，后汉初，诸种数万，屯聚寇钞，马援征服之，而徙其众。冯翊：本汉之左冯翊，后汉为冯掖郡，即今陕西大荔县。河东：在今山西境，黄河以东之地。　⑬永初：后汉安帝年号。⑭邓骘：后汉新野人，字昭伯，永初元年，西羌叛，骘与校尉任尚讨之，尚大败，羌众大盛，五年，羌寇河内，尚击破之，建光元年，烧当羌入寇，校尉马贤击破之。　⑮武帝：指晋武帝。氐：种族名，羌栖处青海之地，氐在其东南，散居岷山附近至巴蜀间。秦川：今陕西甘肃地。　⑯畿服：称天子所都之地。⑰横逆：谓以非理加人。《孟子·离娄》："其待我以横逆。"⑱北地：郡名，郡故治在今甘肃环县东南。新平：郡名，今陕西彬县。安定：郡名，今甘肃镇原县。　⑲著：附著。先零：读如"先连"，羌族，今甘肃临夏市，至青海之境，皆其地。罕开：羌之别种，汉灭此二族，以为罕开县，在今甘肃天水市南境。析支：西羌别种，今自青海大积石山至青海贵德皆其地。⑳扶风：汉右扶风，后汉为扶风郡，今陕西凤翔县。始平：郡名，郡故治在今陕西兴平市东南京兆汉三辅之一，魏为京兆郡，郡故治在今陕西西安市西北。　㉑阴平：汉县，故治在今甘肃文县西北。　㉒猾夏：言乱中国。　㉓逷：与"逖"同，远也。鸠：聚也。　㉔率：读如律。　㉕口实：口中之食物。见《易经·颐卦》。　㉖传食：谓辗转受人之供养。　㉗创业垂统：言创造基业于前，而垂统绪于后，见《孟子·梁惠

王》。 ㉘自两汉时单于先后归汉，匈奴种族遂入塞内，与汉人杂居，年月既久，浸难禁制，曹操忧其强大，分为五部，散居并州诸郡，各立其贵人为帅，选汉人监之。 ㉙呼厨泉：后汉时南匈奴单于，建安中朝汉，曹操固留于邺，遣右贤王去卑监其国。 ㉚六郡：指太原、上党、西河、乐平、雁门、新兴。 ㉛咸熙：魏元帝年号。 ㉜率：同“帅”。 ㉝泰始：晋武帝年号。 ㉞泰始七年，单于刘猛叛屯孔邪城，武帝遣娄侯何桢讨之，桢潜诱猛左部督李恪杀猛，于是匈奴震服。 ㉟元康中，匈奴郝散攻上党，杀长史，入守上郡，明年，散弟度元又率冯翊北地羌胡攻破二郡，自此北狄渐盛，中原乱矣。谷远：汉县，故城在今山西沁源南。 ㊱正始：魏明帝年号。 ㊲毌丘俭：魏闻喜人，字仲恭，累迁幽州刺吏，讨句丽破之。句丽：指高句丽，其先本汉县，在今辽宁兴京老城地，其土酋曰高句丽侯，后汉渐强，遂建王国，汉徙高句丽县于沈阳附近以避之。 ㊳荥阳：汉县，故城在今河南荥阳北。

郭璞尔雅序①

夫《尔雅》者，所以通诂训之指归②，叙诗人之兴咏，总绝代之离词③，辩同实而殊号者也④。诚九流之津涉⑤，六艺之钤键⑥，学览者之潭奥⑦，摛翰者之华苑也⑧。若乃可以博物不惑⑨，多识于鸟兽草木之名者⑩，莫近于《尔雅》。

《尔雅》者，盖兴于中古，隆于汉氏。豹鼠既辩，其业亦显⑪。英儒赡闻之士，洪笔丽藻之客⑫，靡不钦玩耽味，为之义训。璞不揆梼昧⑬，少而习焉，沉研钻极，二九载矣。虽注者十余，然犹未详备，并多纷谬，有所漏略。是以复缀集异闻，会稡旧说⑭，考方国之语⑮，采谣俗之志，错综樊孙⑯，博关群言，剟其瑕砾⑰，搴其萧稂⑱。事有隐滞，援据征之。其所易了，阙而不论。别为音图⑲，用祛未寤。辄复拥彗清道，企望尘躅者⑳，以将来君子为亦有涉乎此也。

---

①郭璞：闻喜人，字景纯，博学高才，词赋为东晋冠，元帝甚重之，以为著作佐郎，迁尚书郎，后为王敦所杀。《尔雅》：书名，凡十九篇，训诂名物，通古今之异言，大抵始于周公，成于孔门，缀缉增益于汉儒，非出于一人之手，郭璞为之注。②诂训：犹言注解。指归：指意归向。　③离词：犹异词。④同实而殊号：谓同物而异名。　⑤儒、道、阴阳、法、名、墨、纵横、杂、农九家为九流。津涉：犹津梁。　⑥六艺：指《易》《诗》《书》《礼》《乐》《春秋》。钤键：锁钥。⑦潭奥：深密之地。　⑧摛翰：犹作文。华苑：掇其英华，有若园苑。　⑨博物：博识庶物。　⑩识：读如志。句见《论语·阳货》。　⑪汉武帝时，终军既辨豹文之鼠，人服其博物，争相传授，《尔雅》之业遂显。　⑫洪笔：大手笔。丽藻：喻文章之美。丽：美也。藻：水草。　⑬梼昧：无知貌。⑭会稡：收聚。　⑮方国：四方之国。　⑯错综：交错综聚。樊孙：谓樊光、孙炎二家之注。　⑰剟：削。瑕砾：谓非

精品。 ⑱萧：蒿也，稂：童粱莠类，意与瑕砾同。 ⑲音图：谓注解之外，别为音一卷，图赞二卷。 ⑳尘躅：谓芳尘美迹。二语即希人指正之意。

王羲之兰亭集序①

永和九年②，岁在癸丑，暮春之初，会于会稽山阴之兰亭③，修禊④事也。群贤毕至，少长咸集。此地有崇山峻岭，茂林修竹，又有清流激湍，映带左右，引以为流觞曲水，列坐其次⑤。虽无丝竹管弦之盛，一觞一咏，亦足以畅叙幽情。

是日也，天朗气清，惠风和畅。仰观宇宙之大，俯察品类之盛，足以游目骋怀，极视听之娱，信可乐也。

夫人之相与，俯仰一世。或取诸怀抱，晤言一室之内；或因寄所托，放浪形骸之外。虽取舍万殊，静躁不同，当其欣于所遇，暂得于己，快然自足，曾不知老之将至；及其所之既倦，情随事迁，感慨系之矣。向之所欣，俯仰之间，已为陈迹，犹不能不以之兴怀，况修短随化，终期于尽，古人云："死生亦大矣⑥。"岂不痛哉！

每览昔人兴感之由，若合一契⑦，未尝不临文嗟悼，不能喻之于怀。因知一死生为虚诞，齐彭殇为妄作⑧。后之视今，亦犹今之视昔，悲夫！故列叙时人，录其所述，虽世殊时异，所以兴怀，其致一也。后之览者，亦将有感于斯文。

①王羲之：会稽人，字逸少，仕为右军将军会稽内史，世称王右军，草隶为古今冠，既去官，与东土人士，尽山水之游，弋钓自娱，卒年五十有九。兰亭：在今浙江绍兴之西南，地有兰渚，渚有亭，羲之与太原孙统、孙绰、广汉王彬之、陈郡谢安、高平郄昙、太原王蕴、释支遁，并其子凝之、徽之等四十一人，以上巳日修祓禊之礼于此，作《兰亭集序》。 ②永和：晋穆帝年号。 ③会稽：山名，在浙江绍兴东南。 ④三月上巳日，临水灌濯以祓妖邪，谓之“禊”。 ⑤古人修禊曲水，与会者散列两旁，投觞于水之上游，听其随波而下，止于某处，则其人取而饮之，文即指此。 ⑥孔子语，见《庄子·德充符》。 ⑦契有左右，各执其一以取信，故曰合契。 ⑧彭：彭祖，古之长寿者。殇：未成人而死也。《庄子·齐物论》：“予恶乎知夫死者不悔其始之蕲生乎。”此一死生之说。又：“莫寿乎殇子，而彭祖为夭。”此齐彭殇之说。言人皆兴感于死生寿夭，庄子两说，实为虚诞妄作，非心理上之真际。

王羲之报殷浩书[①]

吾素自无廊庙志[②]，直王丞相时[③]，果欲内吾[④]，誓不许之，手迹犹存，由来尚矣，不于足下参政而方进退[⑤]。俟儿婚女嫁，便怀向子平之志[⑥]，数与亲知言之，非一日也。

若蒙驱使，关陇巴蜀，皆所不辞。吾虽无专对之能[⑦]，直谨守时命，宣国家威德，固当不同于凡使，必令远近咸知朝廷留心于无外[⑧]；此所益，殊不同居护军也[⑨]。汉末使太傅马日磾慰抚关东[⑩]，若不以吾轻微，无所为疑，宜及冬初以行，吾惟恭以俟命。

---

①殷浩：长平人，字深源，好《老》《易》。建元初，征为建武将军，永和九年，遣兵袭姚襄，军败，废为庶人。王羲之少有美誉，朝廷公卿，皆爱其材器，征召皆不就，授护国将军，又不拜，殷浩时为扬州刺史，劝使应命，因报以此书。　②廊庙志：为官于朝之心。　③王丞相：指王导。　④果：必也。内，与“纳”同。　⑤谓不于足下参政之日，方决定进止。⑥向子平：向长，字子平，河内朝歌人。隐居不仕，性尚中和。儿女娶嫁既毕，遂肆意与同好北海禽庆俱游五岳名山。竟不知所终。　⑦专对：谓随问而答，不泥成命。《论语·子路》：“使于四方，不能专对，虽多，亦奚以为。”　⑧王者无外，率土皆当绥抚。　⑨时拜王羲之为护国将军，故云。　⑩马日磾：后汉马融族子，献帝初，为太傅，持节慰抚天下。关东：函谷关以东。

范宁罪王何论[①]

或曰：“黄唐缅邈[②]，至道沦翳[③]，濠濮辍咏[④]，风流靡托[⑤]，争夺兆于仁义，是非成于儒墨[⑥]。平叔[⑦]神怀超绝，辅嗣[⑧]妙思通微，振千载之颓纲，落[⑨]周孔之尘网。斯盖轩冕之龙门[⑩]，豪梁之宗匠[⑪]。尝闻夫子之论，以为罪过桀纣，何哉？”

答曰：“子信有圣人之言乎？夫圣人者，德侔二仪⑫，道冠三才⑬，虽帝皇殊号，质文异制，而统天成务，旷代齐趣。王何蔑弃典文，不遵礼度，游辞浮说，波荡⑭后生，饰华言以翳实⑮，骋繁文以惑世。缙绅之徒⑯，翻然改辙，洙泗之风⑰，缅焉将坠⑱。遂令仁义幽沦，儒雅蒙尘，礼坏乐崩，中原倾覆。古之所谓言伪而辩，行僻而坚者，其斯人之徒欤！昔夫子斩少正于鲁⑲，太公戮华士于齐⑳，岂非旷世㉑而同诛乎！

桀纣暴虐，正足以灭身覆国，为后世鉴戒耳，岂能回百姓之视听哉！王何叨海内之浮誉，资膏粱之傲诞㉒，画螭魅以为巧㉓，扇无检以为俗㉔。郑声之乱乐，利口之覆邦㉕，信矣哉！吾固以为一世之祸轻，历代之罪重，自丧之衅小㉖，迷众之愆大也。”

---

①范宁：顺阳人，字武子，少笃学，多所通览，官至豫章太守，大设庠序，改革旧制，远近至者千余人，后免官，犹勤学不辍，著有《谷梁春秋集解》。王何：指王弼、何晏。自魏正始中，王弼、何晏祖述老庄，清谈遂起，其后王衍乐广慕之，俱宅心事外，名重于时。后进效之。竞为浮诞，遂成风尚。范宁以二人开其端，其罪浮于桀纣，因著此论。　②黄唐：指黄帝、唐尧也。缅邈：远也。　③沦翳：没灭。　④濠濮：二水名，见《庄子·秋水》。辍咏：叹庄子之不作。　⑤风流：流风余韵也。

⑥儒墨：指儒家、墨家。 ⑦平叔：何晏字。 ⑧辅嗣：王弼字。 ⑨落：犹言解脱。 ⑩龙门：喻声望之高。河津一名龙门，水险不通，鱼鳖之属莫能上，上则为龙云。 ⑪豪梁：豪杰强梁之人。宗匠：犹宗师。 ⑫二仪：指天地。 ⑬三才：指天地人。 ⑭波荡：犹言波动。 ⑮翳：掩也。 ⑯缙绅：见蔡邕《郭有道碑》注。 ⑰洙泗：二水名，在今山东曲阜北。 ⑱缅焉：远也。 ⑲孔子为鲁司寇，七日诛乱政大夫少正卯，曰："天下有大恶者五，而窃盗不与焉：一曰心逆而险；二曰行僻而坚；三曰言伪而辨；四曰记丑而博；五曰顺非而饰：有一于人而不免君子之诛，而少正卯有之，不可以不除。" ⑳太公诛华士，见《孔子家语》。 ㉑旷世：犹异世。 ㉒膏粱：肥肉美谷。 ㉓螭：亦作"魑"，山神，兽形。魅：老精物。此指庄子而言。 ㉔扇：同"煽"。言扇惑世人，使无检束。 ㉕《论语·阳货》："恶郑声之乱雅乐也，恶利口之覆邦家者。"二语皆斥庄子。 ㉖衅：罪也。

陶潜五柳先生传①

先生不知何许人也②，亦不详其姓字，宅边有五柳树，因以为号焉。闲静少言，不慕荣利。好读书，不求甚解③；每有会意，便欣然忘食。性嗜酒，家贫不能常得。亲旧知其如此，或置酒而招之，造饮辄尽，期在必醉。既醉而退，曾不吝情去留④。环堵萧然⑤，不蔽风日，短褐穿结⑥，箪瓢屡空⑦，晏如也。常著文章自娱，颇示己志。忘怀得失，以此自终。

赞曰：黔娄有言[8]：“不戚戚[9]于贫贱，不汲汲于富贵[10]。”其言兹若人之俦乎！衔觞赋诗，以乐其志，无怀氏之民欤！葛天氏之民欤[11]！

---

①陶潜：寻阳人，字渊明，一名元亮，少有高趣，博学善属文。为彭泽令，在官八十余日去职，宋元嘉初卒，世称靖节先生。　②不知何许人：言不以地传。　③不求甚解：言读书但通大意。　④悋：与“吝”同。　⑤《礼记·儒行》：“儒有一亩之宫，环堵之室。”堵：长一丈，高一尺，环一堵为方丈，故曰环堵之室。　⑥短褐：贫者之服。　⑦箪：盛饭竹器。瓢：剂瓠为之，用以挹水及盛酒浆之器。空：穷也。屡空：屡告穷乏。　⑧黔娄：齐人，鲁恭公闻其贤，赐粟三千钟，辞不受，著书四篇，号《黔娄子》。　⑨戚戚：忧也。⑩汲汲：欲速之意。　⑪无怀氏、葛天氏：皆上古之帝。

陶潜归去来辞[1]

归去来兮，田园将芜胡不归！既自以心为形役[2]，奚惆怅而独悲？悟已往之不谏，知来者之可追[3]。实迷途其未远，觉今是而昨非[4]。舟遥遥以轻飏，风飘飘而吹衣。问征夫以前路，恨晨光之熹微[5]。

乃瞻衡宇[6]，载欣载奔[7]，童仆欢迎，稚子候门。三径就荒[8]，松菊犹存。携幼入室，有酒盈樽。引壶觞以自酌，眄庭柯[9]以怡颜。倚南窗以寄傲，审容膝之易安。园日涉以成趣，门虽设而常关。策扶老以流憩[10]，时矫首而遐观[11]。云无心以出岫，鸟倦飞而知还。景翳翳以将入[12]，抚孤松而盘桓[13]。

归去来兮，请息交以绝游。世与我而相遗，复驾言兮焉求[14]。悦亲戚之情话，乐琴书以消忧。农人告余以春及，将有事于西畴[15]。或命巾车[16]，或棹孤舟。既窈窕以寻壑，亦崎岖而经丘[17]。木欣欣以向荣，泉涓涓而始流[18]。羡万物之得时，感吾生之行休[19]。

已矣乎，寓形宇内复几时，曷不委心任去留[20]，胡为乎遑遑[21]欲何之！富贵非吾愿，帝乡[22]不可期。怀良辰以孤往，或植杖而耘耔[23]。登东皋以舒啸[24]，临清流而赋诗。聊乘化以归尽[25]，乐夫天命复奚疑。

---

①归去来：言去彭泽而至家也。辞：文体名。陶潜为彭泽令，郡遣督邮至，吏白当束带见之，陶潜叹曰："吾不能为五斗米折腰！"乃自解印绶归里，作《归去来辞》以明志。时值晋安帝义熙元年乙巳十一月。　②心为形役：言心在求禄，不能自主，反为形体所役。　③"悟已往"二句，语本《论语·微子》篇。　④今是昨非：言辞官是而求禄非也。　⑤熹微：光未明也。　⑥衡宇：谓横木为门之屋。　⑦载：语助词，则也。　⑧西汉末，有蒋诩者，舍中开三径，惟故人羊仲求仲

从之游。 ⑨柯：树枝。 ⑩扶老：杖也，龟山多扶竹，高节实中，宜为杖，名扶老竹，见《山海经》。流憩：周流而憩息。 ⑪矫首：举首。 ⑫翳翳：渐阴。 ⑬盘桓：不进。 ⑭言：助词。焉求：何求。 ⑮西畴：即先畴，谓先代所遗之田。 ⑯巾车：有幕之车。 ⑰崎岖：不平貌。 ⑱涓涓：泉流貌。 ⑲行休：谓昔行而今休。 ⑳委心任去留：言委弃名利之心，听时之去留。 ㉑遑遑：不安貌。 ㉒帝乡：上帝所居，谓成仙。《庄子·天地》："乘彼白云，至于帝乡。" ㉓耘：除草。耔：壅苗本。 ㉔东皋：营田之所，春事起东，故云东。皋：田也。 ㉕乘化归尽：乘阴阳之化，以同归于尽。

陶潜桃花源记①

晋太元中②，武陵③人捕鱼为业。缘溪行，忘路之远近。忽逢桃花林，夹岸数百步，中无杂树，芳草鲜美，落英缤纷④。渔人甚异之。复前行，欲穷其林。林尽水源，便得一山，山有小口，仿佛若有光。便舍船从口入。初极狭，才通人。复行数十步，豁然开朗。土地平旷，屋舍俨然，有良田美池桑竹之属。阡陌交通⑤，鸡犬相闻。其中往来种作，男女衣著⑥，悉如外人。黄发垂髫⑦，并怡然自乐。

见渔人，乃大惊，问所从来，具答之。便要还家，设酒杀鸡作食。村中闻有此人，咸来问讯。自云先世避秦时乱，率妻子邑人来此绝境，不复出焉，遂与外人间隔。问今是何世，乃不知有汉，无论魏晋。此人一一为具言所闻，皆叹惋。余人各复延至其家，皆出酒食。停数日，辞去。此中人语云：“不足为外人道也。”

既出，得其船，便扶向路⑧，处处志之。及郡下，诣太守说如此。太守即遣人随其往，寻向所志，遂迷，不复得路。南阳刘子骥⑨，高尚士也，闻之，欣然规往⑩，未果，寻病终。后遂无问津者⑪。

---

①陶潜以当晋衰乱，超然有高举之志，作《桃花源记》以寓意。　②太元：晋孝武帝年号。　③武陵：汉郡，今湖南常德市。　④缤纷：杂乱貌。　⑤阡陌：田间小路，南北曰“阡”，东西曰“陌”。　⑥衣著：犹衣服。　⑦黄发：老人发白转黄。垂髫：小儿垂发。犹言老人与小儿。　⑧扶：缘。向路：前时来路。　⑨南阳：今河南南阳。刘子骥：名磷之，子骥其字，南阳人，尝采药至衡山，深入忘返。　⑩规往：言谋欲前往。　⑪《论语·微子》载孔子行路迷道，见长沮桀溺，使子路问津焉，后遂谓迷路问人为问津。

宋 文

颜延之陶征士诔[1]

夫璿玉致美[2]，不为池隍之宝[3]，桂椒信芳，而非园林之实。岂期深而好远哉，盖云殊性而已。故无足而至者，物之藉也[4]，随踵而立者，人之薄也[5]。若乃巢高之抗行[6]，夷皓之峻节[7]，故已父老尧禹[8]，锱铢周汉[9]。而绵世浸远，光灵不属，至使菁华隐没，芳流歇绝，不其惜乎！虽今之作者[10]，人自为量[11]，而道路同尘[12]，辍涂殊轨者多矣，岂所以昭末景，泛余波。

有晋征士寻阳陶渊明[13]，南岳之幽居者也[14]。弱不好弄，长实素心[15]。学非称师[16]，文取指达[17]。在众不失其寡[18]，处言愈见其默。少而贫病，居无仆妾。井臼弗任[19]，藜菽不给。母老子幼[20]，就养勤匮[21]。远惟田生致亲之议[22]，追悟毛子捧檄之怀[23]。初辞州府三命，后为彭泽令[24]，道不偶物[25]，弃官从好[26]。遂乃解体世纷，结志区外，定迹深栖，于是乎远。灌畦鬻蔬，为供鱼菽之祭[27]，织絇纬萧[28]，以充粮粒之费。心好异书，性乐酒德[29]。简弃烦促[30]，就成省旷。殆所谓国爵屏贵[31]，家人忘贫者与！[32]

有诏征为著作郎[33]，称疾不到[34]。春秋若干[35]，元嘉四年月日[36]，卒于寻阳县之某里[37]。近识悲悼，远士伤情。冥默福应，呜呼淑贞！夫实以诔华，名由谥高，苟允德义，贵贱何算焉。若其宽乐令终之美，好廉克己之操，有合《谥典》，无愆前志。故询诸友好，宜谥曰靖节征士[38]。

其辞曰：物尚孤生，人固介立[39]。岂伊时遘，曷云世及。嗟乎若士，望古遥集。韬此洪族[40]，蔑彼名级。睦亲之行，至自非敦[41]。然诺之信，重于布言[42]。廉深简洁，贞夷粹温。和而能峻，博而不繁。依世尚同，诡时则异。有一于此，两非默置。岂若夫子，因心违事[43]，畏荣好古，薄身厚志。世霸虚礼[44]，州壤推风。孝惟义养，道必怀邦。人之秉彝[45]，不隘不恭[46]。爵同下士，禄等上农[47]。度量难钧，进退可限[48]。长卿弃官[49]，稚宾自免[50]。子之悟之，何悟之辩。赋诗归来[51]，高蹈独善。

亦既超旷，无适非心[52]。汲流旧巘，葺宇家林。晨烟暮霭，春煦秋阴。陈书缀卷，置酒弦琴。居备勤俭，躬兼贫病。人否其忧，子然其命。隐约就闲，迁延辞聘。非直也明[53]，是惟道性。纠缠斡流[54]，冥漠报施。孰云与仁，实疑明智[55]。谓天盖高，胡愆斯义。履信曷凭，思顺何置[56]。年在中身[57]，疢维痁疾[58]。视死如归，临凶若吉。药剂弗尝，祷祀非恤。傃幽告终[59]，怀和长毕。呜呼哀哉！

敬述靖节，式尊遗占[60]。存不愿丰，没无求赡。省讣却赙，轻哀薄敛。遭壤以穸，旋葬而窆[61]。呜呼哀哉！

深心追往，远情逐化[62]。自尔介居，及我多暇。伊好之洽，接阎[63]邻舍。宵盘昼憩，非舟非驾[64]。念昔宴私，举觞相诲。独正者危，至方则碍，哲人卷舒，布在前载[65]。取鉴不远，吾规子佩。尔实愀然，中言而发。违众速尤，迕风先蹶[66]。身才非实，荣声有歇[67]。徽音永矣[68]，谁箴余阙！呜呼哀哉！

仁焉而终，智焉而弊，黔娄[69]既没，展禽亦逝，其在先生，同尘往世，旌此靖节，加彼康惠[70]。呜呼哀哉！

---

①颜延之：临沂人，字延年，工文章，宋初为太子舍人，官至太常，居身俭约，嗜酒，不护细行，性激直，所言无忌讳，论者谓之颜彪。陶征士：即陶潜，延之为始安太守，道经寻阳，常饮陶舍，潜卒，延之为诔，极其思致。 ②璿玉：即璇玉。 ③池隍：城池也，有水曰“池”，无水曰“隍”。 ④《韩诗外传》：“夫珠出于江海，玉出于昆山，无足而至者，由主君之好也。”藉：资藉。 ⑤薄：贱薄。 ⑥巢高：指巢父伯成子高。 ⑦夷皓：指伯夷及四皓。 ⑧父老尧禹：言以尧禹为父老之人，语本《后汉书·郅恽传》。 ⑨锱铢周汉：言视周汉之得天下，轻如锱铢。 ⑩作者：兴起之人。 ⑪人自为量：言人之度量浅深不一。 ⑫同尘：同乎流俗。 ⑬寻阳：晋郡，治今江西九江。 ⑭南岳：庐山之南，陶潜所居栗里，在庐山南。 ⑮素心：心地洁白。 ⑯学非称师：言其学不自诩为人师。 ⑰指达：犹达意也。 ⑱不失其寡：言

不失其独行之概。　⑲井臼：谓汲水舂米。　⑳母，疑作“父”，靖节年十二丧母，三十七乃丧父。　㉑《礼记·祭义》：“小孝用力，中孝用劳，大孝不匮。”　㉒田生：指田过。田过对齐宣王曰：“受之于君，致之于亲，凡事君者，以为亲也。”　㉓追，一作“近”。毛子捧檄：后汉庐江毛义，家贫，以孝称，南阳张奉慕其名，往候之，坐定而府檄适至，毛义捧檄而入，喜动颜色，张奉心贱之，及毛义母死，公车征不至。张奉叹曰：“贤者固不可测，往日之喜，乃为亲也。”见《后汉书·刘平等传序》。　㉔彭泽：汉县，故城在今江西湖口县东。㉕谓不谐于俗。　㉖从好：从其所好。　㉗《公羊传》哀公七年，齐大夫陈乞曰：“常之母有鱼菽之祭。”　㉘绚：履头。《谷梁传》襄公二十七年载宁喜出奔晋，织绚邯郸，终身不言卫。纬：织也。萧：蒿也。《庄子·列御寇》：“河上有家贫恃纬萧而食者。”　㉙刘伶有《酒德颂》。　㉚烦促：恬旷之反。　㉛屏：除弃之谓。《庄子·天运》：“至贵国爵屏焉，至富国财屏焉。”　㉜《庄子·则阳》：“故圣人其穷也使家人忘贫。”　㉝著作郎：官名，掌撰述国史。　㉞到，一作“赴”。　㉟若干：一作六十有三。　㊱元嘉：宋文帝年号。　㊲某里，一作“柴桑里”。　㊳谥法，宽乐令终曰“靖”，好廉自克曰“节”。　㊴介立：特立。　㊵洪族：大族，征士为陶侃曾孙，故云。　㊶言睦亲之行，推而至于非所宜敦之人。　㊷布言：指季布之言。汉季布重然诺。㊸言为人之道，依俗而行，必讥之以尚同，诡违于时，必讥之以好异，有一于身，必被讥论，非为默置，岂若夫子因心而能违于世乎，言不同不异。　⑭世霸：谓当世而霸者。虚礼：虚已备礼。　⑮秉彝：谓秉受于天之常道。见《诗经·大雅·烝民》。　⑯《孟子·公孙丑》：“伯夷隘，柳下惠不恭，隘与不恭，君子不由也。”此不恭谓不为不恭。　⑰《礼记·王制》：“诸侯之下士视上农夫，禄足以代其耕。”　⑱言世人度量难齐，而征士则进退有度。　⑲长卿：汉司马相如。相如尝病免客游梁。　⑳汉太原郇相，字稚宾，举州郡茂林，数病去官。见《汉书·鲍宣传》。　㉑赋诗归来：指赋《归去来辞》。　㉒无适非心：言无所不适于心。　㉓非直也明：言非但明哲。　㉔纠缠：交相缠绕。斡流：犹言斡转。贾谊《鹏鸟赋》：“夫祸之与福，何异纠缠。斡流而迁，或推而还。”　㉕言老子有天道无亲，常与善人之语，我实疑之。明智：即指老子。　㉖《易经》有“履信思乎顺”之语。　㉗中身：中年。　㉘疢（chèn）：热病。痁：久疟也。　㉙傃：向也。终：死，人之终也。　㉚遗占：谓遗命；不起草而口诵其文曰口占。　㉛窆（biǎn）：葬下棺。　㉜化而生，亦化而死。　㉝阎：里中门。　㉞非舟非驾：言无须车马。　㉟前载：犹前事。　㊱迕风：违逆世风。蹶：颠仆。　㊲恐己恃才以傲物，凭宠以陵人，故以相戒。　㊳徽音：犹德音，指令闻美誉。　㊴黔娄：春秋高士，殁，其妻以康为谥，谓其甘天下之淡味，安天下之卑位，求仁得仁，求义得义云。　㊵惠：春秋鲁展禽之谥，禽食邑柳下，又称柳下惠。

鲍照登大雷岸与妹书[①]

吾自发寒雨，全行日少，加秋潦浩汗[②]，山溪猥至[③]，渡泝无边[④]，险径游历，栈[⑤]石星饭，结荷水宿，旅客贫辛，波路壮阔，始以今日食时，仅及大雷。涂登千里，日逾十晨，严霜惨节，悲风断肌，去亲为客，如何如何！

向因涉顿[⑥]，凭观川陆，遨神清渚，流睇方曛[⑦]；东顾五洲之隔[⑧]，西眺九派之分[⑨]；窥地门之绝景[⑩]，望天际之孤云。长图大念，隐心者久矣[⑪]。

南则积山万状，争气负高，含霞饮景，参差代雄，凌跨长陇[⑫]，前后相属，带天有匝，横地无穷。东则砥原远隰[⑬]，亡端靡际。寒蓬夕卷，古树云平。旋风四起[⑭]，思鸟群归。静听无闻，极视不见。北则陂池潜演[⑮]，湖脉通连。苎蒿攸积，菰芦所繁，栖波之鸟，水化之虫，智吞愚，强捕小，号噪惊聒，纷牣其中[⑯]。西则回江永指[⑰]，长波天合，滔滔何穷，漫漫安竭，创古迄今，舳舻相接[⑱]，思尽波涛，悲满潭壑。烟归八表[⑲]，终为野尘，而是注集，长写不测，修灵浩荡[⑳]，知其何故哉！

西南望庐山[㉑]，又特惊异。基献江潮[㉒]，峰与辰汉连接。上常积云，霞雕锦缛[㉓]。若华夕曜[㉔]，岩泽气通，传明散彩，赫似绛天，左右青霭，表里紫霄，从岭而上，气尽金光，半山以下，纯为黛色[㉕]，信可以神居帝郊，镇控湘汉者也。

若潨洞所积㉖，溪壑所射，鼓怒之所豗击㉗，涌湲之所宕涤㉘，则上穷荻浦㉙，下至狶洲，南薄燕爪，北极雷淀㉚，削长埤㉛短，可数百里。其中腾波触天，高浪灌日，吞吐百川，写泄万壑。轻烟不流，华鼎振涾㉜。弱草朱靡，洪涟陇蹙，散涣长惊，电透箭疾，穹溘崩聚㉝，坻飞岭覆㉞，回沫冠山，奔涛空谷，碪石为之摧碎㉟，碕岸为之㠐落㊱。仰视大火，俯听波声，愁魄胁息㊲，心惊慓矣。

至于繁化殊育，诡质在章，则有江鹅、海鸭、鱼鲛、水虎之类㊳，豚首、象鼻、芒须、针尾之族㊴，石蟹、土蚌、燕箕、雀蛤之俦㊵，折甲、曲牙、逆鳞、反舌之属㊶。掩沙涨，被草渚，浴雨排风，吹涝弄翮㊷。夕景欲沉，晓雾将合，孤鹤寒啸，游鸿远吟，樵苏一叹㊸，舟子再泣，诚足悲忧，不可说也。

风吹雷飙，夜戒前路，下弦内外㊹，望达所届。寒暑难适，汝专自慎，夙夜戒护，勿我为念。恐欲知之，聊书所睹。临涂草蹙㊺，辞意不周。

---

①鲍照：东海人，字明远，文辞赡逸，宋文帝时，为中书舍人，临海王子顼为荆州，鲍照为前军参军，子顼败，为乱军所杀。大雷，今安徽望江县，《水经注》所谓大雷口。鲍照妹名令晖，工文词，鲍照自以为其才不及左思，而妹才则远胜左芬。左芬：左思妹。

②浩汗：水广大无际貌。　③猥：盛。　④逆流而上曰“泝”。

⑤板阁曰“栈”。　⑥顿：止也。　⑦睇（dì）：斜眼看。

曛：黄昏时。　⑧水中可居者为洲，五个相接，故曰五洲。⑨九派：谓江流分九派。　⑩武关山为地门，上与天齐。　⑪隐：度也。　⑫陇：大坂。　⑬砥原：平原。其平如砥，故云。⑭旋风：回风。　⑮演：水脉行地中。　⑯牣（rèn）：满也。⑰回江：江流回曲。　⑱舳舻：舟尾与船头。　⑲八表：八方之外。　⑳修：远也。灵：神也。　㉑庐山：在今江西九江市南。　㉒献，一作“压”；潮，一作“湖”。　㉓缛：繁彩饰。　㉔若华：若木之华。　㉕黛色：青黛色，似空青而色深。　㉖潨（cóng）：小水入大水。　㉗豗（huī）：相击。㉘澓（fú）：回流。　㉙荻浦：水名，在安徽繁昌县西。㉚豨洲、燕爪、雷淀，皆未详。　㉛埤：增也。　㉜涾：涫溢，河朔方言以谓沸溢。　㉝淲：水也。　㉞坻：岸也。　㉟碪石：同“砧石”，捣衣石。　㊱碕岸：曲岸。齹即齑字，此处训碎，见《庄子·大宗师》。　㊲胁息：谓恐惧之甚，竦体而喘息。　㊳海鸭：亦谓之文鸭。鱼鲛：即沙鱼，皮可饰刀。沔水中有物，膝头似虎，常没水中，名曰“水虎。”　㊴豚首：即海豚。　㊵石蟹：蟹属，生溪涧石穴中，小而壳坚。燕箕：缸鱼，头圆秃如燕，其身圆扁如簸箕。雀入大水为“蛤”。　㊶拆甲：即鳖。曲牙：海兽之属。逆鳞：蜃蛟之属。反舌：百舌鸟。㊷澇：大波。　㊸取薪曰“樵”，取草曰“苏”。　㊹农历每月二十二、二十三月光下缺其半，谓之下弦，弦以月形如弓而名。㊺草蹙：犹仓猝。

鲍照芜城赋[①]

沵迆平原[②]，南驰苍梧涨海[③]，北走紫塞雁门[④]。柂以漕渠[⑤]，轴以昆冈[⑥]。重江复关之隩[⑦]，四会五达之庄[⑧]。

当昔全盛之时[⑨]，车挂轊[⑩]，人驾肩[⑪]，廛闬扑地，歌吹沸天。孳货盐田[⑫]，铲利铜山[⑬]，才力雄富，士马精妍。故能奓秦法[⑭]，佚周令[⑮]，划崇墉，刳浚洫[⑯]，图修世以休命。是以板筑雉堞之殷[⑰]，井干烽橹之勤[⑱]，格高五岳[⑲]，袤广三坟[⑳]，崪[㉑]若断岸，矗[㉒]似长云。制磁石以御冲[㉓]，糊赪壤以飞文[㉔]。观基扃之固护[㉕]，将万祀而一君。出入三代，五百余载[㉖]，竟瓜剖而豆分。

泽葵依井[㉗]，荒葛罥涂[㉘]，坛罗虺蜮[㉙]，阶斗麏鼯[㉚]。木魅[㉛]山鬼，野鼠城狐[㉜]，风嗥雨啸，昏见晨趋。饥鹰厉吻，寒鸱吓雏[㉝]。伏暴藏虎，乳血餐肤。崩榛[㉞]塞路，峥嵘古馗[㉟]，白杨早落，寒草前衰。棱棱霜气[㊱]，蔌蔌风威[㊲]，孤蓬自振，惊砂坐飞，灌莽[㊳]杳而无际，丛薄[㊴]纷其相依。通池[㊵]既已夷，峻隅[㊶]又已颓。直视千里外，惟见起黄埃。凝思寂听，心伤已摧！

若夫藻扃黼帐，歌堂舞阁之基[㊷]，璇渊碧树，弋林钓渚之馆[㊸]，吴蔡齐秦之声，鱼龙爵马之玩[㊹]，皆薰歇烬灭，光沉响绝。东都妙姬，南国丽人，蕙心纨质，玉貌绛唇，莫不埋魂幽石，委骨穷尘。岂忆同舆之愉乐[㊺]，离宫之苦辛哉[㊻]！

天道如何！吞恨者多，抽琴命操㊼，为芜城之歌。歌曰：

边风急兮城上寒，井径㊽灭兮丘陇残。千龄兮万代，共尽兮何言！

---

①《芜城赋》：鲍照登广陵故城而作。广陵，今江苏江都，孝建三年，竟陵王诞据以反，沈庆之讨平之，命悉诛城内丁男，以女口为军实，照盖感事而赋。　②沵迤：平坦绵延貌。平原：即指广陵。　③涨海：南海之别称。　④秦筑长城，土色皆紫，汉塞亦然，故称紫塞。雁门：汉郡，在今山西，地有雁门关，古称要塞。　⑤柂：同“拖”，引也。漕渠：邗沟，即今江南运河，春秋时吴所凿。　⑥昆冈：在今江苏江都；一名阜冈；亦名广陵冈。　⑦重江复关：一作重关复江。隩：藏也。　⑧言为辐凑之地。　⑨全盛之时：谓汉时。　⑩轊：车轴头。　⑪驾：陵也，谓相迫切。　⑫孳：蕃也。⑬铲：削平。　⑭奓：与“侈”同。　⑮佚：与“轶”通，过也。　⑯浚洫：深池。　⑰筑墙以两版夹土，以杵筑之为板筑。雉堞：城上女墙。殷：盛也。　⑱井干：楼名，汉武帝所筑。橹：望楼。　⑲格：量度。五岳：指嵩山、泰山、华山、衡山、恒山。　⑳坟：土脉坟起。　㉑崪：高峻。㉒矗：直立。　㉓磁石：俗称吸铁石，阿房宫以为门，怀刃者止之。　㉔糊：黏也。赪壤：赤土。飞文：言文采生动。㉕文士之言基扃，多泛论城阙。　㉖广陵郡城为吴王濞所筑，自汉迄晋，为三代五百余年。　㉗泽葵：苔类。　㉘罥（juàn）：挂。　㉙虺：小蛇。蜮：短狐。　㉚麏：獐也，与“麇”

音义同。 ㉛魅：老物精。 ㉜野鼠：即谓社鼠。城狐：窟城之狐。 ㉝寒鸱吓雏：见嵇康《与山巨源绝交书》注。 ㉞榛：木丛生。 ㉟峥嵘：深冥。馗：九交之道。 ㊱棱棱：严寒貌。 ㊲蔌蔌：风劲烈貌。 ㊳灌莽：丛草。 ㊴丛薄：草木交错。 ㊵通池：城壕。 ㊶峻隅：城隅。 ㊷藻扃：扃施藻画。黼帐：白黑相间之帐。 ㊸璇渊：玉池。碧树：玉树。 ㊹鱼龙爵马：皆戏玩之事。 ㊺同舆：谓帝后相约而同辇也。 ㊻此谓贬居他宫之妃后。 ㊼命：名也。操：琴曲。 ㊽周制，九夫为井，夫间有遂，遂上有径。

鲍照飞白书势铭①

秋毫②精劲，霜素③凝鲜。沾此瑶波，染彼松烟④。超工八法⑤，尽奇六文⑥。鸟企龙跃，珠解泉分。轻如游雾，重似崩云。绝锋剑摧，惊势箭飞。差池燕起，振迅鸿归。临危制节，中险腾机。圭角⑦星芒，明丽烂逸。丝萦发垂，平理端密。盈尺锦两，片字金镒⑧。故仙芝⑨烦弱，既匪足双；虫虎⑩琐碎，又安能匹！君子品之，是最神笔。

---

①飞白：书体之一种，笔画枯槁而中空者，蔡邕在鸿都门见匠人施垩帚，遂创意焉。 ②秋豪：笔也。 ③霜素：白缣。 ④松烟：以松炱所制之墨。 ⑤书法有侧、勒、弩、趯、策、掠、啄、磔，谓之八法。 ⑥六文：六种书体。晋卫恒以古文、奇字、篆书、隶书、缪篆、鸟书当之。 ⑦圭角：

谓圭之锋芒有棱角。 ⑧二十两为镒。 ⑨仙芝：书体，仙人书与芝英书。 ⑩虫虎：亦书体，虫书与虎书。

谢惠连祭古冢文[1]并序

东府掘城北堑[2]，入丈余，得古冢，上无封域[3]，不用砖甓[4]。以木为椁，中有二棺，正方，两头无和[5]。明器之属[6]，材瓦铜漆有数十种，多异形，不可尽识。刻木为人，长三尺可，有二十余头，初开见，悉是人形，以物枨拨之[7]，应手灰灭。棺上有五铢钱百余枚[8]，水中有甘蔗节及梅李核瓜瓣，皆浮出，不甚烂坏。铭志不存，世代不可得而知也。公命城者改埋于东冈，祭之以豚酒。既不知其名字远近，故假为之号曰冥漠君云尔。

元嘉[9]七年九月十四日，司徒御属领直兵令史、统作城录事、临漳令亭侯朱林[10]，具豚醪之祭，敬荐冥漠君之灵：忝总徒旅，板筑是司，穷泉为堑，聚壤成基，一椁既启，双棺在兹，舍畚[11]凄怆，纵锸涟而[12]。刍灵[13]已毁，涂车[14]既摧，几筵糜腐，俎豆倾低，盘或梅李，盎或醢醢，蔗传余节，瓜表遗犀[15]。

追惟夫子，生自何代，曜质[16]几年，潜灵[17]几载？为寿为夭，宁显宁晦？铭志湮灭，姓字不传。今谁子后？曩谁子先？功名美恶，如何蔑然？

百堵皆作，十仞斯齐，墉不可转，堑不可回。黄肠[18]既毁，便房⑲已颓，循题⑳兴念，抚俑㉑增哀。射声㉒垂仁，广汉㉓流渥，祠骸府阿㉔，掩骼㉕城曲。仰羡古风，为君改卜，轮移北隍㉖，窀穸㉗东麓。圹即新营，棺仍旧木。合葬非古，周公所存㉘。敬遵昔义，还祔㉙双魂。酒以两壶，牲以特豚㉚。幽灵仿佛，歆我牺樽㉛。呜呼哀哉！

---

①谢惠连：阳夏人，幼聪敏，年十岁，能属文，元嘉十年卒，年三十七。元嘉七年，惠连为司徒彭城王义康法曹参军，义康修东府，城堑中得古冢，为改葬，使惠连为文祭之。 ②建康城西为简文为会稽王时第，东则孝文王道子府，道子领扬州，仍住先舍，故称东府。堑：绕城水。 ③聚土曰“封”；墓限曰“域”。 ④甓：瓴甋，今亦谓之砖。 ⑤棺题曰“和”。 ⑥明器：送死之器，所以埋于冢中者。 ⑦枨：以物触物。 ⑧五铢钱：汉武帝所铸钱。 ⑨元嘉：宋文帝年号。 ⑩司徒：官名，宋制掌治民事。令史：官名，有直事令史，直兵令史，位次尚书郎。作城录事：临时职衔。临漳：县名，今属河南省。亭侯：宋时属第五品。朱林：人姓名，不详。 ⑪畚：盛土器。 ⑫涟而：垂涕貌。 ⑬刍灵：束草为人马以殉葬。 ⑭涂车：泥制之车，明器之一。 ⑮遗犀：瓜瓣。 ⑯曜质：谓生时。 ⑰潜灵：谓死后。 ⑱以柏木黄心，致累棺外，故曰“黄肠”。 ⑲便房：冢圹中室。 ⑳题：谓题凑，棺木头皆内向，故称。 ㉑俑：从葬木偶人。 ㉒射声：官名，后汉曹褒为射声校尉，射声营舍有停棺不葬百余所，曹褒悉葬其无主者，见《后汉书·曹褒传》。

㉓广汉：汉郡名，地在今四川。后汉陈宠转广汉太守，先是洛阳城南骸骨不葬者多，宠乃敕县掩埋。 ㉔府阿：谓东府附近。 ㉕骼：枯骨。 ㉖隍：见颜延之《陶征士诔》注。㉗窀穸（zhūn xī）：墓穴，长埋谓之窀，长夜谓之穸。㉘《礼记·檀弓》："合葬非古，自周公以来，未之有也。"㉙祔：合葬。 ㉚特豚：一牲。 ㉛歆：享也。牺樽：刻为牺牛之形，用以为樽。

谢庄月赋[1]

陈王初丧应刘[2]，端忧[3]多暇。绿苔生阁，芳尘凝榭。悄焉疚怀[4]，不怡中夜。乃清兰路[5]，肃桂苑[6]，腾吹寒山，弭[7]盖秋坂。临浚壑[8]而怨遥，登崇岫而伤远。于时斜汉[9]左界，北陆南躔[10]，白露暖空，素月流天，沉吟齐章[11]，殷勤陈篇[12]。抽毫进牍，以命仲宣[13]。

仲宣跪而称曰：臣东鄙幽介[14]，长自丘樊[15]，昧道懵[16]学，孤奉明恩。臣闻沉潜既义，高明既经[17]，日以阳德，月以阴灵。擅扶光于东沼[18]，嗣若英于西冥[19]。引玄兔于帝台[20]，集素娥[21]于后庭。朒朓警阙[22]，朏魄示冲[23]。顺辰通烛[24]，从星泽风[25]。增华台室[26]，扬采轩宫[27]。委照而吴业昌[28]，沦精而汉道融[29]。

若夫气霁地表，云敛天末，洞庭始波，木叶微脱[30]。菊散芳于山椒[31]，雁流哀而江濑[32]，升清质之悠悠，降澄辉之蔼蔼。列宿掩缛㉝，长河㉞韬映，柔祇㉟雪凝，圆灵㊱水镜，连观㊲霜缟，周除㊳冰净。君王乃厌晨欢，乐宵宴，收妙舞，弛清县㊴，去烛房，即月殿，芳酒登，鸣琴荐。

若乃凉夜自凄，风篁成韵㊵，亲懿莫从㊶，羁孤递进㊷。聆皋禽㊸之夕闻，听朔管之秋引㊹。于是丝桐练响㊺，音容选和。徘徊《房露》㊻，惆怅《阳阿》㊼，声林虚籁，沦池灭波㊽。情纡轸其何托㊾，诉㊿皓月而长歌。

歌曰：美人迈兮音尘阙，隔千里兮共明月，临风叹兮将焉歇，川路长兮不可越。歌响未终，余景就毕，满堂变容，回遑如失[51]。又称歌曰：月既没兮露欲晞[52]，岁方晏兮无与归。佳期可以还，微霜沾人衣。陈王曰：善。乃命执事，献寿羞璧[53]，敬佩玉音，复之无斁[54]。

---

①谢庄：阳夏人，字希逸，年七岁，能属文，仕至光禄大夫，泰始二年卒，谥宪子。　②陈王：即陈思王曹植。赋系假陈王仲宣立局。应刘，指应玚、刘桢。　③端忧：端坐而忧思。　④悄焉：忧貌。疚，病也。　⑤兰路：有兰之路。⑥桂苑：有桂之苑。　⑦弭：案也。　⑧浚壑：深壑。⑨汉：天河。　⑩北陆：虚宿别名，亦称玄枵，亦称颛顼之虚。躔：处也；亦次也。　⑪齐章：《诗经·齐风》：“东方之月兮”。　⑫陈篇：《诗经·陈风》：“月出皦兮。”⑬仲宣：王粲字。　⑭仲宣：山阳人，故云东鄙。幽介：犹言隐居之人也。　⑮丘樊：乡僻之地。　⑯懵：目不明。

⑰《尚书·洪范》："沉潜刚克，高明柔克。"沉潜谓地，高明谓天。　⑱扶光：扶桑之光。东沼：指旸谷，日所出处。月盛于东故曰擅。　⑲若英：若木之英。西冥：昧谷。　⑳月者，阴精之宗，积成为兽，象兔形。帝台：天台。　㉑素娥：即嫦娥。　㉒朒：朔而月见东方。朓：晦而月见西方。警阙：谓朒朓失度，警人君有阙德。　㉓月未成光曰"朏"。月始生曰"魄"。魄：月体黑处。示冲：言朏魄得所，示人君有谦冲。㉔顺辰通烛：言月顺十二辰以照天下。　㉕《尚书·洪范》："月之从星，则以风雨。"月经于箕则多风，离于毕则多雨。泽：雨也。　㉖台室：三台之位。　㉗轩宫：轩辕之宫。轩辕，星名。　㉘孙策母梦月入怀而生策，故曰吴业昌。　㉙汉元后母梦月入怀而生后，故曰汉道融。　㉚《楚辞》："洞庭波兮木叶下。"　㉛山椒：山巅。　㉜而，一作"于"。濑：水流沙上也。　㉝缛：繁彩色。　㉞长河：天河。　㉟柔祇：地也。　㊱圆灵：天也。　㊲观：宫观。　㊳除：殿陛。　㊴弛：废也。县：与"悬"同，谓所悬之钟磬也。㊵竹丛生曰"篁"。风篁：风吹篁。　㊶亲懿：言至亲。㊷羁孤：羁臣孤客。　㊸皋禽：鹤也。《诗经》有"鹤鸣于九皋"句，故以谓鹤。　㊹朔管：羌笛也，管十二月位在北方，故云朔。秋引：商声。　㊺丝桐：琴也。练：音义与"拣"同。　㊻《房露》：古曲名，即陆机《文赋》之"防露"。"房"与"防"通。　㊼《阳阿》：古之善歌者，因以名歌。㊽"声林虚籁"二句，言风将息。凡空虚所发之声皆曰"籁"；波小涌曰"沦"。　㊾《楚辞》："郁结纡轸兮，离慜而长

鞠”。纡：曲也。轸：痛也。　⑤⑩诉：向之。　⑤①回遑：犹彷徨。　⑤②晞：干。　⑤③献寿：称觞为寿。羞璧：置璧。⑤④斁：厌。

齐梁文

孔稚圭北山移文[1]

钟山之英，草堂之灵[2]，驰烟驿路，勒移山庭[3]。夫以耿介拔俗之标，萧洒出尘之想，度白雪以方洁，干青云而直上，吾方知之矣。若其亭亭物表[4]，皎皎霞外[5]，芥千金而不盼，屣万乘其如脱。闻凤吹于洛浦[6]，值薪歌于延濑[7]。固亦有焉。岂期终始参差，苍黄翻覆，泪翟子之悲，恸朱公之哭[8]。乍回迹以心染[9]，或先贞而后黩[10]，何其谬哉！

呜呼，尚生[11]不存，仲氏[12]既往，山阿寂寥，千载谁赏！世有周子，俊俗之士[13]，既文既博，亦玄亦史[14]。然而学遁东鲁[15]，习隐南郭[16]。窃吹草堂[17]，滥巾[18]北岳。诱我松桂，欺我云壑。虽假容于江皋[19]，乃缨情于好爵[20]。

其始至也，将欲排巢父[21]，拉[22]许由，傲百氏，蔑王侯。风情张日，霜气横秋。或叹幽人长往，或怨王孙[23]不游。谈空空[24]于释部，核玄玄[25]于道流。务光[26]何足比，涓子[27]不能俦。

及其鸣驺[28]入谷，鹤书[29]赴陇，形驰魄散，志变神动。尔乃眉轩席次，袂耸筵上。焚芰制而裂荷衣[30]，抗尘容而走俗状。风云凄其带愤，石泉咽而下怆。望林峦而有失，顾草木而如丧。

至其纽金章[31]，绾墨绶[32]，跨属城之雄[33]，冠百里之首[34]。张英风于海甸[35]，驰妙誉于浙右[36]。道帙[37]长殡，法筵[38]久埋。敲扑喧嚣犯其虑，牒诉倥偬装其怀[39]。《琴歌》既断，《酒赋》无续。常绸缪于结课[40]，每纷纭于折狱。笼张赵[41]于往图，架卓鲁[42]于前箓。希踪三辅豪[43]，驰声九州牧[44]。

使我高霞孤映，明月独举，青松落荫，白云谁侣？磵石[45]摧绝无与归，石径荒凉徒延伫[46]。至于还飙入幕，写雾出楹，蕙帐[47]空兮夜鹄怨，山人去兮晓猿惊。昔闻投簪逸海岸[48]，今见解兰[49]缚尘缨。于是南岳献嘲，北陇腾笑，列壑争讥，攒[50]峰竦诮。慨游子之我欺，悲无人以赴吊。故其林惭无尽，涧愧不歇，秋桂遣风，春萝罢月。骋西山[51]之逸议，驰东皋之素谒[52]。

今又促装下邑[53]，浪拽上京[54]。虽情投于魏阙[55]，或假步于山扃[56]。岂可使芳杜[57]厚颜，薜荔[58]无耻，碧岭再辱，丹崖重滓，尘游躅于蕙路，污渌池[59]以洗耳，宜扃岫幌[60]，掩云关，敛轻雾，藏鸣湍。截来辕于谷口，杜妄辔于郊端。于是从条瞋胆，叠颖[61]怒魄，或飞柯以折轮，乍低枝而埽迹，请回俗士驾，为君谢逋客[62]。

---

①孔稚圭：南齐山阴人，字德璋，风韵清洁，好文咏，饮酒

至七八斗。高帝时，为记室参军，仕至都官尚书。《北山移文》，嘲周颙。周颙，汝南人，字彦伦，隐于北山，后应诏出为海盐令，秩满入京，复经此山，孔稚圭借山灵之意移之，使不许再至。北山，即钟山，在今江苏南京江宁区北。 ②周颙以蜀草堂寺林壑可怀，乃于钟岭雷次宗学馆立寺，名曰“草堂”。 ③“驰烟驿路”二句，谓山灵驰驱烟雾，刻移文于山庭。 ④亭亭：高耸貌。 ⑤皎皎：洁白貌。 ⑥周灵王太子晋吹笙作凤鸣，游于伊洛之间。 ⑦苏门先生游于延濑，见一人采薪，谓之曰：“子以此终乎？”采薪人曰：“吾闻圣人无怀，以道德为心，何怪乎而为哀也。”遂为歌二章而去。 ⑧翟子：指墨子。杨朱见歧路而哭之，为其可以南，可以北；墨子见练丝而泣之，为其可以黄，可以黑。朱公，即杨朱。 ⑨回迹而心染：言暂避迹山林，而心犹染于俗。 ⑩黩：污浊。 ⑪尚生：指向子平。 ⑫仲氏：谓后汉仲长统，每州郡命召，辄称疾不就。 ⑬俊俗：俗中之俊士。 ⑭玄：谓庄老之道。史：谓文多质少。 ⑮东鲁：谓颜阖，鲁君闻颜阖得道人，使人以币先焉，阖对曰：“恐听谬而遗使者罪，不若审之。”使者反审之，复来求之，则不得矣。 ⑯南郭：指南郭子綦，隐几而坐，仰天嗒然，若丧其偶。 ⑰窃吹：借用南郭先生吹竽事。窃，一作“偶”。 ⑱滥巾：言滥服隐士之巾。 ⑲假容：言假托隐者之容。 ⑳好爵：谓人爵。 ㉑排：推。巢父：尧时隐士，夏常居巢，故号。 ㉒拉：折。 ㉓王孙：指隐者。 ㉔空空：释家以空明空。 ㉕玄玄：道家玄之又玄。 ㉖务光：夏时人，汤得天下，让之，光不受而逃。 ㉗涓子：

齐人，好饵术，隐于宕山。　㉘鸣：官吏之有喝道。驺为前导及后骑者。谓使人来征召。　㉙鹤书：诏书，在汉谓之尺一简，仿佛鹤头，故有是称。　㉚芰制荷衣：隐者之服。　㉛金章：铜印。　㉜汉制，秩六百石以上，皆银印墨绶。　㉝属城之雄：言海盐为诸城之冠。　㉞百里之首：犹言一邑之长，县大率百里，故云。　㉟郊外曰甸，海盐近海，故云。　㊱浙右：江水东至会稽山阴为浙右。　㊲帙：书衣。道帙：道书。㊳法筵：讲席。　㊴牒诉：谓文牒及诉讼。倥偬：忙迫之状。㊵结课：考成之次第。　㊶张赵：指汉张敞及赵广汉，皆为京兆尹。　㊷卓鲁：指汉卓茂及鲁恭。　㊸汉之京兆尹、左冯掖、右扶风为三辅。　㊹古分天下为九州，州有牧。　㊺硐：通“涧”，山夹水。　㊻延伫：远望。　㊼蕙：香草。蕙帐：山人葺蕙以为帐。　㊽谓汉疏广弃官归东海。　㊾兰：兰佩。　㊿攒：聚。　(51)西山：指首阳山。　(52)东皋：东泽。素谒：谓以情素相告。　(53)下邑：谓海盐。　(54)浪拽：鼓浆。上京：指建康，今江苏南京市。　(55)魏阙：亦曰象魏，古宫门悬法之所。　(56)山扃：山门。　(57)芳杜：香草。(58)薜荔：草名，缘墙而生。　(59)渌池：犹清池。　(60)岫幌：山窗。　(61)颖：草穗。　(62)逋：亡。以辞相告曰谢。俗士逋客：皆指周颙。

谢朓辞随王子隆笺[①]

故吏文学谢朓死罪死罪！即日被尚书召，以朓补中军新安王记室参军。朓闻潢污之水②，愿朝宗③而每竭，驽蹇之乘④，希沃若⑤而中疲，何则，皋壤⑥摇落，对之惆怅，歧路西东⑦，或以歍唈⑧；况乃服义徒拥，归志莫从⑨，邈若坠雨，翩似秋蒂⑩。

朓实庸流，行能无算⑪。属天地⑫休明，山川受纳⑬，褒采一介，抽⑭扬小善，故舍耒场圃，奉笔兔园⑮。东乱三江⑯，西浮七泽⑰。契阔戎旃⑱，从容宴语。长裾日曳，后乘载脂⑲，荣立府庭，恩加颜色。沐发晞阳⑳，未测涯诶，抚臆论报，早誓肌骨。

不寤沧溟未运㉑，波臣自荡㉒，渤澥㉓方春，旅翮㉔先谢，清切藩房㉕，寂寥旧荜㉖，轻舟反溯，吊影独留。白云在天，龙门不见㉗，去德滋永，思德滋深㉘。唯待青江可望，候归艎于春渚㉙，朱邸㉚方开，效蓬心于秋实㉛。如其簪履或存㉜，衽席无改㉝，虽复身填沟壑，犹望妻子知归。揽涕告辞，悲来横集，不任犬马之诚！

---

①谢朓：南齐陈郡人，字玄晖，少好学，有美名，文章清丽，工五言诗，官至尚书吏部郎，兼知卫府事，曾为宣城太守，世称谢宣城。随王子隆：齐武帝第八子，为都督荆州刺史，好词赋，谢朓为其镇西功曹，转文学，长史王秀之以朓年少，欲密启武帝，谢朓知之，因事求还，武帝除为新安王中军记室，谢朓乃以笺辞王。　②潢污之水：低洼之积水。　③朝宗：言水之归海，犹诸侯之朝见天子。　④驽蹇之乘：最驽下之马。

⑤沃若：调柔。　⑥皋壤：高地。　⑦歧路西东：见孔稚圭《北山移文》墨子注。　⑧欨唈：与“呜唈”同，悲哀短气貌。　⑨拥：抱。二句言徒抱服义之情，莫能从其归志。⑩秋蒂：将枯之蒂；蒂：草木根。　⑪无算：犹言不足数。⑫天地：喻帝。　⑬山川：喻王。　⑭抽，一作“搜”。⑮兔园：一名梁苑，汉梁孝王所筑，在今河南商丘。　⑯乱：绝流而渡。长江至寻阳，合彭蠡江分为三以入海，是为三江。⑰浮，一作“游”。七泽：见司马相如《子虚赋》，云梦其一也。　⑱契阔：勤苦。戎旃：犹戎幕。　⑲《诗经·卫风》：“载脂载舝。”脂：以膏涂物。　⑳《楚辞》：“朝濯发于汤谷兮，夕晞余身乎九阳。”晞：干也。　㉑不寤：一作“不悟”，犹不意。沧溟：海，喻王。运：转。　㉒车辙中有鲋鱼，自称为东海之波臣，见《庄子·外物》。谢朓自喻。㉓渤澥：即渤海，亦喻王。　㉔旅翮：以鸟自况。　㉕藩房：谓王府。　㉖旧荜：谢朓舍；荜：同“筚”，荆竹。㉗江陵南关三门，一名“龙门”。　㉘《庄子·徐无鬼》：“不亦去人滋久者，思人滋深乎。”　㉙艎：舟。二语冀王入朝而已候于江渚。　㉚诸侯朝天子，于天子所立舍曰邸，诸侯朱户，故曰“朱邸”。　㉛蓬心：自谦之词。《庄子·逍遥游》：“则夫子犹有蓬之心也夫。”春树桃李，秋食其实，言补报有时。　㉜有妇人刈蓍薪而失簪，哭甚哀。见《韩诗外传》。楚昭王亡其琦履，已行三十步，复还取之。见《贾子》。㉝衽席：草席。晋文公归国，至河，令捐席蓐，舅犯哭曰：“席蓐，所卧也，而君弃之，臣不胜其哀。”

丘迟与陈伯之书[1]

迟顿首陈将军足下：无恙，幸甚，幸甚。将军勇冠三军，才为世出，弃燕雀之小志，慕鸿鹄以高翔[2]。昔因机变化，遭遇明主，立功立事，开国承家，朱轮华毂，拥旄万里，何其壮也[3]！如何一旦为奔亡之虏，闻鸣镝[4]而股战，对穹庐[5]以屈膝，又何劣邪！寻君去就之际，非有他故，直以不能内审诸己，外受流言，沉迷猖獗，以至于此。

圣朝赦罪责功，弃瑕录用，推赤心于天下[6]，安反侧于万物[7]。将军之所知，不假仆一二谈也。朱鲔涉血于友于，张绣剸刃于爱子，汉主不以为疑，魏君待之若旧[8]。况将军无昔人之罪，而勋重于当世。夫迷途知反，往哲是与；不远而复[9]，先典攸高。主上屈法申恩，吞舟是漏[10]；将军松柏不翦[11]，亲戚安居，高台未倾，爱妾尚在，悠悠尔心，亦何可言！今功臣名将，雁行有序。佩紫怀黄，赞帷幄之谋；乘轺建节[12]，奉疆埸之任。并刑马作誓[13]，传之子孙。将军独靦颜借命[14]，驰驱毡裘之长[15]，宁不哀哉！

夫以慕容超之强，身送东市[16]；姚泓之盛，面缚西都[17]。故知霜露所均，不育异类；姬汉旧邦，无取杂种[18]。北虏[19]僭盗中原，多历年所，恶积祸盈，理至燋烂。况伪孽昏狡，自相夷戮[20]，部落携离，酋豪猜贰[21]。方当系颈蛮邸[22]，悬首藁街[23]，而将军鱼游于沸鼎之中，燕巢于飞幕之上，不亦惑乎？

暮春三月，江南草长，杂花生树，群莺乱飞。见故国之旗鼓，感生平于畴日，抚弦登陴㉔，岂不怆悢㉕。所以廉公之思赵将㉖，吴子之泣西河㉗，人之情也，将军独无情哉！想早励良规，自求多福。当今皇帝㉘盛明，天下安乐。白环西献㉙，楛矢东来㉚；夜郎滇池，解辫请职；朝鲜昌海，蹶角受化㉛。唯北狄野心，掘强沙塞㉜之间，欲延岁月之命耳。中军临川殿下㉝，明德茂亲，总兹戎重㉞，吊民洛汭㉟，伐罪秦中㊱，若遂不改，方思仆言。聊布往怀，君其详之。丘迟顿首。

---

①丘迟：梁吴兴人，字希范，八岁能属文，辞采丽逸，初仕齐，梁武帝时任为中书郎，出为永嘉太守，后迁司空从事中郎。陈伯之：梁睢陵人，齐末，为江州刺史，据寻阳拒武帝，旋降，即以为江州刺史。后又举兵反，兵败，与其子俱入魏。魏以为使持节散骑常侍都督淮南诸军事。梁天监四年，诏临川王宏率军北讨，迟时为宏记室，宏令与此书，伯之即拥众归梁。 ②《汉书·陈胜传》："燕雀安知鸿鹄之志哉。" ③此指伯之归顺武帝事。 ④镝：箭头。 ⑤穹庐：旃帐。 ⑥光武不疑降人，降者谓其推赤心置入腹中。见《后汉书·光武帝纪》。 ⑦光武破邯郸，诛王郎，收文书，得吏人与郎交关谤毁者数千章，会诸将军悉烧之，曰："令反侧子自安。"见《后汉书·光武帝纪》。 ⑧杀血滂沱为喋血。朱鲔谗光武兄縯于更始，害之，后光武围洛阳，鲔不敢降，坚守，光武语以无虑，鲔乃开城

降。事见《后汉书·岑彭传》。剚（zì）：插刀。张绣降曹操，既而复反，曹操与战，军败，为流矢所中，长子昂弟子安民遇害，后张绣又率众降，曹操封为列侯。见《魏志·张绣传》。⑨不远而复：言不以道远而复还。⑩《史记·酷吏传》："汉兴，网漏于吞舟之鱼。"⑪松柏不翦：谓祖墓如故。⑫乘轺：犹乘传。轺（yáo）：轺车，轻便车。节：使臣执以示信之物。⑬刑马作誓：杀马取血以盟。⑭惜命，一作"借命"。⑮毡裘之长：指魏帝。⑯慕容超：慕容德兄子，为北燕主，以兵南犯，大掠淮北，刘裕抗表北讨，获超，送京师，斩于市。⑰姚泓：字元子，姚兴长子，据长安，裕擒送建康市，斩之。面缚：缚手于背而面向前。⑱四语言天下当归于一，不容夷族久僭。姬汉：犹周汉。⑲北虏：谓北魏。⑳此指魏咸阳王禧以反赐死事。㉑此指魏诸蛮氏之反。㉒系颈：以组系颈。蛮邸：蛮夷入朝时所居邸舍。㉓藁街：街名，在汉长安城内，蛮邸即设此。㉔陴：城上女墙。㉕怆悢：悲。㉖廉颇为赵将，伐齐，大破之，拜为上卿，后赵使乐乘代廉颇，廉颇怒，攻乐乘，乐乘走，廉颇奔魏，赵以数困于秦，思复得廉颇，廉颇亦思复用于赵。见《史记·廉颇传》。㉗吴起治西河，王错谮之魏武侯，武侯使人召吴起，吴起临行止车望西河泣数下，曰："西河之为秦不久矣！"吴起入荆，西河果入秦。见《吕氏春秋·仲冬纪·当见》。㉘皇帝：指梁武帝。㉙帝舜九年，西王母来朝，献白环玉玦。见《竹书纪年》。㉚楛：木名，材矢中干。周武王时，肃慎氏贡楛矢石砮。㉛昌海：蒲昌海，今罗布泊。蹶角：稽首至地，如角之崩。见《孟子》。　③②沙塞：沙漠边塞。　③③宏于武帝天监元年封临川郡王，三年，为中军将军。殿下，百官对诸王之称。　③④戎重：言军事重任。　③⑤水曲流曰汭。洛汭：洛水入河处，在河南巩县。　③⑥秦中：今陕西，其地为古秦国，故云。

江淹恨赋[①]

试望平原，蔓草萦骨，拱木[②]敛魂。人生到此，天道宁论。于是仆本恨人，心惊不已，直念古者，伏恨而死。

至如秦帝按剑[③]，诸侯西驰，削平天下，同文共规[④]，华山为城，紫渊为池[⑤]。雄图既溢，武力未毕。方架鼋鼍以为梁，巡海右以送日[⑥]。一旦魂断，宫车晚出。

若乃赵王既虏[⑦]，迁于房陵[⑧]。薄暮心动，昧旦[⑨]神兴。别艳姬与美女，丧金舆及玉乘。置酒欲饮，悲来填膺。千秋万岁，为怨[⑩]难胜。

至于李君降北[⑪]，名辱身冤。拔剑击柱，吊影惭魂。情往上郡[⑫]，心留雁门，裂帛系书，誓还汉恩，朝露溘至[⑬]，握手何言。

若夫明妃去时[⑭]，仰天太息，紫台[⑮]稍远，关山无极，摇风[⑯]忽起，白日西匿。陇雁少飞，代云寡色，望君王兮何期，终芜绝兮异域。

至乃敬通[⑰]见抵，罢归田里，闭关却扫，塞门不仕[⑱]。

左对孺人[19]，右顾稚子，脱略[20]公卿，跌宕[21]文史。赍志没地，长怀无已。

及夫中散下狱[22]，神气激扬。浊醪夕引，素琴晨张。秋日萧索，浮云无光。郁青霞之奇意[23]，入修夜之不旸[24]。

或有孤臣危涕，孽子坠心[25]。迁客海上[26]，流戍陇阴[27]。此人但闻悲风汩起[28]，血[29]下沾衿，亦复含酸茹叹[30]，销落湮沉。

若乃骑叠迹，车屯轨[31]，黄尘匝地，歌吹四起。无不烟断火绝，闭骨泉里。

已矣哉！春草暮兮秋风惊，秋风罢兮春草生。绮罗毕兮池馆尽，琴瑟灭兮丘陇平[32]。自古皆有死[33]，莫不饮恨而吞声。

---

①江淹：梁考城人，字文通，少孤贫好学，世称江郎，历仕宋齐，梁天监中，官至金紫光禄大夫，封醴泉侯。　②拱木：言墓木两手合抱，见《左传》僖公三十二年。　③至如：一作“假如”。秦帝：谓秦始皇。　④规：法。《札记·中庸》：“车同轨，书同文。”　⑤紫渊：见司马相如《上林赋》注。⑥周穆王驾八骏之乘，乃西观日所入。见《列子·周穆王》。⑦赵王：战国赵末王迁，赵为秦灭，迁被虏，流房陵，思故乡，作山水之呕，闻者莫不陨涕，见《淮南子·泰族训》。　⑧房陵：县名，今湖北房县。　⑨昧旦：将明未明时。　⑩怨，一作“恨”。　⑪于，一作“如”。李君：指李陵。　⑫往，一作“住”。上郡：秦郡，地在今陕西。　⑬朝露：喻不能

久。溘：奄忽。 ⑭明妃：指王嫱，字昭君，晋人以犯司马昭讳，改为明妃，汉元帝使嫔于匈奴。 ⑮紫台：汉天子之台。⑯摇风：即扶摇风。 ⑰敬通：后汉冯衍字，明帝以衍才过其实，抑而不用。见《东观汉纪》。 ⑱三国吴张昭称疾不朝，孙权恨之，土塞其门。见《吴志》昭传。 ⑲大夫妻曰“孺人”。见《礼记·曲礼》。 ⑳脱略：言简易。 ㉑跌宕：言放逸不羁。 ㉒中散：指嵇康，嵇康拜中散大夫。东平吕安以事系狱，以语嵇康辞相证引，遂复收嵇康。见《晋书·嵇康传》。 ㉓青霞奇意：志意高。 ㉔修夜：犹长夜。旸：明。 ㉕心当云危，涕当云坠，江氏爱奇，故互文以见意。㉖迁客海上：即指汉苏武困匈奴事。 ㉗陇阴：陇山之北。汉娄敬戍陇西。 ㉘汩起：犹疾起。 ㉙血，一作“泣”。㉚茹叹：欲叹而又咽下之状。 ㉛屯：陈也。一作“同”。㉜陇，一作“垄”。 ㉝语见《论语·颜渊》。

江淹别赋[①]

黯然销魂者，唯别而已矣。况秦吴兮绝国，复燕宋兮千里[②]。或春苔兮始生，乍秋风兮暂起[③]。是以行子肠断，百感凄恻。风萧萧[④]而异响，云漫漫[⑤]而奇色，舟凝滞于水滨，车逶迟[⑥]于山侧，棹容与[⑦]而讵前，马寒鸣而不息。掩金觞而谁御[⑧]，横玉柱而沾轼[⑨]。居人愁卧，怳若有亡，日下壁而沉彩，月上轩而飞光。见红兰之受露，望青楸之离[⑩]霜，巡层楹而空掩[⑪]，抚锦幕而虚凉。知离梦之踯躅[⑫]，意别魂之飞扬。

故别虽一绪，事乃万族[13]。至若龙马[14]银鞍，朱轩绣轴，帐饮东都[15]，送客金谷[16]。琴羽[17]张兮箫鼓陈，燕赵歌兮伤美人[18]，珠与玉兮艳暮秋，罗与绮兮娇上春。惊驷马之仰秣，耸渊鱼之赤鳞[19]，造分手而衔涕，感寂漠而伤神[20]。

乃有剑客惭恩，少年报士[21]，韩国赵厕[22]，吴宫燕市[23]，割慈忍爱，离邦去里，沥泣共诀，抆血[24]相视。驱征马而不顾，见行尘之时起。方衔感于一剑，非买价于泉里。金石震而色变，骨肉悲而心死。

或乃边郡未和，负羽[25]从军。辽水[26]无极，雁山[27]参云。闺中风暖，陌上草薰[28]，日出天而耀景，露下地而腾文，镜朱尘之照烂[29]，袭青气之烟煴[30]，攀桃李兮不忍别，送爱子兮沾罗裙。

至如一赴绝国，讵相见期。视乔木兮故里[31]，决北梁兮永辞[32]。左右兮魂动，亲宾兮泪滋。可班荆[33]兮赠恨，唯樽酒兮叙悲。值秋雁兮飞日，当白露兮下时。怨复怨兮远山曲，去复去兮长河湄[34]。

又若君居淄右[35]，妾家河阳[36]。同琼珮之晨照，共金炉之夕香，君结绶[37]兮千里，惜瑶草之徒芳，惭幽闺之琴瑟，晦高台之流黄[38]，春宫闷[39]此青苔色，秋帐含兹明月光，夏簟清兮昼不暮，冬釭凝兮夜何长，织锦曲兮泣已尽，回文诗兮影独伤[40]。

傥有华阴上士，服食还仙[41]。术既妙而犹学，道已寂而未传，守丹灶㊷而不顾，炼金鼎㊸而方坚，驾鹤上汉，骖鸾腾天。暂游万里，少别千年㊹。惟世间兮重别，谢㊺主人兮依然。

下有芍药之诗㊻，佳人之歌㊼。桑中卫女，上宫陈娥㊽。春草碧色，春水渌波，送君南浦㊾，伤如之何！

至乃秋露如珠，秋月如珪，明月白露，光阴往来，与子之别，思心徘徊；是以别方不定，别理千名㊿，有别必怨，有怨必盈，使人意夺神骇，心折骨惊。虽渊云之墨妙[51]，严乐之笔精[52]，金闺之诸彦[53]，兰台[54]之群英，赋有凌云之称[55]，辩有雕龙之声[56]，谁能摹暂离之状，写永诀之情者乎！

---

①《别赋》：立格与《恨赋》同，言富贵任侠从军绝国伉俪方外狭邪各类之人，无不以别为最不堪之事。　②二句言秦、吴、燕、宋四国，川途既远，别恨必深，故举以为喻。　③二句言此二时别恨愈切。　④萧萧：风声。　⑤漫漫：无崖际之貌。　⑥迟，一作“迤”；逶迟：历远貌。　⑦容与：闲暇自得貌。　⑧御：进也。　⑨玉柱：琴也。琴有柱，以玉为之。沾轼：言涕多也。轼：车前横木。　⑩离：与“罹”通。　⑪层楹：高柱。掩：掩涕。　⑫躅踯：行不进。⑬族：类。　⑭马八尺以上为龙。　⑮东都：长安东都门。⑯金谷：地名，在河南洛阳市西，谷中有水，入于瀍水。晋石崇有别庐在金谷涧中，王诩还长安，崇送之于此。　⑰琴羽：琴之羽声，声细不过羽。　⑱《古诗》：“燕赵多佳人。”

⑲仰秣：仰而不食。伯牙鼓琴而渊鱼出听，瓠巴鼓瑟而六马仰秣。见《韩诗外传》。　⑳感，一作“各”；又作“咸”。㉑报士：言人以国士待之，即感而为之报仇。　㉒韩国：指战国时聂政为严仲子刺杀韩相侠累事。赵厕：指战国豫让为智伯刺赵襄子于涂厕事。并见《史记·刺客传》。　㉓吴宫：指春秋时专诸为吴公子光置匕首鱼腹中刺杀王僚。见《左传》昭二十七年。燕市：指战国时荆轲为燕太子丹刺秦王。见《史记·刺客传》。　㉔抆血：拭血。　㉕负羽：言负羽檄，古时征召之书，有急事则以鸟羽插之。　㉖辽水：即辽河，在今辽宁境。㉗雁山：雁所出处。见《山海经》。　㉘薰：香气。　㉙照烂：犹照耀。　㉚烟煴：与“絪缊”同，元气蕴酿。　㉛《孟子·梁惠王》：“所谓故国者，非谓有乔木之谓也，有世臣之谓也。”　㉜决，一作“诀”。北梁：见《楚辞》。　㉝班荆：布荆于地面坐。见《左传》襄公二十六年。　㉞水草交为“湄”。　㉟淄：水名，在今山东莱芜县。淄右：淄水之右。㊱河阳：县名，在今河南孟县西。　㊲结绶：言将仕。　㊳流黄：簟。　㊴闷：闭。　㊵前秦扶风窦滔与宠姬赵阳台之任，而遗其妻苏蕙于家，蕙织锦回文，题诗二百余首以寄滔。　㊶华阴：县名，今陕西华阴县。修羊公隐华阴山下石室中，食黄精，不知所终。　㊷丹灶：炼丹之灶。　㊸金鼎：炼丹之鼎。㊹少时之别，世已千年。　㊺谢：辞。　㊻芍药：香草名。《诗经·郑风》：“维士与女，伊其相谑，赠之以芍药。”言淫乱。　㊼李延年歌：“北方有佳人，遗世而独立。”　㊽《诗经·鄘风》：“期我乎桑中，要我乎上宫。”桑中、上宫，皆所

期之地。卫庄姜无子，以陈女戴妫子完为子，完为公子州吁所弑，戴妫乃大归于陈。 ㊾《楚辞》："送美人兮南浦。" ㊿千名：言多。 ㊿淵云：指汉王子渊、扬子云。 ㊿严乐：指汉严安、徐乐。 ㊿金闺：一作"金门"，金马门。 ㊿兰台：汉藏秘书之宫观，汉傅毅、班固为兰台令史。 ㊿司马相如既奏《大人赋》，天子大悦，飘飘乎有凌云之气。见《史记·司马相如传》。 ㊿战国时，邹奭修邹衍之术，文饰之若雕镂龙文，故曰雕龙奭。

任昉为卞彬谢修卞忠贞墓启[1]

臣彬启：伏见诏书并郑义泰宣敕，当赐修理臣亡高祖晋故骠骑大将军建兴忠贞公壶坟茔。臣门绪不昌，天道所昧。忠谴身危，孝积家祸[2]，名教同悲，隐沦惆怅[3]。而年世贸迁[4]，孤裔沦塞，遂使碑表芜灭，丘树荒毁，狐兔成穴，童牧哀歌[5]，感慨自哀，日月缠迫。

陛下弘宣教义，非求效于方今，壶余烈不泯，固陈力于异世[6]；但加等之渥[7]，近阙于晋典，樵苏之刑，远流于皇代[8]，臣亦何人，敢谢斯幸。不任悲荷之至，谨奉启事以闻！谨启。

---

①任昉：梁博昌人，字彦升，武帝时，为义兴新安太守。为政清省，吏民便之，所著文章数十万言，卒谥敬。卞彬：字士蔚，官司至绥建太守。卞忠贞：名壶，字望之，晋尚书令，苏峻

作乱，壶及二子俱为贼所害，赠侍中骠骑将军，谥忠贞，后七十余年，盗发其墓，安帝赐钱十万封之，入梁复毁，武帝又加修治。　②二句言壶死忠，二子死孝。　③王隐《晋书》载壶及二子死，征士翟汤闻而叹曰："父为忠臣，子为孝子，忠孝之道，萃于一门。"名教：指王隐言。隐沦：指翟汤言。　④贸迁：迁易。　⑤雍门周以琴见孟尝君曰："臣切悲千秋万岁后，坟墓生荆棘，狐兔穴其中，樵儿牧竖踯躅而歌其上。"见桓谭《新论》。　⑥陈力：出力。　⑦《左传》僖公四年："凡诸侯薨于朝会，葬加一等，死王事，加二等。　⑧樵苏：樵采。秦攻齐，令敢有去柳下季垄五十步而樵采者，杀无赦。见《战国策》。

沈约梁武帝集序①

文思安安，钦明所以光宅②，日月光华③，《南风》所以兴咏④。日角之主，出自诸生，锐顶之君，少明古学⑤。汉高宋武，虽阙章句，歌大风以还沛，好清谈于暮年⑥；夫成天地之大功，膺乐推⑦之宝运，未或不文武兼资，能事斯毕者也。

我皇诞纵自天⑧，生知在御⑨，清明内发，疏通外典⑩。爰始贵游，笃志经术⑪。究淹中⑫之雅旨，尽曲台之奥义⑬，莫不因流极源，披条振藻，若前疑往滞，旧学罕通，而超然直诣，妙援终古，善发谈端，精于持论，置叠难逾，摧锋莫拟。有同成诵，无假含毫，兴绝节于高唱⑭，振清辞于兰畹⑮。至于春风秋月，送别望归，皇王高宴，心期促赏[16]，莫不超挺睿兴，浚发神衷[17]。及登庸历试[18]，辞翰繁蔚，笺记风动，表议云飞。雕虫小艺，无累大道。怀君人之大德，有事君之小心，为下奉上，形于辞旨。虽密奏忠规，遗稿必削[19]；而国谟藩政，存者犹多。

逮乎俯应归运[20]，仰修乾录，载笔握简[21]，各有司存，如纶[22]之旨，时或染翰。暨于设虡灵囿[23]，恺乐在镐[24]，《鹿鸣》《四牡》《皇华》《棠棣》之歌[25]，《伐木》《采薇》《出车》《杕杜》之宴[26]，皆咏志摛藻[27]，广命群臣，上与日月争光，下与钟石比韵。事同观海[28]，义等窥天[29]，观之而不测，游之而不知者矣。

窃惟左史记言，右史记事[30]，君举必书[31]，无论大小；况乎感而后思，思而后积，积而后满，满而后言若斯而已哉！谨因事立名，随源编次。

---

①沈约：梁武康人，字休文，善属文，武帝受齐禅，为尚书仆射，迁尚书令，时谢朓善为诗，任昉工于笔，约兼而有之，卒谥隐。梁武帝：姓萧，名衍，篡齐即帝位，博学能文，有集行世。　②《尚书·尧典》：“钦明文思安安。”经纬天地谓之文。虑深通敏谓之思。安安：谓安天下之所当安。威仪悉备谓之“钦”，照临四方谓之“明”。光：充。宅：居。言德充满居止于天下而远著。　③虞舜《卿云歌》：“日月光华，旦复旦兮。”　④《南风》：歌名，舜作五弦之琴以歌之。　⑤日

角：额上骨高起如日。锐顶：顶上高起。皆贵相。　⑥宋武：南朝宋开国之帝，姓刘名裕，篡晋即帝位，在位三年而殁。宋武清谈，史无确征，其在暮年，曾议兴学，或即所指。　⑦乐推：谓天下乐于推戴。　⑧《论语·子罕》："故天纵之将圣。"⑨《论语·季氏》："生而知之者，上也。"　⑩外典：谓佛经，武帝信佛，制《涅槃》《大品》《净名》《三慧》诸经义数百卷。　⑪武帝少而好学，能事毕究，制有《周易讲疏》《尚书大义》《毛诗春秋答》等二百余卷。　⑫淹中：鲁里名，礼古经出处。　⑬曲台：行礼射之地，后苍记之。《汉书·艺文志》有《曲台后苍记》。　⑭绝节高唱，犹言绝调高唱。⑮《楚辞》："余既滋兰之九畹兮。"畹者，二十亩，又曰十二亩，又曰三十亩。　⑯心期：言两相期许，指应制为诗言。⑰神衷：犹圣衷。　⑱登庸：登用，指其仕齐而言。　⑲遗稿必削：谓有所进谏，不留稿以表暴于外。《汉书·孔光传》："时有所言，辄削草藁，以为章主之过，以奸忠直，人臣大罪也。"　⑳俯应归运：谓其受禅。　㉑《礼记·曲礼》："史载笔。"　㉒如纶：言其大。〈礼记·缁衣》："王言如丝，其出如纶，王言如纶，其出如綍。"纶粗于丝，綍又大于纶。　㉓虡（jù）：所以悬鼓者。设虡：指临幸学宫。灵囿：周文王之囿。此指临幸园囿言。　㉔《诗经·小雅·宾之初筵》："王在在镐，岂乐饮酒。"镐：周武王所都，在今陕西西安市西。此指在宫言。　㉕《诗经·小雅》有《鹿鸣》篇，燕群臣嘉宾也；有《四牡》篇，劳使臣；有《皇华》篇，君遣使臣；有《常棣》篇，燕兄弟之诗。　㉖《诗经·小雅》有《伐木》篇，燕朋友故旧；有《采薇》篇，遣戍役；有《出车》篇，劳还率；有《杕杜》篇，劳还役。 ㉗摛：布，发。藻：文藻。 ㉘《孟子·尽心》：“故观于海者难为水。” ㉙东方朔《答客难》：“以管窥天。” ㉚《汉书·艺文志》：“左史记言，右史记事，事为《春秋》，言为《尚书》。” ㉛《左传》庄公二十三年：“君举必书，书而不法，后嗣何观。”

锺嵘诗品卷上序①

气之动物，物之感人，故摇荡性情，形诸舞咏。照烛三才②，晖丽万有，灵祇③待之以致飨，幽微藉之以昭告，动天地，感鬼神，莫近于诗。昔《南风》④之辞，《卿云》之颂⑤，厥义敻矣⑥。夏歌曰：“郁陶乎予心。”⑦楚谣曰：“名余曰正则。”⑧虽诗体未全，然是五言之滥觞也⑨。逮汉李陵，始著五言之目矣⑩。古诗眇邈，人代难详，推其文体，固是炎汉之制⑪，非衰周之倡也。

自王、扬、枚、马之徒⑫，词赋竞爽⑬，而吟咏靡闻。从李都尉迄班婕妤⑭，将百年间，有妇人焉，一人而已。诗人之风，顿已缺丧。东京二百载中，惟有班固《咏史》⑮，质木无文。降及建安⑯，曹公父子⑰，笃好斯文；平原兄弟，郁为文栋⑱；刘桢、王粲，为其羽翼。次有攀龙托凤，自致于属车者⑲，盖将百计，彬彬之盛，大备于时矣。

尔后陵迟[20]衰微，迄于有晋。太康中[21]，三张、二陆[22]，两潘、一左[23]，勃尔复兴，踵武前王，风流未沫[24]，亦文章之中兴也。永嘉时[25]，贵黄、老[26]，稍尚虚谈[27]。于时篇什，理过其辞，淡乎寡味。爰及江表，微波尚传[28]，孙绰、许询，桓、庾诸公[29]诗，皆平典，似道德论，建安风力尽矣。

先是郭景纯[30]用隽上之才，变创其体。刘越石[31]仗清刚之气，赞成厥美。然彼众我寡，未能动俗。逮义熙[32]中，谢益寿[33]斐然继作。元嘉初[34]，有谢灵运[35]，才高词盛，富艳难踪，固已含跨刘、郭[36]，陵轹潘、左[37]。故知陈思为建安之杰[38]，公干、仲宣为辅[39]。陆机为太康之英，安仁、景阳为辅[40]。谢客[41]为元嘉之雄，颜延年[42]为辅。斯皆五言之冠冕，文词之命世也[43]。

夫四言[44]文约意广，取效《风》《骚》[45]，便可多得。每苦文繁而意少，故世罕习焉。五言居文词之要，是众作之有滋味者也，故云会于流俗。岂不以指事造形，穷情写物，最为详切者耶！故诗有六义焉[46]：一曰兴，二曰比，三曰赋。文已尽而意有余，兴也；因物喻志，比也；直书其事，寓言写物，赋也；弘斯三义，酌而用之，干之以风力[47]，润之以丹彩，使味之者无极，闻之者动心，是诗之至也。若专用比兴，则患在意深，意深则词踬[48]。若但用赋体，则患在意浮，意浮则文散，嬉成流移[49]，文无止泊，有芜漫之累矣[50]。

若乃春风春鸟，秋月秋蝉，夏云暑雨，冬月祁寒[51]，斯四候之感诸诗者也。嘉会寄诗以亲，离群托诗以怨。至于楚臣去境[52]，汉妾辞宫[53]，或骨横朔野，或魂逐飞蓬；或负戈外戍，杀气雄边；塞客衣单，孀闺泪尽；或士有解佩出朝，一去忘返；女有扬蛾入宠，再盼倾国。凡斯种种，感荡心灵，非陈诗何以览其义，非长歌何以骋其情。故曰："诗可以群，可以怨。"[54]使穷贱易安，幽居靡闷，莫尚于诗矣。故词人作者，罔不爱好。

今之士俗，斯风炽矣。才能胜衣[55]，甫就小学，必甘心而驰骛焉。于是庸音杂体，各各为容。至于膏腴子弟，耻文不逮，终朝点缀[56]，分夜呻吟[57]。独观谓为警策[58]，众睹终沦平钝。次有轻荡之徒，笑曹、刘为古拙[59]，谓鲍照羲皇上人[60]，谢朓今古独步，而师鲍照，终不及日中市朝满[61]，学谢朓，劣得"黄鸟度青枝"[62]。徒自弃于高听，无涉于文流矣。

观王公缙绅之士，每博论之余，何尝不以诗为口实[63]，随其嗜欲，商搉不同，淄渑并泛[64]，朱紫相夺，喧议竞起，准的无依。近彭城刘士章[65]，俊赏之士，疾其淆乱，欲为当世《诗品》，口陈标榜[66]。其文未遂，感而作焉。昔九品论人[67]，七略裁士[68]，校以宾实[69]，诚多未值[70]。至若诗之为技，较尔可知，以类推之，殆均博弈。方今皇帝[71]，资生知之上才，体沉郁之幽思。文丽日月，学究天人。昔在贵游，已为称首。况八纮既奄[72]，风靡云蒸，抱玉者联肩，握珠者踵武。以瞰汉魏而不顾，吞晋宋于胸中。谅非农歌辕议[73]，敢致流别。嵘之今录，庶周旋于闾里，均之于谈笑耳。

---

①锺嵘：梁颍川人，字仲伟，与兄岏弟屿并好学，有思理，天监中，为晋安王记室。《诗品》，嵘著，列古今五言诗自汉魏以来百有三人，论其优劣，分上中下三品，析为三卷，卷各有序，本篇为卷上之序，实含总序之意。 ②三才：指天地人。 ③灵祇：地也。 ④《南风》：见沈约《梁武帝集序》注。 ⑤舜作《卿云歌》曰："卿云烂兮，纠漫漫兮，日月光华，旦复旦兮。" ⑥敻（xiōng）：远也。 ⑦语见《古文尚书·五子之歌》。郁陶：哀思。 ⑧《楚辞》："名余曰正则兮，字余曰灵均。"正则：屈原名。 ⑨《家语》："夫江始于岷山，其源可以滥觞。"言其发源之始，仅泛滥一觞之微，今凡谓事之开始曰滥觞。 ⑩李陵有与苏武五言诗三首。 ⑪汉以火德王，故曰炎汉。 ⑫王：王褒，扬：扬雄，枚：枚乘，马：司马相如，皆工词赋者。 ⑬竞爽：竟明。见《左传》昭三年。 ⑭李都尉：即李陵，陵为骑都尉，故云。班婕妤：指班昭，曾作《怨歌行》。 ⑮班固有《咏史》诗。 ⑯建安：见曹植《王仲宣诔》注。 ⑰曹公父子：谓曹操及曹丕、曹植。 ⑱平原兄弟：谓应玚、应璩，玚为魏武掾属，后转为平原侯庶子，故云。 ⑲属车：天子侍从之车。 ⑳陵迟：言如丘陵之逶迟稍卑下，与陵夷同。 ㉑太康：晋武帝年号。 ㉒三张：指张华、张协、张翰。张协，字景阳，安平人。张翰，字季鹰，吴人。二陆：指陆机、陆云。 ㉓两潘：指潘岳、潘尼。一左，指左思，字太冲，临淄人。八人皆善诗赋。 ㉔沫：已也。 ㉕永嘉：晋怀帝年号。 ㉖黄、老：指黄帝、老

子，谓道家之言。　㉗虚谈：即晋时之清谈，祖述老庄，排弃世务，专谈空理。　㉘谓晋渡江为东晋时。　㉙孙绰：中都人，字兴公。许询：高阳人，与绰俱有高尚之志。桓：桓彝，字茂伦，龙亢人。庾：庾亮，字元规，鄢陵人。　㉚郭景纯：即郭璞。　㉛刘越石：即晋刘琨，魏昌人。　㉜义熙：晋安帝年号。　㉝谢益寿：即晋谢混，混字叔源，益寿其小字。㉞元嘉：见谢惠连《祭古冢文》注。　㉟谢灵运：宋阳夏人。㊱刘、郭：指刘桢、郭璞。　㊲陵轹：驾而上之之意。潘、左：指潘岳、左思。　㊳陈思：即曹植，曹植封陈王，谥思。㊴公干、仲宣：指刘桢、王粲。　㊵安仁、景阳：指潘岳、张协。　㊶谢客：即谢灵运，灵运生旬日而祖玄亡，其家以子孙难得，送钱塘养之，十五方还都，故名客儿。　㊷颜延年：即颜延之。　㊸命世：有名于世之人。　㊹古之诗有三言、四言、五言、六言、七言、九言。　㊺《风》《骚》：谓《国风》《离骚》。　㊻六义：指风、雅、颂、赋、兴、比。㊼风力：犹风骨。　㊽踬：碍。　㊾嬉成：游戏之词。流移：谓文不确切，可移至他处。　㊿芜漫：离乱散漫。　51祁寒：大寒。　52楚臣去境：谓屈原被放逐。　53汉妾辞宫：谓王昭君。　54语见《论语·阳货》，群：和而不流。怨：怨而不怒。　55胜衣：谓儿童稍长体才任衣服。　56点缀：犹衬饰。　57呻吟：咏诵之声。　58警策：见陆机《文赋》注。59曹刘：指曹植、刘桢。　60羲皇上人：犹言太古之人。61日中市朝满：鲍照《代结客少年场行》句。　62虞炎诗句。63口实：见江统《徙戎论》注。　64淄渑：二水名。淄水，在今山东临淄南；渑水，在市北。 ㉟彭城：郡名，今江苏徐州市。刘士章：即南齐刘绘，彭城人，有盛才。 ㊱标榜：谓表暴而称扬之。 ㊲汉班固撰《汉书》，表述古今人，列为九品；三国魏陈群为尚书，制九品官人之法。 ㊳汉刘歆总群书而奏其《七略》，为《辑略》《六艺略》《诸子略》《诗赋略》《兵书略》《术数略》《方技略》。 ㊴宾实：犹言名实。《庄子·逍遥游》："名者，实之宾也。" ㊵值：当。 ㊶皇帝：谓梁武帝。 ㊷《淮南子·地形训》："八殡之外有八纮。"纮：维。言既有天下。 ㊸农歌辕议：犹巷语途歌。

刘峻送橘启[①]

南中橙甘[②]，青鸟所食[③]。始霜之旦[④]，采之风味照座，劈之香雾噀[⑤]人。皮薄而味珍，脉不黏肤，食不留滓[⑥]。甘逾萍实[⑦]，冷亚冰壶[⑧]。可以薰神[⑨]，可以芼鲜[⑩]，可以渍蜜，毡乡[⑪]之果，宁有此邪！

①刘峻：梁平原人，字孝标，好学家贫，寄人庑下，自课读书，居东阳，吴人士多从之学，门人谥曰玄静先生。 ②南中：谓江南，橘类出江南。橙甘：二果名，橘属；甘通作"柑"。③箕山之东，青鸟之所，有卢橘夏熟。见《伊尹书》。 ④始霜：季秋之月。 ⑤噀（xùn）：喷。 ⑥滓：渣滓。 ⑦《家语》载楚昭王渡江，江中有物大如斗，圜而赤，直触王舟，群臣莫识，使之问孔子，孔子曰："此萍实也。" ⑧冰壶：喻心

之清。鲍照《乐府》："清如玉壶冰。" ⑨薰：和悦貌。⑩芼：菜。芼鲜：谓用菜杂肉为羹。 ⑪毡乡：毡裘之乡，指夷狄。刘峻送橘于北地，故云。

刘峻广绝交论[1]

客问主人曰："朱公叔《绝交论》[2]，为是乎？为非乎？"主人曰："客奚此之问？"客曰："夫草虫鸣则阜螽跃[3]，雕虎[4]啸而清风起。故絪缊[5]相感，雾涌云蒸；嘤鸣[6]相召，星流电激。是以王阳登则贡公喜[7]，罕生逝而国子悲[8]。且心同琴瑟，言郁郁[9]于兰茝；道叶胶漆，志婉娈于埙篪[10]。圣贤以此镂金版而镌盘盂，书玉牒而刻钟鼎[11]。若乃匠人辍成风之妙巧[12]，伯子[13]息流波之雅引。范张款款于下泉[14]，尹班陶陶于永夕[15]。骆驿纵横，烟霏雨散，巧历所不知，心计莫能测。而朱益州[16]汩彝叙，粤谟训，捶直切[17]，绝交游。比黔首以鹰鹯，媲人灵于豺虎。蒙有猜焉，请辨其惑！"

主人听然[18]而笑曰："客所谓抚弦徽[19]音，未达燥湿变响；张罗沮泽[20]，不睹鸿雁云飞。盖圣人握金镜[21]，阐风烈，龙骧蠖屈，从道污隆[22]。日月联璧[23]，赞亹亹[24]之弘致；云飞电薄[25]，显棣华之微旨[26]。若五音之变化，济九成之妙曲[27]。此朱生得玄珠于赤水[28]，谟神睿而为言[29]。

"至夫道德仁义[30]，琢磨道德[31]，欢其愉乐，恤其陵夷[32]。寄通灵台之下[33]，遗迹[34]江湖之上，风雨急而不辍其音[35]，霜雪零而不渝其色[36]，斯贤达之素交[37]，历万古而一遇。逮叔世民讹[38]，狙诈飙起，谿谷不能逾其险，鬼神无以究其变，竞毛羽之轻，趋锥刀[39]之末。于是素交尽，利交兴，天下蚩蚩[40]，鸟惊雷骇。然则利交同源，派流则异，较言[41]其略，有五术焉。

"若其宠钧董石[42]，权压梁窦[43]，雕刻百工，炉捶万物。吐漱兴云雨，呼噏下霜露。九域耸其风尘，四海叠其熏灼[44]。靡不望影星奔，藉响川骛[45]，鸡人[46]始唱，鹤盖[47]成阴，高门旦开，流水接轸[48]。皆愿摩顶至踵，隳胆抽肠，约同要离焚妻子[49]，誓殉荆卿湛七族[50]。是曰势交，其流一也。

"富埒陶白[51]，赀巨程罗[52]，山擅铜陵[53]，家藏金穴[54]，出平原而联骑，居里闬而鸣钟[55]。则有穷巷之宾，绳枢之士[56]，冀宵烛之末光[57]，邀润屋之微泽[58]；鱼贯凫跃，飒沓鳞萃[59]，分雁鹜之稻粱[60]，沾玉斝[61]之余沥。衔恩遇，进款诚，援青松以示心，指白水而旌信[62]。是曰贿交，其流二也。

"陆大夫宴喜西都[63]，郭有道人伦东国[64]，公卿贵其籍甚[65]，缙绅羡其登仙[66]。加以颔颐蹙頞，涕唾流沫[67]，骋黄马之剧谈[68]，纵碧鸡之雄辩[69]，叙温郁则寒谷成暄[70]，论严苦则春丛零叶[71]，飞沈出其顾指，荣辱定其一言。于是有弱冠王孙，绮纨公子，道不挂于通人，声未遒于云阁[72]，攀其鳞翼，丐其余论，附驵[73]骥之旄端，轶归鸿于碣石[74]。是曰谈交，其流三也。

"阳舒阴惨[75]，生民大情；忧合欢离，品物恒性。故鱼以泉涸而呴沫[76]，鸟因将死而鸣哀[77]。同病相怜，缀河上之悲曲[78]；恐惧置怀，昭《谷风》之盛典[79]。斯则断金由于湫隘[80]，刎颈起于苫盖[81]。是以伍员濯溉于宰嚭[82]，张王抚翼于陈相[83]。是曰穷交，其流四也。

“驰骛之俗，浇薄之伦，无不操权衡，秉纤纩。衡所以揣其轻重，纩所以属其鼻息[84]。若衡不能举，纩不能飞，虽颜冉龙翰凤雏[85]，曾史兰薰雪白[86]，舒向金玉渊海[87]，卿云黼黻河汉[88]，视若游尘，遇同土梗[89]，莫肯费其半菽[90]，罕有落其一毛[91]。若衡重锱铢，纩微影撇，虽共工之搜慝[92]，獾兜之掩义[93]，南荆之跛扈[94]，东陵之巨猾[95]，皆为匍匐逶迤，折枝舐痔[96]，金膏翠羽将[97]其意，脂韦便辟导其诚[98]。故轮盖所游，必非夷惠之室[99]；苞苴[100]所入，实行张霍之家[101]。谋而后动，毫芒寡忒。是曰量交，其流五也。

“凡对五交，义同贾鬻[102]。故桓谭譬之于阛阓[103]，林回喻之于甘醴[104]。夫寒暑递进，盛衰相袭，或前荣而后悴，或始富而终贫，或初存而末亡，或古约而今泰，循环翻覆，迅若波澜。此则殉利之情未尝异，变化之道不得一。由是观之，张陈所以凶终[105]，萧朱所以隙末[106]，断焉可知矣。而翟公方规规然勒门以箴客[107]，何所见之晚乎！因此五交，是生三衅：败德殄义，禽兽相若，一衅也。难固易携，仇讼所聚，二衅也。名陷饕餮[108]，贞介所羞，三衅也。古人知三衅之为梗，惧五交之速尤[109]。故王丹威子以槚楚[110]，朱穆昌言而示绝，有旨哉！有旨哉！

“近世有乐安任昉[11]，海内髦杰，早绾银黄[12]，夙昭民誉。遒文丽藻，方驾曹王[13]；英跱[14]俊迈，联横许郭[15]。类田文[16]之爱客，同郑庄之好贤[17]。见一善则盱衡[18]扼腕，遇一才则扬眉抵掌。雌黄出其唇吻[19]，朱紫由其月旦[20]。于是冠盖辐凑，衣裳云合，辎軿击辖，坐客恒满。蹈其阃阈，若升阙里之堂[21]；入其隩隅，谓登龙门[22]之阪。至于顾盼增其倍价[23]，剪拂[24]使其长鸣，彯组云台者[25]摩肩，趋走丹墀者叠迹。莫不缔恩狎，结绸缪，想惠庄[26]之清尘，庶羊左之徽烈[27]。

“及瞑目东粤[28]，归骸洛浦[29]。繐帐犹悬[30]，门罕渍酒之彦[31]；坟未宿草[32]，野绝动轮之宾[33]。藐尔诸孤，朝不谋夕，流离大海之南，寄命嶂疠[34]之地。自昔把臂之英，金兰之友，曾无羊舌下泣之仁[35]，宁慕郈成分宅之德[36]。呜呼！世路险巇[37]，一至于此！太行孟门，岂云崭绝[38]。是以耿介之士，疾其若斯，裂裳裹足，弃之长骛。独立高山之顶，欢与麋鹿同群，皦皦然绝其雰浊[39]，诚耻之也，诚畏之也！”

---

①刘峻见任昉诸子，流离不能自振，昉生平旧交，莫有收恤者，乃广朱公叔《绝交论》而作此。 ②朱公叔：名穆，后汉人，感时浇薄，著《绝交论》。 ③《诗经·小雅·出东》：“喓喓草虫，趯趯阜螽。”草虫鸣则阜螽跳跃而从之，异类相应。 ④雕虎：老虎。 ⑤细缊：指天地之气相互作用而化育万物。 ⑥嘤鸣：鸟鸣求友。《诗经·小雅·伐木》：“嘤

其鸣矣，求其友声。”　⑦后汉王吉，字子阳，与贡禹为友，世称王阳在位，贡公弹冠，言其趣舍同。　⑧罕生：春秋郑大夫子皮。国子：名侨，字子产。子产闻子皮卒，哭，且曰：“吾已！无为为善矣。唯夫子知我也。”　⑨郁郁：香气浓郁。⑩胶漆：言交谊之坚，如胶如漆不相离。婉娈：犹亲爱。埙篪：皆古乐器。　⑪二句言圣贤以良朋之道，故著简策而传之。⑫郢人垩墁其鼻端若蝇翼，使匠石斫之，匠石运斤成风，斫之尽垩而鼻不伤，宋元君召试之，匠石曰：“臣质死久矣。”见《庄子·徐无鬼》。　⑬伯子：即伯牙。　⑭后汉时，范式与张劭友善，式梦劭告以已死，式素服奔赴，如期会葬。见《后汉书·范式传》。下泉：黄泉。　⑮陶陶：快乐舒畅貌。尹敏与班彪相厚，每相与谈，常晏暮不食，昼即至冥，夜彻旦。　⑯穆卒，赠益州刺史，故称朱益州。　⑰捶：打击。直切：指正直诚恳的友情。　⑱听然：张口而笑的样子。　⑲徽：琴之标识处。　⑳沮泽：沼泽地带。　㉑金镜：高明的哲理。㉒污隆：指世道盛衰或政治兴替。　㉓日月联璧：比喻太平景象。　㉔亹亹：微妙。　㉕云飞电薄：比喻世道衰乱。㉖《论语·子罕》：“棠棣之华，偏其反而。”此为逸诗。㉗乐一终为一成。九成：即九章。　㉘《庄子·天地》：“黄帝游于赤水之北，遗其玄珠，使象罔求而得之。”赤水：传说中的河流。玄珠：喻指天道。　㉙谟：谋，效法。神睿：神圣。㉚道德仁义，天性也，织之以成其物，练之以成其情。　㉛《礼记·大学》：“如切如磋，道学也，如琢如磨，自修也。”㉜陵夷：衰落。　㉝通：通神。灵台：指心。　㉞遗迹：遗忘形迹。 ㉟《诗经，郑风》："风雨如晦，鸡鸣不已。"喻君子杂居乱世，不变改其节度。 ㊱《吕氏春秋·孝行览·慎人》篇："大寒既至，霜雪既降，吾是以知松柏之茂也。" ㊲素交：雅素之交。 ㊳叔世：末世。讹：伪。 ㊴锥刀：言其小。《左传》昭公六年："锥刀之末，将尽争之。" ㊵蚩蚩：无知。 ㊶较言：大略叙述。 ㊷董：汉哀帝幸臣董贤。石：汉元帝时宦者石显。 ㊸梁窦：后汉时外戚梁氏、窦氏，皆曾握有重权，势倾中外。 ㊹叠：惧也。熏灼：言势盛。 ㊺藉响：闻声响和。川骛：如川水奔流。 ㊻鸡人：周官，凡国事，为期则告之时，象鸡之知时，故名。 ㊼鹤盖：言车盖如飞鹤。 ㊽言车如流水。 ㊾春秋时，吴王阖庐欲杀王子庆忌，要离诈以罪亡，令吴王燔其妻子，要离走见庆忌，庆忌不疑而纳之，要离遂乘间以剑刺杀庆忌。 ㊿战国时，荆轲为燕刺秦王，不成而死，其族坐之。 51陶白：指陶朱公、白圭。白圭，周人，乐观时变，天下言治生者祖之。 52程罗：指程郑、罗褒。程郑，山东大富。罗褒，成都人，赀至巨万。 53铜陵：铜山也。汉文帝赐宦者邓通严道铜山，得专铸钱，邓氏钱布天下。 54后汉光武帝郭皇后弟况为大鸿胪，数赏赐金钱，京师号况家为金穴。 55食时击钟，为富贵之仪。 56绳枢：以绳系户枢，贫者之居。 57贫女以家无烛，与人共处，冀得其光。 58《礼记·大学》："富润屋。" 59飒沓：众盛貌。鳞萃：如鱼之聚。 60贵家以稻粱饲雁鹜，而希分之。 61玉斝：玉爵。 62《左传》僖公二十四年："所不与舅氏同心者，有如白水。"晋文公对舅犯语。 63陆大夫：汉陆贾。高祖拜贾为大中大夫，陈平以钱五百万遗贾为食饮费。　⑭郭有道：后汉郭泰。泰善人伦，谓臧否人物。东国：指洛阳。　⑮籍甚：声名狼籍甚盛。　⑯郭泰游洛阳，后归乡，诸儒送之，与李膺同舟而济，众宾望之，以为神仙。⑰二语见扬雄《解嘲》注。　⑱黄马：战国公孙龙之辩辞。⑲碧鸡：亦公孙龙辩辞。　⑳温郁：与"温燠"同，温暖。燕有寒谷，邹衍吹律，温气乃至。　㉑风霜壮谓之严。苦：急也。嘘枯则冬荣，吹生则夏落，皆指善谈。　㉒遒：健。云阁：上腾之所。　㉓驵：壮马。　㉔轶：过。碣石：山名。㉕人在阳时则舒，在阴时则惨。　㉖呴：吹。泉涸：鱼相处于陆，相呴以湿，相濡以沫。　㉗《论语·泰伯》："鸟之将死，其鸣也哀。"　㉘伍子胥有河上之歌者，同病相怜，同忧相救之语。　㉙《诗经·谷风》："将恐将惧，置予于怀。"㉚湫隘：低下窄小之地。　㉛白盖为苫盖。　㉜伯嚭来奔于吴，子胥请以为大夫，宰嚭实因子胥濯溉而荣显，然后之害子胥者嚭。　㉝张耳、陈余为刎颈交，陈余因张耳抚翼而起，乃以袭张耳。　㉞纩：新绵，易动摇，人将死，置口鼻上以为候。㉟颜冉：指颜渊、冉伯牛，皆孔子弟子。三国魏崔琰谓邴原、张范为龙翰凤翼。庞统号凤雏。　㊱曾史：指曾参、史鱼。曾参，孔子弟子。史鱼，卫大夫。兰薰：若兰之香。雪白：如雪之白。　㊲舒向：指汉董仲舒、刘向。其人如世之金玉，其辞同于渊海。　㊳卿云：指司马长卿、扬子云，其文可黼黻天之河汉。　㊴言虽如颜冉曾史舒向卿云，亦以游尘土梗遇之。㊵半菽：食蔬菜以菽杂半之。　㊶杨朱为我，拔一毛而利天下，不为也。 ㉜共工：尧时四凶之一，为舜所流。搜慝：言隐恶。 ㉝兜：尧时四凶之一，为舜所放。 ㉞南荆：谓楚。㉟《庄子·骈拇》："盗跖死利于东陵之上。" ㊱《孟子·梁惠王》："为长者折枝。"秦王有病召医，破痈溃痤者得车一乘，舐痔者得车五乘。 ㊲将：助。 ㊳脂：脂油。韦：软皮，言柔滑。便辟：习于威仪而不直。 ㊴夷惠：指伯夷、柳下惠。 ⑩苞苴：谓包裹。纳贿于人，亦曰苞苴。 ⑩张霍：指汉张安世、霍光。 ⑩贾：买进。鬻：卖出。 ⑩桓谭：后汉人，字君山，光武时拜议郎，著《新论》。桓谭集并无以市喻交之文，《国策》谭拾子语孟尝君，则有市喻之言，疑拾误为桓，遂居谭上。阛阓（huán huì）：街市。 ⑩林回：战国时人，有"君子之交淡若水，小人之交甘如醴"之语。 ⑩张陈凶终，即张耳陈余事。 ⑩汉萧育与朱博友善，后育为九卿，博先至丞相，与博有隙。 ⑩翟公：汉下邽人，为廷尉，宾客填门，及废，门外可设雀罗，后复为廷尉，宾客欲往，公大署其门曰："一死一生，乃知交情。一贫一富，乃知交态。一贵一贱，交情乃见。"规规然：自失貌。 ⑩饕餮：见《陈琳为袁绍檄豫州》注。 ⑩速尤：召尤。 ⑩后汉王丹子有同门生丧亲，家在中山，白丹欲奔慰；丹怒而挞之。槚楚：二木名，即夏楚，"夏""槚"古今字，古者扑作教刑，以此为之。 ⑪乐安：晋国名，地在今山东。 ⑪银黄：银印与金印。 ⑪曹王：指曹植、王粲。 ⑪跱：或谓当作"特"。 ⑪许郭：指许劭、郭泰，二人皆好人伦，多所赏识，天下言拔士者咸称许郭。⑪田文：即孟尝君。 ⑪汉郑当时，字庄，为大司农，每朝候，上问说，未尝不言天下长者。 ⑱眉之上为衡。盱衡：举眉扬目。 ⑲晋王衍能言，于意有不安者，辄更易之，时号口中雌黄。 ⑳后汉汝南太守宗资等任用善士，以朱紫为别。许劭与从兄靖俱有高名，好论乡党人物，月旦辄更其品题，故汝南俗有月旦评。 ㉑阙里：孔子所居，在今山东曲阜。 ㉒登龙门：见范宁《罪王何论》龙门注。 ㉓售骏马立市，莫与之言，伯乐一顾而价增十倍，见《战国策》。 ㉔剪拂：与“湔祓”同，谓去其旧日之不善。 ㉕云台：汉宫中高台，后汉永平中图画二十八将于此。 ㉖惠庄：指惠施、庄周。惠施死而庄周之说止，以世莫可与语也。 ㉗羊左：指羊角哀、左伯桃，二人为死友，闻楚王贤，往寻之，道遇雨雪，计不俱全，伯桃乃并衣粮与角哀，自入树中死。 ㉘任昉终于新安太守任上，其地在今浙江。 ㉙此句谓归葬扬州。 ㉚穗帐：死者灵帐。 ㉛后汉徐稚吊丧，常于家预炙鸡一只，一两绵渍酒曝干，以裹鸡，径到所赴冢隧外，以水渍之，使有酒气，醊酒毕，留谒而去，不见丧主。 ㉜宿草：隔年之草。 ㉝范式吊张劭，未至，柩不进，及范式至执引，柩乃前。 ㉞嶂疠：即瘴疠，南方湿地流行的恶性疟疾等传染病。 ㉟春秋晋羊舌肸见司马侯之子，抚而泣之。 ㊱春秋时，郈成子自鲁聘晋，过于卫，右宰谷臣止而觞之，陈乐而不作，酣毕而送以璧，成子不辞，行三十里而闻卫乱作，谷臣死，成子乃迎其妻子，还其璧，隔宅而居之。 ㊲险巇：犹颠危。 ㊳孟门：山名。言太行孟门未为险，今之世路斯险耳。 ㊴皦皦然：洁白貌。雰：同“氛”；雰浊：浊气。

刘潜谢始兴王赐花纨簟启[①]

丽兼桃象[②]，周洽昏明。便觉夏室已寒，冬裘可袭[③]；虽九日煎沙[④]，香粉犹弃[⑤]，三旬沸海[⑥]，团扇可捐[⑦]。

---

①刘潜：字孝仪，工属文，大同中官御史中丞，出为临海太守，大宝元年，卒，年六十七。始兴王：姓萧，名憺，字僧连，武帝第十一子，天监元年，封始兴郡王。 ②桃：桃枝簟。象：象牙簟。 ③袭：重衣。 ④煎沙：言大旱，汤时大旱七年，煎沙烂石。 ⑤少汗，故不须敷粉。 ⑥曹植以三伏为三旬。沸海：言酷暑。 ⑦捐：亦弃也。

刘令娴祭夫徐敬业文[①]

惟梁大同五年[②]，新妇谨荐少牢[③]于徐府君之灵曰：惟君德爱礼智，才兼文雅，学比山成[④]，辨同河泻[⑤]。明经擢秀，光朝振野。调逸许中[⑥]，声高洛下[⑦]，含潘度陆[⑧]，超终迈贾[⑨]。

二仪既肇[⑩]，判合[⑪]始分。简贤依德，乃隶[⑫]夫君。外治徒奉，内佐无闻。幸移蓬性，颇习兰薰。式传琴瑟[⑬]，相酬典坟。

辅仁[⑭]难验，神情易促。雹碎春仁，霜雕[⑮]夜绿。躬奉正衾[⑯]，亲观启足[⑰]。一见无期，百身何赎[⑱]。

呜呼哀哉！生死虽殊，情亲犹一。敢遵先好，手调姜橘⑲。素俎空干，奠觞徒溢。昔奉齐眉⑳，异于今日。

从军暂别，且思楼中㉑。薄游未反，尚比飞蓬㉒。如当此诀，永痛无穷。百年何几，泉穴方同㉓。

---

①刘令娴：即梁秘书监刘孝绰妹，孝绰有三妹，令娴最幼，世称刘三娘。徐敬业：名悱，剡人，为晋安内史卒，丧还建业，令娴为此文祭之，敬业父勉欲造哀文，睹令娴此作，遂搁笔。 ②大同：梁武帝年号。 ③少牢：一羊。 ④《论语·子罕》："譬如为山，未成一篑。" ⑤《世说》："吐章成文，如悬河泻水，注而不竭。" ⑥许中：今河南许昌。 ⑦洛下：今河南洛阳市。 ⑧潘：即潘岳。陆：即陆机。 ⑨终：终军。贾：贾谊。 ⑩二仪：即天地。肇：始。 ⑪判：亦作"牉"，半。得耦为合。 ⑫隶：附着。 ⑬琴瑟：言夫妇和谐。 ⑭《论语·颜渊》："君子以文会友，以友辅仁。" ⑮雕：通作"凋"，半伤。 ⑯春秋时，齐黔娄没而衾不蔽体，曾子令邪之，其妻曰："邪而有余，不若正而不足。" ⑰《论语·泰伯》："曾子有疾，召门弟子曰：'启予足！启予手！"'盖以身体受于父母，不敢毁伤，使其弟子开其衾而视之。 ⑱赎：犹续。 ⑲木耳煮而细切之，和以姜橘，可为菹，滑美。 ⑳汉梁鸿妻孟光每馈食，举案齐眉。 ㉑曹植《七哀诗》："明月照高楼，流光正徘徊。上有愁思妇，悲叹有余哀。" ㉒飞蓬：见徐淑《答夫秦嘉书》注。 ㉓泉穴方同：言至死始同葬。

梁简文帝与萧临川书[①]

零雨送秋，轻寒迎节，江枫晓落，林叶初黄，登舟已积，殊足劳止[②]，解维金阙，定在何日[③]？八区内侍[④]，厌直御史之庐[⑤]，九棘外府[⑥]，且息官曹之务。应分竹南川[⑦]，剖符千里[⑧]。

但黑水初旋[⑨]，未申十千之饮[⑩]，桂宫既启，复乖双阙之宴[⑪]，文雅纵横，即事分阻[⑫]，清夜西园[⑬]，眇然未克[⑭]，想征舻而结叹[⑮]，望横席而沾襟。

若使弘农书疏，脱还郦下[⑯]，河南口占，倘归乡里[⑰]，必迟青泥之封[⑱]，且觏朱明之诗[⑲]。白云在天，苍波无极，瞻之歧路，眷慨良深，爱护波潮[⑳]，敬勗光彩。

---

①梁简文帝：武帝第三子，姓萧名纲，字世赞，幼聪睿，识悟过人，九流百氏，经目必记，著书甚多，侯景反，为所弑，在位二年。萧临川：萧子云也。梁时萧子显、子云并为临川内史，此书当是与子云者，盖梁中大通三年，简文始立为太子，而子云适迁临川内史，若子显则简文为太子时，已历侍中国子祭酒矣。临川：郡名，在今江西。　②止：语助词。　③维：所以系舟。解维金阙：言开舟离京。　④武帝后宫八区，有昭阳、飞翔、增成、合欢、兰林、披香、凤凰、鸳鸯等殿。内侍：谓供奉内庭。　⑤直：侍。庐：直宿所止之处。　⑥《周礼·秋

官》："朝士，掌建外朝之法，左九棘，孤卿大夫位焉，右九棘，公侯伯子男位焉。" ⑦南川：即指临川。 ⑧符：符节。剖符：谓剖而分半以与之。服官临川，乃封之于外。 ⑨黑水：雍州之水。《尚书·禹贡》："黑水西河惟雍州。"梁普通四年，简文为雍州刺史，中大通三年，还立为皇太子，故云。⑩曹植有"美酒斗十千"句。 ⑪言为太子后，又未筵聚。⑫言雅集每因事阻。 ⑬曹植诗："清夜游西园。" ⑭未克：犹未能。 ⑮船尾谓之舻。此指临川之行舟。 ⑯魏曹植留守邺，数与弘农杨修书，修亦答书焉。弘农地在今河南。邺：汉郡，在今河南临漳县境。 ⑰汉陈遵为河南太守，治私书谢京师故人，遵凭几口占书文，亲疏各有意。河南：汉郡，地在今河南。 ⑱迟：待也。后汉邓训为乌桓校尉，故吏知训好青泥封书，特远载至上谷贻之。 ⑲夏为朱明。六句言吏或因公来京，则青泥之信可待，夏时所作诗可见。 ⑳望其在舟中珍重。

梁简文帝相官寺碑①

真人西灭②，罗汉东游，五明盛士③，并宣北门之教，四姓小臣④，稍罢南宫之学⑤。超洙泗⑥之济济，比舍卫⑦之洋洋。是以高檐三丈，乃为祀神之舍，连阁四周，并非中官⑧之宅。雪山忍辱之草⑨，天宫陁树之花⑩，四照芬吐⑪，五衢异色⑫，能令扶解说法，果出妙衣⑬。鹿苑岂殊⑭，祇林何远⑮。

皇太子萧纬，自昔藩邸⑯，便结善缘。虽银藏盖寡，金地多阙，有惭四事⑰，久立五根⑱。泗川出鼎⑲，尚刻之罘之石⑳；岷峨作镇，犹铭剑壁之山。矧伊福界，宁无镌刻。

铭曰：洛阳白马㉑，帝释天冠㉒，开基紫陌，峻极云端。实惟爽垲㉓，栖心之地。譬若净土㉔，长为佛事。银铺曜色，玉碍金光。墖㉕如仙掌，楼疑凤皇㉖。珠生月魄㉗，钟应秋霜㉘。鸟依交露㉙，幡承杏梁㉚。窗舒意蕊，室度心香㉛。天琴夜下㉜，绀马朝翔㉝。生灭可度㉞，离苦获常㉟。相续有尽，归乎道场。

---

①相官寺：一作湘宫寺，在今江苏南京江宁区东青溪之北，宋明帝初为湘东王，及即位，以旧地建此寺。 ②西灭：得道于西方。 ③五明：指声明、工巧明、医方明、因明、内明。 ④汉永平中为外戚樊氏、郭氏、阴氏、马氏诸子弟立学，号四姓小侯，以非列侯，故曰小侯。 ⑤汉高祖过鲁，申公以弟子从师入见于鲁南宫。见《汉书·儒林传》。 ⑥洙泗：见范宁《罪王何论》注。 ⑦舍卫国，在月氏南万里。 ⑧中官：朝内之官。 ⑨葱岭冬夏有雪，彼土人名为雪山。山有草，名忍辱草。 ⑩拘尼陁树，其花见月光即开。 ⑪鹊山有木，其华四照。 ⑫少室之山，其上有木。名曰帝休，其枝五衢，见《山海经》。言树枝重错五出，有象衢路。 ⑬加那牟尼将诸比丘游行教化，时有王女请佛及僧，三月受请，四事供养，还复以妙衣各施一领。 ⑭迦尸国波罗捺城东北许，得仙人鹿野

苑精舍。见《佛国记》。　⑮须连请太子欲买园，造精舍，祇陀太子言园地属卿，树木属我，二人共立精舍，号为太子祇陀树给孤独食园。见《贤愚经》。　⑯藩邸：见谢朓《辞随王子隆笺》朱邸注。　⑰《宝如来三昧经》："佛言菩萨以四事，可知有劳：闻无央数人，其心恐怖，是为一劳；闻不可度生死，其心恐怖，是为二劳；闻不可限诸佛智，其心恐怖，是为三劳；闻无央数功德而成一相，其心恐怖，是为四劳。"　⑱精进根，念根，定根，慧根，是为五根。　⑲泗川：即泗水，源出山东泗水县南，至江苏入淮。《史记·秦始皇纪》："始皇还过彭城，欲出周鼎泗水，使人没水求之，弗得。"　⑳之罘：秦始皇刻石于此。　㉑洛阳：见扬雄《解嘲》注。白马：寺名。后汉明帝遣使至西域求经，白马负经而来，因以名寺，在今河南洛阳市东故洛阳城西。　㉒《因本经》："须弥山顶为帝释天。"天冠：天星寺名。　㉓爽垲：轩爽高燥处。　㉔《法华论》："无烦恼众生住处，名为净土。"　㉕墖：古"塔"字。　㉖凤皇：晋宫中楼名，在洛阳。　㉗《淮南子·地形训》："蛤蟹珠龟，与月盛衰。"魄：月始生。　㉘丰山有九钟焉，是知霜鸣。霜降则钟鸣，故言知。　㉙交露：言幔。《妙法莲华经序》："珠交露幔。"　㉚杏梁：杏木之梁。　㉛二句出佛经。　㉜简文帝《大法师颂》："天琴夜张。"　㉝《起世经》："转轮王绀马之宝，名婆罗诃，日初出时，乘此宝马流大地，还至本宫，乃始进食。"　㉞生灭：犹生死。　㉟天人中有十六苦，六曰爱别离苦。

陈及北朝文

徐陵玉台新咏序[①]

凌云概日[②]，由余[③]之所未窥；万户千门，张衡之所曾赋[④]。周王璧台之上[⑤]，汉帝金屋之中[⑥]，玉树以珊瑚为枝[⑦]，珠帘以玳瑁为押[⑧]。其中有丽人焉。其人也：五陵豪族[⑨]，充选掖庭[⑩]；四姓良家[⑪]，驰名永巷[⑫]。亦有颖川新市[⑬]，河间观津[⑭]，本号娇娥[⑮]，曾名巧笑[⑯]。楚王宫内，无不推其细腰[⑰]；魏国佳人，俱言讶其纤手[⑱]。阅诗敦礼，非直[⑲]东邻之自媒；婉约风流，无异西施[⑳]之被教。弟兄协律，自小学歌[㉑]；少长河阳[㉒]，由来能舞。琵琶新曲，无待石崇[㉓]；箜篌[㉔]杂引，非因曹植。传鼓瑟于杨家[㉕]，得吹箫于秦女[㉖]。

至如宠闻长乐，陈后知而不平[㉗]；画出天仙，阏氏览而遥妒[㉘]。至如东邻巧笑，来侍寝于更衣[㉙]；西子微颦[㉚]，将横陈于甲帐[㉛]。陪游驳娑[㉜]，骋纤腰于结风[㉝]；长乐鸳鸯[㉞]，奏新声于度曲。妆鸣蝉之薄鬓[㉟]，照堕马之垂鬟[㊱]。反插金钿[㊲]，横抽宝树。南都石黛[㊳]，最发双蛾[㊴]；北地燕脂[㊵]，偏开两靥[㊶]。

亦有岭上仙童，分丸魏帝[㊷]；腰中宝凤，授历轩辕[㊸]。

金星与婺女争华[44]，麝月与嫦娥竞爽[45]。惊鸾冶袖，时飘韩掾之香[46]；飞燕[47]长裾，宜结陈王之佩[48]。虽非图画，人甘泉而不分[49]；言异神仙，戏阳台而无别[50]。真可谓倾国倾城[51]，无对无双者也！

加以天情[52]开朗，逸思雕华，妙解文章，尤工诗赋。琉璃砚匣，终日随身；翡翠笔床[53]，无时离手。清文满箧，非惟芍药之花[54]；新制连篇，宁止葡萄之树[55]。九日登高[56]，时有缘情之作；万年公主，非无诔德之辞[57]。其佳丽也如彼，其才情也如此。

既而椒房[58]宛转，柘馆阴岑[59]，绛鹤晨严[60]，铜蠡昼静[61]。三星未夕[62]，不事怀衾[63]；五日尤赊[64]，谁能理曲。优游少托，寂寞多闲。厌长乐之疏钟，劳中宫之缓箭[65]。轻身无力，怯南阳之捣衣[66]；生长深宫，笑扶风之织锦[67]。虽复投壶玉女，为欢尽于百骁[68]；争博齐姬，心赏穷于六箸[69]。无怡神于暇景，惟属意于新诗。可得代彼萱苏[70]，微蠲愁疾。

但往世名篇，当今巧制，分诸麟阁[71]，散在鸿都[72]。不藉篇章[73]，无由披览。于是然脂暝写[74]，弄墨晨书，撰录艳歌[75]，凡为十卷。曾无参于雅颂，亦靡滥于风人[76]，泾渭之间[77]，若斯而已。

于是丽以金箱，装之宝轴。三台妙迹[78]，龙伸蠖屈之书[79]；五色花笺[80]，河北胶东之纸[81]。高楼红粉，仍定鲁鱼之文[82]；辟恶生香，聊防羽陵[83]之蠹。灵飞六甲，高擅玉函[84]；鸿烈仙方，长推丹枕[85]。至如青牛帐里[86]，余曲既终；朱鸟窗前[87]，新妆已竟。方当开兹缥帙[88]，散此绦绳[89]，永对阮[90]于书帷，长循环于纤手。岂如邓学《春秋》[91]，儒者之功难习；窦传黄老，金丹之术不成。固胜西蜀豪家，托情穷于《鲁殿》[93]；东储甲观，流咏止于《洞箫》[94]。娈彼诸姬[95]，聊同弃日，猗与彤管[96]，丽矣香奁[97]。

---

①徐陵：陈郯人，字孝穆，博涉史籍，纵横有口辩，仕梁为御史中丞，陈受禅后，文檄诏诰，多出其手，为一代文宗，官至太子太傅，至德元年卒，年七十七，谥章，有《徐孝穆集》。《玉台新咏》，书名，梁简文帝为太子时，好作艳诗，乃令徐陵撰《玉台新咏》，所录为梁以前诗，虽皆绮丽之作，尚不失温柔敦厚之旨，未可概以淫艳斥之。　②凌云概日：言其高也。③由余：戎人，戎使观秦，秦缪公示以宫室积聚，由余曰："此乃所以乱也。"　④张衡：后汉西鄂人，字平子，作《两京赋》，十年乃成。其《西京赋》有"万户千门"之句。　⑤周王：即周穆王。王为姬作台，曰重璧之台。　⑥汉武帝年数岁，谓长公主曰："若得阿娇，当以金屋贮之。"阿娇，即长公主女。　⑦汉武帝起神屋于前庭，植玉树，以珊瑚为枝。⑧《汉武故事》："以白珠为帘，玳瑁押之。"押，压也，镇帘之具；一作"柙"，又作"匣"。　⑨五陵：指长陵、安陵、阳陵、茂陵、昭陵，汉时士人多宅于此。　⑩掖庭：宫旁房舍。　⑪六朝氏族，以郡望分甲、乙、丙、丁四等为贵族，谓之四姓。　⑫永巷：宫中狱名，中有长巷，故称。　⑬颍川：东汉郡，地在今河南。新市：后汉侯国，地在今湖北。

⑭河间：汉河间国，在今河北。观津：地名，在今河北河间县。四地皆汉外戚所生处。 ⑮《方言》："秦谓好曰娥。" ⑯《古今注》："段巧笑，魏文帝宫人，始作紫粉拂面。" ⑰《后汉书·马廖传》："楚王好细腰，宫中多饿死。" ⑱《诗经·魏风》："掺掺女手。"掺掺，纤手貌。 ⑲非直：不善其为。 ⑳西施：春秋时越美人。 ㉑《汉书·佞幸传》："李延年，中山人，女弟得幸于上，号李夫人，延年善歌，由是为协律都尉。" ㉒河阳：谓河阳公主。《汉书·五行志》："成帝微行出游，过河阳主作乐，见舞者赵飞燕而悦之。" ㉓石崇《王明君序》："昔公主嫁乌孙，令琵琶马上作乐以慰其道路之思，其送明君，亦必尔也，其造新曲，多哀怨之声。"石崇：晋南皮人，字季伦，官至卫尉，好奢，为赵王伦所诛。 ㉔箜篌：乐器名，《释名》谓为师延所作，空国之侯所存，故亦作"空侯"；或谓汉武帝使乐人侯晖为之，其声坎坎，故又作"坎侯。" ㉕《汉书·杨恽传》："妇，赵女也，雅善鼓瑟。" ㉖秦穆公时有箫史者，善吹箫，能致孔雀白鹤，穆公女弄玉好之，公妻焉。 ㉗长乐：宫名，汉高祖所作，在陕西西安长安县西北故城中，卫子夫居之。陈后，汉武帝后，闻子夫得幸，几死者数焉。 ㉘汉高祖困于平城，陈平图美女给阏氏，谓欲献单于，阏氏言于单于，开其一角，得突出，见桓谭《新论》。阏氏：读如烟支，犹汉言皇后。 ㉙汉武帝过平阳主，既饮，起更衣，子夫侍尚衣轩中，得幸。 ㉚西施病心，捧而颦，人见而美之。 ㉛司马相如《好色赋》有玉体横陈句。甲帐：以甲乙次第名之。 ㉜驳娑：汉殿名，在建章

宫中。　　③傅毅《舞赋序》：“激楚结风，阳阿之舞。”　④鸳鸯：汉武帝时殿名。　　⑤魏文帝宫人莫琼树始制为蝉鬓，望之缥缈如蝉翼。　　⑥后汉梁冀妻孙寿作堕马髻。　　⑦金钿：金华，其为饰田田然，故名。　　⑧石黛：石墨之类，广东始兴县溪中石墨，妇女取以画眉，名画眉石。　　⑨双蛾：喻双眉。　⑩纣以红蓝花汁凝作燕脂，以燕国所生，故名。　　⑪口辅微涡为靥。　　⑫魏文帝《折杨柳行》：“西山一何高，高高殊无极。上有两仙童，不饥亦不食。与我一丸药，光耀有五色。”　⑬《汉书·律历志》注：“凤鸟氏为历正。”轩辕：黄帝，受河图作甲子，岁纪甲寅，日纪甲子。　　⑭金星：一名长庚。婺女：星名。　　⑮麝月：或曰星名。　　⑯韩寿美姿容，贾充辟为掾，其女贾午悦焉。时西域贡奇香，著人经月不歇，武帝赐贾充，充女密盗以遗韩寿。　　⑰飞燕：即赵飞燕。　　⑱曹植《洛神赋》：“解玉佩以要之。”陈王：即曹植。　　⑲《汉书·外戚传》：“李夫人早卒，武帝图画其形于甘泉宫。”　　⑳阳台：山名，在今湖北汉川市南。宋玉《高唐赋》：“妾在巫山之阳，高丘之岨，朝朝暮暮，阳台之下。”　　㉑李延年歌曰：“北方有佳人，绝世而独立。一顾倾人城，再顾倾人国。”　㉒情，一作“晴”。　　㉓汉末一笔之匣，文以翡翠。梁简文制笔床，以四管为一床。　　㉔傅统妻有《芍药花颂》。　　㉕前凉张洪茂有《葡萄酒赋》。　　㉖费长房令桓景九月九日登高以避祸。　　㉗万年公主：晋武帝女也。左贵嫔有《万年公主诔》。　　㉘椒房：殿名，在未央宫，汉皇后所居。　　㉙柘馆：汉上林苑馆名。岑：高貌。　　㉚鹤宫：太子所居。绛：赤色。　⑥①公输班见水中蠡引闭其户，终不可开，遂象之立于门户。　⑥②三星：参星。　⑥③《诗经·召南》：“抱衾与裯。”　⑥④汉律：吏五日一休沐。　⑥⑤箭：漏箭，昼夜共百刻。　⑥⑥秭归县有捣衣石，但秭归汉时属南郡，此云南阳，不详。　⑥⑦扶风织锦，见江淹《别赋》织锦曲注。　⑥⑧东王公与玉女投壶，每投千二百矫。矫即骁，骁者，箭自壶跃出，复以手接之，屡投屡跃而不坠。　⑥⑨齐姬：未详。六箸：六博，古博具。　⑦⓪萱：忘忧草。苏：紫苏。　⑦①分诸：一作“分封”。麟阁：麒麟阁，在未央宫左，汉萧何建以藏书。　⑦②鸿都：门名，后汉灵帝时，置鸿都门学士。　⑦③不藉篇章，一作“不务连章”。⑦④脂：石脂，可薰烟为墨。然脂：泛指点燃火炬、灯烛之属。⑦⑤撰录，一作“选录”。　⑦⑥风人：即诗人。　⑦⑦泾渭：区别之意。　⑦⑧《后汉书·蔡邕传》：“补侍御史，又转侍御书史，迁尚书，三日之间，周历三台。”　⑦⑨龙伸蠖屈：状书体。　⑧⓪石虎诏书，以五色纸著凤皇口中，令衔之飞下端门。⑧①河北胶东：皆出纸处。　⑧②鲁鱼：言讹字。　⑧③羽陵：藏书之所。　⑧④汉武帝受西王母真形六甲灵飞十二事，盛以黄金几，封以白玉函。　⑧⑤淮南有枕中鸿宝苑秘书，刘向父德治淮南狱，得之。即《淮南子》。　⑧⑥魏文帝迎薛灵芸，车皆镂金为帐，驾以青色之牛。　⑧⑦《博物志》：“王母降于九华殿，东方朔窃从殿南厢朱鸟牖中窥母。”　⑧⑧缥帙：青白色之书衣。　⑧⑨绦绳：织丝缕为之。　⑨⓪翫：同“玩”。　⑨①后汉邓皇后从曹大家受经传。　⑨②汉景帝母窦皇后好黄帝老子之言。　⑨③蜀刘琰侍婢数十，皆教读《鲁灵光殿赋》。　⑨④汉王褒为《洞萧颂》，元帝为太子，常嘉之，令后宫贵人左右皆诵读之。 ⑮娈彼诸姬：《诗经·卫风》语。娈，好也。⑯猗与：叹美之辞。彤管：赤管笔，古女史执以记事纳诲者。⑰香奁：盛香器，妇女所用。后通称诗语涉及闺阁者为香奁体。

陈后主与詹事江总书[①]

管记陆瑜，奄然殂化[②]，悲伤悼惜，此情何已！吾生平爱好，卿等所悉。自以学涉儒雅，不逮古人，钦贤慕士，是情尤笃。梁室乱离，天下糜沸[③]。书史残缺，礼乐崩沦。晚生后学，匪无墙面[④]，卓尔出群，斯人而已！

吾识览虽局[⑤]，未曾以言议假人。至于片善小才，特用嗟赏；况复洪识奇士，此故忘言[⑥]之地。论其博综子史，谙究儒墨，经耳无遗，触目成诵。一褒一贬，一激一扬，语玄析理，披文摘句，未尝不闻者心伏，听者解颐[⑦]。会意相得，自以为布衣之赏[⑧]。

吾监抚之暇[⑨]，事隙之辰，颇用谈笑娱情，琴尊间作。雅篇艳什，迭互锋起。每清风朗月，美景良辰，对群山之参差，望巨波之滉漭[⑩]。或玩新花，时观落叶；既听春鸟，又聆秋雁。未尝不促膝举觞，连情发藻。且代琢磨，间以嘲谑。俱怡耳目，并留情致。自谓百年为速，朝露[⑪]可伤；岂谓玉折兰摧[⑫]，遽从短运。为悲为恨，当复何言！遗迹余文，触目增泫[⑬]。绝弦[⑭]投笔，恒有酸恨。以卿同志，聊复叙怀。涕之无从，言不写意。

---

①陈后主：宣帝子，名叔宝，小字黄奴，荒淫无度，尝起结绮、临春、望仙三阁，日与妃嫔狎客游宴其中。隋师至，匿于胭脂井，引之出，俘至长安。在位七年。江总：陈济阳人，字总持，仕梁为太子中舍人，陈授中书令，善五七言，为后主所爱幸，当时谓之狎客。后主为太子时，以管记陆瑜卒，为之流涕，与总书，论述其美，时总为詹事。　②陆瑜：陈吴郡人，字干玉，仕陈为东宫学士，后兼东宫管记，美词藻，后主在东宫，命瑜抄撰子集，未就而卒。殂化：死也。　③麋沸：言扰乱。　④《尚书·周官》："不学墙面。"谓人而不学，犹面墙而立，无所见也。　⑤局：促也。　⑥忘言：谓得意忘言。　⑦解颐：谓开口笑。　⑧谓愿与为布衣之交。　⑨监抚：太子有监国抚军之责，后主时为太子，故云。　⑩滉漭：大水貌。　⑪朝露：见江淹《恨赋》注。　⑫玉折兰摧：谓夭折。　⑬泫：流涕貌。　⑭《后汉书·陈元传》："夫至音不合众听，故伯牙绝弦。"

沈炯经通天台奏汉武帝表[①]

臣闻桥山虽掩[②]，鼎湖之灶可祠[③]；有鲁遂荒，大庭[④]之迹无泯。伏惟陛下，降德猗兰[⑤]，纂灵丰谷[⑥]。汉道既登，神仙可望。射之罘[⑦]于海浦，礼日观[⑧]而称功；横中流于汾河[⑨]，指柏梁[⑩]而高宴。何其甚乐，岂不然与！

既而运属上仙，道穷晏驾[11]。甲帐珠帘，一朝零落。茂陵玉碗，遂出人间[12]。凌云[13]故基，与原田而朊朊[14]；别风余趾[15]，带陵阜而芒芒[16]。羁旅缧臣[17]，能不落泪！

昔承明既厌，严助东归[18]；驷马可乘，长卿西反[19]。恭闻故实，窃有愚心。黍稷非馨[20]，敢望徼福。但雀台之吊，空怆魏君[21]；雍丘之祠，未光夏后[22]。瞻仰烟霞[23]，伏增凄恋。

---

①沈炯：陈武康人，字初明，仕梁，侯景乱，陷于贼，陈武帝受禅，官散骑常侍，后以疾卒于吴中。通天台：汉武帝元封二年作，在今陕西泾阳县西北甘泉山。荆州陷，炯为西魏所虏，以母老在东，恒思归国，尝独行经通天台，为表奏之，陈己思归之意；无何，获归。　②桥山：在今陕西黄陵县西北，亦曰子午山，上有黄帝冢。　③黄帝铸鼎于荆山下，鼎既成，黄帝骑龙上天，后世因名其处曰鼎湖。武帝时，李少君上言祠灶则致物，致物而丹沙可化为黄金，黄金成，以为饮食器，则益寿，益寿而海中蓬莱仙者乃可见，见之以封禅，则不死，黄帝是也，于是帝乃亲祠灶。　④大庭：古国名，在鲁城内，鲁于其处作库。⑤猗兰：殿名。汉景帝梦一赤彘从云中直下入芳兰阁，乃改为猗兰殿，后王夫人诞武帝于此殿。　⑥丰谷：今江苏丰县，汉高祖起于丰沛。　⑦之罘：见司马相如《子虚赋》注。　⑧日观：峰名，在山东泰安泰山上，鸡鸣时见日出。　⑨汾河：源出山西管涔山，注于黄河，武帝于此修祠事。　⑩柏梁：台名，武帝元鼎二年筑，以香柏为梁，在未央宫北阙内。　⑪晏

驾：见江淹《恨赋》宫车晚出注。 ⑫茂陵：武帝陵，在今陕西兴平市东。玉碗：茂陵殉葬之物，赤眉之乱，掘汉诸陵，遂流落民间。 ⑬凌云：台名，楼观精巧。 ⑭原田：高平处之田。朊朊：土地肥美。 ⑮建章宫东有折风阙，一作“别风”。 ⑯芒芒：大貌。 ⑰缧臣：缧绁之臣，沈炯自谓。⑱承明：庐名，在石渠阁外。既厌，一作“见罢”。武帝赐严助书曰：“君厌承明之庐，劳侍从之事，怀故土，出为郡吏。”⑲司马长卿初西去，过升仙桥，题柱曰：“大丈夫不乘驷马车盖，不复过此桥。” ⑳《尚书·君陈》：“黍稷非馨，明德惟馨。” ㉑雀台：曹操所造铜雀台。 ㉒雍丘：今河南杞县。 ㉓烟霞，一作“徽猷”。

北齐文宣帝禁浮华诏[①]

顷者风俗流宕[②]，浮竞日滋。家有吉凶，务求胜异。婚姻丧葬之费，车服饮食之华，动竭岁资，以营日富[③]。又奴婢带金玉？婢妾衣罗绮，始以创出为奇，后以过前为丽。上下贵贱，无复等差。今运属维新[④]，思蠲[⑤]往弊。反朴还淳，纳民轨物[⑥]。可量事具立条式，使俭而获中！

---

①北齐文宣帝：姓高，名洋，字子进，高欢第二子，初即位，颇留心治术，征伐四克，威震华夏，六七年后，以功业自矜，肆行淫暴，在位十年。禁浮华诏，文宣帝天保元年六月所下，其时才僭位。 ②宕：过也。 ③日富：一日之富。

④维新：谓国运方新。 ⑤蠲：除也。 ⑥《左传》隐公五年："君将纳民于轨物者也。"轨物：法度，讲事以度轨量谓之轨，取材以章物采谓之物。

庾信春赋[①]

宜春苑[②]中春已归，披香殿[③]里作春衣。新年鸟声千种啭，二月杨花满路飞。河阳[④]一县并是花，金谷[⑤]从来满园树。一丛香草足碍人，数尺游丝即横路。

开上林[⑥]而竞入，拥河桥[⑦]而争渡。出丽华之金屋[⑧]，下飞燕之兰宫[⑨]。钗朵多而讶重，髻鬟高而畏风。眉将柳而争绿，面共桃而竞红。影来池里，花落衫中。

苔始绿而藏鱼，麦才青而覆雉。吹萧弄玉[⑩]之台，鸣佩凌波[⑪]之水，移戚里而家富[⑫]，入新丰而酒美[⑬]。石榴聊泛[⑭]，蒲桃酦醅[⑮]，芙蓉玉碗，莲子金杯，新芽竹笋，细核杨梅，绿珠[⑯]捧琴至，文君[⑰]送酒来。

玉管初调，鸣弦暂抚。《阳春》《渌水》之曲[⑱]，对凤回鸾之舞。更炙笙簧[⑲]，还移筝柱[⑳]。月入歌扇[㉑]，花承节鼓[㉒]。协律都尉[㉓]，射雉中郎[㉔]。停车小苑，连骑长杨[㉕]。金鞍始被，柘弓新张[㉖]。拂尘看马埒[㉗]，分朋入射堂[㉘]。马是天池之龙种[㉙]，带乃荆山之玉梁[㉚]。艳锦安天鹿[㉛]，新绫织凤凰[㉜]。

三日曲水[㉝]向河津，日晚河边多解神[㉞]。树下流杯客[㉟]，沙头渡水人[㊱]。镂薄[㊲]窄衫袖，穿珠帖领巾。百丈山头日欲斜，三晡[38]未醉莫还家。池中水影悬胜镜[39]，屋里衣香不如花。

---

①庾信：新野人，字子山，文章摛藻艳丽，与徐陵齐名，时称为徐庾体。梁元帝时，以左卫将军使西魏，被留不遣，周明帝、武帝并恩礼之，累迁骠骑大将军开府仪同三司，世称庾开府。《春赋》，信仕南朝时为东宫学士之文。　②宜春苑：见司马相如《上林赋》注。　③披香殿：汉宫殿名。　④河阳：见江淹《别赋》注。潘岳为河阳令，满县皆栽桃花。　⑤金谷：见江淹《别赋》注。晋石崇有别馆在金谷。六朝小赋，每以五七言相杂成文，信始创类七言诗之体。　⑥上林：汉苑名。⑦河桥：在河南孟县南，晋杜预所造，东晋以后，常为兵争之地。　⑧后汉阴皇后，名丽华，有姿容。　⑨赵皇后居昭阳殿，有女弟，俱为婕妤，贵倾后宫，昭阳舍兰房椒壁。　⑩吹箫弄玉：见徐陵《玉台新咏序》注。　⑪曹植《洛神赋》：“凌波微步。”　⑫《汉书·石奋传》：“徙家长安中戚里。”于上有姻戚者皆居之，故名。　⑬新丰：县名，故城在今陕西临潼市东北。高祖太上皇思慕乡里，高祖徙丰沛屠儿酤酒煮饼商人，立为新丰。　⑭顿孙国有安石榴，取汁置杯中，数日成美酒。⑮蒲桃：即葡萄。西域有葡萄酒。酦（pō）：酒再酿。醅：酒未熟。　⑯绿珠：晋石崇爱妾，美而艳，善吹笛，孙秀求之，石崇不许，孙秀矫诏收石崇，绿珠自投楼下而死。　⑰文君：即卓文君。　⑱《阳春》：高曲名。《渌水》：古诗。　⑲炙：薰炙烘焙。簧：笙管中之金薄铄。笙簧必以高丽铜为之，艳以绿

蜡，簧暖则字正而声清越，故必焙而后可。 ⑳筝长六尺，应律数，弦十有二，象四时，柱高三寸，象三才。 ㉑班婕妤诗：“裁为合欢扇，团栾似明月。” ㉒夏加四足于大鼓，谓之节鼓。 ㉓协律都尉：见徐陵《玉台新咏序》注。 ㉔晋潘岳有《射雉赋》，潘岳官太尉掾兼虎贲中郎将。 ㉕长杨：汉宫名，在今陕西周至县东南，扬雄有《长杨赋》。 ㉖柘树枝长而劲，故以为弓。 ㉗石虎于楼下开马埒射场。 ㉘射堂：所以习射。 ㉙陇西神马山，有泉，乃龙马所生。 ㉚荆山：在今湖北南漳县西，楚卞和得玉于此。北朝陈顺破赵青雀，魏文帝解所服金缕玉梁带赐之。 ㉛天鹿：兽名。言织成绫锦，上有鸟兽之文。 ㉜凤凰：凤凰锦。 ㉝晋武帝问三日曲水之义，束皙曰：“昔周公成洛邑，因流水以泛酒；又秦昭王以三日置酒河曲，见金人奉水心之剑，曰：‘令君制有西夏，乃霸诸侯。’因此立为曲水，二汉相沿，皆为盛集。” ㉞解神：建筑竣事，谢土神。 ㉟三月三日，士民并为流觞曲水之饮。 ㊱元日至月晦，为铺食渡水，士女悉湔裳酹酒水湄以度厄。 ㊲正月七日，剪彩或镂金薄为人以贴屏风，亦戴之头鬓，其俗起于晋代。 ㊳晡：申时。三晡，盖申时之将尽；又申时食曰餔，“晡”或“餔”字之误。 ㊴胜镜：言春水照人有如明镜。

庾信枯树赋①

殷仲文②风流儒雅，海内知名。世异时移，出为东阳太守③。常忽忽不乐，顾庭槐而叹曰：“此树婆娑，生意尽矣！④”至如白鹿贞松⑤，青牛文梓⑥，根柢盘魄⑦，山崖表里。桂何事而销亡⑧，桐何为而半死⑨。昔之三河徙植⑩，九畹移根⑪，开花建始之殿⑫，落实睢阳之园⑬，声含嶰谷⑭，曲抱《云门》⑮。将雏集凤⑯，比翼巢鸳⑰，临风亭而唳鹤⑱，对月峡而吟猿。

乃有拳曲拥肿⑲，盘坳⑳反覆，熊彪顾盼，鱼龙起伏。节㉑竖山连，文横水蹙㉒，匠石㉓惊视，公输㉔眩目。雕镌始就，剞劂㉕仍加，平鳞铲甲，落角摧牙，重重碎锦，片片真花，纷披草树，散乱烟霞㉖。

若夫松子古度，平仲君迁㉗，森梢㉘百顷，槎枿千年㉙。秦则大夫受职㉚，汉则将军坐焉㉛。莫不苔埋菌压，鸟剥虫穿，低垂于霜露，撼顿于风烟㉜。东海有白木之庙㉝，西河有枯桑之社㉞，北陆㉟以杨叶为关，南陵以梅根作冶㊱，小山则藂桂留人㊲，扶风则长松系马㊳。岂独城临细柳㊴之上，塞落桃林之下㊵。

若乃山河阻绝，飘零离别，拔本垂泪，伤根流血㊶，火入空心，膏流断节。横洞口而欹卧，顿山腰而半折。文斜者合体俱碎，理正者中心直裂。戴瘿衔瘤㊷，藏穿抱穴㊸，木魅睒暘㊹，山精妖孽㊺。

况复风云不感，羁旅无归，未能《采葛》㊻，还成食薇㊼，沉沦穷巷，芜没荆扉，既伤摇落，弥嗟变衰。《淮南子》云：“木叶落，长年悲㊽。”斯之谓矣！乃为歌曰：“建章三月火㊾，黄河千里槎㊿。若非金谷满园树，即是河阳一县花[51]。”桓大司马[52]闻而叹曰：“昔年移柳，依依[53]汉南；今看摇落，凄怆江潭。树犹如此，人何以堪[54]。”

---

①《枯树赋》：庾信思乡之作。庾信初至北方，文士多轻之。庾信示以此赋，于后无敢言者。 ②殷仲文：晋陈郡人，累官新安太守，寻投桓玄，玄败归朝，自谓必当重位，乃由尚书迁东阳太守，意弥不平，义熙中，以谋反诛。 ③东阳：郡名，地在今浙江。 ④婆娑：舞貌。 ⑤敦煌有白鹿塞，地多古松，白鹿栖息其下。 ⑥秦文公伐雍州南山文梓木，有青牛出走丰水。 ⑦盘魄：与“磅礴”同，广博也，充塞也。 ⑧汉武帝《悼李夫人辞》：“桂枝落而销亡。” ⑨枚乘《七发》：“龙门之桐，高百尺而无枝，其树半死半生。” ⑩三河：指河东、河南、河内。徒植，未详。 ⑪九畹：见沈约《梁武帝集序》兰畹注。 ⑫建始殿：在洛阳，曹操所作。 ⑬睢阳：县名，故城在今河南商丘南。有梁孝王东苑，中有修竹园。 ⑭嶰谷：昆仑之北谷。黄帝使伶伦取竹于嶰之谷。 ⑮《云门》：乐名，黄帝所作。 ⑯《步出夏门古辞》：“凤凰鸣啾啾，一母将九雏。”集凤：言凤凰来集。黄帝时凤集帝庭，食常竹实，栖常梧桐。 ⑰宋康王埋韩凭夫妻，宿昔梓生，有鸳鸯，雌雄各一。 ⑱晋陆机为成都王颖将兵，与长沙王乂战，败于河桥，颖收之，将刑，陆机叹曰：“华亭鹤唳，岂可复闻乎。”华亭：即今松江县西之平原村，陆机故宅在其侧。 ⑲《庄子·逍遥游》：“吾有树，人谓之樗，其大本拥肿而不中绳墨，其小枝拳曲而不中规矩。”拳曲：屈如拳。拥肿：磊块不

平。 ⑳盘坳：盘曲。 ㉑节：柱头斗拱，刻镂为山。 ㉒文横水蹙：言甫经雕镌之状。 ㉓匠石：匠人，名石。 ㉔公输：见王褒《圣主得贤臣颂》注。 ㉕剞劂：曲刀，用以雕刻者。 ㉖言巧匠得此树，穷致其工，雕成鱼龙麒麟牙兽之状，锦花草树烟霞之文。 ㉗松子、古度、平仲、君迁：皆木名，或谓松子系松梓之误，古度树不华而实，平仲实白如银，君迁之子如瓠形。 ㉘森梢：垂貌。 ㉙槎：斜斫。枿（niè）：斩而复生。 ㉚秦始皇东封泰山，风雨骤至，避于松下，因封为五大夫。 ㉛后汉冯异值诸将争功，常屏处大树下，军中号为大树将军。 ㉜撼顿：摇动颠踬。 ㉝东海：东至于海。郑县东伍伯村有白榆连理树，士民奉为社，是即白木庙。 ㉞西河：西至于河。燕慕容皝于龙城植松为社，燕灭，大风拔之，后数年，社处有桑二根生焉。 ㉟北陆：北方之地。 ㊱南陵：县名，在今安徽。江南有梅根及冶塘二冶。 ㊲汉淮南王安好客，八公之徒，分造诗赋，或称小山，或称大山。有“桂树丛生兮山之幽”“攀援桂枝兮聊淹留”等句。 ㊳刘琨《扶风行》：“系马长松下。”扶风：汉郡名，即右扶风。 ㊴细柳：见司马相如《上林赋》注。 ㊵自河南灵宝以西至潼关，皆古桃林地，周武王克殷，放牛于此；春秋时，晋使詹嘉处瑕，守桃林之塞。 ㊶“若乃”以下喻己失国丧家流离异域，如木之拔本伤根。 ㊷五岭之间多枫木，岁久则生瘤瘿。瘿：木上隆起。 ㊸藏穿抱穴：言树老心空。 ㊹睒睗（shǎn yì）：光闪烁。 ㊺山精：即山魈。 ㊻《采葛》：《诗》篇名，喻小臣以事使出。此庾信自伤出使而被留。 ㊼此庾信借夷齐食薇事自伤屈节魏周。 ㊽《淮南子》：书名，汉淮南王安著，书中有“桑叶落而长年悲”之句。 ㊾此当指赤眉焚西京宫室事。 ㊿汉使张骞寻河源，乘槎经月而至。 51二句见《春赋》注。 52桓大司马：桓温也，字子元，官至大司马。 53依依：柔弱貌。 54桓温北伐，见少时所植柳，皆已十围，慨然曰：“木犹如此，人何以堪。”

庾信小园赋[1]

若夫一枝之上，巢父得安巢之所[2]；一壶之中，壶公有容身之地[3]。况乎管宁藜床，虽穿而可坐[4]；嵇康锻灶，既暖而堪眠[5]。岂必连闼洞房[6]，南阳樊重之第[7]；赤墀[8]青琐，西汉王根之宅[9]。余有数亩弊庐，寂寞人外，聊以拟伏腊[10]，聊以避风霜。虽复晏婴近市，不求朝夕之利[11]；潘岳面城，且适闲居之乐[12]。况乃黄鹤戒露[13]，非有意于轮轩[14]；爰居避风[15]，本无情于钟鼓[16]。陆机则兄弟同居[17]，韩康则甥舅不别[18]。蜗角蚊睫[19]，又足相容者也。

尔乃窟室[20]徘徊，聊同凿坏[21]。桐间露落，柳下风来。琴号珠柱[22]，书名玉杯[23]。有棠梨而无馆，足酸枣而非台[24]。犹得敧侧八九丈[25]，纵横数十步，榆柳两三行，梨桃百余树。拨蒙密兮见窗，行敧斜兮得路。蝉有翳[26]兮不惊，雉无罗[27]兮何惧。

草树混淆，枝格相交[28]。山为篑覆[29]，地有堂坳[30]。藏貍并窟，乳鹊重巢[31]。连珠细菌[32]，长柄寒匏[33]。可以疗饥，可以栖迟。敧岖兮[34]狭室，穿漏兮茅茨。檐直倚而防帽，户平行而碍眉[35]。坐帐无鹤[36]，支床有龟[37]。鸟多闲暇，花随四时。心则历陵枯木[38]，发则睢阳乱丝[39]。非夏日而可畏[40]，异秋天而可悲[41]。

一寸二寸之鱼，三竿两竿之竹。云气荫于丛蓍[42]，金精养于秋菊[43]。枣酸梨酢[44]，桃榹李薁[45]。落叶半床，狂花满屋[46]。名为野人之家[47]，是谓愚公之谷[48]。试[49]偃息于茂林，乃久羡于抽簪[50]。虽有门而长闭，实无水而恒沉[51]。三春负锄相识[52]，五月披裘见寻[53]。问葛洪之药性[54]，访京房[55]之卜林。草无忘忧之意[55]，花无长乐之心[57]。鸟何事而逐酒[58]，鱼何情而听琴[59]。

加以寒暑异令，乖违德性[60]。崔骃以不乐损年[61]，吴质以长愁养病[62]。镇宅神以薶石[63]，厌山精而照镜[64]。屡动庄舄[65]之唫，几行魏颗之命[66]。薄晚闲闺，老幼相携[67]。蓬头王霸之子[68]，椎髻梁鸿之妻[69]。焦麦两瓮，寒菜一畦[70]。风骚骚而树急[71]，天惨惨而云低，聚空仓而雀噪[72]，惊懒妇而蝉嘶[73]。昔草滥于吹嘘[74]，藉文言之庆余[75]，门有通德[76]，家承赐书[77]。或陪玄武之观[78]，时参凤凰之虚[79]，观受厘于宣室[80]，赋长杨于直庐[81]。

遂乃山崩川竭[82]，冰碎瓦裂[83]。大盗潜移[84]，长离永灭[85]。摧直辔于三危[86]，碎平途于九折[87]。荆轲有寒水之悲[88]，苏武有秋风之别[89]。关山则风月凄怆[90]，陇水则肝肠断绝[91]。龟言此地之寒[92]，鹤讶今年之雪[93]。百龄兮倏忽，光华兮已晚[94]。不雪雁门之踦[95]，先念鸿陆之远[96]。非淮海兮可变[97]，非金丹兮能转[98]。不暴骨于龙门[99]，终低头于马坂[100]。谅天造[101]兮昧昧，嗟生民兮浑浑[102]。

---

①《小园赋》，庾信伤其屈体魏周，欲为隐居而不可得，以乡关之思，发为哀怨之辞。　②巢父安巢，见孔稚圭《北山移文》注。　③壶公：仙人，常悬一壶空屋上，日入之后，跳入壶中，人莫能见，惟费长房楼上见之，知非凡人。　④管宁：字幼安，后汉末北海朱虚人，常坐一木榻，积五十年未尝箕踞，榻上当膝处皆穿。　⑤晋嵇康性好锻，宅中有一柳树，每夏月居其下以锻。锻：以金入火而椎之。　⑥闼：宫门小者。连闼：谓门闼相连属。　⑦樊重：南阳湖阳人，好货殖，其所起卢舍，皆有重堂高阁。南阳：郡名，地在今河南。　⑧墀：阶上地。青琐者，刻为连环文而以青涂之。　⑨王根，骄奢僭上，赤墀青琐。文起端言一枝一巢，犹可居处，已本羁旅之人，结庐容身而已，不必高堂大厦。　⑩伏日在夏，腊日在冬，秦汉时令节，因正朔之不同，故曰拟。　⑪齐景公欲更晏婴之宅，婴辞。有小人近市，朝夕得所求，小人之利之语。　⑫潘岳《闲居赋》："背京溯伊，面郊后市。"　⑬鹤性警，八月露降，滴草叶有声则鸣。　⑭春秋时卫懿公好鹤，鹤有乘轩者。见《左传》闵公二年。言懿公好鹤，故鹤乘轩，非黄鹤有意于轮轩。　⑮海鸟曰爰居，止于鲁东门外，臧交仲祀之，展禽知其避风而来。是岁，海多大风。　⑯言臧文仲不知，故祀爰

居，爰居本无意于钟鼓也。　⑰陆机兄弟：陆机及弟陆云。蔡司徒在洛，见机兄弟住参佐廨中，三间瓦屋，云住东头，机住西头。　⑱晋韩伯，字康伯，殷浩甥也，浩素赏爱之，随至徙所，经年还都，浩送至渚侧，因而泣下。　⑲蜗：蜗牛。⑳窟室：地室。晋孙登于山为土窟居之。　㉑凿坏：见扬雄《解嘲》注。　㉒珠柱：琴名，琴有柱，以珠为之。　㉓汉董仲舒说《春秋》事，有《玉杯》《繁露》等书。　㉔棠梨：馆名，在甘泉宫中。酸枣：县名，故城在今河南延津县北，城西有韩王望气台，孙子荆故台。言园中但有梨枣，而无台馆。㉕攲侧：不正。　㉖翳：蔽也。　㉗罗：鸟罟。　㉘格：树高长枝。言园中草树，随其所长，不加修葺。　㉙篑：土笼。　㉚地，一作"水"。《庄子·逍遥游》："覆杯水于坳堂之上，则芥为之舟。"言园之极小，任其自然而成山水。㉛重，一作"同"。　㉜连珠细菌：言菌之细者，连缀如贯珠。㉝匏：葫芦。陆机诣刘道真，刘无他言，惟问吴有长柄葫芦，得种来不。　㉞攲岖：读如"崎岖"，义同。　㉟四句言园小而处所亦极狭陋。　㊱介象，字元则，吴王征至武昌，诏令立宅供帐，后告言病，须臾便死，帝埋葬之，以日中死，晡时已至建业，吏以表闻，发棺视之，惟一符耳，王思之，与立庙，时时往祭，常有白鹤来集座上，迟回复去。　㊲南方老人，以龟支床足，后老人死，龟尚生。　㊳历陵：县名，汉属豫章郡，故城在今江西九江市东。晋永嘉六年七月，豫章郡有樟树久枯，是月，忽更荣茂。　㊴睢阳：故宋国。墨翟为宋人，尝见染素丝者而叹，故云睢阳乱丝。　㊵夏日可畏：见《左传》文七年。

㊶宋玉《风赋》有“悲哉秋之为气也”之句。言心中只有畏悲，并无乐趣。　㊷蓍：筮草。蓍生满茎者，其上必有云气覆之。㊸甘菊九月上寅日采，名曰“金精”。　㊹枣酸：枣之变种。酢：“醋”之本字。梨酢：梨之有酸味者。　㊺榹：似桃而小。薁：山李。　㊻狂花：花不以时而开者。　㊼野人家：见《宋书·隐逸传》。　㊽愚公谷：谷名，今山东临淄西有之。㊾试，一作“诚”。　㊿抽簪：谓弃官，发无簪则散。51人中隐者，譬无水而沉。言己虽显达，实志在隐遁。　52魏林类年百岁，底春披裘拾遗穗，且歌且进，孔子遇之，以为可与言。　53延陵季子出游，见道中有遗金，有披裘采薪者，季子顾令取之，披裘者怫然曰：“五月披裘而负薪，岂拾金者哉！”季子惊谢，问其姓名，披裘者曰：“吾子皮相之士，何足语姓名也。”　54葛洪：晋句容人，字稚川，著《抱朴子》。其内篇言神仙方药等事。　55京房：汉顿丘人，字君明，治《易周》甚精。　56萱草：一名忘忧草。　57紫华，一名长乐花。庾信即景伤怀，视园中花草皆含忧。　58海鸟止于鲁郊，鲁侯御而觞之庙，鸟眩视悲忧，不饮，三日而死。　59伯牙鼓琴，渊鱼出听。　60自此以下八句，言己之忧郁。　61崔骃：后汉安平人，字亭伯，窦宪辟为掾。窦宪擅权骄恣，崔骃数谏之。窦宪不能容，出为长岑长，崔骃以远出，不得意，不之官而归，卒于家。　62魏吴质见友于曹丕，魏大疫，知友皆死，吴质与曹丕书，有“白发生鬓，所虑日深”之语。　63薶：同“埋”。十二月暮日，掘宅四角，各埋一大石，谓可镇宅。　64厌：禳也。万物之老者，其精能假托人形，惟不能于镜中易其真形，古

之入山道士，皆以明镜悬于背后，则老魅不敢近人。 ⑥⑤庄舄：事见王粲《登楼赋》注。 ⑥⑥魏颗：事见李密《陈情表》注。 ⑥⑦此下十句，言全家入长安。 ⑥⑧后汉王霸，光武时连征不仕，妻亦美志行，初王霸与同郡令狐子伯为友，后子伯为楚相，令子奉书于王霸，车马服从，雍容如也，王霸子时方耕于野，闻宾至，投耒而归，见令狐子，沮怍不能仰视，王霸以子蓬头不知体为愧。 ⑥⑨后汉梁鸿娶同县孟氏女，始以装饰入门，七日而梁鸿不答，乃更为椎髻，著布衣，操作而前，梁鸿喜曰："此真梁鸿妻也。"椎髻，一撮之髻，其形似椎。 ⑦⓪一畦：一区。 ⑦①风，一作"树"。骚骚：风动貌。树，一作"风"。 ⑦②汉苏伯玉妻《盘中诗》："空仓雀，常苦饥。" ⑦③促织鸣，懒妇惊，非蝉而云蝉嘶，以其鸣声相似。一说"蝉"疑作"蛩"。 ⑦④草滥：谓以草莽而滥居吹竽之列，以膺禄位。 ⑦⑤藉：凭藉。言仕梁承先世之德。庾信初仕梁，父子出入禁闼。 ⑦⑥孔融告高密县为郑玄广开门衢，令容高车，号为通德门。 ⑦⑦汉班彪与仲兄嗣共游学，家有赐书。 ⑦⑧玄武观：指玄武湖之亭观，湖在江苏南京市太平门外，梁筑园亭其上，名玄圃。 ⑦⑨凤凰虚：见《韩非子·外储说》。 ⑧⓪汉文帝思贾谊，征之，至，入则上方受厘，坐宣室上。宣室，汉斋宫。 ⑧①长杨：见《春赋》注。直庐：直宿所止处。 ⑧②山崩川竭：亡之征兆。 ⑧③冰碎瓦裂：言破碎不全。 ⑧④大盗潜移：梁武帝太清二年侯景之乱。 ⑧⑤长离：凤也，指梁武子孙。一说星名。 ⑧⑥三危：山名。 ⑧⑦九折：坂名，在今四川邛崃山，山路艰险，登者九折乃得上。 ⑧⑧燕太子丹遣荆轲入秦刺秦王，丹饯之易水上，轲友高渐离歌曰："风萧萧兮易水寒。壮士一去兮不复还。" ⑧⑨汉苏武使匈奴，匈奴欲降之，留不遣，李陵降匈奴，往顾之，临别与诗曰："欲因晨风发，送子以贱躯。" ⑨⓪古乐府有《关山月》，伤别离。 ⑨①陇水：在今陕西陇县西。《陇头歌辞》："陇头流水，鸣声幽咽，遥望秦川，肝肠断绝。" ⑨②苻坚建元十二年，得大龟凡二尺六寸，坚为石池养之，十六年而死，取其骨以问吉凶，名为客龟，大卜佐高梦龟言："我将归江南，不遇，死于秦。" ⑨③晋太康二年冬，大雪，南洲人见二鹤语于桥下曰："今兹寒不减，尧崩年也。" ⑨④光华：犹年华。 ⑨⑤雪：除也，洗也。汉段会宗为都护，谷永予书戒曰："愿吾子因循旧贯，毋求奇功，终更亟还，亦足以复雁门之琦。"琦，只也。会宗从沛郡下为雁门，又坐法免，为琦只不偶。 ⑨⑥《周易·渐卦》："鸿渐干陆，夫征不复。" ⑨⑦雀入于水为蛤，雉入于水为蜃。 ⑨⑧《抱朴子·金丹》："九转内神，鼎中金丹，有一转至九转之法。" ⑨⑨暴：同"曝"。骨，一作"腮"。龙门山在河东界，鱼登者化为龙，不登者点额暴腮而返。 ⑩⓪骐骥驾盐车上吴坂，迁延负辕而不敢进，遭伯乐，仰天而鸣，知伯乐知己。 ⑩①天造：犹言天运。 ⑩②浑浑：言安于不识不知。

庾信哀江南赋①并序

粤以戊辰之年②，建亥之月③，大盗移国④，金陵瓦解⑤。余乃窜身荒谷⑥，公私涂炭⑦。华阳奔命，有去无归⑧。中兴道销，穷于甲戌[9]，三日哭于都亭[10]，三年囚于别馆[11]。天道周星[12]，物极不反。傅燮之但悲身世，无处求生[13]；袁安之每念王室，自然流涕[14]。

昔桓君山之志事[15]，杜元凯之平生[16]，并有著书，咸能自序。潘岳之文采，始述家风[17]；陆机之辞赋，先陈世德[18]。信年始二毛[19]，即逢丧乱，藐是[20]流离，至于暮齿。《燕歌》远别，悲不自胜[21]；楚老相逢，泣将何及[22]！畏南山之雨[23]，忽践秦庭[24]；让东海之滨，遂餐周粟[25]。下亭漂泊[26]，高桥[27]羁旅；楚歌非取乐之方[28]，鲁酒无忘忧之用[29]。追为此赋，聊以纪言；不无危苦之辞，惟以悲哀为主。

日暮途远[30]，人间何世[31]？将军一去，大树飘零[32]；壮士不还，寒风萧瑟[33]。荆璧睨柱，受连城而见欺[34]；载书横阶，捧珠盘而不定[35]。钟仪君子，人就南冠之囚[36]；季孙行人，留守西河之馆[37]。申包胥之顿地，碎之以首[38]；蔡威公之泪尽，加之以血[39]。钓台移柳，非玉关之可望[40]；华亭鹤唳，岂河桥之可闻[41]？

孙策以天下为三分，众才一旅[42]；项籍用江东之子弟，人惟八千[43]。遂乃分裂山河，宰割天下。岂有百万义师，一朝卷甲；芟夷斩伐，如草木焉[44]？江淮无涯岸之阻，亭壁无藩篱之固[45]。头会箕敛者，合从缔交[46]；锄耰棘矜者，因利乘便[47]。将非江表王气，终于三百年乎[48]！是知并吞六合[49]，不免轵道之灾[50]；混一车书[51]，无救平阳之祸[52]。呜呼！山岳崩颓，既履危亡之运；春秋迭代，必有去故之悲。天意人事，可以凄怆伤心者矣！

况复舟楫路穷，星汉非乘槎可上[53]；风飙道阻，蓬莱无可到之期[54]。穷者欲达其言，劳者须歌其事。陆士衡闻而抚掌[55]，是所甘心；张平子见而陋之[56]，固其宜矣。

我之掌庾承周[57]，以世功而为族；经邦佐汉，用论道而当官[58]。禀嵩、华之玉石，润河洛之波澜[59]；居负洛而重世[60]，邑临河而晏安[61]。逮永嘉之艰虞，始中原之乏主[62]；民枕倚于墙壁，路交横于豺虎；值五马之南奔[63]，逢三星之东聚[64]；彼凌江而建国[65]，始播迁于吾祖[66]。分南阳而赐田[67]，裂东岳而胙土[68]；诛茅宋玉之宅[69]，穿径临江之府[70]。水木交运[71]，山川崩竭[72]，家有直道，人多全节[73]；训子见于纯深，事君彰于义烈[74]。新野有生祠之庙[75]，河南有胡书之碣[76]。

况乃少微真人，天山逸民[77]，阶庭空谷，门巷蒲轮[78]；移谈讲树[79]，就简书筠[80]。降生世德，载诞贞臣[81]，文词高于甲观[82]，模楷盛于漳滨[83]；嗟有道而无凤[84]，叹非时而有麟[85]。既奸回之奰逆，终不悦于仁人[86]。

王子滨洛之岁[87]，兰成射策之年[88]。始含香于建礼[89]，仍矫翼于崇贤[90]；游洊雷之讲肆[91]，齿明离之胄筵[92]。既倾蠡而酌海，遂测管以窥天[93]。方塘水白，钓渚[94]池圆；侍戎韬于武帐[95]，听雅曲于文弦[96]。乃解悬而通籍[97]，遂崇文而会武[98]；居笠毂而掌兵[99]，出兰池而典午[100]。论兵于江汉之君[101]，拭玉于西河之主[102]。

于时[103]朝野欢娱，池台钟鼓。里为冠盖[104]，门成邹鲁[105]。

连茂苑于海陵[106]，跨横塘于江浦[107]。东门则鞭石成桥[108]，南极则铸铜为柱[109]。橘则园植万株，竹则家封千户[110]。西赆浮玉[111]，南琛没羽[112]。吴歈越吟[113]，荆艳楚舞[114]。草木之遇阳春，鱼龙之逢风雨。五十年中，江表无事[115]。王歙为和亲之侯[116]，班超为定远之使[117]。马武无预于甲兵[118]，冯唐不论于将帅[119]。

岂知山岳暗然，江湖潜沸[120]，渔阳有闾左戍卒[121]，离石有将兵都尉[122]。天子方删《诗》《书》，定《礼》《乐》[123]；设重云之讲[124]，开士林之学[125]；谈劫烬之灰飞[126]，辨常星之夜落[127]。地平鱼齿[128]，城危兽角[129]；卧刁斗于荥阳[130]，绊龙媒于平乐[131]；宰衡以干戈为儿戏[132]，缙绅以清谈为庙略[133]。乘渍水以胶船[134]，驭奔驹以朽索[135]。小人则将及水火，君子则方成猿鹤[136]。敝箄不能救盐池之咸[137]，阿胶不能止黄河之浊[138]。既而鲂鱼赪尾[139]，四郊多垒[140]。殿狎江鸥，宫鸣野雉[141]；湛卢去国[142]，艅艎失水[143]。见被发于伊川，知百年而为戎矣[144]。

彼奸逆之炽盛，久游魂而放命[145]。大则有鲸有鲵[146]，小则为枭为獍[147]。负其牛羊之力，凶其水草之性[148]；非玉烛[149]之能调，岂璇玑之可正[150]，值天下之无为，尚有欲于羁縻[151]。饮其琉璃之酒，赏其虎豹之皮[152]；见胡柯于大夏[153]，识鸟卵于条枝[154]。豺牙密厉，虺毒潜吹；轻九鼎而欲问[155]，闻三川而遂窥[156]。

始则王子召戎[157]，奸臣介胄[158]。既官政而离逖[159]，遂师言而泄漏[160]。望廷尉之逋囚[161]，反淮南之穷寇[162]；出狄泉之苍鸟[163]，起横江之困兽[164]。地则石鼓鸣山[165]，天则金精动宿[166]；北阙龙吟[167]，东陵麟斗[168]。

尔乃桀黠[169]横扇，冯陵畿甸[170]。拥狼望于黄图[171]，填卢山于赤县[172]。青袍如草，白马如练[173]。天子履端废朝[174]，单于长围高宴[175]。两观当戟[176]，千门受箭；白虹贯日，苍鹰击殿[177]；竟遭夏台之祸[178]，终视尧城之变[179]。官守无奔问之人，干戚非平戎之战[180]。陶侃空争米船[181]，顾荣虚摇羽扇[182]。

将军死绥[183]，路绝长围。烽随星落[184]，书逐鸢飞[185]。遂乃韩分赵裂，鼓卧旗折。失群班马[186]，迷轮乱辙[187]。猛士婴城[188]，谋臣卷舌。昆阳之战象走林[189]，常山之阵蛇奔穴[190]。五郡则兄弟相悲[191]，三州则父子离别[192]。护军慷慨，忠能死节，三世为将，终于此灭[193]。济阳忠壮，身参末将，兄弟三人，义声俱倡。主辱臣死，名存身丧[194]；狄人归元，三军凄怆。尚书多算，守备是长，云梯可拒，地道能防[195]；有齐将之闭壁，无燕师之卧墙[196]。大事去矣，人之云亡[197]！申子奋发[198]，勇气咆勃。实总元戎，身先士卒。胄落鱼门[199]，兵填马窟。屡犯通中，频遭刮骨。功业夭枉，身名埋没。

或以隼翼鷃披[200]，虎威狐假[201]。沾渍锋镝，脂膏原野。兵弱虏强，城孤气寡。闻鹤唳而心惊[202]，听胡笳而泪下[203]。拒神亭而忘戟[204]，临横江而弃马[205]。崩于钜鹿之沙[206]，碎于长平之瓦[207]。

于是桂林[208]颠覆，长洲[209]麋鹿。溃溃沸腾，茫茫墋黩。天地离阻，神人惨酷。晋郑靡依[210]，鲁卫不睦[211]，竞动天关[212]，争回地轴[213]。探雀鷇而未饱[214]，待熊蹯而讵熟[215]，乃有车侧郭门[216]，筋悬庙屋[217]。鬼同曹社之谋[218]，人有秦庭之哭[219]。

尔乃假刻玺于关塞[220]，称使者之酬对[221]。逢鄂坂之讥嫌[222]，值彨门之征税[223]。乘白马而不前[224]，策青骡而转碍[225]。吹落叶之扁舟，飘长风于上游。彼锯牙而钩爪，又循江而习流[226]。排青龙之战舰[227]，斗飞燕之船楼[228]。张辽临于赤壁[229]，王浚下于巴丘[230]。乍风惊而射火[231]，或箭重而回舟[232]。未辨声于黄盖[233]，已先沉于杜侯[234]。落帆黄鹤之浦，藏船鹦鹉之洲[235]。路已分于湘汉，星犹看于斗牛[236]。

若乃阴陵失路[237]，钓台斜趣[238]。望赤壁而沾衣，舣乌江而不渡[239]。雷池栅浦[240]，鹊陵焚戍[241]。旅舍无烟，巢禽无树。谓荆衡之杞梓，庶江汉之可恃[242]。淮海维扬，三千余里[243]。过漂渚而寄食[244]，托芦中而渡水[245]。居于七泽[246]，滨于十死[247]。

嗟天保之未定[248]，见殷忧之方始[249]。本不达于危行[250]，又无情于禄仕。谬掌卫于中军[251]，滥尸丞于御史[252]。信生世等于龙门，辞亲同于河洛[253]。奉立身之遗训，受成书之顾托[254]。昔三世而无惭，今七叶而方落[255]。泣风雨于《梁山》[256]，惟枯鱼之衔索[257]。入攲斜之小径，掩蓬藋之荒扉；就汀洲之杜若[258]，待芦苇之单衣[259]。

于是西楚霸王[260]，剑及繁阳[261]，鏖兵金匮[262]，校战玉堂[263]；苍鹰赤雀，铁轴牙樯[264]。沉白马而誓众[265]，负黄龙而渡江[266]，海潮迎舰，江萍送王[267]。戎车屯于石城[268]，戈船掩于淮泗[269]；诸侯则郑伯前驱[270]，盟主则荀罃暮至[271]。剖巢熏穴，奔魑走魅[272]。埋长狄于驹门[273]，斩蚩尤于中冀[274]。然腹为灯[275]，饮头为器[276]。直虹贯垒[277]，长星属地[278]。昔之虎踞龙蟠[279]，加以黄旗紫气[280]，莫不随狐兔而窟穴，与风尘而殄瘁[281]。西瞻博望[282]，北临玄圃[283]，月榭风台，池平树古。倚弓于玉女窗扉[284]，系马于凤凰楼柱[285]；仁寿之镜徒悬[286]，茂陵之书空聚[287]。

若夫立德立言[288]，谟明寅亮[289]；声超于系表[290]，道高于河上[291]。更不遇于浮丘[292]，遂无言于师旷[293]。以爱子而托人，知西陵而谁望[294]，非无北阙之兵，犹有云台之仗[295]。

司徒之表里经纶[296]，狐偃之惟王实勤[297]。横雕戈而对霸主[298]，执金鼓而问贼臣[299]。平吴之功，壮于杜元凯[300]；王室是赖，深于温太真[301]。始则地名全节[302]，终则山称枉人[303]。南阳校书，去之已远[304]；上蔡逐猎，知之何晚！

镇北之负誉矜前，风飙凛然[305]，水神遭箭[306]，山灵见鞭[307]，是以蛰熊伤马[308]，浮蛟没船[309]，才子并命，俱非百年[310]。

中宗之夷凶靖乱，大雪冤耻[311]，去代邸而承基[312]，迁唐郊而纂祀[313]；反旧章于司隶[314]，归余风于正始[315]。沈猜则方逞其欲，藏疾则自矜于己。天下之事没焉，诸侯之心摇矣[316]。既而齐交北绝[317]，秦患西起[318]。况背关而怀楚，异端委而开吴[319]。驱绿林之散卒，拒骊山之叛徒[320]。营军梁溠[321]，搜乘巴渝[322]。问诸淫昏之鬼，求诸厌劾之符[323]。荆门遭廪延之戮[324]，夏口滥逵泉之诛[325]。蔑因亲以教爱[326]，忍和乐于弯弧[327]。既无谋于肉食，非所望于论都[328]。未深思于五难[329]，先自擅于三端[330]。登阳城而避险[331]，卧砥柱而求安[332]。既言多于忌刻，实志勇而形残。但坐观于时变，本无情于急难[333]。地惟黑子，城犹弹丸[334]；其怨则黩，其盟则寒[335]。岂冤禽之能塞海[336]，非愚叟之可移山[337]。

况以沴气朝浮[338]，妖精夜殒[339]。赤乌则三朝夹日[340]，苍云则七重围轸[341]。亡吴之岁既穷[342]，入郢之年斯尽[343]。周含郑怒[344]，楚结秦冤[345]。有南风之不竞[346]，值西邻之责言[347]。俄而梯冲乱舞[348]，冀马云屯[349]。俴秦车于畅毂[350]，沓汉鼓于雷门[351]。下陈仓而连弩[352]，渡临晋而横船[353]。虽复楚有七泽，人称三户[354]；箭不丽于六麋[355]，雷无惊于九虎[356]。辞洞庭兮落木，去涔阳兮极浦[357]。炽火兮焚旗[358]，贞风兮害蛊[359]。乃使玉轴扬灰，龙文折柱[360]。

下江余城[361]，长林故营[362]徒思拑马之秣[363]，未见烧牛之兵[364]。章曼支以毂走[365]，宫之奇以族行[366]；河无冰而马渡[367]，关未晓而鸡鸣[368]。忠臣解骨，君子吞声。章华望祭之所[369]，云梦伪游之地[370]；荒谷缢于莫敖，冶父囚于群帅[371]。硎谷折拉[372]，鹰鹯批攒[373]。冤霜夏零[374]，愤泉秋沸[375]。城崩杞妇之哭[376]，竹染湘妃之泪[377]。

水毒秦泾[378]，山高赵陉[379]；十里五里，长亭短亭[380]；饥随蛰燕[381]，暗逐流萤[382]；秦中水黑[383]，关上泥青[384]。于时瓦解冰泮，风飞电散，浑然千里，淄渑一乱[385]。雪暗如沙，冰横似岸[386]。逢赴洛之陆机[387]，见离家之王粲[388]，莫不闻陇水而掩泣[389]，向关山而长叹。况复君在交河，妾在青波[390]；石望夫而逾远[391]，山望子而逾多[392]。才人之忆代郡[393]，公主之去清河[394]。栩阳亭有离别之赋[395]，临江王有愁思之歌[396]。

别有飘飖武威[397]，羁旅金微[398]；班超生而望返[399]，温序死而思归[400]。李陵之双凫永去[401]，苏武之一雁空飞[402]。

若江陵之中否[403]，乃金陵之祸始[404]。虽借人之外力[405]，实萧墙之内起[406]。拨乱之主忽焉，中兴之宗不祀。伯兮叔兮，同见戮于犹子[407]。荆山鹊飞而玉碎[408]，隋岸蛇生而珠死[409]。鬼火乱于平林，殇魂游于新市[410]。梁故丰徙，楚实秦亡[411]；不有所废，其何以昌[412]，有妫之后，将育于姜[413]。输我神器，居为让王[414]。

天地之大德曰生，圣人之大宝曰位[415]；用无赖之子弟，举江东而全弃[416]。惜天下之一家，遭东南之反气[417]；以鹑首而赐秦[418]，天何为而此醉。

且夫天道回旋，生民预焉。余烈祖于西晋[419]，始流播于东川[420]；洎余身而七叶，又遭时而北迁[421]。提挈老幼，关河累年。死生契阔[422]，不可问天。况复零落将尽，灵光岿然[423]。日穷于纪，岁将复始[424]。逼迫危虑，端忧暮齿[425]。践长乐之神皋[426]，望宣平之贵里[427]。渭水贯于天门[428]，骊山回于地市[429]。幕府大将军之爱客[430]，丞相平津侯之待士。见钟鼎于金张，闻弦歌于许史[431]。岂知灞陵夜猎，犹是故时将军[432]；咸阳布衣，非独思归王子[433]。

---

①《哀江南赋》：哀梁亡也，庾信在北朝虽位望通显，常作乡关之思，故作此以致意。 ②粤：发语词。戊辰之年，梁武

帝太清二年（548）。 ③建亥之月：指十月。 ④大盗移国：谓侯景为乱。景于太清二年（548）八月反，十月兵至京城。⑤金陵：战国楚邑，今江苏南京市，梁之都城。 ⑥台城既陷，庾信奔江陵。荒谷：楚地。 ⑦言己去后，公室私门，皆遭其害。 ⑧华阳：地名，为商州，有华阳川，即古阳华薮，山薮并在华山之阳，指南郡江陵。言梁元帝承圣三年（554），被使西魏，而江陵陷，遂留北不归。 ⑨元帝平侯景，势成中兴，而西魏兵至，陷江陵，杀帝，时承圣三年，岁在甲戌。⑩都亭：都会之亭。蜀汉罗宪守永安城，知后主降，率所部临于都亭三日。 ⑪别馆：别一馆舍。春秋时，晋执鲁叔孙婼，别馆诸箕。 ⑫岁星十二岁为一周。 ⑬傅燮：后汉灵州人，字南容，为汉阳太守，贼王国韩遂等围之，兵少粮尽，燮以为世乱不能养浩然之志，食禄又焉避难，慷慨进兵，临阵战殁。⑭袁安：后汉汝阳人，官司徒，以天子幼弱，外戚擅权，每进见及与公卿言国家事，未尝不呜咽流涕。岁星既周，极者宜反，而元帝败后竟不能复，则但有身世王室之悲矣。 ⑮桓君山：后汉桓谭，字君山，著有《新论》。事，一作“士”。 ⑯杜元凯：晋杜预，字元凯，伐吴，平之，功成之后，著《春秋左传集解》，自序有曰：“在官则观于吏治，在家则滋味典籍。”⑰潘岳有《家风诗》。 ⑱陆机有《祖德》《述先》二赋。⑲二毛：毛发有白色者，指半老之人。 ⑳藐是，一作“狼狈”。 ㉑王褒作《燕歌》，元帝及诸文士和之，竞为凄切，及元帝出降，验焉。庾信集中亦有此作。 ㉒楚老：彭城之隐人。庾信本楚人，故引之。 ㉓南山有玄豹，雾雨七日而不下食，欲以泽其毛而成文章。　㉔吴伐楚及郢，申包胥如秦乞师，立依于庭墙而哭，勺饮不入口七日，秦师乃出。　㉕让东海之滨：指魏周受禅，盖用田和迁齐康公于海上事。云让者，微辞也。此言已先事魏，后又仕周，特借用夷齐之典。　㉖后汉孔嵩辟公府，之京师，道宿下亭，盗共窃其马。　㉗高桥：一作“皋桥”，在今江苏苏州阊门外，后汉梁鸿曾依皋伯通居于此。　㉘汉高祖谓戚夫人曰：“为我楚辞，吾为若楚歌。”㉙鲁酒：鲁国之酒，楚会诸侯，鲁尝献之楚王。汉东方朔有“销忧莫若酒”之语。　㉚日暮途远：楚伍子胥语，穷无所归之意。　㉛《庄子》有《人间世》篇，言世变之多故。　㉜此冯异事，见《枯树赋》注。　㉝此荆轲事，见《小园赋》注。㉞荆璧：卞和璧，本楚物，故称。此蔺相如完璧归赵事。㉟载书：盟书。珠盘，珠饰之盘，以盛牛，盟会用之。毛遂从平原君入楚，定纵而还。　㊱钟仪：春秋楚人，为晋所囚，冠南冠，乐操南音，范文子称为君子。　㊲晋执季孙，将馆之西河，事见《左传》昭公十三年。　㊳秦既允出师，申包胥乃九顿首而坐。　㊴下蔡威公闭门而泣，三日三夜，泣尽继血，曰：“吾国且亡。”　㊵晋陶侃镇武昌，尝课诸营种柳；又尝整阵于钓台。玉关：即玉门关，在今甘肃敦煌西。　㊶河桥：见《春赋》注。言钓台柳非戍玉关者能望，华亭鹤非败河桥者可闻。　㊷魏、蜀、吴三分天下，开吴业者孙策也，其初起时，兵一旅耳。五百人为旅。　㊸楚霸王项籍渡江而西，灭秦，与汉争天下，其渡江时，惟率江东子弟八千人。　㊹侯景破建业，西魏亡江陵，梁兵百万，绝无用处。　㊺二语言梁亡之易。　⑯《史记·陈余传》："头会箕敛，以供军费"言家家人头数出谷，以箕敛之。　⑰锄耰棘矜，因利乘便，皆贾谊《过秦论》语。　⑱江表：谓江之外，即江南。自孙权都建业，至梁敬帝太平二年，共二百九十二年，云三百，举其成数。⑲六合：见贾谊《过秦论》注。　⑳轵道：在今陕西咸阳市东北，汉高祖入秦，秦王子婴降轵道旁。　㉑《礼记·中庸》："车同轨，书同文。"言天下一统。　㉒平阳：县名，今山西临汾县。晋永嘉五年，刘聪迁怀帝于平阳，建兴四年，刘曜送愍帝于平阳，皆遇害。　㉓天河与海通，年年八月，有浮槎去来不失期，有好奇者，赍粮乘槎而去，初犹见星辰日月，后茫茫不觉昼夜，奄至一处，遥望宫中，多织妇，一丈夫牵牛饮于渚，此人归后，至蜀问严君平，彼为何地，严君平言某年月日有客星犯牵牛，计之，正此人到彼地时，盖其人所到处为星汉中焉。㉔蓬莱、方丈、瀛洲为海中三神山，自战国齐、燕诸王及汉武帝皆使人求之，终莫能至。　㉕陆机初入洛，拟作《三都赋》，闻左思作之，抚掌大笑，及左赋出，不觉自失而辍笔。　㉖张平子：即张衡。班固作《两都赋》，平子薄而陋之，因更造焉。此段言己不得东归而作赋。自首至此为序文。　㉗庾氏得姓之先，为周掌庾大夫。庾，仓廪，在邑曰仓，在野曰庾。　㉘庾氏在汉无显者，惟后汉隐逸庾乘子孙为鄢陵著姓。　㉙"禀嵩华"二句，叙颍川鄢陵之地，在汉晋时庾氏世居于此，代有名人。　㉚言庾氏本鄢陵人，鄢陵属颍川，在洛阳东南，洛阳在北，故云负洛。重世：犹再世。　㉛临河：言再世之后，分徙新野，又临河也。河：指淯水。　㉜中原乏主：言怀、愍二帝皆遇害。　⑥③啷琊、汝南、西阳、南顿、彭城五王同至江东，琅琊王即帝位为元帝。　⑥④永嘉六年，荧惑岁星太白聚牛女之间，占曰：“牛女扬分。”后两都倾覆，而元帝中兴扬土。⑥⑤凌江建国：谓元帝都建康。　⑥⑥吾祖：谓庾滔，为庾信八世祖。元帝渡江，庾滔始迁居江陵。　⑥⑦南阳：春秋晋地，即今河南沁阳。此言庾滔封遂昌侯。　⑥⑧东岳：即泰山。《左传》隐公八年：“胙之土而命之氏。”胙：报也。　⑥⑨诛茅：诛锄草茅。宋玉宅，在湖北江陵县城北，庾滔徙江陵居此。　⑦⑩汉立共敖为临江王，都江陵。　⑦①水木交运：谓南宋以水德王，南齐以木德王。　⑦②山川崩竭：见《小园赋》注。　⑦③言自远祖庾滔至于高曾，当宋齐兴亡之际，家多直道全节之人。⑦④二句言世传忠孝。　⑦⑤新野：县名，今属河南省。　⑦⑥胡书：蝌蚪文。庾信远代居鄢陵，鄢陵在河南豫州境，后徙新野，及庾滔徙江陵，史传谓庾信新野人，称其本也，二语历叙庾氏世有生祠碑碣。　⑦⑦少微：星名，一名处士星。《周易·遁卦》：“天下有山，遁。”逸民：见《论语·微子》。　⑦⑧蒲轮：以蒲裹轮，取其安也。　⑦⑨冀州裴使君召管辂为文学从事，一见，清谈终日，时大热，移床于庭前树下，向晨乃出。⑧⓪晋代徐伯珍少孤贫，学书无纸，因以竹叶箭箬代之。　⑧①贞臣：庾信父肩吾，肩吾不受贼职，潜奔江陵，故称。　⑧②甲观：太子宫。言庾肩吾为东宫通事舍人，累官太子率更令。⑧③漳滨：漳水之滨。漳水出湖北南漳县，合沮水经江陵县入江，肩吾家于江陵，又尝为相东王录事咨议参军，故云漳滨。⑧④有道无凤：伤梁之乱世。　⑧⑤鲁哀公十四年，西狩获麟，孔子伤其出不以时。 ⑱奸回：指侯景党宋子仙。奰（bèi）：不醉而怒。逆，一作“匿”。侯景矫诏，使肩吾出喻诸不顺者，肩吾因东遁，子仙购得之，幸得释，间道奔江陵。 ⑰王子：指周灵王太子晋。晋好吹笙，作风鸣，游伊洛间，晋叔誉聘于周，与之言，不能胜，还告平公，言太子年十五而弗能与言，谓公事之。滨洛之岁，为十五岁。 ⑱兰成：庾信小字。射策：指应试者对考试之策问。汉武帝立五经博士，开弟子员，设科射策，中甲科，补郎中，中乙科，为太子舍人，丙科补文学掌故。 ⑲汉桓帝时，侍中刁存口臭，上出鸡舌香与含之，故含香为尚书郎之典。建礼：门名。汉尚书郎主作文书起草，昼夜更直于建礼门。庾信解褐，授安南府参军，寻转尚书度支郎。 ⑳矫翼：谓登仕途，渐显迹。崇贤：太子门。庾信为度支郎，旋聘于东魏，还为东宫学士，自抄撰学士在东宫，还复为东宫，故云仍也。庾信年十五为东宫讲读，故前用十五岁之典作拟。 ㉑《周易·震卦》：“洊雷震。”洊：重也，因仍也。雷相因仍，乃为威震，震为长子，指太子也。讲肆：即讲习。 ㉒《周易·离卦》：“明两作离。”离为日，日为明，今有上下两体，故云。胄：长也。胄筵：太子之讲筵。太子入学，以年大小为次，不以天子之子为上，故用齿字。 ㉓二句见东方朔《答客难》注。㉔钓渚：馆名。 ㉕兵事总谓之戎。韬：剑衣。武帐：置兵，阑五兵于帐中。 ㉖雅：正也，梁诸乐多以雅名曲。琴本宫、商、角、徵、羽五弦，周文王增二弦，曰少宫、少商，故借用文弦二字。 ㉗汉刘向疏有云：“宜以时解悬通籍，除过勿治，尊宠爵位，以劝有功。” ㉘庾信又为东宫领直，青官兵马，并受节度，盖任兼文武。　⑨兵车无盖，边人执笠依毂而立，以御寒暑，名曰笠毂。见《左传》宣公四年。　⑩兰池：汉宫名。典午：即司马，午属马，晋姓司马，故以典午为隐谜，而司马为掌兵官，故借用典午二字，意即掌兵权。　⑩江汉之君：指元帝为湘东王时。湘东在江陵，乃楚地，故曰江汉。庾信尝与元帝论中流水战事。　⑩西河之主：谓东魏，西河故魏地，亦借用字。拭玉：显名之意。庾信使东魏，与其国人士接对，颇为所称。　⑩于时：梁承平时。　⑩言其多富贵。宜城县有太山，山下有庙，汉末多士，朱轩华盖，同会庙下，荆州刺史行部见之，叹其盛况，号曰冠盖里。　⑩邹鲁多大儒，门成邹鲁，言其多文学。　⑩茂苑：繁茂之林苑。海陵：今江苏泰州。此喻天监中立建兴苑于秣陵之建兴里。　⑩横塘：在今江苏南京市西南，缘江筑堤，故称。　⑩东门：言梁地东至于海。秦始皇作石横桥于海上，欲过海观日出处，有神人驱石下海，石去不速，神人鞭之，皆流血。　⑩南极：南方极远处，谓越南。后汉马援征交阯，立铜柱，以为汉之极界。　⑩蜀汉江陵千树橘，渭川千亩竹，此其人与千户侯等。　⑪赆：货以将意，谓外夷之入贡。西海之西有浮玉山。　⑫尧时，僬侥氏贡没羽，见《竹书纪年》。僬侥，在南方。二语叙梁全盛时期，远方皆入贡。　⑬吴歌为歈。　⑭吴越荆楚，皆梁地，言其太平歌舞。⑮梁兴四十七年，境内无事，人民不见兵甲，此云五十年，举其成数。　⑯王歙：即王昭君兄子，为和亲侯，王莽遣往匈奴。⑰班超：字仲升，扶风平陵人，使西域，通三十六国，后汉和帝永元七年，封定远侯。　⑱马武：后汉湖阳人，光武时，上言欲击匈奴，光武不许，自是诸将莫敢言兵事。 ⑪⑨冯唐：汉安陵人，文帝顾问之，与论将帅。四句言南北通好，不事干戈；盖天监后，梁每举兵侵魏，及魏分东西，东魏和梁，西魏亦不闻边警。⑫⓪言梁狃于太平，祸机潜伏，侯景之乱将起。 ⑫①渔阳：秦郡，地在今河北。闾左：闾左之居民也。秦二世元年，发闾左戍渔阳九百人，陈胜为戍长，因以起兵，见《汉书》胜传。侯景起家为北镇戍兵，此借胜事指之。 ⑫②离石：县名，今属山西省。刘渊为离石之将兵都尉。侯景受高欢命，拥兵十万，专制河南，此即指之。 ⑫③天子：谓梁武帝。武帝著《毛诗问答》《尚书大义》《乐社义》等书，何佟之等撰《五礼》千余卷，帝称制断疑。 ⑫④重云：殿名。武帝于重云殿讲说，僧学听众万余人。⑫⑤士林：馆名。武帝开士林馆以延学士。 ⑫⑥汉武帝凿昆明池，极深，无土，皆为灰墨，至后汉明帝时，有西域道人来中国，或以问之，道人言天地将尽则劫烧，此劫烧之余。 ⑫⑦常星：即恒星，其星常见。春秋鲁庄公七年；四月八日，夜明，恒星不见，佛从左胁堕地生。 ⑫⑧鱼齿：山名，在今河南宝丰县南，春秋时楚师伐郑，涉于鱼齿之下。 ⑫⑨猛兽之角，能以为城。⑬⓪刁斗：兵营所用，以铜为之，昼炊饭，夜击持行，荥阳库中曾有之，汉李广治兵有恩，不击刁斗以自卫。荥阳：今属河南。⑬①龙媒：马名。平乐：馆名。后汉明帝至长安，取飞廉并铜马置之西门外，为平乐馆。 ⑬②宰衡：即宰辅，汉王莽曾有此号。⑬③清谈：见范宁《罪王何论》注。 ⑬④渍水：疑作“积水”；一作“溃水”。胶船：周昭王事。昭王南征，济于汉，船人以胶船进，中流胶解船散，王没于水。 ⑬⑤《古文尚书·五子之歌》："予临兆民，凛乎若朽索之驭六马。" ⑬⑥周穆王南征，一军尽化，君子为猿鹤，小人为虫沙。 ⑬⑦箄：竹器，以蔽甑底，能淡盐味，以盐多着其上。 ⑬⑧山东东阿县有井，以其水煮胶，名阿胶。 ⑬⑨《诗经·汝渍》："鲂鱼赪尾，王室如毁。"赪：赤也。鱼劳则尾赤。 ⑭⓪《礼记·曲礼》语。垒：军壁，数见侵伐则多。 ⑭①二语言妖异迭见，为亡国之征。 ⑭②湛卢：宝剑名。此剑本为吴有，楚昭王卧而得之于床，问于风胡子，风胡子言吴王无道，杀君谋楚，故湛卢去国。⑭③艅艎：舟名。楚败吴师，获其乘舟余皇。余皇，即艅艎。⑭④周平王东迁，辛有适伊川，见被发而祭于野者，曰："不及百年，此其戎乎，其礼先亡矣。"至鲁僖公二十三年，秦晋果迁陆浑之戎于伊川。伊川：伊河所经地，在今河南境。 ⑭⑤奸逆：谓侯景。景少而不羁，先事魏尔朱荣，荣败，归东魏高欢，又欲事魏宇文泰，后又归梁，故言其游魂放命，反复无常之意。⑭⑥鲸、鲵：喻不义之人，吞食小国。 ⑭⑦枭、獍：恶兽，枭食母，獍食父，喻恶人。 ⑭⑧匈奴畜牧多马牛羊，逐水草而居。⑭⑨玉烛：四时调和，见《尔雅》。 ⑮⓪璇玑：玉衡，以齐七政。⑮①二语言梁许景降。马络曰羁，牛缰曰縻，谓笼络之如牛马。⑮②二语言梁之纳景。春秋时，戎有献虎豹皮于晋以求和者。⑮③胡柯：一作"胡桐"，出古西域鄯善国。大夏：西域古国，在阿母河南。 ⑮④条枝：西域古国，今幼发拉底、底格里斯两河间地，其地有鸟卵如瓮。 ⑮⑤春秋时，楚子观兵于周疆，周使王孙满劳之，楚子问周九鼎之大小轻重。 ⑮⑥战国时：秦武王尝言欲车通三川。三川，指周之伊、洛、河三水。 ⑮⑦王子：

谓萧正德。正德，临川王宏子，武帝胤嗣未立时，养以为子，正德自谓应居储贰，既不能得，愤恨，阴伺国衅，侯景反，遂与通，而朝廷不知，以为平北将军，正德遂引贼入，梁之倾覆，皆正德致之。 ⑱奸臣介胄：即指以正德领兵。 ⑲逖：远也。贼先以正德为天子，及台城开，乃降为侍中大司马，故云。⑯春秋时，齐寺人貂漏师于多鱼，言其泄漏军情。正德既为贼所卖，乃密书与鄱阳王契，令以兵入，贼遮得书，矫诏杀之，故引寺人貂事为喻。 ⑯廷尉：秦官，主听狱。逋囚：逋逃之囚。⑯景附梁，东魏讨之，景败于涡阳，故称为穷寇。反，转盛之词。三国魏诸葛诞据淮南反，此引其事。 ⑯狄泉：地名，在今河南洛阳故洛阳城中。晋永嘉中，洛阳步广里地陷，有苍白二鹅出，苍者飞去，白者不能飞，陈留人董养谓步广为周狄泉盟会地，白为国讳，苍为胡象，旋有刘渊之乱。 ⑯横江：在今安徽和县东南。景败涡阳，退袭寿春而据之，梁又与东魏和，以景无能为也，景不自安，遂自寿阳举兵内向。 ⑯吴兴长城夏架山有石鼓，鸣则主三吴有兵，晋安帝时曾大鸣，遂有孙恩之乱。⑯金精：即太白星，主兵象。梁太清三年，太白昼见。 ⑯梁普通五年，龙斗于曲阿王陂。 ⑯东陵：梁帝陵，即建陵。中大同元年，陵口石麒麟动，有大蛇斗隧中。 ⑯桀黠：谓性情凶狡。 ⑰冯陵：倚势欺陵。王国地千里曰畿。去王城五百里为甸。 ⑰狼望：匈奴中地名。黄图：谓畿辅。 ⑰卢山：单于南庭山。中国名赤县神州。扬雄有前代岂乐倾无量之资，快心于狼望之北，填卢山之壑而不悔之语。 ⑰大同中童谣云：“青丝白马寿阳来。”景涡阳之败，求锦于朝，给以青布，及景围台城，皆以所给用为袍，乘白马，青丝为辔。古诗："青袍似春草。"孔子与颜渊俱上泰山，望吴昌门外，孔子见白马，指问渊，渊言见有系练之状。 ⑰④天子：指武帝。端：正月；履端：犹言在历之始。武帝被围，正月不视朝。 ⑰⑤单于：指景。景于台城外筑长围，在东宫置酒奏乐以为乐。 ⑰⑥两观：两台双植，又称两阙，昔者帝居，每门树此于前，以标表宫门，登之可遍观。 ⑰⑦聂政之刺韩傀，白虹贯日，要离之刺庆忌，苍鹰击于殿上。太清元年及三年，皆曾白虹贯日。 ⑰⑧夏台：夏时狱名，在今江南巩县西南，桀囚汤于此。 ⑰⑨《竹书纪年》谓尧德衰，为舜所囚，今山东莒县，西有小城阳，俗谚以为囚尧城云。 ⑱⓪干戚：即今之盾斧。 ⑱①争，一作"装"。晋苏峻反，温峤借资蓄器用于陶侃，卒平之，景围台城，元帝自荆州遣王琳献米万石，未至而都城陷，王琳乃中江沉米，轻舸而还，此以陶侃喻王琳。陶侃成功而王琳无成，故曰空。 ⑱②晋陈敏反，顾荣临阵，以白羽扇挥之，敏众皆溃，景围台城，羊鸦仁攻之，为所败，此以荣喻鸦仁。荣却陈敏而鸦仁败于景，故曰虚。⑱③绥：却也。 ⑱④边备昼举燧，夜举烽，故曰随星落。侯景围台城，数月不举，粮尽，诈表解围，以缓援兵，武帝许之，及援兵稍散，侯景已得粮，遂背盟，城内举烽鼓噪。 ⑱⑤侯景筑长围围城，中外隔绝，有献计放纸鸢，藏敕于中，冀得外达，然为贼所射落，计卒不果。 ⑱⑥班马：离群之马。 ⑱⑦迷轮乱辙：师遁无序之状。 ⑱⑧婴城：闭城自守。 ⑱⑨昆阳：今河南叶县。 ⑲⓪诸葛亮造八阵图，累石为八，相去二丈，桓温见之曰："此常山阵蛇势也。" ⑲①五郡：指湘东王绎、邵陵王纶、武陵王纪、庐陵王续、南康王绩。五人皆武帝子，为兄弟。⑲三州：湘东为荆州，武陵为益州，邵陵时在颍州也。三人于武帝为父子。　⑲护军：指韦粲，粲字长倩，与侯景战，死之，赠为护军将军。其祖韦睿，父韦放皆将兵，故曰三世为将。将三世者败，语见《史记·王离传》。　⑲江子一、子四、子五兄弟三人，籍济阳考城。子一字元亮，为南津校尉，城被围，与两弟开门出，皆力战死。　⑲尚书：指羊侃，侃字祖忻，为都官司尚书，贼至，守御有方，寻以疾卒，台城遂陷。　⑲齐将闭壁，指乐毅以燕师入齐，诸城皆下，独田单拒守即墨。燕师卧墙，指慕容宝兵败，慕容垂愤疾，筑城而还。垂疾而筑城，陶侃疾遂死，故云无。　⑲大事去矣，为陶侃讨苏峻时，长史殷羡谓陶侃语。　⑲申子：柳仲礼小字，仲礼有胆力，贼渡江，被推为大都督，与贼战，为贼所刺，被救幸免，自此壮气外衰，不复言战，后遂降贼。　⑲鱼门：郱国城门。郱与鲁战，获僖公胄，悬诸鱼门。　⑳鹨：小鸟。鹨披隼翼，不明者以为隼，明者视之知为鹨。　⑳虎随狐而行，百兽见之，皆走，虎不知兽之畏已，以为畏狐。　⑳苻坚伐晋，战于淝水，大败，惧甚，至闻风声鹤唳，亦以为晋兵。　⑳晋刘琨为胡骑所围，中夜奏胡笳，贼闻之，皆为流涕。　⑳神亭：地名，在今江苏金坛市西北。　⑳此引孙策说袁术谋脱身事。　⑳巨鹿：在今河北，项羽大破秦军于此。县东北有纣所作沙丘台。　⑳长平：战国赵邑，在今山西高平县西北，秦白起大破赵兵于此。　⑳桂林：吴苑名。　⑳长洲：吴苑名，吴王阖庐游猎处。伍子胥有见麋鹿游姑苏之台之语。　⑳《左传》隐公元年：“周之东迁，晋郑焉依。” ㉑①二语言合城陷后，诸王自相残害，无图贼之意。 ㉑②黑帝行德，天关为之动。 ㉑③木华《海赋》：“又似地轴挺拔而争回。” ㉑④鸟子初生，须母哺而食者名鷇。战国赵武灵王被围，欲出不得，探雀鷇而食之，三月余饿死。㉑⑤春秋楚太子商臣围其父成王，王请食熊蹯而死，不听，乃缢，盖熊掌难熟，冀时久得援也。 ㉑⑥葬埋不殡于庙曰“侧”。武帝葬时，侯景使卫士于要地以大钉钉之，谓欲令其后世灭绝。㉑⑦战国齐闵王无道，淖齿弑之，擢其筋，悬之东庙。 ㉑⑧春秋时，曹人或梦众君子立于社宫而谋亡曹。 ㉑⑨此句言已奔江陵求援之意，逗出后文。 ㉒⓪汉宁成诈刻传出关归家。 ㉒①楚太子元入质于秦，黄歇使变服为楚使者，御以出关。 ㉒②鄂坂：指今湖北境。伍子胥自楚奔吴，尝遇厄于昭关，庾信自吴奔楚，备受查察，故引其事。 ㉒③郑瞒伐宋，彨班御皇父充石败之，宋武公以门赏彨班，使食其关门之租，因名为彨门。 ㉒④公孙龙常持白马非马之论，人不能屈，后乘白马，无符传，欲出关，关吏不听，故虚言难以夺实。 ㉒⑤李少君死后，人有见其在河东蒲坂乘青骡者，汉武帝闻而发其棺，无所有。 ㉒⑥庾信西上江陵，又遇侯景遣大兵袭击郢州。锯牙钩爪，喻侯景。循江、习流，喻侯景袭郢之兵。 ㉒⑦青龙：舟名，借为战舰之号。㉒⑧飞燕：战船名。船楼：楼船。 ㉒⑨张辽：三国魏将，字文远，官至征东将军，时江陵以王僧辩为征东将军，故以比之。㉓⓪王浚：晋灭吴之将，字士治，以喻胡僧佑。景兵陷郢，进攻荆州，僧辩命众军乘城固守，元帝又命僧佑援之。巴丘：山名，在今湖南岳阳城内。 ㉓①侯景攻荆州不克，乃为火舰烧栅，风不便，反自焚。 ㉜贼数败，侯景乃烧营夜遁，旋军夏首，倍道归建康。孙权乘大船观曹操军，操令弓弩乱发，箭着船，偏重，几覆，此引其事以喻侯景。 ㉝黄盖：字公覆，孙权将，赤壁之役，权以火攻计破曹操，先令盖往诈降，盖驾舟急进，乘风纵火，忽为流矢所中，堕水，为吴人所得，不知为盖，置厕床中，盖强以一声呼韩当，当曰："此黄公覆声也。"急为易衣，因以得生。江陵将陆法和破侯景将任约，约逃入水，因擒之，此以黄盖事为喻。 ㉞侯景既遁归，王僧辩率兵沿流而进，攻郢州，景将宋子仙、丁和等困蹙，僧辩命杜龛乘其不备袭击，大破之，子仙、和皆被擒，郢州平。杜侯：三国魏杜畿，字伯侯，受诏作御船，船成，试之，遇风覆没，畿溺死。此即引以喻杜龛擒宋丁事。 ㉟黄鹤：山名，在今湖北武汉市。落帆、藏船，谓避之。 ㊱庾信由郢巴至江陵，故曰路分湘汉。斗牵牛，为吴分野。 ㊲阴陵：山名，在今安徽和县，项羽至此迷失道，为汉兵追及。 ㊳钓台：在武昌。斜趣：言兵败而遁。 ㊴曹操败于赤壁。乌江：在今安徽和县东北。项羽兵败，至乌江，乌江亭长舣船待，而羽不渡。舣：整船向岸。 ㊵雷池：即大雷水，在安徽望江县南。栅浦：于江浦筑栅以为防。 ㊶鹊陵：即鹊头山，在今安徽铜陵。 ㊷杞梓：皆美材，产荆衡。 ㊸《尚书·禹贡》："淮海维扬州。"庾信自金陵溯江而上，约三千余里。 ㊹韩信微时穷困，钓于城下，一漂母哀之，饭韩信十余日。 ㊺伍子胥奔吴，追者在后，江中一渔父，令止芦之漪，后渡使过江。 ㊻七泽：见司马相如《子虚赋》注。 ㊼十死：言屡濒于死。 ㊽《诗经·小雅·天保》："天保定尔。” ㊾殷忧：忧心。 ㊿危行：高峻之行。 ⑤①元帝即位，以庾信为右卫将军。 ⑤②元帝先承制除信御史中丞。在位不事事曰“尸”。数语言庾信至江陵，复为元帝所任用。⑤③龙门：山名，司马迁生于此，故以称之。司马迁父司马谈为太史官，病且卒，司马迁使蜀适反，父子见于河洛之间。庾信父肩吾卒于江陵，故以为喻。 ⑤④司马谈临殁，嘱司马迁复为太史，不忘己所著论。 ⑤⑤陈实及子纪孙群，事汉魏，世有重名，而德渐减。金日磾、张安世皆七代仕汉，此庾信引以为喻，言先世皆无断盛德，及已身而衰落。 ⑤⑥曾子耕泰山下，雨雪不得归，思其父母，作《梁山操》。 ⑤⑦枯鱼衔索，几何不蠹，二亲之寿，忽如过隙，为子路语，言以索贯枯鱼之口而售之，不久生蠹。 ⑤⑧《楚辞》：“搴汀洲兮杜若。”汀：平也。杜若：香草。 ⑤⑨三国吴诸葛恪当国时，童谣云：“吁汝恪，何若若，芦苇单衣篾钩络，于何相求常子阁。”恪诛，以苇席裹身，篾束腰，投于石子冈。元帝猜忌，庾信忧谗待死，自拟屈原、诸葛恪，故云。 ⑥⓪项羽自立为西楚霸王，以喻元帝。⑥①繁阳：楚地。 ⑥②鏖：苦战多杀。金匮：以金为匮，汉高祖与功臣剖符作誓，丹书铁券，金匮石室，藏之宗庙。 ⑥③玉堂：见扬雄《解嘲》注。 ⑥④四者皆战舰名。此下十句叙陈霸先、王僧辩等讨侯景。 ⑥⑤见丘迟《与陈伯之书》注。 ⑥⑥禹南巡渡江，黄龙负舟。 ⑥⑦楚昭王渡江，得萍实，大如斗，孔子谓惟霸者能得之。 ⑥⑧屯：聚也。石城：即石头城，在今江苏南京市西，孙权所筑。陈霸先于石头西筑栅攻侯景。 ⑥⑨戈船：船下置戈者，借喻战船。掩：蔽也。王僧辩督诸军乘潮入淮。　㉗⓪《左传》鲁昭公四年，诸侯如楚，郑伯先待于申。㉗①鲁襄公十一年，诸侯伐郑，齐宋先至，其暮荀罃至。荀罃，晋大夫。时晋主夏盟，故曰盟主。　㉗②此二句言师之进逼，侯景及贼臣之出奔。　㉗③鲁文公十一年，鲁获长狄侨如，杀之，埋其首于子驹之门。子驹，鲁郭门。　㉗④黄帝戮蚩尤于中冀之野。㉗⑤汉董卓被诛，尸于市，体肥，守尸者燃火置其脐中，光明达旦。景尸暴建康市，百姓争取屠脍，故以卓为喻。　㉗⑥赵襄子怨智伯、荀瑶，既杀之，漆其头以为饮器。侯景首传至江陵，元帝命悬市三日，然后煮而漆之，以付武库，故以荀瑶为喻。㉗⑦虹为百殃之本，众乱所基，见而头尾至地，为流血之象。垒：军垒。　㉗⑧长星属地：长星坠也，主亡主将。　㉗⑨金陵素以龙蟠虎踞之形势著称。　㉘⓪有言黄旗紫气，恒见东南，扬州之君，终成天下，即指建康之地。　㉘①殄：尽也。瘁：病也。㉘②博望：山名，在今安徽当涂县西南，一名天门，亦曰东梁山，与和县西梁山相对。　㉘③玄圃：苑名，梁简文帝尝于其中述武帝所制《五经》讲疏。　㉘④王延寿《鲁灵光殿赋》："玉女窥窗而下视。"　㉘⑤凤凰楼：晋宫阙名，在洛阳。　㉘⑥晋仁寿殿前曾有大方铜境，高五尺余，广三尺二寸。　㉘⑦茂陵：汉武帝陵。帝崩时，令以杂书三十余卷随身敛。　㉘⑧古称三不朽：太上立德，其次立功，其次立言。　㉘⑨谟明：言谋无不明。寅亮者，敬而明之。　㉙⓪三国魏荀粲有"象外之意系表之言"之语。　㉙①河上：汉人，文帝时，结草为庵于河之滨，常读《老子》，莫知其姓氏，称河上公。　㉙②浮丘：古仙人，接周王子晋上嵩山。　㉙③师旷：晋乐师，名旷也，字子野。旷往见王子晋，欲与辩言，晋谓曰："吾后三年，将上宾于帝所，汝慎无言！"师旷归，未及三年，告晋死者至。 ㉔台城陷后，太子(即简文)，以幼子大圜属元帝，并剪爪发寄之。西陵，曹操陵，以喻简文墓。魏兵至江陵，元帝令大圜充副使请和，元帝降魏，大圜入长安，不得一瞻父之陵寝，故文云。 ㉕当侯景率兵外出时，南康王会理等谋在内举事，为贼臣王伟所知，会理等皆被害，景谓简文知之，遂怀逆谋。云台仗，本天子所主，而王伟等所用防守者，皆为主兵，是云台甲仗反为贼。 ㉖司徒：谓王僧辩，僧辩讨平侯景，元帝即位，授为镇卫将军司徒。 ㉗狐偃：晋大夫。晋文公返国，欲霸诸侯，偃曰："求诸侯莫如勤王。" 时周室方有难也。 ㉘晋惠公令韩简挑战于秦，秦穆公横雕戈出见使者。霸主：谓侯景。 ㉙汉景帝时，胶西王印附吴王濞反汉，既被擒，韩颓当执金鼓见之，诘问其发兵状。贼臣，亦谓侯景。 ㉚杜元凯：指杜预。晋武帝欲灭吴，惟杜预意与帝同，后杜预率诸军平吴。 ㉛温太真：即温峤，有讨王敦平苏峻之功。 ㉜全节：地名，又称全鸠里，在今河南灵宝市西北，汉戾太子死处。 ㉝枉人：山名，在今河南浚县西北，纣杀比干于此。 ㉞大夫文种既佐越王勾践灭吴，勾践赐剑令死，种叹曰："南阳之宰，而为越王之禽。" ㉟镇北：谓邵陵王纶。纶于武帝大同中为扬州刺史，扬州在江北，故云。 ㊱秦始皇梦与海神战，占者谓海神不可见，以大鱼蛟龙为候，因令人持捕鱼具入海，候大鱼出射之，至之罘，射杀一鱼。 ㊲此见前"鞭石成桥"注。 ㊳纶将兵援台城，至钟山，有蛰熊啮其所乘马。蛰：藏伏。 ㊴纶讨侯景，济江，中流浪起，有物伤舟，几覆。 ⑶⑽高阳氏有才子八人，武帝八子，故以为比。并命者，谓纶后为元帝所逼，见害于魏。纶既亡灭，江陵亦败，兄弟忌贼，皆不永年，故云俱非。 ⑶⑾中宗：谓元帝，帝庙号世祖，以其启中兴之业，故曰中宗，以比晋元帝。元帝名绎，字世诚，武帝第七子，始封湘东王，侯景为乱，诸王无奈之何，惟帝卒遣王僧辩等讨平之，报万民之冤，雪武帝、简文两君之耻。 ⑶⑿汉文帝先为代王，大臣绛灌等平吕氏，迎入，以天子法驾至代邸请即帝位。 ⑶⒀尧先由其异母兄帝挚封为唐侯，旋受挚禅为天子。 ⑶⒁王莽篡汉，更始为帝，将北都洛阳，以光武行司隶校尉，令前整修官府，光武于是致僚属，作文移，从事司察，一如旧章。 ⑶⒂王敦见卫玠，谈论弥日，甚叹美之，言“不图永嘉之中，复闻正始之音”。正始为三国魏末年号，其时士大夫竞尚清谈，世称正始之风。 ⑶⒃言元帝性猜忌，好自矜，虽有大勋，卒使臣下离贰，忽焉摧灭。 ⑶⒄时东魏已灭，为北齐，与梁常有使命往来，然兵争不已。 ⑶⒅秦：谓西魏，西魏都长安，故称。承圣三年，魏遣于谨等大举伐江陵。 ⑶⒆项羽背楚怀王先入关者王之之约，不王高帝于关中，而己又怀乡土，都于彭城，所谓背关怀楚。泰伯至吴，端委以治周礼，为吴开国之君。端委：礼衣。 ⑶⒇绿林：山名，在今湖北当阳市。王莽篡汉，王匡等起兵于此，号绿林，后因以称劫盗。骊山：在今陕西临潼市东南。英布遣戍骊山，骊山戍徒十数万，英布与相结，亡为群盗，汉兴，附汉，后以叛亡。 ⑶⑵⑴梁：桥也。溠：水名，在今湖北随州西北。 ⑶⑵⑵搜：阅也。乘：兵车。 ⑶⑵⑶鲁僖公十九年，宋襄公杀鄫国之君以祭社，公子目夷言其用淫昏之鬼以求霸，霸必不成，元帝闻武陵王来，使方士画其像于版，亲钉支体以厌之，故用宋襄事为喻。　㉔荆门：山名，在今湖北宜都县西北，元帝遣将破武陵王，斩之于此。廪延：春秋郑邑，郑庄公弟叔段恃母宠，欲自此袭郑，为庄公所逐，文引此以喻元帝之不兄。　㉕夏口：即今汉口，简文帝大宝二年邵陵王纶在此承制百官，元帝令王僧辩以舟师逼之，纶后遂为西魏所害。鲁庄公三十二年，季友使人酖僖叔，僖叔归及逵泉而卒，僖叔为季友兄，故引此以喻元帝之不弟。纶为武帝第六子，元帝为武帝第七子。　㉖因亲以教爱，语见《孝经》。㉗《孟子·尽心》："其兄关弓而射之。"二句言兄弟不能亲爱，而反弯弓以伤和乐。　㉘既，一作"慨"。鲁与齐战，曹刿请见鲁庄公，欲言战事，其乡人谓肉食者已谋之，曹刿言肉食者鄙，未能远谋，遂入见。后汉杜笃尝作《论都赋》奏光武，谓不宜都洛阳，应反关中。　㉙楚灵王暴，被弑，子干为王，晋叔向言取国有五难：有宠而无人，一也；有人而无主，二也；有主而无谋，三也；有谋而无民，四也；有民而无德，五也：子干涉五难以弑旧君，必不济，后子干果又被杀。见《左传》昭公十三年。　㉚文士笔端，勇士锋端，辩士舌端，此三端者，君子避之，而元帝与武陵王书，有我韬于文士，愧于武夫之语，是自擅三端也。　㉛阳城：山名，在今河南登封市北。　㉜砥柱：山名。　㉝兄弟急难，为《诗经》语。　㉞贾谊有淮南比大诸侯，仅如黑子着面之语。黑子、弹丸，皆言其小。元帝在江陵，文轨所同，千里而近，人户著籍，不盈三万。　㉟寒：歇也。　㊱赤帝之女，嬉游东海，溺死，化为冤禽，名曰精卫，常取西山木石以填海。 ㉗北山愚公年九十，以太行王屋二山方七百里，出入迂曲，欲平之。 ㉘沴气：恶气。元帝承圣三年六月，有黑气如龙，见于殿内。 ㉙承圣三年十一月，有流星坠于城中。 ㉚鲁哀公六年，楚有云如众赤鸟，夹日以飞，三日。 ㉛轸：星宿名，为楚分野。楚有苍云如霓，围轸七蟠，见《春秋文耀钩》。 ㉜鲁昭公三十二年，吴伐越，晋史墨谓不及四十年，越将为吴，以越得岁而吴伐之。 ㉝谓吴伐楚，入楚郢都。郢地即当江陵。 ㉞春秋时周郑交恶，以喻魏师之至，萧詧以元帝杀其兄誉而与会师。 ㉟楚结秦冤：谓西魏憾元帝对其使者失礼，因遣于谨率大兵来伐。 ㊱南风不竞：晋师旷谓楚出师无功语。见《左传》襄公十六年。 ㊲晋献公筮嫁伯姬于秦，遇归妹之睽，其谣有曰："西邻责言，不可偿也。"后晋惠公与秦交战，果为秦获。 ㊳梯冲：云梯及攻城之车。 ㊴冀州北土产良马。 ㊵俴（jiàn）：浅也。收：轸也，兵车轸较平时车之浅者。畅毂：长毂，兵车毂较平时车之长者。 ㊶沓：重也。雷门：会稽城门。汉王尊有毋持布鼓过雷门之语，门有大鼓，越击此鼓，声闻洛阳。 ㊷陈仓：秦县，故城在今陕西宝鸡东。 ㊸临晋：关名，即今大庆关，在陕西朝邑县东。 ㊹楚虽三户，亡秦必楚，为楚南公语，《史记》于项氏起兵时引用之。 ㊺晋魏锜如楚致师，楚潘党逐之，及荥泽，见六麋，射一麋以顾献。见《左传》宣公十二年。 ㊻王莽末，拜将军九人，皆以虎为号。 ㊼洞庭：湖名。在今湖南境。涔阳浦，接于楚都之郢。极：迷也。 ㊽晋献公之筮有曰："火焚其旗，不利行师。"见《左传》僖公十五年。

㉟秦伐晋，筮之，其卦遇《蛊》，曰："千乘三去，三去之余，获其雄狐。"狐蛊，其君也，蛊之贞，风也，及战，遂获晋惠公。 ㊱江陵将破，元帝尽焚古今图书十余万卷，以宝剑击柱折之曰："文武之道，今夜尽矣！"后出东门降魏。龙文：宝剑名。 ㊲王莽时，张霸、陈牧、王匡等起云杜绿林，号曰下江兵。梁时，其地属武宁郡。 ㊳长林：晋县，故城在今湖北荆门北，亦属武宁郡。 ㊴拑：与"钳"、"箝"通。《公羊传》宣公十五年："围者拑马而秣之，使肥者应客。"谓以木衔马口，不令食粟。示有所畜积。魏师至，凡二十八日，征兵四方，未至而城陷，故曰徒思。 ㊵齐田单守即墨，取牛千头，衣以五采，束矛盾于其角，系火于其尾，穿城而出，冲突燕兵，燕兵大败。 ㊶晋智伯欲伐仇犹(夷狄国名)，道险不通，乃铸大钟遗之，仇犹平险以纳之，仇犹臣章曼支谏，不听，章曼支断毂而驰逃，至十九日而仇犹亡。见《韩非子》。 ㊷晋假道于虞以伐虢，虞臣宫之奇谏不可许，勿听，宫之奇遂率族去国，晋既灭虢，遂灭虞。 ㊸光武北徇蓟，王郎购之十万户，光武驰去，至滹沱河，王霸诡称冰坚可渡，遂前，河冰真合，乃渡，未毕数骑而冰解。 ㊹齐田文入秦，秦留之，后幸得脱，夜半至函谷关，关法，鸡鸣始出客，文客有善为鸡鸣者，群鸡闻之，皆鸣，乃出。 ㊺章华：楚宫名，楚灵王所建。 ㊻汉高祖疑韩信反，用陈平计，伪游云梦，时韩信为楚王，迎谒，因执之。㊼荒谷、冶父：皆楚地。楚屈瑕伐罗，大败，瑕缢荒谷，群帅囚于冶父以听刑。见《左传》桓公十三年。莫敖：楚官名，即瑕也。 ㊽硎谷：一名坑儒谷，在今陕西临潼市骊山下，秦始皇

坑儒生于此。折拉：折齿拉胁，魏齐使人辱范雎如此。 ㊲㊲373批揽：击仆。言残人如鹰鹯。 374邹衍尽忠于燕惠王，王信谗而系之，衍仰天而哭，时正夏季，天为降霜。见《淮南子》。375后汉耿恭为匈奴围于疏勒，绝其水道，吏士渴乏，恭向井拜祷，泉水奔出。见《后汉书》恭传。事在秋七月，水本应涸，故以秋沸为异。 376齐庄公伐鲁，齐人杞梁殖战死，其妻哭于城下，城为之崩。见《列女传》。 377湘妃：尧二女娥皇、女英，皆为舜妃。舜南巡崩，葬于苍梧之野，二女相与恸哭，泪沾竹，竹纹为之斑斑然。见《述异记》。 378晋郑伐秦，秦人毒泾上流，师人多死。见《左传》襄公十四年。 379陉：井陉，赵地，在今河北井陉县东北井陉山上，险要地也。韩信东下井陉击赵，未至井陉口三十里，使人潜入赵壁，拔赵帜，立汉帜，赵兵还见之，以为后路为汉所袭取，惊溃，因破赵。 380秦法，十里一亭，亭有长；又《孔六帖》载十里一长亭，五里一短亭。古人送别常以长短亭为程限。 381晋时中原丧乱，百姓避难于鲁，饥不得食，掘野鼠、蛰燕而食之。 382后汉灵帝崩，袁绍等勒兵诛宦官，少帝与陈留王协(即汉献帝)等出宫避乱，夜不知路，随萤光以行。 383《尚书·禹贡》：“黑水西河惟雍州。”雍州，秦地。 384关上泥青：即指青泥城，在今陕西蓝田县；又秦西有青泥关。 385淄渑：二水名，通流，在今山东，二水异味，合则难别。 386魏平江陵，献俘长安，时方冬季，天寒雪冻，死者填满沟壑。 387陆机为吴人，吴亡于晋，遂入洛。388王粲为山阳人，避董卓乱，入荆州依刘表，登江陵城楼，因怀归而作《登楼赋》。 389陇山：在今陕西陇县，东西百八十里，登山东望秦川，极目泯然，山东人行役升此而顾瞻者，莫不怨思。 ⑳交河：故城名，在今新疆吐鲁番西。青波：楚地，在今河南新蔡县西南。 ㉑武昌北山有望夫石，相传有贞妇送其夫远役，于此立而望夫，因死，形化为石云。 ㉒《述异记》载中山有韩夫人愁思台思子陵。 ㉓楚汉相争时，武臣立为赵王，间出，为燕军所获，有厮养卒往说燕将而归之，武臣因以美人妻卒为报，南齐谢朓因有咏邯郸故才人嫁为厮养卒妇诗。 ㉔清河：故国，故城在今河北清河县东。晋临海公主，先封清河，洛阳之乱，为人所略卖，备受困苦，元帝立，主诣县自言，乃改封临海。见《晋书·贾后传》。 ㉕栩阳亭：不详。《汉书·艺文志》有《别栩阳赋》五篇。 ㉖《艺文志》又有《临江王》及《愁思节士歌诗》四篇。 ㉗武威：汉郡，今甘肃武威县。 ㉘金微：山名，在漠北。 ㉙班超久镇西域，年老思归，上疏有不敢望到酒泉郡，但愿生入玉门关之语。 ㊵温序：东汉初时人，为隗嚣将所拘，伏剑死，其子梦序告曰："久客思乡里。"即弃官归葬。 ㊶李陵别苏武诗曰："双凫俱北飞，一凫独南翔。"李陵苏武皆在匈奴，苏武后得归，李陵则以降匈奴，终不返汉。 ㊷事见江淹《恨赋》注。 ㊸江陵：县名，在今湖北，元帝以为都。中否：谓被魏所克。 ㊹江陵陷于元帝承圣三年，明年，王僧辩、陈霸先等以元帝子方智即位建康，年十三，为敬帝。未几，禅位于陈，故曰金陵之祸始。 ㊺萧詧称藩于魏，魏封为梁王，魏兵至，詧与会师同入江陵，故曰借人外力。 ㊻萧之为言肃也，墙，屏也，君臣相见，至屏而加肃敬，故曰。萧墙：谓至近之地也。萧詧于元帝为侄，以侄伐叔，故曰萧墙内起，言祸生于内。 ⑩江陵既陷，元帝太子元良及子方略等皆见害。 ⑱昆山旁以玉璞抵乌鹊。见《盐铁论》。 ⑩隋侯见大蛇伤断，以药为涂之，后蛇衔大珠为报，因名曰隋侯珠。玉、珠，皆喻帝子。碎、死，言皆遭难。⑩平林：在今湖北随州东北。新市：见徐陵《玉台新咏序》注。后汉中兴，平林、新市皆起兵，二者皆楚地。 ⑪梁故丰徙：谓元帝从建业徙都江陵。楚实秦亡：谓魏自关中灭楚地之江陵。⑫晋里克有“不有废也，君何以兴”之语。见《左传》僖公十年。文语盖本此。言梁亡陈始兴。 ⑬二语为占辞，见《左传》庄公二十二年。妫：陈之姓，出于虞舜。姜：齐之姓。春秋时，陈公子完奔齐，及战国而陈氏代齐。以喻陈霸先将受梁禅。⑭敬帝在位三年，逊位于陈霸先，于是梁为陈。《庄子》有《让王》篇。 ⑮二语为《周易·系辞》。 ⑯江东：指建业一带地。二句言武帝任用不肖子弟，皆以为州郡，致尽失江东地。⑰汉高祖问吴王濞，言汉后五十年，东南有反者，岂若耶。见《汉书·吴王濞传》。 ⑱鹑首：星次之名，荆州上当天文，自张宿十七度至轸宿十一度为鹑首。魏灭江陵，立詧为梁王，仅资以江陵一州之地，襄阳南郡等鹑首之次，皆归于魏，故文云。⑲烈祖：谓庾滔。 ⑳言庾滔过江家江陵。荆山在东北，漳水所出，东至江陵，故曰东川。 ㉑庾信自叙北迁长安。㉒死生契阔：契，合也；阔，离也。与“死生”对言。 ㉓岿然：独貌。汉室中微，盗贼蜂起，西京未央建章诸殿，皆已堕坏，惟景帝子恭王在鲁所建灵光殿，岿然独存。文引此喻知交将尽，惟己独存，犹鲁灵光殿。 ㉔月令十二月，日穷于次，月穷于纪，星周于天，数将终，岁将始。 ㊾端忧：端然忧虑。暮齿：暮年也。 ㊿神皋：神明之界局。 ⑷²⁷宣平：长安城东北第一门。贵里：以其里中多贵显者所居，故称。 ⑷²⁸秦始皇筑咸阳宫，引渭水灌都，以象天汉。 ⑷²⁹骊山始皇陵，作地市。 ⑷³⁰北周明帝宇文毓、武帝宇文邕皆曾为大将军。汉武帝相公孙弘封为平津侯，宇文护曾为大冢宰，丞相平津侯，即指宇文护。 ⑷³¹金张、许史：汉时大臣外戚之贵显者。 ⑷³²汉名将李广家居数岁，常射猎蓝田山中，一夜从一骑出从人田间饮，还至灞陵亭，尉醉呵止广，广骑曰："故李将军。"尉曰："今将军尚不得夜行，何故也！"止广宿亭下。 ⑷³³楚太子质于秦，黄歇说秦相范雎，请归之，言若不归，不过咸阳一布衣耳。时梁宗室客长安者甚多，言思归者不独诸王，尚有己也。

颜之推家训论文章①

夫文章者，原出《五经》，诏命策檄，生于《书》者也；序述论议，生于《易》者也；歌咏赋颂，生于《诗》者也；祭祀哀诔，生于《礼》者也；书奏箴铭，生于《春秋》者也。朝廷宪章，军旅誓诰，敷显仁义，发明功德，牧民建国，施用多途。至于陶冶性灵，从容讽谏，入其滋味，亦乐事也。行有余力，则可习之②。

然而自古文人，多陷轻薄：屈原露才扬己③，显暴君过；宋玉体貌容冶，见遇俳优④；东方曼倩滑稽不雅⑤；司马长卿窃赀无操⑥；王褒过章《童约》⑦；扬雄德败美新⑧；

李陵降辱夷虏[9]；刘歆反覆莽世[10]；傅毅党附权门[11]；班固盗窃父史[12]；赵元叔抗竦过度[13]；冯敬通浮华摈压[14]；马季长佞媚获诮[15]；蔡伯喈同恶受诛[16]；吴质诋诃乡里[17]；曹植悖慢犯法[18]；杜笃乞假无厌[19]；路粹隘狭已甚[20]；陈琳实号粗疏[21]；繁钦性无格检[22]；刘桢屈强输作[23]；王粲率躁见嫌[24]；孔融祢衡诞傲致殒[25]；杨修丁廙扇动取毙[26]；阮籍无礼败俗[27]；嵇康凌物凶终[28]；傅玄忿斗免官[29]；孙楚矜夸凌上[30]；陆机犯顺履险[31]；潘岳干没取危[32]；颜延年负气摧黜[33]；谢灵运空疏乱纪[34]；王元长凶贼自贻[35]；谢玄晖侮慢见及[36]：凡此诸人，皆其翘秀者，不能悉纪，大较如此。

至于帝王，亦或未免。自昔天子而有才华者，惟汉武、魏太祖、文帝、明帝、宋孝武帝[37]，皆负世议[38]，非懿德之君也。自子游、子夏、荀况、孟轲、枚乘、贾谊、苏武、张衡、左思之俦[39]，有盛名而免过患者，时复闻之；但其损败居多耳。每尝思之，原其所积，文章之体，标举兴会，发引性灵，使人矜伐，故忽于持操，果于进取。今世文士，此患弥切，一事惬当，一句清巧，神厉九霄[40]，志凌千载，自吟自赏，不觉更有傍人。加以砂砾所伤，惨于矛戟，讽刺之祸，速乎风尘[41]，深宜防虑，以保元吉[42]！

---

①颜之推：临沂人，字介，初仕梁，后仕北齐，齐亡入周，隋开皇中召为文学，深见礼重。有文集及《家训》二十篇。此篇为其《家训》之一。　②《论语·学而》：“行有余力，则以

学文。”　③露才扬己：班固评屈原语。　④宋玉：屈原弟子，为楚大夫，体貌艳丽，曾作《登徒子好色》《神女》《高唐》诸赋，辞多淫冶，楚襄王乃以俳优待之。俳优：杂戏。
⑤东方曼倩：即东方朔。《汉书》朔传赞：“依隐玩世，诡时不逢，其滑稽之雄乎。”滑稽有三说：一说，滑，乱也，稽，同也，言辨捷之人，言非若是，说是若非，能乱同异；一说，读为骨稽，流酒器，言出口成章，辞不穷竭，如滑稽之吐酒；一说，犹俳谐。　⑥司马长卿窃赀无操：见扬雄《解嘲》注。
⑦王褒《童约》，选在前。　⑧王莽篡汉，扬雄为大夫，作《剧秦美新》，论秦之剧，称新之美，时论讥之。新：王莽国号。　⑨李陵事见司马迁《报任安书》注。　⑩刘歆：汉宗室，后改名秀，向子，字子骏，官至京兆尹，封红休侯，王莽少时，与歆俱为黄门郎，及篡位，引为国师。　⑪傅毅：见魏文帝《典论论文》注。毅初为车骑将军马防军司马，后为大将军窦宪司马。　⑫班固继其父彪续成《汉书》，刘勰、刘知几并讥班固盗窃父史。　⑬后汉赵壹，字元叔，西县人，恃才倨傲，不为乡里所容，作《穷鸟赋》以自遣。抗竦过度，即指壹恃才倨傲。　⑭后汉冯衍，字敬通，杜陵人，幼有大志，尝作《显志赋》以自厉。浮华摈压：言人多短其文过于实，以致废弃。
⑮后汉马融，字季长，茂陵人，著述甚富，为世通儒。马融不敢违忤势家，至为梁冀草奏李固，又作大将军《西第颂》，以此颇为正直所羞。　⑯蔡伯喈：即蔡邕，以仕董卓，为王允收付廷尉，死于狱中。　⑰诋诃乡里：谓质为乡里所毁责。　⑱曹植尝乘车行驰道中，辟司马门出，曹操大怒，公车令坐死，由是

重诸侯科禁，而曹植宠日衰。 ⑲杜笃：后汉杜陵人，字季雅，与美阳令游，数从请托，不谐，颇相恨，令怨，收杜笃送京师。 ⑳路粹：三国陈留人，字文蔚，韦诞评其性颇忿鸷。隘狭：即言性情褊窄。 ㉑粗疏：韦诞评琳语。 ㉒繁钦：三国魏颖川人，字休伯。性无格检：谓不守法，韦诞评之如此。㉓输作：罚其输力作苦。魏文帝为太子时，尝请诸文学，酒酣，命夫人甄氏出拜，坐中众人咸伏，刘桢独平视，武帝闻之，收刘桢，减死输作。 ㉔王粲在荆州依刘表，刘表以其貌寝而体弱通悦，不甚器重。率躁：即指通悦而言。 ㉕孔融为曹操所忌而被害。祢衡，见融《荐祢衡表》注，以狂傲为黄祖所杀。㉖杨修：后汉华阴人，字德祖，有俊才，为曹操主簿，曹操有所隐，杨修辄知而揭之，曹操忌其才，杀之。丁廙：后汉沛人，字敬礼，博学洽闻，建安中为黄门侍郎，魏文帝即位，以其党曹植，诛之。 ㉗阮籍嫂归宁，阮籍相见与别，或讥之，阮籍曰："礼岂为吾设？" ㉘嵇康与向秀共锻大树下，钟会往造，嵇康不礼，钟会谮于司马昭，被杀东市。 ㉙傅玄：晋泥阳人，字休弈。傅玄进皇甫陶，及入而抵傅玄，以事与皇甫陶争言喧哗，皆坐免官。 ㉚孙楚：晋太原人，字子荆。楚参石苞骠骑军事，负才气，长揖曰："天子命我参卿军事。"石苞奏其讪毁朝政，此其矜夸凌上。 ㉛陆机委身成都王颖，被害。㉜潘岳性轻躁，趋势利，谄事贾谧，每候其出，望尘而拜，其母曰："尔当知足，而干没不已乎。"后为孙秀所诬，被诛。干没：徼幸取利之义。 ㉝颜延年：每犯机要，权贵以其《五君咏》辞旨不逊，尝欲黜为远郡。 ㉞谢灵运，见锺嵘《诗品序》注。空疏乱纪：谓不合于理而乱法纪，谢灵运以谋叛诛。㉟南齐王融，字元长，为竟陵王子良谋主，齐武帝病笃，子良在殿内，太孙未入，王融欲矫诏立子良，诏章已立，帝重苏，俄崩，西昌侯鸾奉太孙登殿，收王融赐死，此其凶贼自贻也。自贻：言自取其祸。 ㊱谢玄晖：即谢朓。朓常轻江祏，江祏不堪，构而害之，下狱死。 ㊲汉武名彻，景帝子。魏太祖：即曹操。文帝：即曹丕。明帝：名睿，文帝子。宋孝武帝：姓刘，名骏。 ㊳世议：言为世所讥议。 ㊴子游、子夏：皆孔子弟子，列于文学科。 ㊵九霄：犹九天，谓天空极高之处。㊶四句言文字每易致祸。 ㊷元吉：大吉。